笑いの方法
あるいはニコライ・ゴーゴリ

❖増補新装版❖

後藤明生

つかだま書房

後藤明生

「内向の世代」の作家として知られる後藤明生は、1932年4月4日、朝鮮咸鏡南道永興郡（現在の北朝鮮）に生まれる。中学1年の13歳で敗戦を迎え、「38度線」を歩いて超えて、福岡県朝倉郡甘木町(現在の朝倉市)に引揚げるが、その間に父と祖母を失う。当時の体験は小説『夢かたり』などに詳しい。旧制福岡県立朝倉中学校に転入後(48年に学制改革で朝倉高等学校に)、硬式野球に熱中するも、海外文学から戦後日本文学までを濫読し「文学」に目覚める。高校卒業後、東京外国語大学ロシア語科を受験するも不合格。浪人時代は『外套』『鼻』などを耽読し「ゴーゴリ病」に罹った。53年、早稲田大学第二文学部ロシア文学科に入学。55年、小説「赤と黒の記憶」が第4回・全国学生小説コンクール入選作として「文藝」11月号に掲載。57年、福岡の兄の家に居候しながら図書館で『ドストエフスキー全集』などを読み漁る。58年、学生時代の先輩の紹介で博報堂に入社。自信作だった「ドストエフスキーではありません。トリスウィスキーです」というコピーは没に。59年、平凡出版（現在のマガジンハウス）に転職。62年3月、小説「関係」が第1回・文藝賞・中短篇部門佳作として「文藝」復刊号に掲載。67年、小説「人間の病気」が芥川賞候補となり、その後も「S温泉からの報告」「私的生活」「笑い地獄」が同賞の候補となるが、いずれも受賞を逃す。68年3月、平凡出版を退社し執筆活動に専念。73年に書き下ろした長編小説『挾み撃ち』が柄谷行人や蓮實重彥らに高く評価され注目を集める。89年より近畿大学文芸学部の教授（のちに学部長）として後進の指導にあたる。99年8月2日、肺癌のため逝去。享年67。小説の実作者でありながら理論家でもあり、「なぜ小説を書くのか？　それは小説を読んだからだ」という理念に基づいた、「読むこと」と「書くこと」は千円札の裏表のように表裏一体であるという「千円札文学論」などを提唱。また、ヘビースモーカーかつ酒豪としても知られ、新宿の文壇バー「風花」の最長滞在記録保持者（一説によると48時間以上）ともいわれ、現在も「後藤明生」の名が記されたウイスキーのボトルがキープされている。

目次

ブックデザイン｜ミルキィ・イソベ（ステュディオ・パラボリカ）
本文付物レイアウト｜安倍晴美（ステュディオ・パラボリカ）
本文ＤＴＰ｜加藤保久（フリントヒル）
カバーイラスト｜@ lifeking83 / Depositphotos

第一章
墓碑銘

わが苦き言葉もて人々は笑うなり

わたしが、モスクワにあるゴーゴリの墓参りをしたのは、いまから五年前の十一月だった。わざわざ墓参りに出かけたのではなかったが、ソ連作家同盟の招待で、半月程ソ連を旅行した折、立ち寄ったのである。実はわたしは、その頃ある長篇小説に取りかからなければならない状態にあった。それで、何度もホテルにカン詰になってみたり、いろいろ苦心をしてみたが、どうしても思うように書くことが出来ず、頭をかかえ込んでいたのである。ちょうど、そういう状態であったので、招待の話をきいて、わたしは逃げるような気持ちで、出かけて行ったのである。

ゴーゴリの墓は、ノヴォデーヴィチ修道院の裏にあった。現在、モスクワの教会は、「生きている教会」と「死んでいる教会」の二つに分けられるらしい。つまり、宗教は一部が解禁になっていて、いまでも教会の役割を果しているのが「生きている教会」であり、昔の建物だけが残っているのが「死んでいる教会」だという。そして、そういう教会は、音楽会場とか博物館などに使われているが、中にはサモワール博物館になっているところもあるということだった。

ノヴォデーヴィチ修道院は、そのどちらだったのか、わたしは忘れてしまった。しかし、古い赤煉瓦塀に囲まれた大きなもので、裏の墓地もずいぶん広いものだった。実さい、作家同盟の案内係の青年と一緒であったが、わたしたちは迷ってしまった。広い墓地の中は公園のように遊歩道が出来ていて、大勢のロシア人たちが歩きまわっていた。十一月の半ばで、もちろんモスクワは雪に包まれていた。その日も、どんより曇っていたが、幸い雪は止んでいたようである。

人出は、そのせいだったかも知れない。また、たまたま日曜日だったのかもわからないが、ロシア人がいまでも墓を大事にしていることは、わたしも知っていた。作家同盟の招待旅行の前の年、わたしはたまたま二週間ばかりシベリア旅行をする機会があった。ハバロフスク、イルクーツク、バイカル湖などを見物して来たのであるが、その折、ハバロフスクとイルクーツクの日本人墓地へ墓参りをして、ロシア人墓地も見て来たのである。

そこで、わたしがおどろいたのは、墓石にはめ込まれた、楕円形の肖像だった。その肖像は、もちろん死者の顔で、しかも色つきなのである。つまり、天然色の顔写真を、楕円形の陶器のようなものに焼きつけたものらしい。それが墓石にはめ込まれていたのが、何とも不気味で、生ま生ましかった。また、墓石の前に、小さな木のテーブルと椅子が作りつけられているのも、珍しかった。生きているものは、そこへ腰をおろして、その天然色の楕円形の肖像と向い合う。そういう墓だったのである。

もちろん、ノヴォデーヴィチ修道院の墓は、シベリアの墓の何倍も広々としていて、立派なものだった。しかし、天然色の楕円形の肖像は、やはり同じだった。木製の小さなテーブルと椅子も同じである。中には、楕円形の肖像が、何段も積み重なっているところもあった。それは、墓石も、ちょうど遺骨箱くらいのもので、もちろんテーブルや椅子もなく、ただアパートの窓のように積み重なって、並んでいるのである。どうやら、楕円形の肖像は、無名の大衆の墓らしかった。

ゴーゴリの墓は、案内係の青年が、通りかかった二、三人連れの若い女性にたずねた。そして、教えられた通路を歩いて行くと、写真で見おぼえのある、マントを着たゴーゴリの胸像の裏側が見えた。ゴーゴリの墓は、楕円形の肖像ではなかった。まわりは、立派な鉄の柵で囲われていた。

わたしは、黒光りのする石柱の上に飾られた、ゴーゴリの白い胸像を見上げた。円筒形の石柱には、金文字でこう書いてあった。

「偉大なるロシアの言葉の芸術家、ニコライ・ヴァシーリエヴィチ・ゴーゴリへ――ソビエト同盟より。一九五一年九月九日」

つまり、この胸像は、ゴーゴリの死後百年を記念して建てられたものだった。確かに、白い胸像も、石柱の金文字も、少しばかり新し過ぎるような気がした。

ソ連旅行から帰って来て、わたしはすぐに紀行文を書いた。その五年前に書いた『ロシアの旅』(昭和四十八年・北洋社刊)には、ゴーゴリの墓の場面がこんなふうに書かれている。


ゴーゴリの墓の前で、わたしははじめ何をしただろうか？ どうもはっきり思い出せない。そのときわたしは何を考えたのだろうか？ それもはっきり思い出せない。たぶん何も考えなかったのだろう。何も考えることなどなかった。おそらくわたしは、そのときは、ただ、その場所にじっといたかっただけに違いないからである。

できることならば、時間を忘れたかった。そして、いま四十歳であるわたしが、十九歳のときから彼について考えてきたことのすべてを、その場所で一つ一つ思い出してみたかった。


どうやらゴーゴリの墓の前で、わたしの筆はいささか固くなっているようである。しかしこれはやむを得ないことだ。なにしろわたしが、いまこのような人間になっているのも、なんとかして、たとえ真似でもよいから、『外套』『鼻』『狂人日記』のような小説を書きたいものだと憧れたのが、そもそものはじまりだったからである。

いまこうやって、五年前に書いた文章を写してみるのは、何とも照れ臭いことだ。確かにわたしは固くなっているようであるし、それにいささか興奮気味である。しかし、たぶんそのときはそうだったのだろうし、なにしろ帰国早々でもあるから、まだ旅の余韻が残っていたのだと思う。ただ、取柄をいえば、正直で嘘のないところかも知れない、いま読み返してみても、なるほどそういうことだったろうなと思うのである。

しかし同時に、この五年前といまとの五年間は、いろいろな意味で、ずいぶん大きかったような気がする。わたしは、その旅行の翌年、『第三文明』という雑誌に「笑いの方法」と題してゴーゴリ論を一年間連載した。そして、ようやく、自分が考え続けてきたゴーゴリの笑いというものを、何とか自分の言葉でつかまえることが出来たような気がした。

また、昨年から今年にかけては、河出書房新社版『ゴーゴリ全集』(全七巻)の月報に「ゴーゴリとの二十年」を連載した。そういうこともあって、この五年間は、わたしにとってまことに大きいのである。しかし、何が大きいといって一番大きいのは、年齢ではないかと思う。この五年の間に、わたしはゴーゴリが死んだ年を越えてしまったのだった。ゴーゴリは一八五二年に満四十二歳で死んだ。然るに、五年前、生れてはじめてゴーゴリの墓の前に立ったとき四十歳だったわたしは、当然のことながら、いま四十五歳になっているのである。

わたしもとうとう、ゴーゴリより三年長生きしてしまったのだった。この年齢のことは、今度この全集(学研版世界文学全集)のための翻訳のときにも痛感した(新版編註:本書の巻末に筆者訳の『鼻』と共訳の『外套』を再録)。もちろん翻訳は生れてはじめてであるが、もし仮に、これがいまから二十年前だったらどうだろうと思った。二十年前といわず五年前でもよい。例えば先の『ロシアの旅』の墓の場面で、わたしはこんなことも書いている。

ゴーゴリ先生! わたしはあなたのことを十九歳のときから考え続けて来た人間です! そしていま

ここにやって来たのも、他ならぬそのためでした！　あなたとめぐり会ったこと、それはわたしの運命です！　あなたがわたしの先生であると勝手に決めてしまったこと、それがわたしの運命でした。

これまた、何とも照れ臭い言葉である。しかし、これまた、幾ら照れてみたところで、嘘ではないのである。「われわれは皆ゴーゴリの『外套』から出て来た」というドストエフスキーの言葉はいまや一つの伝説のようになっているが、五年前のわたしはまだ、ゴーゴリの『外套』から「出て来」ることが出来ずにいたのである。

わたしは、ゴーゴリの『外套』に、頭のてっぺんから足の爪先まで、すっぽりもぐり込んでいた。それこそ十九歳のときから、もぐり込みっ放しだったのである。そして、ゴーゴリ、ゴーゴリと馬鹿の一つおぼえ式に考えていた。念仏のように唱えていたといってもいいだろう。これを小林秀雄式にいえば、ゴーゴリに傍点を打ってゴーゴリが解ったようなつもり、になっていたということなのかも知れない。

今度はじめて翻訳をしてみて、わたしはそのことを考えずにはいられなかった。もちろんこれは、よし悪しの問題ではない。五年前までのわたしは、「もぐり込み」にしても「馬鹿の一つおぼえ」にしても「念仏」にしても、また小林式「傍点」にしても、それはそれで一つの世界だった。早い話、それはゴーゴリの世界が四十二歳で終っているのと、同じようなものだということも出来る。

『ディカーニカ近郷夜話』は二十三歳、『イワン・イワーノヴィチがイワン・ニキーフォロヴィチと喧嘩した話』は二十四歳、『鼻』『ネフスキー大通り』『狂人日記』は二十五歳、『検察官』は二十六歳、『死せる魂』第一部は三十二歳、『外套』は三十三歳。そして四十二歳で彼は死んだが、四十二歳以後のゴーゴリを考えることは、ほとんど無意味ではないかと思う。彼の世界は四十二歳までなのであり、それが全世界なのである。

そしてわたしは、十九歳から四十歳まで、その世界にすっぽりと頭からもぐり込んでいたということなのである。いわゆるゴーゴリの言葉で考え、ゴーゴリの目で見ようとしていた。そして、そう出来ないために悩んでいた。それで今度はじめて翻訳をしてみて、もしその頃ゴーゴリを訳していたら、どうだったろうかと思ったのである。これは、いまいった通り、よし悪しの問題ではない、ただ、今度のような訳にはならなかったと思う。特にその文体である。まるで違った文体になっていただろうと思った。実さい、翻訳の文体というものはおそろしいものだと思った。もちろん、ゴーゴリが変ったわけではない。わたしが変化したのである。

もう一度、ゴーゴリの墓を思い出してみよう。黒い円筒形の石柱に載った白い胸像の下に、ゴーゴリの棺があった。棺は、石柱と同じような、黒いぴかぴか光る石で覆われていて、旧字体のロシア文字が刻まれていた。わたしはそれをメモ帳に写して来た。棺の向って左側に刻まれた文句は、こうだった。

「さとき人は知識をかくす、しかし愚かな者は自分の愚かなことをあらわす」

「正義は国を高くし、罪は民をはずかしめる」

旧約聖書の箴言第十二章二十三節および第十四章三十四節である。

また、向って右側の文句はこうだった。

「彼は笑いをもってあなたの口を満たし、喜びの声をもってあなたのくちびるを満たされる」

これは、旧約ヨブ記第八章二十一節である。

たぶんこれは、ゴーゴリの死後百年を記念してこの黒光りのする新しい石の棺を作ったとき、ソビエト作家同盟の誰かが選び出した文句だろうと思う。確かにそこには、苦心のあとがうかがわれた。作家同盟としては、この「偉大なるロシアの言葉の芸術家」の棺に、本当はもっと勇ましい文句を刻みつけたかったのかも知れない。一九五一年といえば、まだスターリンの時代なのである。聖書の文句を選ぶには、大変な勇気と英断を必要としたのではないかと思う。

特に、棺の右側の文句には、それこそ苦笑せざるを得ないのである。『外套』では、外套のために死んだアカーキー・アカーキエヴィチの幽霊が、くしゃみをする。一人の警官が幽霊の襟髪《えりがみ》をつかまえて、仲間の警官を呼び、そこで嗅ぎ煙草を一服やろうとしたとたん、その煙草の余りの匂いの悪さに、幽霊がくしゃみをしてしまうのであるが、まさにこの棺の右側の文句は、ゴーゴリの幽霊が思わずくしゃみをしそうな文句ではないかと思うのである。

しかし、いまわたしがいいたいのは、そのことではない。ゴーゴリの棺の正面に刻まれていた墓碑銘のことである。それは、こう書いてあった。

С МОИМ ГОРЬКИМ СЛОВОМ ПОСМЕЮТСЯ.

「わたしの苦い言葉を人々は笑うだろう」

あるいは、室生犀星調でゆけば、こんなところだろうか。

「わが苦き言葉もて人々は笑うなり」

ただ、この墓碑銘は誰の言葉なのかわからなかった。棺の両側の文句は、その出所が書いてあった。しかし正面のこの文句には、何もなかった。たぶん聖書ではないと思う。誰かに宛てたゴーゴリの手紙の一節のような気もするが、不勉強でまだ探し出していない。もし手紙の一節だとすれば、訳は「わたしの苦い言葉を人々は笑うことでしょう」とでもした方がよいのだと思うが、いずれにせよ、ゴーゴリの墓碑銘として、まさにこれ以上のものはないような気がする。

実さい、それは彼の喜劇の真髄だと思う。また、彼の喜劇の全てでもある。そして、そこには喜劇作家ゴーゴリ自身の、人には語ることの出来ない悲哀がこもっている。「わたしの苦い言葉を人々は笑うだろう」。しかし、その笑いは、何ともまことに厄介なものだった。ゴーゴリの笑いとは、いったい何だろうか？　それは、一つのグロテスクな謎のようなものだった。実さい、わたしはこの「笑い」の一語に取り憑《つ》かれ、そして振りまわされ続けて来た。それこそ、十九歳のときから振りまわされて来たのである。

　ゴーゴリとの出会いは、ほとんど偶然のようなものだったと思う。誰もがそうであるように、十代のわたしも濫読家だった。たまたま伯母の家にあった『芥川龍之介全集』を読み、改造社版の『日本文学全集』を読み、新潮社版の『世界文学全集』を読み、『有島武郎全集』を読み、『シェイクスピア全集』を読んだ。これは別に選択したのではなく、ただ伯母の家の本棚にあったものを読んだのである。もっと他にも読んだと思う。

　ゴーゴリは確か新潮社版『世界文学全集』にもあったと思う。しかし、そこではほとんど印象に残らなかった。むしろはっきりおぼえているのはトルストイの『復活』とか、チェーホフの『賭け』とか、ゴーリキーの『チェルカッシ』とか、アンドレーフやアルツィバーシェフの作品だった。これは、全集の編集の仕方にも関係があったのかも知れないが、とにかく、濫読時代のわたしは、ほとんどゴーゴリを素通りしたといえるのである。

　つまり、ごく平凡で、人並みな濫読時代だった。ただ、わたしの場合、幾らか特徴があったとすれば、たぶん人よりもその時期が遅かったことではないかと思う。わたしは、中学三年までは、野球部に入って野球をしていたのである。敗戦直後の旧制中学で、ちょうど全国中等野球と全国高校野球との端境期であったが、話はもう少し前からした方がわかりいいかも知れない。

　野球の話一つするにも、こういう手間のかかるところが、わたしたちの年代の厄介なところなのである。

しかし、これも時代というもので止むを得ないと思う。それで、これはある小説にも書いたことであるが、わたしは旧植民地だった北朝鮮のある町で生れ、そこで小学校を出て、中学に入った。わたしはまことに平凡な一人の軍国少年で、中学二年になったら陸軍幼年学校を受験しようと憧れていた。ところが、中学一年生の八月、とつぜん敗戦ということになって、世界は一変したのである。また、昨日までは「日本」だとばかり思い込んでいた、生れ育った北朝鮮の土地は、たちまち「外国」ということになった。そしてわたしは、このとき、「国家」というものは消滅するものだ、ということを知ったのだと思う。また、支配と被支配の関係というものは、逆転するものだということも知ったのである。

町にはソ連軍が進駐して来た。そしてわたしは、ヤポンスキー（日本人）というロシア語をおぼえた。もちろん、わたしはまだ、ドストエフスキーのドの字も、ゴーゴリのゴの字も知らなかったが、とにかくそれが生れてはじめておぼえたロシア語の一つだった。それからわたしたちは住んでいた町を追放され、三十八度線を越境して日本へ帰って来た。リュックサック一つで、十日ばかり歩いて、命からがら越えて来たのである。

ところが、そうやって帰って来た本籍地福岡県の田舎町は、まったく不思議なくらい平和なところだった。実さい、空襲も受けなかったらしい。わたしは、自分がこんな平和なところで、いまこうして生きているということが、何とも不思議に思えた。何でもない日常そのものが、いかにも何でもない当り前のこととして、ここにこうして続いていることが不思議だった。

しかし、不思議がってばかりもいられなかった。わたしが転入したのは、父も卒業した中学だったが、まず言葉である。わたしたちは、北朝鮮では植民地式の標準語を使っていたが、転入した中学では、わたしがそういう標準語を使うと、たちまちどっと笑い声が上ったのである。わたしは、一日も早く土着の彼らに同化したいと思った。わたしにとって筑前への同化は、すなわち「日本」への同化だった。わたしは、「バッテン」「ゲナ」「バイ」式筑前言葉の習得に励んだ。実さい、英単語を暗記するように、暗記したのである。
野球部に入ったのも、その同化願望の一つだったと思う。そしてお蔭で、筑前言葉は、ほぼマスターすることが出来た。しかし、高校一年になって、わたしはとつぜん野球部をやめてしまった。「バッテン」「ゲナ」「バイ」はマスター出来たが、わたしの筑前言葉には、あの宿命的な筑前訛りがなかった。筑前を、チクジェンと発音する訛りである。これがわたしの、根無し草意識のはじまりだったと思う。筑前の田舎町でわたしは一人の小さなエトランゼになったのである。

ずいぶんまわり道をしたようであるが、わたしの濫読時代は、そのあとはじまったのだった。しかもゴーゴリは、またそのあとだった。その頃は濫読期も一通り過ぎて、わたしはいっぱし厭世病にかかっていた。しかし、厭人、厭世は十代の終りにはつきものだろう。ただ、わたしの場合、いま書いたような事情もあったのである。いわゆる文学青年というのではなかった。文学の中に別世界を見つけて、そこに閉じこもろうとは思わなかった。生意気盛りの目には、それは少々単純過ぎるように見えた。九州大学のバッジをつけた左翼政治青年も何人かまわりにいたが、結局は文学青年と同じようなものに見えた。

もちろん、こんなことは、幾ら書いてもきりのないことである。しかし、そういった厭世病にかかったわたしの中に、ある奇妙な笑いの衝動があったのは事実だった。これは、いまになってのコジツケではなく、あったのである。ごく簡単にいって、わたしは文学青年もいや、かといってまともな受験勉強もいや、という状態だった。そして本気で、何の役にも立たない人間になるには、どういう生き方があるだろうかと考えていた。お寺の坊主ということも考えたが、要するにオブローモフ（新版編註：一八五九年発表のゴンチャロフによる長篇小説。主人公オブローモフのように、社会的に無用な者、余計者の代名詞となる）になりたいということだったのだと思う。しかし、自分がもうそんな身分でないことは、もちろんすぐにわかった。奇妙な笑いの衝動は、そのとき出て来たのである。

まわりのものは、人間も町も、すべていやなものだったが、しかし、すべてを嫌悪している自分というものも、滑稽なものに見えた。誰とも一緒にいたくないにもかかわらず、結局一人では生きてゆけない。人間とはそういうグロテスクで滑稽なものではないかと思った。そして同時に、そういうふうに思っている自分にも嫌悪をおぼえた。そういう状態をもう一つ超えて、何か新次元の単純さというものに到達出来ないものだろうか、とも思った。

その単純さは、一つの形而上的な世界だったのだろうと思う。しかしわたしは、どうしても人間の肉体というものを忘れることが出来なかったらしい。実さい、この肉体というやつも、まことに深刻な悩みだった。そして、肉体と精神の分裂というのは、確かにグロテスクで滑稽なことだった。それは、先のオブローモフになれないオブローモフ志願とも重なり合うような気がした。カフカ式にいえばそれは、生きるということの恥辱、ということなのかも知れない。「恥辱が生き残って行くような気がした」というのが、『審判』の最後の一行であるが、その式でいえば、わたしにはある奇妙な笑いの衝動だけが生き残ったように思うのである。

しかし、だからすなわちゴーゴリ、ということではもちろんなかった。当時わたしは、トルストイの『性欲論』と、ポーの『ウィリアム・ウィルソン』に感心したのをおぼえている。どちらも、肉体と精神の対立、分裂、格闘がテーマで、大きな刺戟を受けた。『ウィリアム・ウィルソン』は確か註釈つきの英和対訳本だったが、それ以来ずっとポーを愛読するようになった。大学三年のとき『文藝』の学生小説コンクールに応募して入選佳作になった『赤と黒の記憶』には、『早過ぎた埋葬』の一節が引用されているくらいである。しかしその後、ポーにはどうして笑いがないのだろうかと、不思議に思うようになった。

ゴーゴリの『外套』に出会ったのは、たぶん高校の終りで、ポーに凝っていた頃ではなかったかと思う。春陽堂文庫で、ひどいざらざら紙だったのをおぼえている。訳は中山省三郎だったと思う。しかし、特に強く引きつけられたというわけではなかった。『ウィリアム・ウィルソン』のようなおどろきはなかった。『外套』の他に『ネフスキイ通り』（中山訳では、『ネフスキー大通り』ではなかった）も入っていたはずであるが、それはほとんど印象に残らなかった。『鼻』『狂人日記』に至っては、その文庫に入っていたかどうかさえ記憶にないのである。

しかし、それは、それまで自分が読んだどの小説とも異質なものだと思った。とにかく不思議な笑いの印象だけが残った。いま、手許に中山省三郎訳のゴーゴリはないが、その不思議な笑いの印象は、やはりあの文体だったのではなかろうかと思う。

わたしは小説家になろうとは思わなかった。それは何の役にも立たない人間にかなり近いものではあったが、もう少しとりとめのない、ついに一つの形にはまらなかった二葉亭四迷の生き方の方が気に入っていた。それで、だぶだぶの旧陸軍歩兵の外套を着て上京し、東京外語大の露語科を受験したのである。発表の日も、わたしは同じ外套を着て行った。結果は、不合格だった。おかしなことだが、自分では当然合格するはずと思っていたのである。しかし、どういうものか、涙は出なかった。その晩わたしは、一人で新宿へ出かけた。もちろん生れてはじめてである。そして、見知らぬ女性に誘われて不思議な店に入り、一杯五百円のコーヒーを飲んだ。二人分で千円だった。昭和二十七年のことである。コーヒーはその頃、四十円か五十円だったと思う。

ゴーゴリを再読したのは、そのあとだった。わたしは『ウィリアム・ウィルソン』の対訳本と一緒に、中山訳の春陽堂文庫を持って来ていたらしい。わたしは知人の紹介で借りた三畳間で読んだ。そして今度は、あっという間に、ゴーゴリ病にかかった。『ネフスキー大通り』は、一言でいえば、大都会のめまいである。また、迷路である。これは東京へ来なければわからない小説だと思った。わたしは、あの娼婦に恋をして自殺するピスカリョーフは自分だ、と思った。同時に、奇妙な笑いの衝動をおぼえた。

わたしは東京で浪人暮しをはじめた。知人の紹介でアルバイトをはじめた。それは偶然にも、ある官庁だった。そして、一杯の焼酎のために旧陸軍歩兵の外套を、質屋に入れたり出したりしていた。わたしは自分が、十九歳のゴーゴリになったような気がした。ウクライナの田舎から首都ペテルブルグに出て来て、『ガンツ・キュへリガルテン』を自費出版したゴーゴリである。この彼の長篇叙事詩は、首都ペテルブルグにおいてまったく黙殺された。自慢の鼻はいとも呆気なくへし折られ、彼の存在は一個の路傍の石に過ぎなかったのである。しかし、あの笑いはいったい何だろうか？

ゴーゴリの「笑い」は、これまでいろいろな呼び方で呼ばれて来た。例えば、小説家の大先輩である宇野浩二の『ゴオゴリ』（昭和十三年刊）では「嘲笑」「ユーモア」「涙を通した笑い」「悲哀に満ちた笑い」などが出て来る。この本は大学に入ってから読んだ。また何年か前にも読み返したが、ゴーゴリ案内としては実によく出来ていると思う。それに何といっても、ふつうの評伝には見られない、宇野浩二の文体があった。彼はゴーゴリをガーネット女史訳の英訳本と、英語から重訳された邦訳文などで読んだらしいが、確か一時はその宇野浩二の文体が、ゴーゴリ的な文体と呼ばれたこともあったのではないかと思う。

宇野浩二の『ゴオゴリ』に出て来る笑いの分類は、確かにすべてもっともなものだった。しかし、わたしが考えていたのは、ゴーゴリの笑いを分類することではなかった。分類してそれに何かレッテルを貼りつけることではなかった。

ゴーゴリの笑いを「諷刺」と解釈することは、そうむずかしいことではないと思う。実さい、ちょうどわたしが大学に入った頃、エルミーロフというスターリン主義の御用評論家があらわれて、ゴーゴリの笑いに「諷刺」のレッテルを貼りつけたのである。この『ゴーゴリ研究』はもちろん邦訳出版された。探せばいまでもどこか古本屋にあると思うが、とにかくそこには、あたかもゴーゴリが、未来の革命のために、ツァーリの農奴制やツァーリの官吏たちを諷刺したかのごとく書かれていた。まるでゴーゴリが、まだ生れてもいないレーニンやスターリンのために、せっせと『検察官』や『外套』や『死せる魂』を書いたような具合だった。

もちろん、いまならばこんな本は、誰の目にも滑稽なものに見えるだろう。しかし、当時はそうではなかった。スターリンといえば、いまでは文学の敵と相場は決っているようなものであるが、当時はちゃんと生きていて、ソ連および世界じゅうの進歩的といわれる人々を支配していたのである。そして、日本じゅうの大学という大学では、「スターリン・カンタータ」が歌われていたのである。

つまり、エルミーロフの『ゴーゴリ研究』は、社会主義リアリズムのお手本であり、ゴーゴリ論の決定版であり、結論なのであった。もちろん、わがロシア文学界にも、反対者はいたと思う。しかし大勢は、そういう具合だった。わたしは、何としてもこれには反対しなければならないと思った。いま思えば、これもまことに平凡な、常識に過ぎない。しかし当時のわたしにしてみれば、大袈裟でなく、命がけのつもりだった。エルミーロフを認めることは、わたしの考えているゴーゴリが無視されることであり、それはすなわち、わたしの考える文学が無視されることだと思った。つまり、エルミーロフのゴーゴリ論に反対することは、わたし自身の問題だった。ゴーゴリの笑いについて考えることは、大袈裟でなく、わたし自身の生き方の問題だったのである。実さい、幸か不幸か、わたしが共産主義者になれなかったのは、このエルミーロフのせいだったといってもよいくらいではないかと思う。

またわたしは、ベリンスキーの『ゴーゴリへの手紙』にも反対だった。一八四七年にベリンスキーがゴーゴリに送ったこの手紙は、『友人との往復書簡選』にあらわれたゴーゴリの「反動性」を激しく批判したものとして余りにも有名である。いまここで、それを紹介する余裕はないが、次の解説を見れば大体の見当はつくものと思う。

ベリンスキイのこの手紙は後にレーニンによって「ベリンスキイの文学的事業の総計をおこなったもの」と評価されたが、ゴーゴリ自身におくられるとともに、筆写でロシアの知識人たちにひろく読まれ、その後の人民解放運動に大きな貢献をなした。

これは、一九五四年に河出書房から出版された、ゴーゴリ百年祭記念限定出版『ゴーゴリ全集』（全三巻）の第二巻の解説の一部であるが、どういうわけか筆者の署名がない。ただ、奥付に並んだ五名の編集責任者の一人に蔵原惟人の名前があり、検印は「蔵原」となっているから、たぶん蔵原氏の文章ではないかと思うが、もしそうでなかったとしても、当時のわがロシア文学界のゴーゴリ論がどの程度のものであったか、おおよその見当はつくだろうと思うのである。ただ、ここで面白いのは、ドストエフスキーもその手紙の「筆写」を読んだ一人だということかも知れない。彼がペトラシェフスキー事件で逮捕されたのは、それをある会合で朗読したためだったのである。

わたしの卒業論文「ゴーゴリ中期の中篇小説」は、いわばそのベリンスキーとエルミーロフへの反論のようなものだった。いま読み返せば、おそらく冷汗ものに違いないと思うが、一言でいえば、ベリンスキーはゴーゴリを誤解して来た、というのがわたしの考えだった。ベリンスキーはゴーゴリの中に、最初は自分の「立場」を発見して賞讃し、今度は自分と反対の「立場」を発見して非難した。つまり、賞讃も非難も、どちらも誤解だったのである。

わたしが反対したかったのは、ゴーゴリに貼りつけられた「諷刺作家」というレッテルだった。そのレッテルのために、彼に押しつけられた「立場」だった。確かに、諷刺には立場というものが必要だった。進歩の立場からであれ、あるいは反動の立場からであれ、立場のない諷刺というものはあり得ないと思う。しかし、ゴーゴリは、ベリンスキーが非難するように、進歩の「立場」から反動の「立場」へと変心したのではなかった。なにしろゴーゴリには、そもそも立場などなかったのである。彼は、首都ペテルブルグにおいて、いかなる組織にも所属しない、一人のエトランゼに過ぎなかった。

実さい、ウクライナを離れた彼は、根無し草だった。『ガンツ・キュヘリガルテン』の失敗で北ドイツへ逃げ出してから、死ぬ何年か前のエルサレム巡礼の旅まで、しょっちゅうロシアから出たり入ったりしている。最後の二年ばかりはモスクワに住んだようであるが、それも誰それの別荘を借りたり、誰かの家に寄宿する生活だった。もちろん、一度も妻帯しなかった。そして、『死せる魂』第二部の原稿を火中に投じて、この「さまよえるロシア人」は、自分から餓死したのである。

しかし、ベリンスキーとエルミーロフには反対したわたしだったが、かといって何かはっきりした結論があるわけではなかった。エイヘンバウムの論文（現代思潮社刊『ロシア・フォルマリズム論集』中の「ゴーゴリの『外套』はいかに作られているか」新谷敬三郎・八景秀一共訳）も知らなかったし、もちろん、ナボコフの『ニコライ・ゴーゴリ』（青山太郎訳・紀伊国屋書店刊）もなかった。また人の書いたものを読む気もなかった。わたしは、ゴーゴリが書いたものだけを頼りにしたいと思った。

病気と憂鬱症そのものこそ私の初期の作品にあらわれている陽気さの原因です。みずからの気をまぎらすため、私はその後の目的や計画ももたずに主人公たちを考え出し、彼らを滑稽な状態に置いたのです。——ここに私の小説の起源があります。……私の笑いは最初は善意からのものでした。私は何らかの目的をもって、なにものかを嘲笑しようとは考えてもいませんでした。……

これは、一八四八年一月十日付ナポリ発ジュコフスキー宛の手紙の一節であるが、『作者の告白』の中にもほとんど同じ言葉が見える。一八四八年というのは、例のベリンスキーの『ゴーゴリへの手紙』の翌年だった。

結局、わたしが考えついたのは、「笑いの罪」と「笑い地獄」という言葉だった。すなわち、笑い過ぎた人間の犯す罪が「笑いの罪」であり、その罪を犯した人間の落ちるところが「笑い地獄」だった。そしてゴーゴリは、生きながら笑い地獄に落ちている人間だったのである。この言葉のヒントは、ボッシュの「音楽地獄」だった。そこでは巨大なハープの弦に人間が突きさされていた。にもかかわらず、彼は自分を突きさしているそのお化けハープの弦を、必死でかき鳴らすことを命ぜられているのである。

笑うものは笑われている。笑うことは笑われることだ、とわたしは思った。それがゴーゴリの笑い地獄なのだ、というのがわたしの卒論の主題だった。そしてわたしは、それを小説にもしたいと思った。最初は、ゴーゴリ自身を主人公に考えていた。しかし、なかなか書けなかった。やっと出来上ったのは、昭和四十三年で、第七次『早稲田文学』創刊号に発表した。その『笑い地獄』（文藝春秋刊）は読んでもらえばわかると思うが、最初の構想とは似ても似つかぬ形になった。なにしろ、考えはじめて十二年目なのである。

そこでは主人公が、ゴーゴリではなくて、一人のゴーストライターだった。そして、お互いに笑い合いながら離れられないという関係が、その主人公の生きている世界だった。ただ、そういうふうに形は変化したが、その十二年間は、もちろん無駄ではなかった。カフカの書いた「生の恥辱」とゴーゴリの笑いとが、同じものであったことを、わたしはその十二年間で知ったのである。

また、それから何年か経って、『挾み撃ち』（河出書房新社刊）を書いたとき、わたしはゴーゴリの『外套』から、自分がやっと首だけくらいは出すことが出来たような気がした。実はこの小説が、五年前にソ連へ行く直前まで、どうしても書けずに頭をかかえ込んでいた長篇だった。この小説は、『外套』のパロディのようなものだともいえると思う。そして、この長篇を書き終えたとき、わたしはドストエフスキーの「われわれは皆ゴーゴリの『外套』から出て来た」という言葉の意味が、ようやくわかったような気がしたのである。

生の恥辱、それがゴーゴリの笑いだった。『狂人日記』は、九等官ポプリーシチンが長官令嬢に失恋する話である。そして『外套』は、九等官アカーキー・アカーキエヴィチが一枚の外套のために死んで幽霊になる話だった。どちらにしても、語るも涙の哀話である。九等官の恥辱である。しかし、『狂人日記』も『外套』も、悲劇ではなくて喜劇だった。これがゴーゴリの不思議さであるが、ここで一つ、間違いなくいえることは、文体の問題だと思う。そこのところをエイヘンバウムは、「ゴーゴリの『外套』はいかに作られているか」（前出）で、こういっている。

原始的《プリミティブ》な物語は、冒険小説がそうであるように、語りを知らず、またそれを必要としない。なぜならば、そのすべての関心、すべての動きを決定するのは事件と状況とのすばやいさまざまな交替であるからである。

この「語り」は、そのまま「文体」に置き換えることが出来ると思う。つまりゴーゴリは、物語の素材である「哀話」を、その文体によって「喜劇」に変換させたのである。

ゴーゴリは、その笑いの原因を、自分のヒポコンデリーのせいだという。しかし、『芝居のはね』の中ではこうもいっている。

しかし、どうしてぼくの胸は悲しくなるんだろう？　不思議なことだ。誰一人、あの脚本に登場する正直な人物に気づかないのが残念なのだ。（略）この正直な気高い人物とは——笑いだ。それが気高いというのは、世間で与えられる低い評価に屈せず、あえて登場することを決意したからだ。

（野崎韶夫訳）

ここには喜劇作家の悲哀がにじみ出ている。同時に、嘆きと怒りがある。この『芝居のはね』は、『検察官』に浴せられた非難攻撃に対する反論のようなもので、戯曲の形を借りた喜劇および喜劇作家論ということも出来るが、しかし本当に面白いのは、次のようなところではないかと思う。

連中の舌ときたら、当の本人にはおかまいなく。いきなり噂をまき散らすのです。（略）そしてあくる日になると、自分の捏造《ねつぞう》したことを忘れてしまう。なんだか他人からきいたような気がしてきて、町じゅうに触れ歩く、というわけです。

この噂の論理は、そのまま『検察官』の構造にもなっていると思う。つまり、ゴーゴリには、人間というものが、そういう不思議な「舌」を持った生き物に見えていたのだと思う。それはフレスタコーフであり、同時に人間そのものだった。彼の目には、人間がそういう形に見えたのである。これがゴーゴリの発見した人間だった。また、人間と人間の関係だった。そして「生の恥辱」とは、その関係から逃れられないということなのである。

小林秀雄氏は『ドストエフスキイの生活』にこう書いている。

（ベリンスキイの非難に対して）ゴオゴリは答へる術を知らなかつた。（略）「憂愁と孤独のうちに久しい間、人に語れない思想を抱いて苦しんで来た私には、私固有の心の歴史がある。これを内容とする私

の作物がさう容易には判断出来ないものだといふ事を信じてくれ給へ。……」(略)

「　」内の文句は、ベリンスキーの非難に対するゴーゴリの返事の一部で、そのあとゴーゴリとドストエフスキーの皮肉な運命について書かれた文章が続くのであるが、わたしは、ゴーゴリはちゃんとベリンスキーに答えているのではないかと思う。「　」のあと、ゴーゴリの返事は、こうなっている。

おのれの内なる物置部屋(この本当の意味もすぐにはおわかりになりません)をちょっとばかり開陳して、ひとつみんなに辱しめられたり嘲けられたりしてみようかと決心するのも容易なことではありませんでした。

(太田正一訳)

ただ、ゴーゴリのいう「人に語れない思想」というものが、ベリンスキーには通じなかっただけである。「人に語れない思想」とは、一言でいえば、作品以外では語れない思想ということだろう。また、文体なしには語れないということだろうと思う。もちろんこれはゴーゴリに限ったことではない。およそ作家と呼ばれるものの思想とは、そういうものだと思うのである。ただ、ゴーゴリの文学は、いわゆる生き方とか、人生とかを語るものではなかった。そういう意味での、十九世紀文学の倫理性を、すでに超えたものだった。その思想と文体によって、彼の文学は、すでに十九世紀からはみ出している。彼の苦悩も、またその作品の謎めいた不思議さも、そこから出て来たと思うのである。

さっきも書いた通り、ゴーゴリの文体は、「哀話」を喜劇に変換させるものだった。「生の恥辱」を笑いに変換させるものだった。そしてこの笑いとはまことに厄介なものであった。しかし、わたしは何も無理に結論を出すこともなかろうと思う。なにしろその笑いは、われわれ人間が何故だかわからないが、生れながらに背負わされてきた、原罪のようなものなのである。永遠に逃れられない、笑いの罪ではなかろうかと思うのである。

初出：『世界文学全集――ゴーゴリ　第三五巻』学習研究社　一九七八（昭和五三）年五月刊

第二章
笑いの方法

一、消滅と出現

このエッセイは、最初は『笑いの構造』という題名のもとに開始される予定だった。しかし先日のこと、ある著者によって同名の書物が出版された。そのため編集担当者と相談の上、右の題名（新版編註：『笑いの方法』）で書きはじめることになったのである。

わたしはその書物を読んでいない。したがって参考にすることも、また批評することもできないわけだが、この題名に落ち着くまでには、幾つかの段階があった。他に候補として挙げられた題名は、『笑いの衝撃』『喜劇的精神』『文学あるいは笑い』等であったが、まず最初の『笑いの衝撃』は、わたしの考えでは、笑いというものをいわゆる〈諷刺〉という方面に限定する狭さがあるように思われ、避けることにした。

このようないきさつを述べることは、あるいは本題からそれるのではないか、と、考える読者があるかも知れない。しかし、決してそうではないのであって、すでに話は、本題に突入しているといってもよいのである。何故なら、早くもわたしたちは、笑いというものについて考えはじめていることになるからだ。

いうまでもないだろうが、わたしはここで笑いに関しての一大論文を書こうと試みているのではない。笑いというものを、学問的な立場から定義づけたり、規定しようと企んでいるのではない。実は、かつてはわたしにも、何かそのような定義づけのようなものを欲した一時期があって、例えばベルグソンの『笑い』とか、マルセル・パニョルの『笑いについて』等を読んでみたこともあった。

「多くの哲学者たちは、笑いについての定式を与えることが不可能であると告白しているが、それにもかかわらず、定式に似た説明を提出した哲学者もすくなくない」と、『笑いについて』の書き出しにもある通り、われわれの先祖たちはいろいろとたくさんの、笑いに関する研究を残しているのである。しかし、ここでは、定義づけの問題はひとまず省くことにする。それは、わたしが定義づけに反対であるためではなく、もし定義づけを試みようとするならば、これまでわれわれの先祖のうち、最もすぐれた頭脳の数々によっておこなわれてきたそれらのたくさんの定義づけの一つ一つを、まず紹介した上でなければわたしの考えを述べるわけにはゆかなくなるだろうからである。しかし、そのような時間はどこにもない。わたし自身にもないし、おそらく、読者にとっても、ないだろう。もしあるとすれば、直接に読者は、それらの古典的な研究、論文を読まれればよいわけであるから、敢えてわたしはそれら先哲達の偉業の紹介は省くことにしたい。

そこで、もう一度、はじめの題名についてのいきさつに戻るが、第二番目の候補であった『喜劇的精神』という題名は、わたしにとってかなり気に入ったものであった。にもかかわらずこれも採用せずに避けた理由は、第一の場合と同じく、やはりこの題名が何らかの形で笑いの範囲を限定することになるのをおそれたためである。

わたしは昨年の夏の終りごろ、二週間ほどシベリアへ旅行をしたとき、二人の外国人から、まったく同じ質問を受けた。

「あなたの小説はどのようなものですか？」

というものである。一人は行きがけの船の中のバーで隣合わせたドイツ人の新聞記者であり、もう一人は、ロシア人の小説家からだった。二人の質問は、まったくの偶然の一致であったが、考えてみれば、日本語で書かれているわたしの小説を読んだことのない二人の外国人にしてみれば、まずそう訊ねる以外に方法はなかったであろう。訊ねられたわたしにしてみれば、まことに重大な難問であったが、質問者の側からすれば、

きわめて当然な問いだったわけだ。わたしは、

「悲劇ではなくて、喜劇です」

とそのとき答えた。しかし、即座にその答えが出てきたわけではない。さて、わたしの小説とはいったい何だろう？　とあれやこれや考えた挙句にやっと見つけ出された返答だった。なにしろ、その余りにも単刀直入の問いは、同時に、余りにもズバリと本質に迫るものであったからだ。つまり、その問いは、いい換えれば次のようなものでもあったからである。

「あなたは、いったい何者ですか？」

したがってわたしは、その問いに対して自分は「喜劇」を書く小説家だと答えたことになるわけであるが、そう答えたとたん、これは厄介なことになったぞ、と思った。なにしろ、そのドイツ人新聞記者とロシア人小説家とわたしの間には、「喜劇」というものについての〈約束〉は何一つ無かったからだ。彼らがいったい何を「喜劇」と考えているのか、皆目見当がつかなかった。つまりわたしは、彼らがそれぞれに考えているところの「喜劇」の〈約束〉によって、〈限定〉されたわけだ。わたしがこのエッセイ全体の題名に喜劇という言葉を避けた理由は、その〈限定〉をおそれたためでもあったのである。

この問題は、次の場合にもそのまま当てはまるだろう。わたしは、このエッセイの題名の第三の候補として、『文学あるいは笑い』というものを考えた。これは、一年ほど前、地方へ講演に出かけたときに考えた演題であったが、その講演会が終ったあとの懇談会の席上で、わたしは次のような質問を受けた。

「何故、『文学における笑い』ではいけないのですか？」

「何故、『文学と笑い』ではいけないのですか？」

それはまことにもっともな質問だったといわなければならない。しかし、わたしが、「文学における笑い」

あるいは「文学と笑い」の両方を避けた理由は、まず、前者の場合、明らかに「笑い」は「文学」よりも小さなものに限定されて考えられているからである。それは笑いを、文学の中の一要素と考える考え方であり、後者の場合もそれは同様だろう。つまり、「文学と政治」「文学と科学」「文学と歴史」「文学と女性」等々といった具合に、他の何ものかと置き換えることの可能なある別のものに過ぎない。

それに対して、「文学あるいは笑い」は、文学を考えることはすなわち笑いを考えることであり、笑いについて考えてゆけばすなわち文学について考えることになってしまう、という意味である。わたしがいいたいのは、要するに文学と笑いとの結びつきだ。笑いは、文学の部分であると同時に、それなしには文学全体を考えることが不可能であるという意味においては、文学が、笑いの部分であるということもできるという論理である。「文学あるいは笑い」ということばをもって、わたしは文学と笑いの、そのような形における結びつきをいいあらわしたかったわけだ。

もちろん断るまでもなく、それは最初の一行から最後の一行まで、のべつ幕なしに笑い続ける文学、ということではない。そういう小説も世の中にはあるであろう。ありとあらゆる笑いのタネをそこいらじゅうからかき集めてきて、最初から最後まで読者を笑い転げさせるような才能の持主も、決していないとは断言できない。

しかし、わたしがここで考えようとしているのは、そのような才能、およびそのような才能によって書かれた小説についてではない。そうではなくて、笑いの中に世界全体を、人間の存在そのものを、すっぽりと捉えてしまっている文学である。

手品使いがシルクハットから次々に何かを取り出すように、次から次へと新しい笑いのタネを取り出して見せるような小説ではなく、笑いそのものが、世界全体を、人間そのものを捉える構造となっている場合の文学である。そのような文学は、決して、笑いを単なるエピソードとしては扱っていない。たとえ形は、一つのエピソードのように見える場合においても、そのエピソードそのものが、世界および人間の存在を捉える、〈構造〉となっていることに気づかなければならない。

　わたしが考えているのは、そのような笑いであり、そのような文学であって、単なるユーモア小説ではない。たとえいかに知的、教養的なものであったとしても、ユーモア小説は、ユーモア小説に過ぎない。

　ここでわたしが述べようとしている、笑いとユーモアの相違を、明快に解説することはまことに至難のわざだ。しかし、困難はむしろ当然の話であって、その困難とこれからいかに戦うかが、わたしのこの作業における任務であるといえよう。ただここで一言だけ述べて置くなら、次のようなことだ。

「あなたの理想の男性とはどんな人物ですか？」

　という問いに対する若い女性の回答は、たぶん、

「ユーモアを理解できる男性」

　ということになるであろう。そして、正しくそこで用いられているユーモアと同じ意味を持つところのユーモア小説を、わたしは、わたしのいわんとする笑いと区別したいと考えているのである。アクセサリー的、結婚の条件的なユーモアのことをわたしは考えようとしているのではない。

　以上のようなわけで、題名として考えられた『文学あるいは笑い』は、まことに惜しい棄て難いものであった。にもかかわらずそれを採用しなかった理由は、本当の話、表題というものは二つはつけられないことになっているからに他ならない。したがって、実さいには、このエッセイの題名は『文学あるいは笑い』であっても、よかったのである。

　しかし、結局、表題は『笑いの方法』ということに落着した。これは、最初に書いた通り、『笑いの構造』に代るものとして考えられたためであって、『笑いの構造』ということばが、「世界および人間を捉える構造

としての笑い」という意味合いから考えられたと同じように、「世界および人間を捉える方法としての笑い」という意味を、できるだけ強調したかったためと考えていただきたい。

さて、ずいぶんと表題にこだわってきたようであるが、実は、わたしのいいたいことはすでにそのほとんどをいい終ったとさえいえる。少なくとも、笑いについてわたしが、一人の小説家としてずいぶん永い間考えてきたことの骨子は、すでに述べたようなものなのである。

いったいわたしは、いつごろから笑いについて考えはじめたのだろう？　たぶんそれはわたしが十九世紀ロシアの作家、ニコライ・ゴーゴリのとりこになって以来であるから、ざっと数えても二十年は前にさかのぼるわけである。わたしはまだ二十歳になるかならないかの若僧だった。その若僧が二十年を経て四十歳の男となり、その間考え続けてきた笑いについてこれから語ろうというわけであるが、その時間の長さに較べて、わたしに判ったことは、余りにもあっ気ないものに過ぎるような気もする。

二十年間考えた結果が、たったそれだけのことなのか⁉

われながらおどろかざるを得ない次第だ。しかし、断るまでもなく、わたしは、二十年間、「文学あるいは笑い」について考え続けてはきたけれども、決して、笑いというものを、秩序正しく研究してきたわけではない。世界じゅうの、ありとあらゆる笑いの文献を読破して、それを分類したり、また学問的な見地から分析したりしてきたわけではない。

したがって、結論は、ただの一行であっても決して悪くはなかったわけだ。しかも、その結論は、決して絶対的なものでもないのである。わたしがいまなお、小説を書き続けているのは、そのためであるともいえるだろう。また、このようなエッセイを書きはじめたのも、同様の理由によるものである。

あらかじめ結論の出てしまっている結果だけを基にして、それをなぞりながら、すでに判明してしまっている世界を順序正しく、解説本ふうに書き綴ろうというのであれば、たぶんわたしはこのようなエッセイは書きはじめなかっただろうし、また小説をも書き続けはしないだろう。

世界あるいは人間を捉える、ということはまた、現実を捉えるということである。ところで現実とは、虫ピンで止められた昆虫のようにそうやすやすとわれわれの手中に、捉えられるわけのものではない。たえず、それはわれわれに、体験という形をとって襲いかかり、衝撃を与え、われわれを攻めたて、一見形づくられたかに見えるわれわれの思考を粉砕しようとして、脅かし続けるものだ。

したがって、現実を捉えようとする試みは、すなわち現実との戦いということになり、それは無限に、たぶんわたしならわたしが、現実そのものから葬られるときまで、際限なく続けられるはずである。そういう意味においては、笑いに対するわたしの結論など、ただの一行もいまだ出てはいないのだ、ということさえできる。そしてそれこそ、わたしがこのエッセイを書きはじめた意味ではなかろうか?


さて、ここに『鼻』という中篇小説がある。日本流の枚数に換算すると、だいたい原稿用紙百枚になるかならないかの小説であって、ある朝、ペテルブルグのヴォズネセンスキー大通りに住んでいる床屋のイワン・ヤーコヴレヴィチが朝食に食べようとした焼きたてのパンの中から、こともあろうに、八等官コワリョーフの鼻が出てくるところから話がはじまっている。

もちろんこれは、床屋のヤーコヴレヴィチが寝呆け眼から生じた錯覚でもなく、また、彼の見た夢でもないのであって、その証拠に、同じころ眼をさました八等官のコワリョーフは、鏡の中に映した自分の顔の真中から、鼻が消え失せているのを発見して、おどろくわけだ。

それから、この失われた鼻をめぐって、二人の人間の行動が開始されるが、床屋のヤーコヴレヴィチの方では、次のような場面が出てくる。

「まあ待ってくれ、プラスコーヴィヤ・オーシポヴナ！　いま、ボロッ布へつつんで隅っこの方へ置くことにするからな、しばらくそうしておいて、あとで持ちだすことにしよう」

「そんな口上は聞きたくもないよ！　わたしの部屋へ削がれた鼻なんぞ置かしてたまるもんですかね！　……できそこないめ！　革砥《かわと》で剃刀《かみそり》をベタベタやるだけが能じゃないんですよ、自分のなすべきことをさっさと片づけることもできないのかねえ、なんてだらしがないんだろう！　わたしがお前さんの代りに警察で申し開きをするとでも思っているのかい？……何て能なしだろうねえ、この木偶《でく》の坊め！　そんなもの、さっさと棄てて！　棄てて！　どこへでも好きなところへ持っていくがいいさ！　わたしににおいでも嗅がしたら承知しないよ！」

　イワン・ヤーコヴレヴィチは、まるでうちのめされたようになって突っ立っていた。


　といった具合に妻からののしられたあと、床屋のヤーコヴレヴィチは、ボロ布に包んだ八等官の鼻をそっとポケットにしまい込んで、家を出かける。彼はそれをどこかへそ知らぬ顔で落としてしまうか、誰かの家の土台石の隙間へでもそっと突っ込んでしまいたいのであるが、生憎知り合いに出会ってしまったり、ようやくの思いでポトリと落としたと思うと、こんどは巡査から「落し物をしたぞ」と声をかけられてしまう。そんなわけで、さまざまな苦心の末、イサーキエフスキー橋の上から、橋の下を何気なくのぞき込んでいるふりをして、鼻の包みを橋の下に落とすことに成功したとき、「一時に十プードの重荷を身から下ろしたような気持ち」になったのである。このときの、彼の「気持」が重要である。それは、細君からののしられたとき、「まるでうちのめされたように」突っ立っていた彼の解放感の大きさが表現されているために重大なのではなく、同じころ、鼻を失った八等官の方は八等官の方で、次のような状態を呈していたからである。

「哀れにもコワリョーフは、いまは気も狂わんばかりだった」

つまり、二人は、まったく反対の理由によって、ほとんど同時にうちのめされ、生きた心地を失ったということである。床屋のヤーコヴレヴィチは、とつぜん出現した鼻のためにうちのめされ、他方、八等官は、とつぜんの鼻の消滅によって、気も狂わんばかりとなったわけだ。そして、もう一つここで重要なことは、にもかかわらず、何故そういうことになったかについては、二人ともまったく考えようとはしていない点であろう。いうまでもなく、それは、作者ゴーゴリにその意志がなかったためであるが、いい換えれば、それはこの小説が、単なるペテルブルグの面白おかしい、グロテスクで非現実的な椿事を解明しようというような意図を持つものではないためである。

何故、八等官の鼻はとつぜん紛失したのだろう？　何故それは床屋のパンの中からとつぜん出現したのだろう？

しかし、そのような「何故？」は、誰からも関心を払われないまま、あたかも、現実とは原因不明の世界なのだ、とでもいわぬばかりに、一つの事実としてどんどん進行して行くのである。

八等官は、馬車に乗り込んで鼻を探しはじめた。そして、ある場所で五等官に変装した鼻を発見したのであるが、すぐまた鼻は行方不明になってしまう。この場合「五等官」ということに、意味があるだろうか？あるいは、あるのかも知れない。五等官とは、十九世紀ロシアにおいては、八等官よりも三等級上位の官吏だからである。したがってそれが八等官コワリョーフの、生涯の夢であったとしても、決して不思議ではないだろう。

確かに彼は、馬車の御者に向って、自分のことを「少佐」と呼ばせたがっているような、いわば俗物である。しかしだからといって、この小説が、いわゆる帝政ロシアの俗物官吏を諷刺的に笑ったものであるなどというわけにはゆかないのはもちろん、もう少し文学的に普遍化して、人間そのものの内なる俗物性、俗物的要素の表現といったようなものと考える程度では、やはりまだ不充分だろう。

わたしはしかし、ここでわたし流の理屈をもって、『鼻』の主題が決してそのような諷刺だけの笑いではないと、いい張りたいとは考えていない。何が何でも誰かを説得し、捩じ伏せるように申し立てたいとは思っていない。ただわたしは、少しばかり欲ばっているだけだ。ゴーゴリの『鼻』からもう少し違った何かを発見したい。それは文学的欲ばりであって、つまり、ゴーゴリの『鼻』における笑いを、いわゆる諷刺のレベルにとじ込めてしまったのでは、文学的な発見というものにはなり得ないだろう、といいたいだけである。同時に、現実の発見もあり得ないわけだ。そして、この場合の現実とは、ゴーゴリの眼によって捉えられた現実であると同時に、他ならぬわたし自身が現在生存しているところの、この現代における現実であることは、もちろんであろう。

ところで五等官に変装した八等官の鼻は、いったいどこへ行ったのだろう？

コワリョーフは新聞社へ出かけて行く。そして、探し物の案内広告を依頼するが、担当者から、「鼻とはまた、珍しいお名前ですな」などとからかわれた結果、それなら『北方の蜜蜂』誌にでも掲戦した方がよろしかろう、と問題にされない。『北方の蜜蜂』というのは、当時の通俗的な文芸雑誌だった。

しかしコワリョーフの鼻は、最後はまた、いつの間にかもとの場所へ戻るのである。いわばハッピー・エンドであるが、いったいこの鼻とは、何の意味だろう？　鼻はいったい何の象徴というのだろう？

それについては、多くの文学者たちが言及したろうし、解釈はいかようにも自由である。ひとりひとりが自分勝手に考えればよいわけであって、ゴーゴリはあるときとつぜん、鼻が無くなった自分を想像してみたのではあるまいか、という考え方もあり得る。その場合、もはや鼻は、意味でもなければ象徴でもなく、ただ理不尽で、とつぜん人間を襲った恐怖と狼狽の表現、ということになるだろう。

もちろん、そう考えるにしても、やはり『鼻』における笑いが、八等官コワリョーフの俗物性を笑っただけのものということにはならない。また、人間そのものの内なる俗物性を笑おうとしただけの笑いでもないことは、先にも指摘した通り、コワリョーフの許から消失した鼻が、一方において、床屋の職人をもおどろかせ、生きた心地を無くさせていることからも考えられる。

つまり鼻は、ただ消失することによって人間に衝撃を与えただけではなく、同時に、出現することによっても、まったく別の人間に衝撃を与えるものであったわけだ。ゴーゴリの『鼻』は、とつぜん鼻が、ある場所から行方不明になった話ではない。消えたと同時に、出現するという話である。消滅と出現の物語なのだ。ある人間にとってはその消滅が、他の人間にとってはその出現が、同時に衝撃を与えるという形において、まさに〈世界〉が捉えられているわけである。

二、謎としての現実

『鼻』のことをもう少し考えてみよう。ゴーゴリがこの作品に着手したのは、一八三三年ごろといわれているが、実さいに発表されたのは、一八三六年、プーシキンが主宰していた『同時代人《ソブレメンニク》』誌の第三号だった。その間の事情は、はじめこの作品は『モスクワの観察者《モスコーフスキー・ナブリューダーチェリ》』誌宛に送られたが、あまりにも「低俗・醜悪である」という理由から掲載を拒まれたためらしい。また、検閲の問題もあったらしい。この検閲制度は、一九世紀ロシア文学においてはいわば常識であり、特にこの作品に限ったことではないといえるだろうが、『鼻』を『同時代人』に発表するに際して、プーシキンは次のような序文を書いた。

エヌ・ヴェー・ゴーゴリは、ながいあいだ、この作品の発表に同意しなかった。しかしわれわれはこの小説に、多くの思いがけないもの、幻想的なもの、愉快なもの、独創的なものを見出したので、彼の原稿がわれわれにあたえてくれた喜びを一般読者にも分ちあうことを、われわれに許して欲しいといって彼を説き伏せた次第である。

さすが、ゴーゴリの師匠プーシキンだ。彼はまず、作者ゴーゴリが必ずしもこの自作を喜び勇んで発表する意志を持っていなかったという形に問題をすり替えることによって、検閲当局への挑発を巧みに避けていることがわかる。そして次には、この小説を、幻想的なユーモア小説である、と規定することによってこの小説が決して危険な性質のものではないという暗示的なヒントを、検閲当局に与えているわけだ。

そこには、プーシキンの並々ならぬ配慮をうかがうことができる。もちろんその第一の理由は、彼のゴーゴリに対する評価であろうが、同時に、詩人プーシキンの親分肌的な、また現実主義者的な一面がうかがえて、わたしには興味深い。プーシキンは、直接『検察官』その他の素材やヒントをゴーゴリに与えたばかりでなく、このような形で親分的な役割をも果していたのである。そういう意味において、ゴーゴリはプーシキンの、〝永遠の弟子〟であったといえるかも知れない。これはいまここで考える問題とはもちろん違った性質のものだが、実さいわたしにはプーシキンは相当の〝親分〟であったという気がしている。単なる、天才的な詩人ではない。少なくともわたしにはそう思われるし、興味もある。と同時に、彼の決闘による余りにも早い死が、かえすがえすも残念に思われるわけだ。

わたしがそう思う最も大きな理由の一つは、批評家ベリンスキーとゴーゴリの関係を考えてみた場合である。プーシキンは『鼻』が『同時代人』誌上に発表された翌年の一八三七年、ダンテスとの決闘で死んだ。その知らせをゴーゴリは、スイスできいたのであるが、もし仮にプーシキンが、あと十年生きていたとしたら、どうであろうか？　つまり、一八三七年の十年後は一八四七年であるが、それは、かの有名なベリンスキーの『ゴーゴリへの手紙』が書かれた年だからである。

話が、いささか脇道へそれるようでもあるが、ベリンスキーという批評家とゴーゴリの関係は、是非とも一度は知っておかなければなるまい。ゴーゴリの小説、その笑い、その喜劇というものを考えるためには、どうしても彼を引き合いに出さざるを得ないだろう。

一言でいえば、ベリンスキーは、ゴーゴリ文学の熱烈なる弁護人であった。そして、それは一八三一年に『ディカーニカ近郷夜話』の第一部が発表されて以来、一八四二年に『死せる魂』の第一部が発表されるまで続いたのである。

ベリンスキーは、ゴーゴリこそプーシキンなきあとのロシア文学界の第一人者である、と認めた。しかし、ベリンスキーの評価の基準は、あくまでも農奴制下における古きロシアへの〈諷刺〉と〈批判〉だった。モスクワの検閲委員会で許可されなかった『死せる魂』第一部の原稿を、ペテルブルグの検閲当局へまわし、一部改稿の条件つきで出版できるよう彼が尽力したのも、ゴーゴリの作品が、徹底的に農奴制の矛盾と醜悪さを暴露したものであるという、彼の解釈があったからだった。保守派から加えられたこの作品への攻撃非難に対して、ベリンスキーがゴーゴリを擁護したのは、当然の結果であろう。しかし、問題はその先である。果して、ゴーゴリは、ベリンスキーの解釈に合わせて作品を書いたのだろうか？　彼の笑いは、果してベリンスキーが解釈したような、いわば〈社会諷刺的〉なものだろうか？

必ずしもそうではなかったことが、一八四七年に出版された、ゴーゴリの『友人との往復書簡選』によって明らかにされた。そしてそのとき、ベリンスキーはゴーゴリに腹を立てたのである。

そのおどろくほど芸術的な、ふかく真実をたたえた創作で、あれほど力づよくロシアの自覚をうながし、ロシアに鏡にかけてみるごとく自分自身自らを見入る可能性をあたえてきていた偉大な作家が——キリストと教会との名において、野蛮な地主に、農奴によってこのうえ儲けることを教え、このうえはげしく農奴をののしることを教える書物をひっさげて登場するのだ……それがわたしを怒らせたのは当然のことではなかったでしょうか？　よしあなたが、わたしに生命の危害を加えようとされたのであっても、わたしはこれらの恥辱的な数行を見て感じたほどには、あなたに憎しみを感じなかったでしょう……

もちろん本文はもっと長いが、この、ザルツブルグのベリンスキーから、ローマのゴーゴリへ送られた『ゴーゴリへの手紙』は、ペトラシェフスキー会の席上で、そのコピーを朗読したという理由で、ドストエフスキーが逮捕されたことでも、有名な手紙である。ベリンスキー自身は、ドストエフスキーが逮捕される前年（一八四八年）、肺病のため死亡している。また、ゴーゴリが死んだのはそれから四年後の一八五二年だった。その年の二月十一日、ゴーゴリはほとんど印刷にまわすところまで書き上げていた『死せる魂』第二部の原稿を火中に投じた。そして断食に入り、十日後の二月二十一日の朝、飢餓状態で悶死したのである。ゴーゴリは四十二歳だった。

彼の死に関しては、マトヴェイ・コンスタンチーノフスキーという神父の名が、悪役としてあげられている。晩年のゴーゴリは、その神秘主義的な影響を余りにも受け過ぎた、という説であるが、それがどのような神秘主義であるのかは、わたしには詳しくわからない。また、どの程度の影響であったのかもわたしは知らないが、むしろわたしとしては、それでは何故ベリンスキーは、あれほどまでにゴーゴリの作品を賞讃しながら、ついにゴーゴリには決定的な思想的な影響を与え得なかったのだろう？　と、むしろそちらの方が、不思議に思える。マトヴェイ・コンスタンチーノフスキーという神父は、何かの妖術使いであり、ゴーゴリはその術中に陥って催眠術でもかけられたというのだろうか？

もちろん、これはわたしの勝手な空想であり、これ以上そのあたりの真相を究明しようなどと思ってはいない。ただ、ゴーゴリ自身にはついに思想的な影響を与えることのできなかったベリンスキーの「ゴーゴリ解釈」というものが、意外にもその後の文学研究家には、大きな影響を与えているらしいことを、わたしは不思議に思わざるを得ないだけだ。たぶんそれは、革命後のソ連において、ベリンスキーの批評が、十九世紀三〇年代から四〇年代の、代表的な啓蒙主義、進歩主義、人道主義的批判として大きな評価を受けたためであろう。また、それはそれで結構である。確かにベリンスキーが果した役割は大きい。しかし、ゴーゴリの笑いを、いつまでもベリンスキーの解釈の範囲にとどめ、その範囲内で満足することは、まことにもったいない話であろう。それはゴーゴリを、いつまでも十九世紀の中へ閉じ込めてしまう結果になるだろうからである。そのような特権が誰かに与えられているだろうか？　まさか、そんなことはあるまい。なにしろゴーゴリの笑いについて考え続けているわたしは、他ならぬ二十世紀に生きている人間だからだ。わたしは十九世紀ロシア文学研究家として、ゴーゴリの笑いを考えているわけではない。

そういう意味からも『ゴーゴリへの手紙』が書かれたときまで、プーシキンが生きていたならば、と考えてみたくもなったわけだ。この二人の対立を、プーシキンは果してどう見たであろうか？　もちろんこれは、空想的な仮定であって、もしプーシキンが生きておれば、ゴーゴリ自身もあのような死に方はしなかったのかも知れない。そもそも、マトヴェイ・コンスタンチーノフスキーなどという神父の神秘主義などにも、近づく必要は生じなかった。とも考えられるが、これもまた空想的な仮定であって、とにかく、事実はすべて、プーシキンの死後に起ったわけだった。

さて、このへんで、もう一度『鼻』そのものへ戻らなければならないが、この作品に対してベリンスキーは何といっているだろうか?

諸君はコワリョーフ少佐の知合いではないのか? どうして少佐は諸君をこれほどおもしろがらせるのか、また、なぜ少佐はその鼻に起った異常な事件によって諸君を笑わせるのだろうか?

このベリンスキーの問いは、まことにもっともである。ただし、その設問に対するベリンスキーの解釈は、いかにも彼らしい公式的なものに過ぎない。

それは少佐が一人の少佐というのでなく、複数のコワリョーフ少佐であるからだ。だから少佐と知り合いになった以上は、たとえ諸君が一度にまる百人のコワリョーフに出会ったとしても、すぐに彼らに気がつき、何千人のなかに彼らがいても、すぐにそれを見分けることができるだろう。

つまりこれは、コワリョーフという一人の八等官は、ニコライ一世治下の、農奴制ロシア社会が生んだ、社会的な典型である、ということだろう。もちろんそれは、間違った指摘ではあるまい。いやしくも文学であるからには、当然のことだろう。

それに、何よりも、確かにコワリョーフは滑稽である。しかし重要なことは、彼が滑稽であるのは、「ニコライ一世治下の八等官」だからではない、ということなのである。

コワリョーフは、確かに俗物である。彼は「学歴」によってではなく、「コーカサスでたたき上げた」八等官だ。また彼は、「二十万ぐらいの持参金つき」花嫁を希んでいる。そして、乞食を軽蔑し「ウォスクレセンスキー橋で、むき蜜柑を売っている女かなんかなら、鼻なしで坐っていても、そりゃあかまわんでしょう」などという人物である。しかし、そういう八等官であるから、彼の鼻がなくなったことを、読者は喜ぶのだろうか？　われわれが『鼻』を読んで笑うのは、そのためだろうか？　われわれのまわりには、コワリョーフのような八等官（的な人間）を、何百人、何千人、あるいは何万人も発見することができるために、あの小説は真の喜劇なのであろうか？　あの笑いが、文学であるのは、そのためだろうか？

わたしはそれだけでは満足できない。それならばいっそ、ゴーゴリはある八等官に私怨を抱いていたのだ、と考える方が、まだしも面白いくらいであろう。周知の通り、十九歳でウクライナのネージン高等中学を卒業してペテルブルグへ出てきた彼は、さんざん苦労した挙句、やっとのことで内務省の下級官吏の職についた人間だからである。首都へ向うときの彼の夢は大きなものだった。彼はペテルブルグで「裁判官」になりたいと考えていたらしい。これはあるいは、東京で生れ育った人間には滑稽でもあり、またとんでもない話にきこえるかも知れないが、しかし、やはり十九歳で九州の福岡から東京へ出てきたわたしには、ゴーゴリの気持ちを実感できるのである。

もちろんわたしは、「裁判官」になろうなどとは考えてもみなかったが、思い通り官途へつくこともできず、また、ネージン時代に書いた叙事詩『ガンツ・キュヘリガルテン』を自費出版して酷評を受けたゴーゴリが、どのような気持ちで内務省の下級官吏生活を送らなければならなかったかを、想像することは困難ではない。ウクライナの小地主（ゴーゴリの父親は農奴八十人くらいを有する地主貴族で、退役中尉だった）の息子の夢と自尊心は、首都ペテルブルグにおいて、たちまちにして木端微塵となったわけだ。

そのようなゴーゴリに向って、自分のことを「少佐」と呼ばせたがっていた八等官を、彼が忘れることができなかったのは、当然だろう。実さい彼は、下級官吏時代に「少佐」と呼ばされた上役の顔を思い浮べながら『鼻』を書いたのかも知れないのである。そして、そう考えることは、決して『鼻』の価値を下落させることにはならないだろう。

それは、ドストエフスキーが、『賭博者』その他の作品を、借金返済のために書いたという事実が、決してその価値を低める理由にはならないのと、同様である。少なくとも、その事実をあとから知ったからといって、作者に腹を立てるのは間違いであろう。

もしかすると『鼻』は、ペテルブルグそのものに対する、ゴーゴリの怨みだったのかも知れないのである。一人の田舎者の青雲の志を、あっという間に押し潰してしまった、その首都に対する彼の報復が『鼻』だったといえないことはないはずだ。十九歳の彼の夢を、たちまち灰色の幻滅にすりかえてしまった、このペテルブルグ全体を、上を下への大混乱状態に陥れること！　あるときゴーゴリが、そのような衝動にかりたてられなかったとは、決して断言できないのである。

もちろんこれは、わたし個人のまったく勝手な空想であるが、問題は『鼻』そのものだろう。この小説が、わたしの考える意味での真の喜劇であるのは、コワリョーフのもとから、とつぜん鼻が消滅する点である。そしてそれは、床屋のイワン・ヤーコヴレヴィチの食卓のパンの中から、とつぜん出現する。理由は、誰にもわからない。そして現実は、原因不明のまま、どんどん前へ前へと進行してゆく。これが重要な点であって、ベリンスキーはその点を見落としているわけだ。彼は、そこに原因を考え、その原因の意味するものを、すなわち八等官コワリョーフの俗物性への諷刺と解釈したのだった。そしてコワリョーフは唯一人なのではなく「複数」なのだ、といったのである。

しかし、わたしの考える意味での喜劇は、そもそも何故だかわからないから、喜劇なのである。そこに出現する事件、そこにある現実は、いわゆる因果律を超えた世界である。「何故」鼻がなくなったか？「何故」鼻がとつぜん出現したのか？　その「何故」が笑いなのではない。「何故？」が喜劇の主題ではなく「何故」だかはわからないが、人間の顔から鼻が消滅すれば滑稽なのだ、ということが問題なのである。

なにしろ人間には、鼻が必要であったからだ。おそらく、ゴーゴリの『鼻』を読んだものは、われとわが身の鼻へ、そっと手を触れてみないではいられないだろう。あるいは、あのコワリョーフ少佐のように、そっと鏡をのぞき込んでみるものも、あるかも知れない。然るのち、笑い出さずにはいられないのである。いったい、ロダンの「考える人」の顔から鼻が消滅したらどうだろう？　ミロのヴィナスの顔から、鼻が消滅したらどうだろうか？　あるいは、シーザーとか、クレオパトラの場合でもよいし、芥川龍之介の顔を考えてもよい。

もちろん、これは悪ふざけではない。問題は、喜劇とは何か？　ということである。例えば、人間の鼻は、ぜったいに消滅しないとは断言できない。しかし、その消滅が喜劇であるためには、原因は不明でなければならないだろう。もしも誰かの手によって切り落とされるとか、あるいは自動車事故による等ということになれば、それは悲劇というものだろうからである。

「ああ！　やれやれ！　いったい何ということだろう！　どうしてこんな災難に見舞われたのだろう？（略）それが戦争で切り取られたとか、決闘をしてそうなったとか、あるいはまた自分の方に何かちゃんとした理由があってそうなったのならば、まだしもなのだが、そうではなくて、どうしてか、なんのためにか、ただわけもわからずになくなってしまうなんて、……そんな法が、いったいあるものだろうか！」

と、コワリョーフ自身がいっている通りなのだ。この途方に暮れた八等官の「不幸」は、間違いなく滑稽である。しかし、それは彼が、八等官であるためだろうか？　決してそうではあるまい。つまりゴーゴリが描こうとしたのは、鼻をなくした八等官の滑稽さではなかった。もしコワリョーフが、五等官とか十等官とかであったとしても、同じことがいえるだろう。『鼻』の笑いは、そのような条件つきの笑いではない。い い換えればそれは、人間の滑稽な一面、滑稽な部分を描いたのではなく、ゴーゴリの眼は、人間の存在そのものを滑稽なものとして捉えているのである。人間とはこのくらいまで滑稽なものとなり得るものだ！　しかもその原因は、誰にもわからない。つまり現実そのものが謎なのである！

　繰り返すようだが『鼻』は、八等官の滑稽さを描いたものではない。また、一人の滑稽な「人物」を描いた小説でもない。「このように滑稽な人物もいるのですよ！」といっているのではなく、「人間とはこのように滑稽なものです！」とゴーゴリはいっているのである。そしてそのような眼によって捉えられた人間および世界が、いかに現実的であったかは、八等官と床屋との関係によって示されている。それは前回の部分で述べた通りだ。つまり、滑稽なる存在としての八等官は、人間そのものであり、彼と床屋との関係は、現実そのものということなのである。一人の人間にとってはそのとつぜんの出現が、他の一人の人間にとっては同じもののとつぜんの消滅が、同時に衝撃を与えるという力学こそ、そのままわたしたちが、いま生きているこの現実であるとはいえないだろうか？

　ところで、これは今回のソ連旅行で確かめられたことだが、ゴーゴリは『鼻』の舞台を、彼自身が住んでいた家のすぐ近くに設定しているのだった。

　現在のレニングラードには、「ゴーゴリ通り」という通りがあり、その十七番地に建っている、薄汚れた黄色っぽい四階建ての家に、ゴーゴリは住んでいたのである。わたしは、その家を二度見物に行ったが、それはわたしが泊っていたヨーロッパ・ホテルから歩いて十四、五分の距離であった。すなわち『鼻』のコワリョーフ少佐が毎日散歩する習慣を持っていたネフスキー大通りを、ネヴァ川に向ってまっ直ぐ歩いて行き、旧海軍省の尖塔の手前を左へ折れ込んだところが現在のゴーゴリ通りであるが、五等官に変装した鼻が、毎日午後三時になると散歩をするという噂が立つのも、このネフスキー大通りである。ご存知の通り、ゴーゴリは『ネフスキー大通り』という中篇小説も書いているが、これも『鼻』と同じく、現在のゴーゴリ通り十七番地の家で書かれたものだ。

また、五等官の制服を着けて真面目くさってお祈りをしている鼻をコワリョーフが発見するカザンスキー大寺院は、ネフスキー大通りが突き当る旧海軍省の建物の、すぐ手前にある。さらに、床屋のイワン・ヤーコヴレヴィチが住んでいたヴォズネセンスキー大通りは、現在のゴーゴリ通りとつい目と鼻の先であり、ぼろ布に包んだ八等官の鼻をポケットにしのばせて持ち出した床屋のヤーコヴレヴィチが、ようやくの思いでそれを捨てることに成功したイサーキエフスキー橋も、ゴーゴリの家から歩いて十分足らずの位置だった。

おそらくそれらは、ゴーゴリの毎日の散歩道だったにちがいあるまい。彼はそこをぶらぶら歩きながら、ある日とつぜん『鼻』を考えついたのかも知れないが、あの奇想天外（それはまことに自由そのものである！）な喜劇の舞台が、余りにもその日常の場所に近かったことに、わたしはおどろいたのだった。同時にそれは、不思議な生ま生ましさで、わたしに『鼻』を思い出させた。実さい、ヴォズネセンスキー大通りは、現在では、マヤーロヴァ大通りと改称されているにもかかわらず、わたしはそこを、まるでイワン・ヤーコヴレヴィチの床屋の看板を捜すために歩いているような、錯覚をおぼえたほどだ。また、ネフスキー大通りの古物店前の人込みの中でわたしは、そこがあの「ユンケル商会」であるような気持ちになったのだった。コワリョーフの鼻が、ネフスキー大通りを散歩するとき、ときどき立ち寄るという噂の立った、あの「ユンケル商会」である。小説『鼻』には、そのユンケル商会に集る野次馬に、一人八十コペイカの料金を取って椅子を貸すピローグ（ロシア饅頭）売りまで登場してくる。もちろん、ユンケル商会は現在のネフスキー大通りにはない。しかし、汚れた白い上っ張りを着けたピローグ売りはいまも立っていて、わたしの足を思わず止まらせたのは事実である。

つまりゴーゴリは、あの荒唐無稽な喜劇の舞台を、まことにリアリスチックに活写したわけだ。そしてそれは、彼自身がまさにその作品を書いたとき住んでいた家から極めて近い、限られた狭い日常的な空間だったのである。一人の小説家として、わたしはそのことに、あらためて感心したのだった。なるほど、そういうことだったのか！　そういえば『鼻』の人間たちは、何と自由自在に生き生きと歩きまわっていることか！

ゴーゴリ通り十七番地の、薄汚れた黄色い四階建ての家には、「この家にゴーゴリは、一八三三年から一八三六年の間、住んでいた」と書かれた、レリーフのような記念板が取りつけられている。僅か四年足らずの期間であるが、『鼻』『ネフスキー大通り』『狂人日記』『イワン・イワーノヴィチがイワン・ニキーフォロヴィチと喧嘩をした話』『肖像画』など、その中期の代表的中篇の他『結婚』『検察官』などの戯曲も、すべてその家で書かれたものだ。

三、素材の変形

『外套』について書くことは、実に実に大変な作業である。実さい、それは「ペンが震える」ような作業だといっても、決して過言ではないくらいだ。

いったいわたしは『外套』を、いままでに何度、何十度、読み返しただろうか？　この物語との最初の出遇いは、わたしがまだ十九歳のときであった。それ以来、何と二十年以上の間、わたしの頭の片隅から『外套』が消えたことはなかったのである。小説といえば『外套』、笑いといえば『外套』である。誇張ではなく、〈小説とは何か?〉〈笑いとは何か?〉という問いがわたしの内部からきこえてくる度に、わたしは『外套』のことを考えずにはいられなかった。そして、その問いは、この二十年以上の間、ほとんど絶え間なくわたしの耳にきこえ続けていたわけだ。しかし、ここで重要なことは、それにもかかわらず、いまに至るまで『外套』についての、確固不動の結論といったものが、わたしに得られなかった、そのことである。

もちろん、幾つかのことは、わたしにもわかっている。いったいこの物語の、どこが滑稽であるのか?この物語が真の喜劇である由縁は、果してどこにあるのか?　そしてそれが、現代人であるわれわれにさえも不思議な衝撃を与え続けることのできる秘密は、いったいどこに隠されているのか?

それらの問いの幾つかに対しては、確かにわたしも、わたしなりに答えることができるし、いままでにも少しばかり書いたり、話したりしてきた。しかし、本当のところ、ゴーゴリの笑いとは何だろうか?　そしてそれは、どのようにして、真の文学たり得ているのだろうか?

それを、はっきりした〈ことば〉で、わたし自身にいいきかせなければならない。この稿の目標は、そこにあるわけだ。わたしはまず、最も基本的と思われる問いから出発することにしよう。迷路に踏み込んだものが、入口に引き返して出直したいと考えるのと、それは同じ願望である。いったい『外套』は、喜劇だろうか?　悲劇だろうか?

この問いは、あるいは奇妙にきこえるかも知れない。しかし、この物語の主人公であるアカーキー・アカーキエヴィチの身の上話を、必ずしも〈喜劇〉的であると断言することはできないだろう。この五十歳を過ぎた万年九等官は、下宿住いの独身者である。彼の役所での仕事は、文書の筆写であり、彼はその仕事に満足しているばかりか、それは彼にとって唯一の生き甲斐でさえあった。このような主人公の規定は、『狂人日記』の場合も同様である。日本でいえば、市役所の戸籍係を思い浮かばせるものであるが、要するに、彼にとって文字とか文書というものは、意味でもなければ目的でもなく、ただ〈形〉に過ぎないものだ。もちろん誰が書いたものでも構わない。『外套』の主人公にとってそれが生き甲斐であるのは、その文書が国家にとって重大な意義を持つためでもなければ、門外不出の秘密文書であるためでもない。内容は何でもよいのである。意味もまた無関係である。そして重要なことは、そのことを彼自身が、まったく不満とは感じていないことだ。

つまりこの主人公は、この段階においては、被害者ではない。ただ一つ、主人公の悩みのタネは、外套だった。それは最早、繕いの布ぎれを当てることさえできない、と仕立屋のペトローヴィチから宣告されてしまったからだ。彼は仕立屋に、十コペイカのチップをはずんでまでも、何とかもう一度、ぼろぼろの外套を修繕してもらいたいと考える。なにしろ新調するためには、八十ルーブルが必要であり、それは彼の賞与のおよそ二倍に当る金額だったからである。

彼は、倹約に倹約を重ねる。すなわち、下宿の部屋では夜も灯りをつけない。必要があれば家主の七十歳になる老婆の部屋の灯を借りる。下着は洗濯屋に出さない。道路では、できるだけ靴の底をすりへらさないよう、凸凹や石ころを避けて歩く。そして、ここでも重要なことは、決して彼がそのような不自由を不満に思わないばかりか、「まるで結婚でもし、だれかといっしょに暮してでもいるような、いや、彼はもう独身ではなく、ある愉快な伴侶が彼といっしょに人生の旅を続けることに同意してくれたかのような気持ちにさえなった」のである。

しかし、このような『外套』の筋書きの紹介は、いささか退屈に過ぎるだろう。実さい、わたし自身、こうして書きながら何ともいえない物足りなさをおぼえる。何故だろうか？　確かに、一般的にいって、『外套』に限らず、物語の荒筋を紹介することほど味気ないものはないだろう。しかし、わたしがそれを敢えてしようとしたのは、決して理由なしにではなかった。つまり、わたしは、『外套』の筋書そのものは、如何につまらない、取るに足りぬものであるかを、紹介したかったのである。話そのものは、まことに平凡なものだ。そして、登場人物もまた、まことに類型的な人間に過ぎない。もちろん、この断定には異論が出されるだろう。あの、アカーキー・アカーキエヴィチの幽霊を、いったいどうしてくれる、というわけである。

確かに、幽霊の出現は、超現実的なものだ。特に、リアリズムの名で呼ばれてきた十九世紀ロシア文学の通念からすれば、これはまことに不思議な出来事といわなければなるまい。とても〈平凡〉な話だなどと、いって済まされる問題ではなさそうである。しかし、その幽霊の問題にしたところで、一篇のストーリーとしてそれを考えてみれば、必ずしも特異なものであるとはいえない。

アカーキー・アカーキエヴィチは、新しい外套のために、あらゆる欲望を犠牲にした。しかも、彼はそのことに満足したのである。ついに外套は出来上った。貂の襟こそつけることができなかったけれども、それでも猫の皮は、遠目にはじゅうぶん貂に見えたのである。それは彼にとって、まさにかけがえのない最上のものであった。その外套が、何ものかによって強奪されたのである。

ロシア人にとって外套とは何か？　そのことをわたしは、昨年冬のソ連旅行であらためて認識した。外套を奪われた翌日、アカーキー・アカーキエヴィチが「生れてはじめて」役所を欠勤したのはまことに当然の話であって、それは例えば『鼻』の主人公である八等官のコワリョーフが、鼻なしではとてもネフスキー大通りを歩けないと考える気持ちに、ほとんど匹敵するくらいのものだ。ただ、寒いというだけの問題ではない。つまり外套は、冬のロシアにおいては、ただ人間の形をした防寒具ではなく、まさに人間そのものなのである。同様の意味で、あのロシア式の防寒帽は、人間の頭の形をしているだけではなく、まさに人間の頭そのものといえる。

まあこれは、冬のロシアを旅行したわたしの体験から出た実感であるが、外套を奪われたアカーキー・アカーキエヴィチの悲嘆絶望は、決して誇張されたものではなく、ロシア人であれば誰にでも、きわめて当然と考えられるものだという意味である。そして、熱にうかされた彼が、「ペトローヴィチに会ってなにか泥棒どもをひっかける罠のついた外套を注文する」夢を見ながら、ついに息を引きとったあと、幽霊となって、通りかかった人間たちから「猫や海狸の皮の外套、いや綿入れ外套であろうが、はたまた洗い熊、狐、熊の毛皮外套であろうが」手当り次第に剝ぎ取るという話も、きわめて自然の成り行きといわなければなるまい。『外套』における幽霊の出現も、一篇のストーリーとしてそれも考えれば、まことに平凡なものだとわたしがいうのは、そういう意味だ。決してその筋立ては、特異でもなければ奇をてらうものでもなく、いわば単純すぎるくらい当然なものである。そして同時に、それ自体は決して〈喜劇的〉なストーリーでもない。

いささか、退屈な廻り道をしてきたようであったが、これがわたしのいいたかったことだ。つまり、『外套』は果して〈悲劇〉だろうか？　〈喜劇〉だろうか？——この最も基本的な問いに対する、少なくとも四分の一の解答は、ここで出されたわけだ。すなわち、『外套』は少なくともそのストーリー、その素材においては〈喜劇〉的ではない、という答えである。それでは『外套』のストーリーは、またその素材は、〈悲劇〉的なものだろうか？　あるいはそうかも知れない。少なくとも、現実のレベルで考えた場合、アカーキー・アカーキエヴィチの物語は、一つの小さな悲劇であるといえよう。それは確かに、聞くものの涙を誘わずにはいられない弱者の〈哀話〉でさえある。

ゴーゴリが、プーシキンだけでなく、まわりの友人知己たちの誰彼に小説の素材を与えてくれと頼んでいたことは、よく知られた話だ。

後生ですから、何かテーマをください。滑稽であろうとなかろうとかまいませんが、純ロシア的アネクドートを。（中略）後生ですから、題材をください。一気に五幕の喜劇にして、誓って悪魔よりも滑稽なものにしてみせます。どうかお願いします。

これは、一八三五年十月七日に書かれたプーシキン宛の手紙だといわれている。そして実さいにゴーゴリは、その年の十二月には、プーシキンから与えられた題材によって、『検察官』を書き上げている。まことに不思議な話であるが、『外套』の場合も、ある官吏が苦心してようやく買い求めた猟銃を川の中へ落としてしまったという話がもとになっていると、伝えられている。ゴーゴリは、それを誰かから聞いたのである。

これはいったい、どういうことだろうか？　アネクドートとは、挿話、逸話、一口話、エピソードといった意味のロシア語であるが、ここで重要であるのは、それらの与えられた平凡で単純なアネクドートから、たちまちにして文学を生み出すゴーゴリの〈文学的才能〉というものが問題ではない、という点である。それは確かに、天才的な文章力といえよう。それなしにゴーゴリを考えることができないのも事実であるが、しかし、問題は彼が、「滑稽なものであろうとなかろうと」、与えられるアネクドートのすべてから「とんでもなく滑稽なもの」を創り出そうと、はじめから考えている点である。つまり彼は、プーシキンやその他の友人知己に向って題材を求めているにもかかわらず、その題材が与えられる前から〈喜劇〉を書こうとしているわけだ。

彼の注文は唯一つ、〈純ロシア的なもの〉という点だった。これは、要するに〈現実的なもの〉〈切実なもの〉という意味だろう。わたしの考えでは、ゴーゴリが〈純ロシア的なもの〉という呼び方で求めたものは、要するに〈ロシアで実さいにあった話〉すなわち〈実話〉なのではあるまいかと思う。〈実話〉であれば何でもよい。「滑稽なものであろうとなかろうと」、そこから彼は「とんでもなく滑稽なもの」を創り出す自信を持っていたのである。もう少し正確にいえば、〈実話〉でさえあったならば、必ずその中に滑稽なものを〈発見〉できるはずだという認識が、彼にはあった。

実さい、先に書いた通り、ゴーゴリが与えられた『外套』の題材そのものは、決して〈喜劇〉的なものではなかった。むしろそれは現実のレベルにおいては、メロドラマ的な悲劇でさえあったといえる。その上それは、決して波瀾万丈といった性質のものではなく、まことに単純かつ平凡なものであった。つまり『外套』は、少なくともその題材においては、単純かつ平凡なる〈メロドラマ的な悲劇〉だということができよう。何の変哲もない、平凡で単純な、貧しい万年九等官の哀話に過ぎない。

しかし、その〈哀話〉であるはずの『外套』が、読むものをどうしても笑わせてしまうのは何故だろうか？　そこに、問題の核心があるわけだ。つまり〈笑い〉は、そもそも題材それ自体にあったのではなく、ゴーゴリによって〈発見〉されたものだということである。素材となるべきアネクドート自体が、滑稽である必要はなかった。というよりも、むしろ現実そのものは、いわゆる〈喜劇〉的でもなければ〈悲劇〉的でもない、というのがゴーゴリの考え方であった、というべきだろう。彼は世の中の、さまざまな〈滑稽な〉アネクドートを求めたのではない。ありとあらゆる〈滑稽な〉アネクドートを集めたり、つなぎ合わせたり、組立てたりして〈滑稽な〉物語を創ろうと考えたのではなかった。与えられるアネクドートが、ただ〈純ロシア的なもの〉、すなわち、現実に生きている人間たちの〈実話〉でさえあったならば、そこに必ず、一つの滑稽な世界が、構造として発見されるはずだ、と考えたに違いないのである。

これは実に本質的な考え方だ。つまり真の喜劇は、題材によって決定されるものではない。いわゆる〈滑稽な〉エピソードのつなぎ合わせや寄せ集めでもなく、「こんなに滑稽な話があるのですよ」「こんなに滑稽な人物がいるのですよ」という、目先の変った実例が必要なのでもない。実例は、まったく非個性的な一人の万年九等官でよいのである。

この素材の単純さ、の問題を純粋に方法論の立場から扱おうとしたのが、ロシア・フォルマリストの一人、ボリス・エイヘンバウム（一八八六〜一九五九年）の論文「ゴーゴリの『外套』はいかに作られているか」だろう。ロシア・フォルマリズムの名は、一般にはまだ耳新しいものかも知れない。専門の研究者の間ではともかく、ロシア・フォルマリズムの論文が、邦訳されて一般の目に触れるようになったのは、ここ数年来のことであり、一九一八年に書かれているエイヘンバウムの『外套』論も、その例外ではないのである。もちろん、そのすべてに賛成というわけではない。というより、フォルマリズムという名の通り、文学をその〈形式〉〈言語〉の面から純粋に取扱おうとするフォルマリストの論文を、そもそも日本語の訳文で読むこと自体に、すでに限界があるわけだ。

しかし、いうまでもないことだが、わたしは訳文の問題をいっているのではない。いまわたしの目の前にあるのは、『ロシア・フォルマリズム論集』（現代思潮社刊）の中の、新谷敬三郎・八景秀一共訳「ゴーゴリの『外套』はいかに作られているか」であるが、わたしはそこで論じられている『外套』の問題を、少なくともわたしの関心と興味の範囲内で、自分流に理解したつもりである。

エイヘンバウムが、『外套』の中で最も重視しているのは、〈語り〉の問題である。これは確かに、当然過ぎるくらい当然のように見えて、実は新しい発見だった。なにしろ彼は、ゴーゴリのその〈語り〉を、まさに『外套』が真の〈喜劇〉たる最大の理由として挙げているからだ。〈語り〉こそが、その余りにも単純平凡な素材を、喜劇にしているのだ、といっているのである。

> 物語《ノヴェラ》の構成《コンポジション》は、それを組立てるのは作者の個人的口調《トーン》がどのような役割を果しているかということによって著しく左右される。
>
> 原始的《プリミティブ》な物語は、冒険小説がそうであるように、語りを知らず、またそれを必要としない。なぜならば、そのすべての関心、すべての動きを決定するのは事件と状況とのすばやいさまざまな交替であるからである。

という、ややむずかしいいい廻しの規定が最初から出てくるが、ここで興味深いのは、〈原始的《プリミティブ》な物語〉という用語だろう。それには、〈原始的《プリミティブ》〉とルビがふられているが、わたしの解釈では、これはいわゆる〈通俗的な読物〉と理解して、それほど間違いではなさそうである。また同時にそれは、〈宗教的〉〈倫理的〉〈社会的〉の意味にもとれそうである。ロシア・フォルマリズム自体が、そもそも一つの芸術至上主義的な運動であった以上、それは当然の話であろう。

またある意味ではそれは、最早常識ともいえるものであろうが、一方ではゴーゴリの世界が、それ以前の場所に置かれ過ぎてきたことも確かだ。近い例では、エルミーロフの『ゴーゴリ論』などが思い出されるわけであるが、ところでわたし自身が、ほとんど自問の形で先に投げ出した一つの問いは、まだ充分に解かれたわけではなかった。

『外套』は〈悲劇〉だろうか？　それとも〈喜劇〉だろうか？　――もう少し、作品そのものに即しながら、被害と加害、そしてあの幽霊の問題を考えてみなければならない。

四、関係のグロテスク

エイヘンバウムは、その論文「ゴーゴリの『外套』はいかに作られているか」において〈人道的〉な文学を〈原始的《プリミティブ》な物語〉と呼び、『外套』をそれらの作品と区分した。そして、両者を区分するケジメとして、〈語り〉の有無ということを唱えたのである。ここでいわれている〈語り〉は、ある意味では〈文体〉ということばに置き換えることもできるだろう。しかし、エイヘンバウムが〈文体〉といわずに、敢えて〈語り〉というからには、そこには理由がもちろんあったわけだ。

ところで問題の『外套』における「いわゆる人道的《ヒューマン》な場面」であるが、それは筆写係の万年九等官アカーキー・アカーキエヴィチが、あたかも生れてはじめてであるかのような怒りを表現する、例の場面である。常日頃から若い官吏たちはアカーキーを笑いものにしてきた。すなわち「彼の下宿の主婦《おかみ》で七十になる老婆のことをもちだして、その老婆が彼をひっぱたくそうだと言ったり、いったいいつ、あんたがた二人は結婚式を挙げるんだね、と言ってきいてみたり、また雪だと言って紙切れを彼の頭にふりかけたり」していたのであるが、彼はぜんぜん怒ろうとはしなかった。その彼があるとき「ぼくをそっとしておいてください！なんだってきみたちはぼくを辱しめるんですね？」と一言もらしたのである。その一言が、先輩たちを真似てアカーキーをまさにからかおうとしていた新米の官吏の一人を「一種異様な力」で突き刺す。そしてそれ以来、人生観を変えられてしまうというところである。

確かにこの場面には、一瞬、読むものをしゅんとさせる何かがある。長さにすれば、せいぜい一ページそこらの場面に過ぎないが、そこまで笑いながら読んできたものは、いきなりここで笑いをせき止められた形になってしまう。そのときの「新米の官吏」の眼を、つまり〈人道的〉なものと呼ぶわけだろう。とつぜん起った〈笑い〉の凍結。いい換えれば、この「新米」だけが、笑いの対象となることを免れている。笑われていたのは、アカーキーだけでなく、彼を笑いものにしていた官吏たちもまた同様であったからだ。確かに『外套』の中で、笑われていない人物は「新米」唯一人かも知れない。したがってこの場面に、注意が集まるのも当然といえば当然だろう。実さいわたし自身も、十何年か前はじめてこの小説に出会ったころは、この部分にひっかかった。その後、何度か繰り返して読むようになってからも、その場面を果してどう解釈してよいものかと考え迷ったことを告白して置く。

確かにこの場面のために『外套』は複雑になっている。いっそこの場面は不要なのではあるまいか。少なくとも、せっかく判りかけたつもりになった『外套』を、この部分がまたまたぼやけさせてしまうことは確かだ。

もちろんそれ自体は決して、難解といった種類のものではない。むしろ正反対だ。余りにも常識的であり、いっそ陳腐と呼びたいくらいに類型的でさえある。ゴーゴリはいったい何を考えたのだろうか？　何しろその「新米」は、たった一度その場面に顔を出すだけの存在だからである。その後は作者自身、まるで彼のことなど忘れてしまっているようでさえある。しかし、本当に不思議なことは、そのことよりもむしろ、その部分に対して誰もこれまで疑問を発しなかったことかも知れない。この小説が〈悲劇〉か？〈喜劇〉か？などという如何にも野暮な自問をわたしが敢えて発してみたのは、実はそのせいでもあったわけだが、この部分に対するエイヘンバウムの考えは次のようだ。

『外套』にはおよそ地口めいた文体に思いがけなく根付くもう一つの朗誦調もある。それは主情的・メロドラマ的朗誦の文体である。次の文章は周知の《ヒューマンな》個所であるが、それは副次的な芸術手法であったのを、ロシアの文芸批評でこの中篇小説全体の《イデー》とされたものである。

傍点を付した「次の文章」というのは、先に紹介したアカーキーの怒りと、それを目撃した「新米」がその一言に突き刺される場面だ。また、「地口めいた文体」とは、例えばアカーキー・アカーキエヴィチ・バシュマーチキンという氏名そのものに関して、長々と書かれている書き出しの部分などを指す。

すでにこの呼び名でもわかるとおり、この姓は、いつのころにかバシマーク（短靴）からできてきたものにちがいないが、しかしいつ、いかなる時代に、またどんなふうにしてそれがバシマークからできたかは——とんと見当がづかぬ。とにかく、父親も、祖父も、いや細君の兄弟でさえも、パシマチキン一家のものは一人残らずサパギー（長靴）のほうを履いて歩きまわっていたが、それも一年にせいぜい三度くらしか底革の張替えをしなかったのである。

つまりエイヘンバウムは、ゴーゴリの〈語り〉を、この「地口」（あるいは語呂合せ的ナンセンス）と、「メロドラマ的朗誦調」の二要素に分類し、『外套』はその二要素の交互的組合せ、複合によって成立しているといっているわけである。彼はそのことを、ゴーゴリという作家が如何に自作の朗読にその個性を発揮していたか、その有様をイワン・ツルゲーネフ、イワン・パナーエフその他同時代人たちの回想、エピソード等を列記することによって証明しようとしている。単に自作の朗読の場合のみならず、ふつうの談話の席上においても、ゴーゴリはとつぜん会話の途中から演劇に移って友人たちをおどろかすことがあったらしい。またゴーゴリが、人物の名前に異常な関心を抱いていたという証言も加えている。

これらのことは、いずれも、ゴーゴリの作品を読んだものには、なるほどそうであろう、と頷かせるだけの説得性に富んだものだ。ただ、人物の名前に関しては、それほど新奇なものであるとはいえない。ロシア文学に親しんだものには、例えば『罪と罰』の主人公ラスコーリニコフの名前が、ロシア正教会の分離派《ラスコール》、分離派教徒《ラスコーリニク》に由来するものであるという程度のことはすでに常識となっているからである。しかし、外国人に理解できる範囲は、結局そのあたりまでであることもまた事実であって、それ以上の「語呂合せ」は、充分にロシア語をマスターしたもの以外には、到底理解はできない。

ロシア人にとって如何に滑稽であっても、ロシア語を知らないものにそのおかしさは伝わらないのである。

したがって、『外套』の〈語り〉の主調が「地口」（あるいは語呂合せのナンセンス）にあるとするエイヘンバウム説はその意味において一つの自己制約を持つものといえよう。もちろんゴーゴリの作品は、『外套』をも含めて、日本人にとっては日本語の翻訳で充分に滑稽であり得る。このエッセイの中でわたしがしばしば引用している訳文は、エイヘンバウム論文をのぞき、すべて横田瑞穂訳のものであるが、少しばかり平仮名が多用され過ぎている点をのぞけば、まず不自由のない翻訳文といえる。つまり、日本語で読んでも、ゴーゴリは充分に笑うことができるわけだ。「地口」的要素でさえ、ある程度の「語呂合せ」的要素は失われているとしても、日本語として読み取ることは不可能ではない。

ところでこの論文の大きな価値は、ゴーゴリの〈語り〉の中に「地口」と「メロドラマ的朗誦調」という、対立的な二要素を発見し指摘したことだった。次に「メロドラマ的朗誦調」を「副次的なもの」と規定したこと。そしてもう一つ、その「副次的なもの」がこれまでしばしば批評家たちによって「中心的な《イデー》」と誤解されてきたという指摘だろう。あるいはそれは「誤解」ではなく、「意図」であったかも知れない。いつの時代においてもあることであるが、ゴーゴリの『外套』もまた、その芸術性よりも社会的有効性を強調されてきたわけだ。

いうまでもなくエイヘンバウム論文は、そのような意図ないしは誤解から『外套』の芸術性を守ろうとする戦いである。その武器は〈語り〉であり、その有無こそ〈娯楽的〉なもの、〈通俗的〉なもの、〈教訓的〉なものを含めた意味での〈原始的《プリミティブ》な物語〉から〈文学〉を区分するケジメであった。それにしても結局、最後の問題はゴーゴリの〈笑い〉である。その〈笑い〉がいかに、いわゆる〈ヒューマンなもの〉でも、また社会諷刺的なものでもなかったか。その根拠として、エイヘンバウムもまたゴーゴリの手紙を問題にしている。

病気と憂鬱症そのものこそ私の初期の作品にあらわれている陽気さの原因です。みずからの気をまぎらすため、私はその後の目的や計画ももたずに主人公たちを考え出し、彼らを滑稽な状態に置いたのです。――ここに私の小説の起源があります。……私の笑いは最初は善意からのものでした。私は何らかの目的をもって、なにものかを嘲笑しようとは考えてもいませんでした。……

一八四八年一月十日付、ナポリ発、ジュコフスキー宛の手紙の一節であるが、このときすでにゴーゴリはベリンスキーの批判を受けていた。例の有名な『ゴーゴリへの手紙』を受け取った翌年に当る。もちろんこれで何もかも問題が一挙に片づいてしまうというわけではない。第一にエイヘンバウム論文には、やや強引過ぎるところもある。その戦いの仮想敵の実体が余りにも抽象されているため、（特に日本人には）難解な部分もある。もっとも、そうであるということは、彼が戦わねばならなかった〈敵〉がまことに強大でもあったということに他ならないが。

またわたしは、しばしば引き合いに出されるゴーゴリの手紙の全体を、一字一句文字通りに鵜呑みにしようとするつもりもない。この手紙に見られるものとほぼ同様な〈笑い〉についてのゴーゴリの〈告白〉は、例のベリンスキーを怒らせた『友人との往復書簡選』の中にも出てくるものだが、判っきりいえることは、ゴーゴリにとってベリンスキーの怒りは文字通り〈寝耳に水〉だったということだろう。彼は自分が笑ったのは、すべて病弱とヒポコンデリーのせいだという。確かにそれも事実だろう。南国ウクライナ出身の彼にとって、ペテルブルグの寒風と白夜は冷たくまた暗過ぎただろう。しかし、彼の自覚とは無関係に、ベリンスキーの手紙が彼にとって〈寝耳に水〉的なおどろきであった最大の理由は、ゴーゴリが当時のロシアの〈体制〉とか〈権力〉といったものからほとんど無関係の存在であったためではあるまいか、と考えられる。もちろん反〈体制〉反〈権力〉の〈思想〉とも無関係の存在だった。いい換えればゴーゴリは、首都ペテルブルグに対して一人のヨソ者に過ぎなかったのである。

ゴーゴリが〈現実〉を知らなかった、といえば、あるいは奇妙にきこえるかも知れない。いやしくも彼はロシア・リアリズムの元祖と呼ばれている作家ではないか、という反論である。ウクライナの田舎から出てきた十九歳の彼が、首都ペテルブルグにおいて、孤児《みなしご》のごとく孤独であった。〈法律家〉あるいは〈詩人〉たらんとした彼の夢想はあっという間に木端微塵となり、内務省の下級官吏にありついて糊口の資とした。そのあと帝室領庁の書記となったが、冬じゅう夏外套で過ごしたこともあったという。これではまるで『外套』のアカーキーそのものといった生活である。実さい彼は、その一年程の下級官吏生活体験を通してペテルブルグにおける〈官吏〉の生態を肉眼で観察する機会を持ったわけであった。

夜は美術学校に通ったらしい。しかし、にもかかわらず、彼のペテルブルグ体験には、どこかにエトランゼの匂いが漂ってはいないか。「夏外套で冬を過ごす」ほどの苦労をしたにもかかわらず、である。一つには彼が、妻帯しなかったせいかも知れない。しかし、最大の理由は、たぶん彼が、首都ペテルブルグにおいて、結局いかなる階級にも所属することがなかったためではないだろうか。

当時のロシアの、出版企業というものについて、わたしは明るくないが、純粋な原稿料生活者というものは、まだ存在していなかったと考えられる。ロシアにおける、最初の文学プロレタリアートは、たぶんドストエフスキーだろう。純粋に、自分の手によって書かれた原稿を、金にかえることによって生活した職業作家は、彼が最初だったようだ。それ以前の作家は、すべて地主か貴族だったのである。ドストエフスキーの時代においても、ツルゲーネフ、トルストイ等は、大貴族であり同時に広大なる領地所有者であった。またプーシキンは、ツァルスコエ・セローのリツェイ（貴族中学校）出身の、社交界における詩人だった。

然るにゴーゴリは、そのいずれでもなかった。彼はウクライナに若干の農奴と地所を持つ小貴族の出身ではあったが、ペテルブルグにおいては、唯一人の、旅行者の如き存在に過ぎなかったのである。居ても居なくてもよい存在である。『外套』や『狂人日記』の主人公たちと、まったく同一の存在であった。

ベリンスキーのように、思想をもって〈体制〉に対立する存在でもない。またプーシキンのように、宮廷社交界に所属するものでもない。トルストイ、ツルゲーネフのような大貴族、大地主でもなく、商人でもなければ学者でもなく、ドストエフスキーの如き文学プロレタリアートとなるには少しばかり時間が早過ぎた。それにドストエフスキーには、何よりもペトラシェフスキー事件があった。彼は〈体制〉によって満十年間、シベリア流刑体験と沈黙を強いられたのである。

そんなことはもう充分わかっている、というかも知れない。しかし、わたしは右のことがらとゴーゴリの〈笑い〉とが、切り離しがたく結びついたものとして、考えているのである。つまりゴーゴリは、首都ペテルブルグの体制と直接かかわり合う存在ではなかった。政治的にも、経済的にも、思想的にも、無関係な存在であった。上流社交界とも無縁のものだ。ということは、いかなる形においても彼は、〈体制〉からの被害者ではなかったということである。いい換えれば、無視された存在だった。あたかもアカーキー・アカーキエヴィチ・バシュマーチキンのように。

そのような人間が果して、〈諷刺〉というようなことを考えるだろうか？〈諷刺〉的な〈笑い〉には、立場というものがある。然るにゴーゴリには、いかなる〈立場〉も無かったからだ。

その点においてゴーゴリは、『ガリバー旅行記』を書いたスイフトとは異なる。スイフトが『ガリバー旅行記』を書いた十八世紀の英国と、ゴーゴリの生きた十九世紀ロシアの相違というだけでなく、スイフトには王党支持という明確な立場があった。またその立場に立っての、現実的な立身栄達の夢もあった。ところが、王党の崩壊によって彼の夢は破れ、失意のうちにアイルランドへ帰らざるを得なかったのである。アイルランドにおける彼の地位は、ダブリン聖パトリック教会の首席司祭というものだった。それがどの程度のものであるのか、もちろんわたしは知らないが、スイフトにとっては決して満足な地位ではなかった。つまり『ガリバー旅行記』は、ダブリンに都落ちせざるを得なかったスイフトのイングランドに対する憤懣やる方ない立場から書かれた諷刺小説である。

もちろん『ガリバー旅行記』は、ただ単にジョージ一世治下のイングランドを諷刺しただけのものではない。彼については、たぶんドストエフスキーの〈笑い〉について考えるとき、あらためて考えなければならないだろう。ただここでは、便宜上、その笑いがゴーゴリの笑いと異なるという点のみを指摘するにとどめざるを得ないが、要するにスイフトには明確な立場があったのに対して、ゴーゴリにはいかなる立場もなかった。スイフトは、〈権力〉を知っていたのに対して、ゴーゴリは知らなかった。スイフトは、失脚させる↔失脚させられるという関係において〈権力〉〈体制〉に触れていたのに対して、ゴーゴリは、いかなる形においても〈権力〉〈体制〉とは無関係な存在であった。スイフトの笑いが、〈諷刺〉であるのに対して、ゴーゴリの笑いがそうでないとわたしが考えるのは、以上の理由によるものである。

いったい、ゴーゴリを〈諷刺作家〉と決めてしまったのは誰だろう？　その笑いを〈諷刺的なもの〉と決めたのは、誰だ？

もちろん諷刺の対象は〈体制〉や〈権力〉だけとは限らないだろう。女でもよいし、八等官でもよい。また、田舎町の市長でもよいであろう。しかしわたしは、『鼻』の笑いが八等官コワリョーフの俗物性を諷刺したものではないことを、先にのべた。また、『検察官』における贋検察官フレスタコーフと田舎市長との関係については、いずれまたの機会にのべたいと思うが、ゴーゴリの笑いを諷刺と決めたものたちは、この『外套』の笑いを、いったい何ものに対する諷刺というつもりだろうか？　もう一度作品を精読してみる必要があるのではなかろうか。

そうすれば判ることだが、アカーキーを死に到らしめたものは、ようやくの思いで新調した外套を暗闇の中で奪い取った二人組の強盗である。しかし、その強盗たちは何と幻想的に描かれていることだろう！　アカーキー・アカーキエヴィチが、はっきりと被害者となるのは、まさにそのときにおいてであるにもかかわらずである。また、不思議なことには、加害者である強盗については、その後ただの一行も書かれていない。あたかも、外套が奪われたのは現実ではなく、ただそんなふうな夢を見ただけではないかとでも考えたくなるくらいである。

外套を失ったアカーキーは、次のような経路で外套を捜し求める。まず現場近くの交番へ駆け込むと、巡査から分署長のところへ行けといわれる。下宿へ戻って主婦《おかみ》にその話をすると、主婦は分署長では埒があかないから区の署長のところへ行くべきだという。以前使っていた料理女がその前には署長のところの乳母だったから、というわけである。しかしアカーキーが訪ねて行くと署長はまだ寝ている。再度訪ねると今度はもう出かけたという。仕方なく以前のボロ外套を着て役所へ行くと、署長などよりも、ある「有力な人物」に直接訴えるべきだと仲間の一人にいわれる。「有力な人物」のところへはたまたま旧友が訪ねてきており、アカーキーは待たされる。待たされた挙句、「きみはいったい誰を相手にそれを話しているのかね？」と一喝されて、気を失う。番人に助けられて外へ出た彼は下宿へたどり着くなり高熱を発し、死ぬ。

こう箇条書きにしただけでも、この話は何となくおかしい。滑稽である。しかしそれは何故だろうか？　外套一枚のために、わざわざ勅任官の「有力な人物」の面前へ出かけて直訴したアカーキーの無知、非常識のせいだろうか？　たまたまこの「有力な人物」は、つい最近「勅任官」待遇を得たため、久しぶりに訪ねてきた旧友の目の前で、その威厳を大いに誇示したことになっている。いわばアカーキーは、その威厳の犠牲となったわけだ。したがって死んで幽霊となったアカーキーが、最後に襲ってその外套を剝ぎ取る相手が、この「有力な人物」である、という筋書きは、いかにも勧善懲悪的な報復譚であるかのように見える。〈諷刺〉ということも、あるいはそのあたりから出てきたものとも考えられるがしかし、アカーキーが失われた外套を求めて行く経路自体が、そもそも幻想的な迷路じみたものといえるのではないか。そして笑いは、実はその迷路ふうの幻想の中にあるのではないだろうか、というのがわたしの考えである。つまり『外套』の笑いは、幻想の中にあったのである。

またしてもここで、〈リアリズム〉というものが問題となるだろう。『外套』の笑いが幻想の中にあるのだとすれば、ゴーゴリのリアリズムとはいったい何であるのか、という問題である。それはわたしの考えではこういうことだ。ゴーゴリにとって最も幻想的に見えたもの、それが現実だった。彼にとっては、ペテルブルグの現実ほど幻想的なものはなかったのである！　ペテルブルグの現実ほど、不思議で、奇怪でファンタスティックな世界はなかったのである！

それはたぶん、直感だろう。そして、おそらくそれはゴーゴリがペテルブルグにとって田舎者であり、他国者であったためのおどろきによるものだ。プーシキンならば、すでにそれを〈権力の論理〉として知っていたものを、ゴーゴリは幻想的なおどろきとして、何とも奇妙な不思議なものとして感じ取ったのである。そのおどろきは、例えばアカーキーが「有力な人物」から一喝されて気を失う場面にもあらわれているといえる。一言でいえば、アカーキーにしてみれば、まさか自分がそれほどまでに叱りとばされるとは想像もしてみなかっただろうからだ。彼には一喝された理由がわからない。もしわかっていたならば、外套のことでおそらく「有力な人物」に面会しようなどとは考えなかったはずである。

しかし『外套』における更に大きな笑いは、想像だにしてみなかった「有力な人物」の一喝におどろいて気を失い、挙句の果てに死んでしまったアカーキー・アカーキエヴィチが、他ならぬ「有力な人物」をおどろかせてしまったという、その関係の滑稽さだろう。もちろん彼は、「有力な人物」をおどろかせるために死んだのではない。ただ「有力な人物」がおどろいたのは、まさか、自分の一喝で一人の人間が死んでしまうなどとは、これまた想像だにしてみなかったことだったからだ。ましてや外套一枚のために幽霊にまでなって現われようなどとは、空想もできなかったのである。この両者の関係が重要ではないか。それはちょうど、『鼻』における床屋のヤーコヴレヴィチと八等官コワリョーフとの関係に照応するものだろう。両者は単なる被害・加害の関係に置かれているのではないのである。まったく別の原因が二人の人間をおどろかしているという滑稽さ！　ゴーゴリにとって世界とは、人間と人間がそのような形において生存している構図に、見えたのだろう。このストップモーション的〈笑い〉の構図は、『検察官』の幕切れ〈黙んまりの場〉にも照応している。ドストエフスキーはいった。「われわれは皆ゴーゴリの『外套』の中から出てきた！」

五、夢のリアリズム

ご存知の通り、カフカの『変身』は、グレゴール・ザムザが、ある日「何か気がかりな夢」からめざめるところからはじまる。すると彼は、とつぜん自分が巨大な一匹の毒虫に変身していることに気づくのであるが、めざめがけに見た彼の夢の内容については、何一つ知ることはできない。グレゴールはいったい、どんな「気がかりな夢」を見たのだろう？

われわれが知ることのできるのは、ただ彼が「何か気がかりな夢」を見るような男であるという程度のことに過ぎない。そして、それはまことに平凡なことだ。現実にわれわれが生きている以上、何一つ気がかりなことを持たぬというわけにはゆかないし、何か気がかりなことがあれば、誰だって気がかりな夢の一つも見ないわけにはゆかぬだろうからである。

いうまでもなく『変身』において、グレゴールが見た夢の内容がまったく明らかにされていない理由は、カフカがそれを軽視しているためだ。ほとんど無視する程度に、軽視しているからに他ならない。たぶんそれは、カフカの文学が、体験を語るといった形のものではなく、体験を強いるといった類のものであるためだろう。

この場合「体験」は、もちろん夢である。夢もまた一つの体験に他ならないということであるが、その体験としての夢をカフカは単なるエピソードとして語る気にはなれなかった。彼は、自分の体験を、読者に見物させようとしたのではない。確かにグレゴールは、毒虫になったあと、あたかも虫取籠に捉えられた標本のように、人間たちから見物されはしたが、同時に見物している人間たちもまた、たちまち昨日の彼らとはまったく別の人間に変えられてしまっていることにわれわれは気づくのである。すなわち、昨日までは一家の柱であり、かけがえのない働き手であったはずのグレゴールを、見物人（父母や妹や会社の上役）たちは、迷わず厄介者扱いにせざるを得ない。つまり変身したグレゴールによってまわりの人間たちは「変心」させられたわけだ。そしてやがて、グレゴールは死ぬ。

『変身』は悪夢小説だ、ともいわれる。その代表的なものとさえ考えられているかも知れない。しかしそれは「夢」ではない。それどころか、「何か気がかりな夢から」めざめたところから、わざわざ小説は書きはじめられている。つまり、そう書かれている以上、これは夢ではないと断わっているようなものである。いい換えれば、夢からさめた状態が、毒虫に変身しているグレゴールなのだ。したがって、彼がめざめがけに見た「何か気がかりな夢」とは、もしかすると、すでに毒虫に変身した状態のグレゴールが見ていた夢かも知れないとも、いえる。とすれば、彼が「何か気がかりな夢」を見たということ自体が、すでに滑稽ではないか。なにしろそれは「毒虫」が夢を見たということだからである。毒虫もまた夢を見る！

まあそれも結構なことじゃないか、というわけだろう。実さい、毒虫が夢を見るものかどうか？　それをあれこれ詮索してみたところではじまらないだろう。小説は、動物学教室の実験演習ではないし、第一にカフカは、何といってもその夢自体を書いているわけではないからだ。それにわたしは、いまここでカフカの『変身』について詳しく語ろうとしているわけでもない。実はわたしは、『狂人日記』を材料にして話を進めようとしているのであるが、その前に、「夢」の問題を少し考えてみる気になっただけだった。
夢もまた、生きているわれわれの個人的な体験である以上、それを小説の材料にして悪い理由はどこにもあるまい。例えば、『変身』なら『変身』を、次のように書き出しても決して悪くはないはずである。

ある晩、何か気がかりな考えごとをしながらベッドへもぐり込んだグレゴール・ザムザは、とつぜん自分が一匹の巨大な毒虫に変身した夢を見た――。

そして、そのあとは、まったくあの『変身』の現物と同様であっても、決してそれが小説でないとは断言できない。ただ、もしそうであったならば、われわれは、あれ程まではおどろかなかったであろう、というだけのことである。何故だろうか？　その理由の詮索はひとまず措くとして、ただ、小説の中における夢の場面がどことなく安易であることだけは、誰にでもわかる明瞭な事実だろう。どんなにスバラシイ（つまり恐怖であっても、豪華であっても、奔放であっても、また、淫らであっても、その度合いにおいて非凡であるという意味）夢であっても、小説に書かれた夢はどことなく薄手な感じを与える。しかし、その理由が何故であるかも、ここでは特に考えないことにしておく。

その代り、わたしの体験を一つだけ書いてみよう。あるとき、わたしはこういう夢を見た。わたしはどこかよくわからない野原の中にしゃがみ込んでいて、それは便意を催していたからだった。まわりは、唐モロコシ畑のようでもあるし、丈の高いカヤのような草に囲まれていたようでもある。いずれにせよわたしはその茂みの中へしゃがみ込んで、用を足そうとしていたわけだ。しかし、わたしはどうしても用を足すことができない。唐モロコシ畑か、丈余のカヤの茂みだと思い込んでいた場所は、いつの間にかただの草原であって、ズボンをおろしてしゃがみ込んだわたしのまわりには、大勢の見物人達が輪をつくっていたからだ。見物人の中には、小学校の同級生の顔が見える。そして、わたしの兄の顔も見えた。その他、どんな人間がいただろうか？　そのあたりは忘れてしまっているが、便意はますます募ってくるにもかかわらず、わたしはどうしても用を足すことができないのである。

わたしにいま記憶として残っている〈事実〉のみをのべれば、そういう夢であった。そして、その夢からさめたあと、わたしはトイレットへ立って行き、わたしは自分が珍しく便秘を起こしていることに気がついたわけだ。ははあ、こういうことだったのか、とわたしは、これも珍しいことだが、そのことをノートに記録した。

とはいっても、わたしはノートの上に、自分が見た夢を、いわゆる文学的に〈再現〉したのではない。わたしはただ、〈便秘〉という生理的な状態が、夢の中では〈見物される〉という別の状態に変化していた点に、興味を抱いたに過ぎない。つまり、便意を催しているにもかかわらず用を足すことができない――という状態は、現実も夢も同様である。しかし、その〈理由〉〈原因〉が異なるわけだ。現実においては、その〈理由〉〈原因〉は〈生理〉である。然るに夢の中では、それが〈心理〉に変換されている。要するに、〈原因〉〈理由〉が変換されたわけだ。これが、その夢を体験したあとの、わたしの発見であった。

もちろん、だからといって、これこそ夢の原理だなどというつもりは、毛頭ない。ベルグソンとかフロイトとかの夢論と、結びつくのかつかないのか、そういうこともわたしにはどうでもよい。あるいは、こういう夢の見方をするのは、人間の中でもわたし一人であるのかも知れないし、また、わたし自身、毎回この方法で夢を見ているのかどうかさえ、わからないのである。つまりわたしは、夢一般の法則というものを考えたわけではなかった。わたしが興味を抱いたのは、あくまでもその夢一つに限ってのことである。

そしてさらに限定すれば、その夢のうちでも、わたしが本当に興味を抱いたのは、その中でわたしの置かれていた「用を足せない」という状態を支配している〈原因〉が、変換されていることだけだった。変換されるのは〈原因〉なのだ！　これがわたしの発見であり、その発見にわたしは満足したのである。

見物人の顔など、大したことではなかった。つまり、しゃがみ込んでいるわたしを輪になって見物している人間たちの中に、誰と誰の顔があって、誰と誰がいなかったかといった事柄は、わたしには余り興味がなかった。あるいは本当に興味があるのは、その顔ぶれなのだ、というひとがいるかも知れない。そういうことをいうのは、フロイト自身かどうかは別として、たぶん心理学者か、そうでなければ、小説の中へ夢の場面を書き込んだりする小説家たちだろう。彼らはおそらく、そのとき誰が見物していたのか、というそのことを重大視するに違いない。

男なのか、女なのか？　それは夢の中の「わたし」の過去、現在、未来にとって、いかなる関係を持つ人物であるのか？　また彼らは、「わたし」にとって加害者であるのか、被害者であるのか？　いったい誰が「わたし」を妨害し、痛めつけあるいは笑おうとしているのか？

たぶん、小説の中に夢の場面を書き込もうとする作家ならば、そのような点を重視するはずである。それは、たぶん、夢をもって何かを代弁させせようと考えるからだ。作中人物の心理――恐怖とか不安とか、劣等感とか、憧れとか、孤独とか、そういったものを表現する一つの方法として夢を考えるためであろう。

そして、小説に書かれた夢が、どことなく安易で薄手に見えるのは、そのために他ならない。いい換えれば、その場合の夢は、ある人物を説明するための単なるエピソードに過ぎないわけだ。であれば、それは必ずしも夢でなくともよいだろう。夢でなくてはならないという必然性はないはずである。ただ、夢の方が便利であるのは、そうした方が書き易いから、というだけのことになる。書きにくいことは、何でも夢にしてしまえば簡単だというのならば、夢はいわば、現実を説明するための、現実よりも安直なる手段という以外になくなってしまうわけだ。

そしてその考え方でゆくならば、わたしがいま実例としてここに提供した夢では、結局、見物者の顔を問題とせざるを得なくなるだろう。肝じんなのは彼らの顔であって、それを書かなければ、その夢の利用価値はほとんどなくなってしまうわけだ。また逆にいえば、その顔の中に、現実を説明するために好都合な、いろいろな顔を登場させることもできるということであろう。あたかもそれこそ、夢の〈自由〉であるとでもいうかのごとくに、である。

しかし、本当の意味での夢の〈自由〉は、もう少し別のところにあるのではないか。それは、夢というものを、ある人物のある種の内部世界の表象としての一場面と考えるのではなく、夢自体を一つの構造として考えるということだろう。夢をもって、ある一つの場面を語らせるエピソードと考えるのではなく、それ自体が、生きている人間の世界をその中に捉えることのできる構造として考えるわけだ。『変身』は、悪夢小説といわれているとしても、決して夢を書いたものではない。しかしそこには、夢の方法が用いられている。つまり『変身』は、夢を書いたのではなく、夢の方法によって書かれているわけだ。夢の論理によって書かれた現実なのである。そこでは夢は、われわれが生きている現実、人間と人間とが関係している世界というものを捉える方法として考えられているわけだ。その意味で、これを〈夢のリアリズム〉と呼ぶことができるだろう。

問題は、その夢の論理というものだろう。例えばわたしの見た夢の場合、そこにおいては、〈原因〉が変換されていたことを発見した。つまりそれはめざめている現実の場面における因果律とは、もう一つ別の因果律の発見である。もちろん、もっといろいろと多くのことが、夢から発見されるに違いない。ただわたしがいいたいのは、あのように取るに足りぬ貧弱な一つの夢ではあっても、よく考えてみればそこから何ごとかを発見することはできる、ということである。

もちろん問題は、それの発見がわれわれの生きている現実の本質にかかわるかどうか、ということだろう。また、われわれが人間や現実を考えてゆく上で、より自由な眼となり得るかどうか、ということでもある。

夢の話が長くなった。しかし、わたしはここで何か結論を出そうとしているわけではない。ただわたしは〈夢のリアリズム〉〈夢の論理〉といったものと〈笑い〉とが、どこかで結びつくのではないだろうかと考えているうちに、話が少し長びいてきたのだった。例えば『鼻』のことをわたしはすでに書いた。そしてそこでは「何故」八等官コワリョーフの鼻がとつぜん紛失したのか。また、コワリョーフの顔からとつぜん紛失した鼻が、「何故」、床屋のヤーコヴレヴィチの朝食のパンの中から出現したのか、この「何故」については、まったく誰一人として考えようとしていない点を、いささか強調したつもりである。二人の主人公はもちろん、作者もその「何故」の追求には無関心だった。つまりそこでは、〈原因〉は問題にされていない。少なくとも、日常の次元における〈原因〉は問題ではない。そしてそれは、『変身』の場合も同様だろう。グレゴール・ザムザは「何故」とつぜん毒虫に変身したのか？　当の本人はもちろん、作者自身もまるで考えようとはしていない。

〈笑い〉は、この因果律を超えたところから出ているのではないだろうか。夢における原因の変換、というわたしの体験的な小発見と、〈笑い〉との結びつきをわたしが考えてみたくなったのは、そういうわけだった。日常的な現実において、いわゆる〈原因〉と考えられているものを一旦取りはずしてみる自由。わたしが体験した小っぽけな夢の論理は、少なくともわたしにその自由を発見させたといえるだろう。

それにしても、夢の方法で現実を考えるというのは、それ自体すでにおかしなことだ。〈夢の方法〉で、ということは、〈夢を見る見方で〉ということであり、その方法で現実を考えるということは、眠った状態でめざめた人間と関係を持つということになるだろう。また逆に、めざめた状態で眠った人間と関係を持つことでもある。それは確かに、おかしなことに違いない。しかし、ゴーゴリの世界においては、人物と人物との関係は、まさにそのような形で捉えられているといえるのではないか。

外套を強奪されたアカーキー・アカーキエヴィチが、失われた外套を求めてたどる過程がいかに迷路じみた幻想的なものであったかは、すでにのべた。そして〈笑い〉は、まさにその幻想の中にあることを、わたしは書いた。実さい、アカーキー・アカーキエヴィチが外套を奪われる場面から、彼がついに死亡するまでの部分をよく読んでみると、まるでそれは夢の中の出来事のように見えてくるはずである。それはちょうど、子供向きの童話に出てくる、夢のような場面といえる。

「太郎がどんどん歩いて行くと、川があったので、川を渡って、またどんどん歩いて行くと、暗い森の中へ迷い込みましたが、それでもどんどんどん歩いて行くと、とつぜん目の前に大きな岩が聳えているのにぶつかりました。どうしよう、と太郎が考えていると、とつぜん大きな岩の下にほら穴のようなものがあいて、太郎は地面の底の方へ、どんどんどんどん落ちて行きました。」

いってみれば、こういった感じなのだ。そして不思議なことは、そのような「どんどんどんどん歩いて行く」式の部分と、次のような正反対の部分とが、一つの作品の中で組合わされていることだろう。

ペトローヴィチはカポートを取りあげ、まずそれをテーブルの上にひろげて、しばらくじっと眺めていたが、首をふって、窓のほうへ片手をさし伸べて、まるい形をした煙草《タバコ》のケースを取ろうとした、その煙草のケースにはある将軍の肖像がついていたが――それがだれを描いたものであるかは、とんと見当がつかなかった、というのは、顔に当たるところは指で穴があけられていて、そのあとに四角な小さな紙切れがはられていたからだ。ペトローヴィチは嗅ぎ煙草を一服やると、カポートを両手でひろげ、それを明るいほうへむけて調べたあと、また首をふった。それからこんどはそれを裏返してみて、もう一度首をふった、紙がはられた将軍のついた蓋をふたたびあけて煙草をひとつまみ鼻のところへ持ってゆき、それから蓋をしめて、煙草のケースをしまい、やがてこう言った。
「いや、こいつはもう繕いはききませんぜ。なんともひどいお召物ですなあ！」
アカーキー・アカーキエヴィチは、この言葉を聞いて心臓がどきりとした。

これは、アカーキー・アカーキエヴィチがぼろぼろの外套を、何とか繕ってもらいたいとペトローヴィチのところへ頼みに行き、すげなく断られてしまう場面であるが、ここでは何と、アカーキー・アカーキエヴィチの外套のぼろぼろぶりに調子を合わせたとでもいうかのように、ペトローヴィチ所有するところの、嗅ぎ煙草ケースの蓋の破損状態までが、くだくだしく細密に書きこまれているのである。

つまり、こういうことだ。一方においては右のごとく、掌に近視眼をこすりつけるような細密描写があるかと思えば、また一方では先に紹介したような、「どんどんどんどん歩いて行く」式の書き方がある。この自由さは、夢の自由さといえないだろうか。同時にそれは、不思議な、バランスを失った、不安定でグロテスクな世界でもある。

ところで実は、ここでわたしは『狂人日記』について書くつもりで筆を執ったのだった。にもかかわらず、紙数はやがて尽きようとしている。もちろん、わたしとしては、是非とも語って置かねばならないと考えたことを書いているうちに、こういう結果になったのである。しかし、いまから『狂人日記』に移ったのでは、いささか中途半端であり、まちがいなく次項に持ち越してしまうことは、明らかだろう。したがって、わたしはここで一つ、最近日本語に翻訳出版されたゴーゴリ論を紹介してみたいと思う。

ウラジーミル・ナボコフの『ニコライ・ゴーゴリ』（青山太郎訳・紀伊国屋書店刊）である。ナボコフの名は、かの有名なるベストセラー『ロリータ』の作者として、わが国では知られている。ただし、そのために却ってその作者とゴーゴリとの結びつきが不思議なものに考えられるかも知れない。それはこういうわけだ。『ロリータ』の作者ナボコフは、その名の示すごとくロシア人であり、一八九九年ペテルブルグでロシア貴族の家に生れた。革命の勃発とともにヨーロッパに逃れ、一九二二年、ケンブリッジ大学を卒業。ドイツおよびフランスでの文筆活動を経て、一九四〇年アメリカに移住。

つまり、ロシアはナボコフにとって、失われた故郷であり、そのロシアに対する「愛憎二筋」の感じは、直接ゴーゴリとは何のかかわり合いを持たないにもかかわらず、このゴーゴリ論の中にもまことによくあらわれている。また、原文は英語で書かれたものであるが、読んでみると、自分の英仏独三ケ国語の語学力をひけらかしたり、現在刊行されている英訳のゴーゴリをこきおろしたりして、帝政ロシア貴族気質とプライドを誇示しているあたりも、面白い。しかし、わたしがこのゴーゴリ論をいまここでわざわざ紹介しようとする理由は他にある。ナボコフがゴーゴリ論の中で、直接扱っている作品は『検察官』と『死せる魂』と『外套』の三篇であるが、前二篇はわたし自身がまだこのエッセイの中で扱っていないものであるから暫く措くとして、ここでは『外套』におけるアカーキー・アカーキエヴィチの幽霊についての、ナボコフの考え方を紹介して置きたいと思う。

人々がアカーキー・アカーキエヴィチの外套を剥がれた幽霊だと思ったのは、実は彼の外套を剥いだ男にほかならない。それでもアカーキー・アカーキエヴィチの幽霊がひとえに外套を失った恨めしさゆえに厳然と存在することに変りはなく、いっぽう、物語の奇妙奇天烈な逆説に巻きこまれた巡査は、まさに幽霊のアンチテーゼであるかの人物、外套を剥いだ犯人を幽霊と取り違えるのであり、かくして物語は完き円を描く。そしてこの円は悪循環の円である。なぜならあらゆる円は、たとえそれがリンゴのふりをしようと、惑星のふりをしようと、あるいは人間の顔に見せかけようと、悪循環であることに変りはないからである。

これがナボコフの幽霊論である。そして、確かにそう考えられないこともないといえそうなのが『外套』の結末である。

どうやら勅任官の外套が幽霊の身にはぴったり合ったらしく、少なくともだれかが外套をはがれたなどという噂は、どこにも聞かれなくなった。もっとも、多くの勤勉な、心配性の人々は、どうしても気を安めようとはしないで、いまなおどこか遠くのほうには、官吏の幽霊がでるそうだなどと言って噂する、またじっさいコロームナの一警官は、ある家の陰から幽霊がでてきたのを、たしかに自分の目で見とどけたという、しかし、その警官は生まれつき非力で――あるときなど一軒の民家からとび出してきた、ふつうの大きさの子豚に突きとばされて、まわりに立っていた人々に大笑いされたので、彼は彼らにたいして自分を侮辱したというので、煙草銭として二コペイカずつ要求したことがあったほどで――つまり、そのくらいに非力であったから、彼は幽霊をおしとどめることができず、ただ漫然と暗闇の中を、そのあとからつけていくと、やがて幽霊はふいにふりかえって立ちどまったかと思うと「なにか用かね?」とききき、生きた人々にはけっして見ることのできないような大きな拳を見せた。警官は、「いや、べつに」と答えて、そのままあとへひきかえした。しかし、その幽霊は、非常に背が高く、また大きな口ひげを生やしていたというのだが、オブーホフ橋のほうへ足をむけると見る間に、夜の闇のなかにすっかり姿を消してしまったということである。

これがグロテスクな〈悪夢〉の幕切れであるが、もしこの幽霊がナボコフのいう通りだとしても、現実そのものが悪夢なのだというゴーゴリの世界には、変りはあるまい。

六、恥辱と変身

『狂人日記』では、ついに犬が話をはじめる。雄犬のフィデリと雌犬のメッジィである。その話し声を九等官のアクセンチー・イワーノヴィチ・ポプリーシチンは、ある日、ネフスキー大通りの菓子店の前で立ち聞きした。彼はその翌日、フィデリの家をつきとめる。フィデリとメッジィの話を立ち聞きして、どうやら彼らは手紙のやりとりをしているらしいとわかったからだ。その手紙を手に入れなければならない。メッジィからフィデリ宛の手紙を読めば、「あの方」について何か手がかりがつかめるだろう。メッジィは「あの方」に飼われている犬だからである。そして「あの方」は、九等官ポプリーシチンの長官の一人娘だった。毎日、長官の私邸の書斎に出勤して、鵞ペンを削るのが九等官の任務である。彼は四十二歳の独身者であるが、この年齢は、いささか興味深い。『狂人日記』が書かれたのは一八三四年で、ゴーゴリ自身はまだ二十五歳だったからだ。その年齢に関しては、作中、次のようなやりとりがある。

課長の奴ひどくおこりやがった。役所へ行くと、ちょっと来てくれと言って、こんなことを言いだしやがった、「さあ、言ってみたまえ、いったい、どんな了見で、きみはあんなことをするのだね？」——「あんなことってなんですか？　わたしはなにもしやしませんよ」と、おれは答えた。——「いや、胸に手を当ててよく考えてみるがいい！　いいかね、きみはもう四十をこしているんじゃないか——分別をもってもいい年ごろだ。いったい、どう考えているのだ？　ぼくがきみのしたことをなにも知らないとでも思っているのか？　きみは長官のお嬢さんのあとをつけたんじゃないか！　身のほどを知るがいい！　だいいち、きみは、コンマ以下の人間じゃないか。それに一文のたくわえだってありやしまい。せめて鏡とでも相談してみるがいいんだ、――よくもその面《つら》でそんな真似ができたものだ」

これは課長のことばである。それに対して「おれ」はこう答えている。つまり「日記」に書きつけているわけだ。

七等官がなんだい！（中略）おれがどこぞの平民の出で、仕立屋か、下士官の息子だとでもいうのかい？　これでもれっきとした貴族なんだぞ。なあに、いまに出世してみせるぞ。年だってまだ四十二なんだ――勤めだって、まずこれからというところだ。いまに見てろ！　大佐相当官ぐらいにはなってみせるぞ、いや、うまくゆけば、もっと出世するかもしれんぞ。（中略）ただ、いまのところ、いささか懐《ふところ》に余裕のないのが不仕合せというだけのことさ。

ゴーゴリ自身が、下級官吏の体験者であったことはすでにのべたが、「四十二歳」である点だけをのぞけば、ここにあらわれた九等官は、まさにゴーゴリそのものといえる。ただ奇妙なことに、四十二歳という年齢は、彼が死んだ年齢なのである。これは、たぶん偶然だろう。それ以上にこの年齢の一致を神秘化して考える必要はないであろうが、一応そのことに気づいて置くのは、無駄ではあるまい。また、確かにゴーゴリは「平民の出」でもない。「仕立屋か下士官の息子」でもなく、退役中尉であるウクライナの小地主貴族の息子だった。

ところで、この『狂人日記』は、「十月三日」からはじまり「十月四日」の次は「十一月六日」。それから、八日、九日、十一日、十二日、十三日。十二月は、三日、五日、八日。それからとつぜん「二〇〇〇年。四月四十三日」となり、続いて、「三十月八十六日。昼と夜の境」「何日でもない。日数にはいらぬ日であった」「日も思い出せない。月もやっぱりない。なにがなんだかさっぱりわからない日のこと」「一日」「マドリッドにて。二月三十日」「二月の後に改まったおなじ年の一月」「二十五日」、そして最後は「日三四月年、日二三四九」という具合になる。これを大まかに、四つに分けて考えることができそうだ。

まず、第一の段階は「十月三日」から「十一月十二日」まで。つまり、犬の手紙を手に入れるところまでである。

第二段階は、「十一月十三日」から、「十二月八日」までであるが、手に入れた犬の手紙を読む「十一月十三日」から次の日付「十二月三日」まで、間が大きくとんでいる。以下、「十二月五日」「十二月八日」と続くのであるが、日常的現実的な日付は、ここで終りとなる。もちろん、犬の手紙が原因である。メッジィからフィデリに宛てられた数通の手紙によって、「あの方」はさる侍従武官との縁組がまとまり、長官もそれを大へん喜んでいることが明らかになったからだ。

手紙の中で、雌犬のメッジィは男たちの品定めをしている。ときどき、お屋敷の庭先へあらわれるグレート・デーンは「まるで田舎のどん百姓そっくり」とこきおろされるが、隣の家の垣根を越えてやってくる雄犬のトレゾールに、彼女はすっかりご執心である。

「〈トレゾールとくらべて、この侍従武官、てんで見られたものじゃあないじゃないか！〉ほんとにさ！　お月さまと鼈《すっぽん》ほどのちがいだわ！　だいいち、この侍従武官ったら、顔がいやにのっぺりして、だだっ広くて、またその頬ひげのあたりったら、まるで顔を真黒いハンカチででもつつんだみたいじゃないの。（中略）わたしにはまるでわからないわ、マ・シェール、お嬢さまにはいったいチェプロフさまのどこがいいんだろってことがさ。いったい、どうしてお嬢さまはあのかたにあんなに夢中なんでしょうねえ？

「おれ」はこの雌犬の手紙を一喜一憂しつつ読み進む。

おれにもそんな気がする、ちょっとおかしいと思う。侍従武官なんかがお嬢さまをそうやすやすと迷わすことができるなんて、断じてありえないことだ。

しかし、最後はこうなる。

えい、勝手にしやがれ！　おれはもう、続けて読む気がしない……なんかといえば侍従武官だの、将官だのと。この世ではなにかちょっとよさそうなものがあると、みんな侍従武官だの、将官だののところへころがりこんでしまうんだ。おれたちがなにかちょっぴり幸福を見つけて、それを手でつかもうとすると、——侍従武官だの、将官だのという奴らが、いきなり横合いから手を出して、それをひっさらってしまう。

そして「おれ」は、犬の手紙を、ずたずたに破り棄ててしまう。それにしても、この悲痛さはおそろしいほどのものだ。余りにも生ま生ましいといえるのではないか。これもエイヘンバウムのいう「メロドラマ的朗誦調」だろうか。

勝手にしやがれ！　おれも将官級になってみたいとは思う、でも、それは婿の口にありついたりなんかしたいためじゃあさらさらない。おれが将官となりたいのは、奴らがくだらぬ宮廷むきの作法や、繁《はん》文縟礼《ぶんじょくれい》の限りをつくしたり、身につけたりする醜態を見てやりたいのと、おまえたちのような奴らにぺっと唾をひっかけてくれるぞと、そう言ってやりたいためなんだ。

余りにもマトモな嘆きである。マトモ過ぎて、涙が出てくる。実さい、侍従武官や将官を「代官さま」に置き換えればそのままテレビの時代劇にでも使える悲痛な訴えではないか。悪代官に許婚者を奪われる、水呑み百姓の伜の嘆きと怒りにそっくりである。テレビ時代劇の場合は、そこへ浪人者があらわれる。顎の不精髭を撫でながら出てきて、ということになるわけだろう。

しかしながらゴーゴリの場合は、急転直下、その悲痛の訴えは、あっという間に日常的現実を突き抜けて行く。それは、まったく「だまし舟」的な速度といえよう。帆かけ舟の舳先を摘んで両眼をつむる。そしてあける。すると摘んでいたはずの舳先は、帆先であった！　あの子供時代の折り紙遊びの「だまし舟」である。

確かにこの場合にも、エイヘンバウムの公式は当てはまるかも知れない。「メロドラマ的朗誦調」と「地口的語呂合せ」。その組合せと繰り返しという構造である。例えば、「十二月三日」の日記は、こうはじまる。

ばかな、こんなことってあるものか！　婚礼なんぞ挙げさせてたまるものか！　侍従武官がなんだというんだ？　たんに官職以外のなんでもないじゃないか。

しかし、そのすぐあとは、

手にとってはっきり見られるなにかじゃないじゃないか。侍従武官だからといって、額の上にもうひとつ目玉がくっついているわけでもあるまい、まさか鼻が金でできてもいまいし、おれの鼻やみんなの鼻とべつに変りはあるまい、侍従武官の鼻だからといって、匂いは嗅げるだろうが、物を食うことはできまい、嚔《くしゃみ》はしても咳はできまい。

となっているからである。このような組合せの実例は、『外套』においてもすでに見てきた。そしてそれは確かにエイヘンバウムが指摘した通りだ。しかし、その組合せは単なる繰り返しとはならない。問題はその組合せによってもたらされる、あの「だまし舟」的、急転直下的な変換がみられるのである。〈悲痛〉から〈笑い〉へのとつぜんの変換である。

九等官の訴えは、まことに生ま生ましく悲痛なものであった。それは弱者の余りにも悲惨な現実でもある。その悲痛さは、直接、われわれの涙と怒りを誘わずにはおかない。そのあとに続く〈笑い〉もまた然りであって、現実に三つの目玉を持っている人間ではない以上、また、金の鼻を持っていない以上、その鼻で咳をすることができる人間ではない以上、われわれは笑い出さずにはいられない。つまり、悲痛と同様、その組合せとしての笑いもまた、日常的現実の次元においてわれわれに訴えるものだったわけだ。

その〈悲痛〉を〈笑い〉へと一気に変換させるものは、一つの疑問符である。

「なるほど、おれは九等官だが、どういう理由で九等官なんだろう？」

この疑問符を境にして、九等官の悲痛は、現実から一跳びに高く舞い上る。そして、日常の論理を超えるのである。確かにそれは、狂人の論理への突入であるともいえる。九等官は辛い、悲しい。その辛さ、悲しみは、九等官だからである。したがって、この辛さ、悲しみから解放されるためには、自分は九等官をやめればよい、という論理である。この論理は、一見したところいわゆる逃避に見える。敗北の論理、といえそうである、なにしろ、彼が九等官である理由は、たぶん現実にもいろいろとあるだろうからだ。にもかかわらず、その理由は現実にはまったく追求されようとはしない。何故だろうか？

あるものは、それをゴーゴリの限界だという。いわゆる階級的認識の限界である。たぶんそれも間違ってはいないだろう。ただし、だからといって、ゴーゴリが〈階級的認識〉というものでは到底考えられそうもない認識をもって彼自身の小説を作ったことまでを、否定するわけにはゆかない。もしそのことを認めないというのであれば、それこそまさしく、〈階級的認識〉というもの自体の限界といえるわけだ。

つまりこういうことだろう。九等官なるがゆえに辛く、屈辱的であるのならば、すなわち九等官をやめればよい。この論理によって組み変えらせる世界は、九等官という存在そのものを無意味にする世界である。いい換えればそれは、九等官なるがゆえの悲しみというものを、九等官を超えた悲しみに変換させる世界である。

「おれ」は悲惨だ。なぜならば「おれ」は九等官だからである。したがって「おれ」は九等官であることをやめたのである。これが『狂人日記』における九等官ポプリーシチン変身の論理であった。

そしてそのとき、世界は急変した。「おれ」はもはや一人の九等官でないばかりか、ロシア人でさえなくなり、時間もまたその日常的な約束を完全に超えるわけだ。すなわち、時間はたちまち「二〇〇〇年。四月四十三日」となり、「おれ」は「スペインの王様フェルディナンド八世」となったのである。同時に、〈笑い〉と〈悲痛〉もまた、日常の次元を遥かに超えて、人間存在そのものの深層に達するわけだ。九等官という日常の階級は消滅しても、その悲惨さは消滅しないからである。むしろ、日常的現実としての九等官を消滅させたことによって、悲惨さは一そう普遍的なものとして、露骨に抽出されさえしてくる。人間そのものが悲惨かつ滑稽なる存在として、見えてくる世界が出現する。

これがこの小説の第三の段階であるが、そもそも九等官ポプリーシチンが、スペイン王フェルディナンド八世となったのは、王位継承をめぐるいざこざ話を新聞で読んだのがきっかけだった。スペインには王位を継承すべき人間がいない。それはおかしい。きっとどこかにこっそり隠れているに違いない、と考えはじめる。その結果、次のような発見に至るわけだ。

二〇〇〇年。四月四十三日。

今日はたいへんめでたい日だ！　スペインに王さまがいたのだ。見つかったんだ。その王さまというのは——このおれだ。今日はじめて、それがわかった。うちあけていえば、まるで稲妻が照らすように、ぱっとそれがわかった。いったい、どうしてこれまで自分が九等官だなんて思っていられたのか、わけがわからぬ。あんなとほうもない狂気じみた空想が、まったくどうしておれの頭へ浮かびえたのか？まだだれ一人おれを精神病院へ入れようと思いつかないうちで、まあまあ仕合せだった。

その「おれ」の「仕合せ」は、当分続く。たぶんそれは、元九等官だった四十二歳の「おれ」の生涯における、最初の輝かしい数日間であったといえるだろう。まず、女中のマヴラをおどろかせ、長官をフリーメーソンだときめつけ、「あの方」を「別嬪」と呼ぶ。それから庶務係の呼び出しを受けて三週間ぶりに役所へ出て行った「おれ」は長官を「コルク」ときめつけ、彼が署名する書類に「フェルディナンド八世」と署名したあと、長官の私邸へ出向いて行く。長官の不在を告げる下男を怒鳴りつけて令嬢の化粧室へ通った「おれ」は、「彼女には思いもうけぬ幸福がやってくるであろうこと、よからぬ奴らがあれこれとたくらみをしても、末はかならずいっしょになれる」と、おどろいている彼女にいってきかせる。まことに、サッソウたるスペイン王ぶりだ。しかし、この「仕合せ」の絶頂にある「三十月八十六日。昼と夜との境」に書きつけられたことばは何という生ま生ましさであろうか。何という現実的で、不幸で、本質的なことばであったことだろう。

それにしても、女というやつは――なんと油断のならぬ代物だろう！　おれはいま、やっと女の正体がつかめたぞ。いったい女はどんな男に惚れこむものかということをつきとめた者は、いままで一人もいなかった。それをはじめて発見したのは、このおれだ。女が血道をあげるのは、悪魔なんだ。（中略）いいかね、まあ第一列の桟敷から一人の女が柄付眼鏡《ロルネット》でのぞきこんでいるとするんだな。諸君は、その女が星形勲章をぶらさげた肥太漢《ふとっちょ》を見ているんだと思うだろう。ところが、大ちがい、女はその男のうしろに立っている悪魔を見ているのだ。おや、悪魔のやつ、男の燕尾服のなかへ隠れやがったぞ。ほーら、奴はそこから女へ指でおいでおいでと合図をしてやがる！　というわけで、女はそれにつられて、そいつのところへ嫁に行く。細君になってしまうのだ。

以前にも明記した通り、これらの引用文はすべて横田瑞穂訳によるものであるが、まったく引用しはじめたらキリのないのが、ゴーゴリの特徴である。実さい、写しはじめたら最後、どこもかしこも、全部引用したくなってしまう。しかしそれは必ずしもわたしの罪であるとばかりはいえない。そういう文体なのだ。つまり、ゴーゴリにおいては、部分と全体とが、そういう形で結びついているのである。

それにしても、この「フェルディナンド八世」は、大へんなことを考えたものだ。そしてここで注意すべきは、たぶんこの反女性的な女性哲学は、たぶん、ゴーゴリそのものの女性哲学だろうということである。ゴーゴリは女性の中に二つの顔を見ていた。というより、二つの顔だけを見ていた。「マドンナ」の顔と「悪魔」の顔である。『ネフスキー大通り』において、あわれな画学生を破滅させた幻の美女が、淫売婦であったことを思い起こさずにはいられない。しかし、ここでは『狂人日記』へ話を戻そう。ゴーゴリにおける「女性」の問題は、いずれまとめて論じた方がよさそうである。また、そうする価値は充分にあるだろう。彼は生涯、妻帯しなかった。おもしろいことに、湯川秀樹氏がその点に大いなる関心を寄せている。ノーベル物理学賞の湯川秀樹博士である。氏の並々ならぬゴーゴリへの関心については、以前から人伝てにきいて知ってはいたが、最近『天才の世界』(小学館・百万人の創造選書)を読み、そのことを知ったわけだ。

しかし、この問題はいずれ回をあらためて考えたいと思う。いまは『狂人日記』の、第四の段階に入らなければならない。この段階は、『狂人日記』における最後の数日間であって「マドリッドにて、二月三十日」からはじまっている。ようやく、待ちこがれていたスペイン王にふさわしいガウンの使節が出迎えに来たわけだ。その間「おれ」は、新調の通勤服を一着つぶしてスペイン王にふさわしいガウンを自分の手でこしらえ、待っていたのだった。ロシア皇帝陛下のもとへの参内をためらっていたのも、使節を従えずに参内するなどは、威厳にかかわると考えたからだ。しかし、皇帝陛下のもとにはついに参内しないままだった。いきなり、頭をつるつるに剃っている男たちのいる「スペイン」の小さな一室へ到着してしまうのである。そして、「総理大臣」から「騎士が高い位にのぼるときにするならわし」に従って、背中を棍棒で二度ばかりひどくなぐりつけられる。そのあとに出てくる〈鼻〉のたわごとは傑作である。いわく、月はハンブルグで作られていて、作っているのは跛《びっこ》の桶屋であるが、「また、できあがった月だってひどく柔かな球体になるので、人間はとうてい住めなくて、いまあすこには鼻だけがやっと住んでいるのだ。そういうわけで、鼻がみんな月の世界へ行っているものだから、おれたちは自分の鼻が見えないのだ」。

「おれ」は、スペイン式「宮廷の儀式」によって頭を丸坊主に剃られてしまう。その理由がどうしても理解できないため、あばれて抵抗すると、頭から冷水を注がれた。そして、「宗教裁判」の陰謀にかけられたのだと考える。総理大臣だと思った男は、大審問官ではないのか？「おれ」はそれをフランスの迫害ではあるまいかと考える。フランスのうしろで糸を引いているのは、たぶんイギリスだろう。そしてまた、〈鼻〉が出てくる。「イギリスが煙草を嗅ぐと、フランスが嚔《くしゃみ》をするってことは、もう世界じゅうに知れわたっていることだからな」。

しかし、世界じゅうに知れわたっているのは、「日三四月年、月一三四九」の、最後の悲痛な叫びなのである。

情もなければ、容赦もない、てんでおれの言うことに耳を貸そうともしない。いったい、おれが奴らにどんなわるいことをしたというのか？ なんだって、こんなにおれを苦しめるんだ？ おれのような貧乏人から、なにを取りあげようというのだ？（中略）助けてくれ！ つかまえてくれ！ 疾風《はやて》のように速く走る三頭立の馬をつけてくれ！ さあ、御者よ、乗ってくれ、鈴も鳴ってくれ、馬も元気に跳ねあがって、このおれを、この世の果てへ連れ出してくれ！ なんにも見えなくなるまで、どんどん走ってくれ！ ああ、あそこに空が舞いあがり、遠くのほうには星がきらきら光っている。黒い樹々の生えた森が月といっしょに飛んでゆく。足もとには銀鼠《ぎんねず》色の霧がまつわりつく。霧のなかでは絃の音がひびく。一方には海、もう一方にはイタリア、あそこに、ロシヤの百姓小屋が見えている。遠くに青く見えているのはわが家じゃないか？ 窓べにすわっているのはおふくろじゃないか？ おっ母《か》さん、このあわれな息子を救っておくれ！ この痛い頭に、せめて一滴、涙を注いでくおくれ！ あなたの息子がどんなにひどい目にあわされているか、まあ見てください！ このあわれな孤児《みなしご》を胸に抱きとっておくれよ！　広い世の中に身のおきどころがないんです！　みんなが追いかけてくる！――おっ母《か》さんこの病気の息子をあわれんでおくれよ！……ところで、ご存じですかね、アルジェリアの総督の鼻の下に瘤《こぶ》のあるのを？

この叫びの悲痛さについては、何一つ解説を付け加える必要はあるまい。四十二歳の九等官が「おっ母さん！」と叫んでいるのだ。ただ、一点だけ注意をうながすとすればそれは〈鼻〉だろう。最後の最後まで、〈鼻〉が出てくるのである。エイヘンバウムが指摘した〈組合せ〉は、最後まで崩れなかったといえそうである。

しかし、その〈悲痛〉と〈笑い〉の組合せが、単なる繰り返しではないことは、先にのべた通りだ。そして、その〈悲痛〉と〈笑い〉を、あたかも折り紙遊びの「だまし舟」のごとく、たちまちにして日常的現実の次元を突き抜け、人間の深層へと達せしめるものこそ、他ならぬゴーゴリのリアリズムである、とわたしは考えるのである。もちろん問題は、ゴーゴリの眼だろう。〈狂気〉を見るゴーゴリの眼は、決して冷静な〈医師〉の眼ではない。にもかかわらず、それがリアリズムであるのは、何故だろうか？　たぶんそれは、〈狂気〉が方法となっているためだろう。つまり、九等官ポプリーシチンは、発狂することによって、単なる「フェルディナンド八世」となっただけではない。九等官であることをやめた彼は、人間存在そのものとなったのである。したがってその悲痛さ、その滑稽さは、すなわち人間存在そのものの悲痛さ、滑稽さとなったわけだ。

わたしは活字になった「恥辱と変身」を読み、それからもう一度『狂人日記』を読んだ。そして何がいい足りなかったかを考えてみた。いい残したものは何か？　そして、われながらとつぜん、次のようなメモを書きつけてみた。

喜劇＝リアリズム

リアリズム＝無思想

無思想＝喜劇

もちろんこれは、固苦しい公式とか定義とかではない。あくまでも、ノートの端に書きつけられたメモに過ぎないのであるが、今回はこのメモを手がかりにしながら、『狂人日記』をもう少し考えてみたいと考えたわけだった。とくにその〈方法〉としての〈狂気〉という問題を、チェーホフの『六号室』などと比較して考えたいという案であったが、よんどころない事情のためそれは次へ廻し、ここでは『ネフスキー大通り』について考えてみたいと思う。『狂人日記』『鼻』などと同じ一八三四年に書かれた中篇小説である。

さて、湯川秀樹氏がゴーゴリの熱読者であることはすでに紹介した。そして、ゴーゴリにおける女性問題に大きな関心を示していることを書いた。確かにその部分は謎として、あちこちから好奇心を寄せられているようだ。湯川氏の関心の示し方を紹介してみよう。『天才の世界』（小学館）という本は対談形式になっており、湯川氏との対談者は、弟子筋に当る（と思われる）市川亀久弥氏である。ただ、ここでは部分的に抜き出して引用する便宜上、「　」内は湯川氏談、〈　〉内は市川氏談ということにさせていただく。

「ゴーゴリの場合は、どういうわけか、恋愛というのは、少しは出ますけれども、恋愛小説というものは一つもない。美人があらわれたりする小説もありますけれども、それは代表作ではない。『死せる魂』の場合にしても恋愛は描かれていない」

「彼の肖像画が残っておりますけれども、顔だちが整っている。貴族的な感じのハンサムな男で、だから恋愛事件なんかいくらあっても、不思議でないけれども、いっこう彼自身、そういうところへ題材をもっていかない。もちろん少しはありますよ。彼の短篇のうちに、たとえば『ネフスキー大通り』というのがありまして、これも純粋の恋愛小説ではないけれども、やはり美人が出てきまして、それを捜しに行く、それに会うという、だから、ちょっとロマンティックで、幻想的なところがあって、これはこれでよろしいけれども、これも恋愛小説とはいえないですね。ちょっと風変りな作家ではありますね」

〈だからといって、ホモ的要素があったかというと、もとより、そうではないと思うんです。というのは、『隊長ブーリバ』のなかでは、隊長の息子の弟のほうの、アンドゥリイが、美しい女に魅了されてしまって、コサックにあるまじき行動をとるわけですね。つまり敵側の女性に熱烈な憧憬をもつ。この場面描写なんかも、女性の美しさと、その魅力の勘どころとを、十二分に浮彫りにしてみせてくれているという感じがしましたがね〉

「そうですね。女性描写もべつにへたなことはないですね」

〈そういう点では、生来的な女ぎらいというわけではありませんでしょうね。（筆者註：このあと『隊長ブーリバ』の中の、アンドゥリイが女性へ逢いに行く部分からの引用がある。）〉

「……（略）ただ、相当の大作家というものは、いちおうみな、恋愛小説の部類に入るものを書いている。恋愛が小説のなかで、相当重要な地位を占めているのがふつうですけれども、やはりわたしが最初に、ゴーゴリは日本ではそれほど知名でないといったのは、恋愛小説的でないということが、最大の理由でしょうね」

もちろん湯川氏のゴーゴリについての対談は、これだけではない。七十ページに及ぶもので、ゴーゴリ作品への鋭い指摘も多い。とくにその喜劇についての本質的な理解には、常識を破る新しさがあり、いずれまた必要な折には引用したり紹介したりするつもりであるが、ここでは、とりあえずその女性および恋愛に関する部分だけを抜き出してみたわけだ。ただ、果して、ゴーゴリの女性描写が下手でなかったか、どうか。これは読者それぞれの判断にゆだねられているという他はあるまい。

それでは、わたし自身の判断はどうか？　と読者は問うだろう。それは確かに、当然の権利である。しかし、暫く待って欲しい。ここで、帝政ロシア時代のサンクト＝ペテルブルグに生れた貴族の意見をきいてみよう。先に紹介した『ニコライ・ゴーゴリ』（青山太郎訳・紀伊国屋書店刊）の著者ウラジーミル・ナボコフである。

ゴーゴリの書簡は概して興味索漠たるものだが、次に掲げる母親宛ての手紙は例外である。

そう前置きして、ナボコフは母親宛てのゴーゴリの手紙を八ページにわたって紹介している。

御承知のとおり、わたしは堅固な道義心に恵まれております――それは若者にあっては稀れなほどのものです。わたしにあのような弱味があると、いったい誰が考えたでしょう。しかしわたしは彼女を見たのです……いや、その名は申し上げますまい……　その身分はあまりに高い。（略）彼女は疑いもなく女神です。ただ人間的情熱をかすかに身に纏った女神です。（略）いや、それは愛ではありませんでした……　少なくとも、愛があのようなものたりうるとは、わたしは思ってもみませんでした。荒れ狂う逆上とおそろしい精神的苦悩の中から、わたしは気の狂ったように彼女を一目見ようとあがきました。そうです、ひと目見るだけでよかったのです。彼女を一目見る――これがわたしのただひとつの望みでした。そしてこのますます強くなりまさる望みにまといついていた辛い不安の念が、どれほどの毒を蔵していたか、とても筆には尽せません。（略）この世のものは悉皆わたしにとって無縁の存在となり、生も死も同様に耐え難く、魂は自らの内に起っていることをとんと了解しえない有様でした。その時わたしは、もしも自分がなおも生きることを欲し、この荒廃した魂に安らぎの影なりとも導き入れようとするなら、自分自身から免れねばならないことを知りました。（略）かくしてわたしの決意は成りました。（後略）

母親宛の手紙はなおも延々と続く。日付は明示されていない。しかし一八二九年のものらしい。ゴーゴリ二十歳の年である。それは彼が故郷を出てペテルブルグへあらわれた翌年であり、そして長篇叙事詩『ガンツ・キュヘリガルテン』を出版して、さんざんな失敗を体験した年でもあった。この最初の敗北は、どんな簡単な解説にも出ている有名な話である。その処女出版物は、ペテルブルグにおいて九九パーセント無視され、一パーセントの酷評を受けた。これがウクライナの田舎者ゴーゴリに対する首都ペテルブルグの最初の攻撃だったわけだ。ゴーゴリは、書店から残りの書物（それはほとんど全部であろうが）を回収し、それに火をつけた、しかし、もしそれから二十何年かあと、彼が『死せる魂』第二部を火中に投じなかったならば、この最初の焚書はそれほど有名にはならなかっただろう。とにかく、いま紹介した母親宛の手紙はその焚書のあと、書かれたものということになる。ナボコフの考えはこうだ。

わたしがこの手紙をまるまるここに訳出したのは、わたしにとってこれがひとつの毛毬、のちに彼の口にする事柄がさまざまな糸となってすぐに巻き込まれているひとつの毛毬と思えるからである。先ず第一に、彼の性生活がいかなるものであったにせよ（その成年期の諸事実が証す限りでは、彼は女性に対しては全く無関心であった）、かの「やんごとなき被造物」、キリスト教の神によってかくも奇妙に創造された異教の女神に関する仄しが一片の恥知らずにも絢爛たる虚構に過ぎないことは明らかである。

要するに田舎の母親に宛てたゴーゴリの手紙は、まったくのでたらめだとナボコフはいうのである。何故ゴーゴリはそのような嘘八百を並べたてたのだろう？　ナボコフによれば、それは一〇〇〇ルーブルの金が必要だったためだ。ペテルブルグからの最初の攻撃に打ちのめされたゴーゴリは、ドイツへ逃げ出そうとしていた。しかし、金が無い。そこへたまたま、母親が「後見会議院」（この意味ははっきりしない。ただ、ゴーゴリの父親は彼がネージンのギムナジウムを卒業する前年死亡していることを記憶して置けばよいだろう）宛に払い込むべき一〇〇〇ルーブルが舞い込んできた。それを「洋行」の費用に流用しようとして、一計を案じたというわけである。

ゴーゴリが外国へ逃げたい理由は、充分考えられる。しかし、このとつぜんの衝動は、単なる事件というものではなく、彼の生き方そのものとでもいうべきものであったようだ。母親への「絢爛たる虚構」の手紙を書くことによって企んだドイツ行きは、したがって、彼の生き方としてその後何度か繰り返される「逃亡」の、最初の実現であったわけである。

第二回目の「逃亡」は、一八三六年、例の検察官初演騒動のときである。そのあと彼は、一八五二年の死ぬ年まで何度ロシアから出たり入ったりしたことだろう。この逃亡癖は、軽視できない。逃げる男。確かに彼は、逃げる男だ。思いつくままに書いてみても、『結婚』の主人公は教会の窓から逃げ出す。新調した燕尾服を着て結婚式場へあらわれながら、式が始まる寸前、彼は山高帽子だけを式場に残して、窓から逃げ出すのである。『鼻』も、逃げる。そして他ならぬ『ネフスキー大通り』においても、無名画家ピスカリョーフは、自分からあとをつけて行った女の部屋から、逃げ出すのである、いったい何から逃げるのだろう？

話の脱線を防止するため、一旦元へ戻すが、その逃げる男ゴーゴリの最初の逃亡については、「不意の旅立ちを釈明せんものと、彼は母親のロマンチックな性情に訴えそうな理由を選んだ」というのが、ナボコフの解釈である。つまり、ウクライナの明るい青空の下から、灰色の首都ペテルブルグへ出かけて行った息子の、失恋の痛手。しかもその相手が、あまりにも身分の高い「女神」の如き女性であるという作り話は、確かに空想好きな母親の心を動かすに足るものであったといえるだろう。

この母親、マリヤ・ゴーゴリの迷信深さ、その幼少期のゴーゴリへの影響といったものは、多くの伝記によって書かれてきた。わたしもいまのところ、それらに書かれた以上のことは知らない。その母親をゴーゴリは、ありもしない失恋によって巧みにだまし、まんまとドイツ行きの旅費を捻り出したというわけであるが、この挿話には、さらにオチがついている。

一八二九年、目的通りドイツに着いたゴーゴリは母親へ手紙を書く。

わたしがここへやってきたいちばん主たる理由についてあなたにお話するのを忘れていたようです。サンクト＝ペテルブルグで過ごした春から夏にかけての大部分の期間、わたしは病気だったのです。ようやく回復はしたものの、顔と手は一面の吹出物に覆われてしまいました。医者たちに言わせれば、これは瘰癧《るいれき》のせいなのです。血がはなはだしく汚染されているというのです。

そのあとゴーゴリは医者たちが血を浄化するための煎じ薬を飲むよう命じたこと、またリューベックから十八露里ほど離れたある小さな町へ湯治に行くことをすすめられていることなどを書きつけているが、その手紙を受け取った母親は、ゴーゴリがペテルブルグの高級淫売婦にひっかかり、花柳病を背負い込んだという結論に達したというのである。

ナボコフは書いている。

> ゴーゴリは彼の二通の手紙に対する母親の返事を読んであっけにとられた。自らの計画や希望に関して相手に何かしらまやかしの観念を抱かせんものと散々忍耐と想像力と雄弁を駆使した挙句、全然予想外の衝撃を受け取らなければならぬようなことは、彼の生涯に幾度もあった。どういう訳か観念がうまく伝わらなかったのであろう。（傍点筆者）

ゴーゴリにとって母親の返事は、まさに、おそるべき誤解、だったのである。しかし何という不思議な挿話だろうか。それはほとんど象徴と呼ぶことのできそうな挿話である。

もちろん、その象徴性には、ナボコフの筆力があずかっていたであろうが、わたしはほとんど反射的に、かのフレスタコーフを思い出したのである。

ペテルブルグでのカルタ遊びに使い果して田舎へ逃げ帰る途中、フレスタコーフは、微行中の検察官に誤解されたのだった。

誤解された贋検察官！　この挿話におけるゴーゴリは、まさしくその贋検察官フレスタコーフにそっくりではないか。『検察官』こそ、まさしく、おそるべき誤解が生んだ喜劇と呼ぶ他はあるまい。そして、そういえば、『検察官』のフレスタコーフもまた、最後に逃げる男だった！

さすがはサンクト＝ペテルブルグ生れの貴族である。この、ほとんど象徴でさえある挿話一つに対してだけでも、わたしはナボコフの『ニコライ・ゴーゴリ』に脱帽したい気持ちだ。いや、そういっただけでは、ナボコフのゴーゴリ論の価値に対する尊敬の表現としては、まだ不充分であろう。しかし、それはまた、必要に応じて表現させてもらうことにして、ここでは『ネフスキー大通り』へ戻りたい。

ネフスキー大通りよりりっぱなものは、少なくともペテルブルグにはなにひとつない。

この書き出しではじまる『ネフスキー大通り』には、確かに「美女」が出てくる。そして彼女は「高級」ではないにしても、「淫売婦」だった。この小説は、男と女の物語である点において、確かにゴーゴリの小説の中では珍しいものといえる。女は、売春婦の他にもう一人出てくる。ドイツ人のブリキ職人シルレルの女房である。

男も二人出てくる。ピローゴフという名前の若い中尉と、ピスカリョーフという若い無名画家である。しかし、この小説ではそれら四名の男女を、必ずしも主人公とは呼べないだろう。何故か？　それを考えてゆくのが、わたしの仕事なのである。

ある日の夕暮方、ピローゴフとピスカリョーフの二人がネフスキー大通りを散歩していた。二人はそれぞれ、通りすがりの二人の女性に目をとめる。ピローゴフはブロンド、ピスカリョーフは黒髪《ブリュネット》である。そのブリュネットの女性は、無名画家の目に、あたかも「ベルジーノの描いたビアンカそっくり」に見えた。彼は彼女のあとをつけはじめた。その「天からまっすぐにネフスキー大通りへ落ちてきて、どこかわからないところへ去ってゆくように思われるこの美女が、どこに住まいをもっているかを見とどけたくなった」のである。

歩道は足の下を走り、馬を走らせている箱馬車《カレータ》も動いていないように思われた。橋はのびて、そのアーチの頂上で砕け、家は屋根を下にして立ち、見張小屋は彼にむかって倒れかかり、見張り番の持った戟《ほこ》は、看板の金文字や絵に描いた鋏《はさみ》といっしょに、彼の睫《まつ》毛《げ》の真上でぴかぴかしているように思われた。それにしても、あの女がちらと見たからなのだ、かわいらしい頭をちょっとひと振りふりむけたからなのだ。

このあたり、すぐにシャガールの絵の、あの転倒した構図を思い出させる。もちろんシャガールはネフスキー大通りを描いていない。たぶん知らなかったからであろうが、二十代のゴーゴリはペテルブルグにおいて、一人の無名画家でもあった。官庁勤めのあと美術学校へ通った模様は、母親への手紙にも書かれている。

ここに描かれているネフスキー大通りは、いうまでもなく、転倒したピスカリョーフの意識である。しかし、同時にそれは、転倒したゴーゴリの意識でもあったといえるだろう。不可解なペテルブルグ、不可解な現実、不可解な世界そのものの、象徴としてのネフスキー大通り、である。革命への道はネフスキー大通りのように平坦ではない！　そういったのは、たぶんレーニンだろう。しかし、ゴーゴリにとってはネフスキー大通りほど迷路的なものはなかった。レーニンのことばは、譬喩に過ぎない。

然るにゴーゴリのネフスキー大通りは、迷路のような首都ペテルブルグそのものだった。そしてゴーゴリにとって、ペテルブルグは現実そのものだった。つまり現実そのものが迷路であり、迷路がすなわち現実だったのである。ゴーゴリにとって最もファンタスティックなもの、それが現実そのものだったからだ。

しかし『ネフスキー大通り』は、いわゆるホフマン物語的な幻想小説ではない。ドイツ人のブリキ職人シルレルの友人として、ホフマンという名のドイツ人の靴屋が登場するということからも、それは明らかだろう。ゴーゴリが書いたものは、全部、現実に存在するものばかりだった。

ピローゴフがあとをつけたブロンド女性がシルレルの女房であったことも、ピスカリョーフが追い求めた美女が四階建ての一室に住む売春婦であったことも、すべて現実だったのである。

彼は階段を駆けのぼっていった。彼は地上の思いなどなにひとつ感じなかった。彼は地上の情欲の炎などに燃えているのではなかった、いや、彼はこの瞬間、さだかならぬ精神的な愛の欲求にまだ息づいているういういしい青年のように清純であり、無垢であった。そして好色な人間であったら、その心中に不敵な考えをおこさせたであろうそのものが、反対に、彼を神聖化したのである。

しかしその彼女が売春婦であった！　という着想のどこかに、あのとき母親から受けた、おそるべき誤解が尾を引いていたのだろうか？　『ネフスキー大通り』は、その、おそるべき誤解から五年後の一八三四年に書かれている。書かれた場所は、現在のレニングラード市の、ゴーゴリ通り十七番地だ。そこに建っている黄色い四階建ての何の変哲もない家が、ネフスキー大通りのすぐそばであったことは、いつかすでに書いたと思う。

ヨーロッパへ逃げ出すための、一〇〇〇ルーブルをせしめるために考えついた嘘の代償として母親から受けた、おそるべき誤解。ペテルブルグの高級淫売にひっかかって花柳病をうつされた、という誤解。しかしゴーゴリは、何故、そのおそるべき誤解そのものを小説に書かなかったのだろう？　たぶん、この問いに対する答えは、ゴーゴリの本質にかかわるはずである。つまり、こうだ。ゴーゴリには現実というものが、そのように因果関係の整合されたものとしては、考えられなかったからである。

ウクライナの田舎に住んでいる、空想好きな母親の方が、ネフスキー大通りに関して、ネフスキー大通りの目と鼻の先に住んでいたゴーゴリよりも、現実的であったということだろうか？　たぶん、そういうことだろう。

ゴーゴリは、原因を考えない。衝撃だけがあるわけだ。逃げるのはそのためである。母親から受けた、おそるべき誤解にしても、おそらく彼は、何故そのような誤解を受けるのか、原因は何も考えなかったに違いない。だからこそ、それは、おそるべき誤解なのであり、彼は衝撃を受けたのである。

ピスカリョーフは、花柳病にはかからない。しかし彼もまた、衝撃を受けた。そして売春婦の部屋から逃げ出した。「一目散に、野性の山羊のように、通りへ駆け出してしまった」のである。そのあと物語はもう少し続く。ブロンド女性を追って行ったピローゴフの方の話もある。しかし、それをいま書いている余裕はなくなってしまった。そこで、とりあえずここでは、一つの中間的なしめくくりだけをつけて置こう。

果してゴーゴリは、ネフスキー大通りというものの現実を知らなかったのだろうか？　そんなはずはあるまい。おそらく彼は、目をつむってでもネフスキー大通りを歩くことができたはずだ。歩くだけでなく、たぶんそこに掲げられている帽子屋とか毛皮屋とかの看板さえいい当てることができただろう。実さいこの『ネフスキー大通り』は、下手な案内地図よりは実用的とさえいえるくらいだ。

そしてそれは、ペテルブルグっ子であるナボコフも認めている。にもかかわらずこの作品に対してナボコフが、露悪的とさえいえそうな冷たさを示すのは、ゴーゴリのネフスキー大通りが克明であればあるほど、シニカルにならざるを得ないペテルブルグっ子の立場というものであろう。それは東京における、東京っ子と地方出身者との場合を考えてみても、納得がゆくはずである。

しかしゴーゴリは、ネフスキー大通りを克明に活写しただけではなかった。彼にとってネフスキー大通りは、ペテルブルグそのものであり、現実そのものだった。ネフスキー大通りを書くことが、すなわちペテルブルグを書くことであり、現実を書くことだった。彼のリアリズムとは、そういう意味だ。

謎としての現実。迷路としてのペテルブルグ。その象徴としてのネフスキー大通り。つまり平凡なことだが、『ネフスキー大通り』の主役は、ネフスキー大通りそのものだった。ただ、それが迷路であるという発見は、田舎者だけが直観することのできた、一つの真実である。

何故、迷路なのだろうか？　ゴーゴリはその問いを拒絶している。理由を超えた、沈黙である。その沈黙のために彼は喋り続けているわけだろう。われわれが笑うのは、その構造のためだ。

八、失われた外套を求めて

何よりもまず、二か月間この連載を休んだことをお詫びしたい。わたしは病気のために連載を休んだのではなかった。また、長い旅行のためでもなく、遅れ遅れになっていた書下し長篇小説のためだった。この仕事はわたしにとって生れてはじめての体験であったが、このような私事をここで披露するのは、他でもない、連載は二か月間休んだが、わたしはその間もずっとゴーゴリのことばかり考え続けていたからである。

わたしは今度の長篇に、一枚の外套のことを書いた。二十年前、田舎の高校を出た一人の青年が東京へ出てくる。彼は、ある大学を受験するために上京したのであったが、そのとき彼が着ていたのは、旧陸軍歩兵用のカーキ色の外套だった。いまどきでは、どこにも見当らないしろものである。古着屋を捜しまわっても、たぶん売ってはいないだろう。しかし、二十年前にはまだそういう外套を着ているものもあった。もちろん、趣味や道楽としてではなく、実用として着ていたのである。浅草観音様の左手から六区の映画街に抜けるあたりの、小屋掛けの古着屋などにもずいぶんぶら下っていたものだ。

二十年後、その男は、当然のことながら青年ではない。四十歳に近い年齢となっている。そして、二十年前の外套は、最早彼の手元になかった。いったい、いつどこで、その外套は消え失せてしまったのだろう？ある日のこと、とつぜんこの疑問が彼をとらえた。彼は、その疑問のために、とつぜん早起きをして、二十年前の外套の行方を捜しはじめるわけだ。

しかし、二十年前の外套を、いったいどうすれば捜すことができるだろうか？　いったいどこへ行けばよいのだろう？

アカーキー・アカーキエヴィチの場合、外套は何ものかによって剝ぎ取られたのだった。しかし、わたしの長篇の場合は、盗まれたのではない。いったいどこで、いつ、どのようにして消え失せたのか、その記憶さえ失われているのだった。

したがって、『外套』の主人公アカーキー・アカーキエヴィチのように、交番へ駆け込むわけにはゆかない。警察署長宅を訪問するわけにもゆかない。また、「ある有力な人物」のところへ特別の請願に行くこともできないわけだ。

わたしの長篇の主人公は、新聞広告のことを、ちらりと考えてみる。行方不明になった二十年前の兵隊外套のことを誰かが知っているのではないだろうか？　もちろん、そんなものが、二十年後に出て来るはずはなかった。それは彼にもわかっていた。

しかし、何かその外套に関する、どのような断片的な記憶でもよいから、それを彼は手に入れたいと考えたのである。彼は、トイレットの中で、ひそかにその新聞案内広告の文案を考えたりした。

アカーキー・アカーキエヴィチの場合は、新聞のことはぜんぜん考えなかった。ゴーゴリの書いた人物の中で、新聞社へ出かけて行くのは、『鼻』の八等官コワリョーフである。

その新聞社の場面は、横田瑞穂訳では、こういう具合になっている。


「ぼくがお願いしたいのは……」と、コワリョーフは言った。

「詐欺といおうか、横領といおうか、それにひっかかったのだが、——いまもってどうしてもわからないんだがね。その卑劣漢をぼくに突きだしてくれた者に、じゅうぶんお礼をするということを掲載してもらいたいんだがね」

「あなたの姓はなんとおっしゃるんですか？」

「いや、どうして姓名をだす必要があるのかね？　ぼくは姓名を名のることはぜったいにできないよ。ぼくには五等官婦人のチェフトゥイリョーワだとか、上長官夫人のパラゲーヤ・グリゴーリエヴナ・ポドトチナとかいうような知り合いがたくさんあるんだから。……そういう人たちに知れてみたまえ、それこそたいへんなんだ！　ただ八等官とか、いや、それより少佐級の人物とかいうことにして書いておいたらどうかな」

「ところで、その逃げだした男というのは、あなたの家で使っている使用人なんですか？」

「なんで使用人なんかであるものか！　そんな大それた詐欺師《かたり》なんかじゃないんだ！　ぼくのところから逃げだしたというのは……鼻《ノース》なんだ」

「ふむ！　これはまた珍しい姓ですな！　それでその鼻《ノース》さんとやらは、あなたのところからよほどの大金をかっぱらっていったのですか？」

二人のやり取りは、まだまだ続く。どうしても笑い出さずにはいられないような会話であるが、結末はこうなる。

「いや、わたしはそういう広告を新聞へ載せるわけにはいきませんなあ」と、彼は長いこと黙りこんでいたあとで、やっと口を開いた。

「どうしてだね？　どういう理由からだね？」

「つまり、ですな。新聞の評判を落とすことになりますからねえ。もし、みんなが、自分の鼻が逃げだしたなんて書きだした日には、それこそ……あの新聞には辻褄の合わないことやでたらめな記事が載っていると言って評判するでしょうからねえ」

「だってきみ、いったいこの事件のどこに辻褄の合わないところがあるかね？　すこしもそんな点はないと思われるんだが」

「そりゃあ、あなたにそう思われるだけのことですよ。いいですか、先週もこんなことがあったんです。一人の官吏が、ちょうどあなたがやっていらしたようにして、やってきて、一通の書付を差しだしたんです。料金はたしか二ルーブル七十三コペイカだったと思うが、その広告というのが黒毛のプードル犬に逃げられたというんです。どうもこいつ少々おかしいという気がしたんだが、やっぱりそいつが諷刺の文章だったんですね。プードルというのは、よく覚えていないが、ある学校の会計係のことでしたよ」

この会話は、まことに滑稽である。これでもか、これでもか式に、読むものを笑わせずにはおかない。しかし重要なことは、そしていうまでもないことだが、この会話は決して読む者の脇の下をくすぐるためにだけ書かれているのではない、ということだろう。

というのは、いい換えれば、こういうことだ。八等官コワリョーフと新聞社の広告係とは、果してどちらがより滑稽だろうか？　一見それは、ただちにコワリョーフのように見える。なにしろ彼は、鼻をなくした人間だからだ。しかし、ゴーゴリの会話がわれわれを笑わせるのは、そのためばかりではない。

もちろん二人の会話の《内容》そのものも、確かにおかしい。たとえ漫才といえども、これほどおかしいものは、めったにあるまいといえるくらいだ。しかし、ゴーゴリの会話が、相当によく考えられた漫才よりもなお滑稽である理由は、その会話の《内容》そのものがおかしいだけではないからである。

特に名前はあげないが、わが国における、通俗小説における笑いや滑稽との本質的な相違も、同様の理由によるものといえよう。駄ジャレがいけない、というのではない。むしろ駄ジャレ、地口、大いに結構である。そしてそのことには、すでにこの連載の初めの部分で、ボリス・エイヘンバウムの論文を考えたときに触れた通りだ。

ゴーゴリの会話が、そこらの通俗小説や漫才などと本質的に異なるのは、われわれを笑わせる要素が、単なる会話の《内容》ではない点である。滑稽の本質は、ゴーゴリの場合、その関係にある。すなわち、八等官コワリョーフと、新聞社の広告係との関係が滑稽であるわけだ。そこに着目しなければいけない。

「だってきみ、いったいこの事件のどこに辻褄の合わないところがあるかね？　すこしもそんな点はないと思われるんだが」

とコワリョーフはいう。それに対して、新聞社の広告係は、

「そりゃあ、あなたにそう思われるだけのことですよ」

と答えているのである。この二人の関係はまことにリアリスチックである。コワリョーフは、鼻が紛失した人間だった。

にもかかわらず、そのような荒唐無稽な出来事を読むものが忘れ果ててしまうくらいに、リアルなのであ

る。あたかも、現実そのものの方が、ある人物の顔からとつぜん鼻が消え失せることよりも、よっぽど荒唐無稽なのだ！　と考えられるくらいに、リアリスチックなのである。

コワリョーフも、新聞社の広告係も、自分には矛盾がない、と考えている。自分のいっていることは、何もかも辻褄が合っていると信じて疑わない。にもかかわらず、何故こちらの考えが相手に通じないのだろう？　それが腹立たしくもあり、また不思議で仕方がない。二人の関係は、いわばそういう形をしている。そしてそれは、われわれが生きているこの現実そのものにそっくりだった。とつぜん行方不明になった自分の鼻を新聞に広告しようとしているコワリョーフと、新聞社の広告係との会話がリアリスチックである、というのは、そういう意味だ。

滑稽なのは、二人の会話の《内容》ではなかった。そのような二人の関係である。そしてその関係は、われわれが生きているこの現実における、われわれ人間の〈他人〉との関係そのものだった。つまり、ゴーゴリにおいては、二人以上の人間の、関係そのものが滑稽なものとして、構造的に捉えられているのである。構造的？　要するに、現実そのものがそのような滑稽なる構造として捉えられているのが、ゴーゴリの世界だということである。

荒唐無稽に関しても、まったく同様のことがいえるだろう。『鼻』の荒唐無稽は、いわゆる荒唐無稽なお話ということではない。われわれの生きているこの現実そのものが、荒唐無稽なのだ、という考え方なのである。そういう、世界なのである。われわれはゴーゴリによって、われわれ自身が生きているこの現実が、まさしくそのような世界であることを、知らされるだろう。そして笑うが、その笑いが漫才や、いわゆる笑いの文学などと呼ばれたり、自称したりしている通俗小説の笑いとは本質的に異なるものであることを知るであろう。

はっきりとことばでは表現できないが、どこかが違う、とはよく聞くことばである。その「どこかが違う」というのは、つまりそういうことなのである。

ところで話を元に戻すと、わたしの長篇の中の男は、結局、コワリョーフのように新聞社へは出かけて行かない。彼は、行方不明になった二十年前の兵隊外套を捜しに、二十年前の下宿へ出かけて行った。旧陸軍歩兵のカーキ色の外套を着て上京した彼が、最初にやっかいになった下宿である。彼は、一年間その家の三畳間で暮したのだった。したがって二十年ぶりの訪問である。

古い家は建てかえられて、新しい二階建てになっていた。彼が借りていた三畳間は影も形もなくなっていた。彼がそこで使用していた、古い汲取式の便所は、香水の匂いのする青い水が流れ出してくる新型水洗トイレットに変っていた。下宿のおばさんは、当然のことながら、六十を過ぎていた。しかし、二十年ぶりであるにもかかわらず、彼女は彼の顔を忘れてはいなかった。彼は、新しい家の応接間へ通される。

その場面の、彼と彼女との会話を、わたしが、先に引用した『鼻』のコワリョーフと新聞社の広告係との会話を意識しながら書いたのは、もちろんである。明らかに二人の関係は滑稽なものだ。そしてこの場合、どこがいったい滑稽なのだろう？　たぶん、こういうことだろう。

彼は、二十年前の兵隊外套をとつぜん思い出した。何故だかはわからないが、ある日とつぜん思い出したのである。そのために彼はわざわざ早起きをして、電車を乗り継いで二十年前の下宿へやって来た。つまり、大の男が、とつぜん思い出した二十年前の外套のために、一日を潰そうというわけである。真剣でなかろうはずはないわけだ。

一方、下宿のおばさんの方には、彼女なりの好奇心がある。二十年前に自分の家の三畳間を借りていた貧乏書生が、いったいどんな男になっているのか？　結婚は？　子供は？　そして、収入は？　すべてが好奇心の対象であり、それはまことにもっともな話だといわなければならない。

そのような二人の会話は、いったいどのようなものとなるだろう？　その内容までを、ここで紹介するわけにゆかないが、会話における滑稽さというものが、その《内容》のみによるべきでないことは、先に触れた通りである。問題は会話における、関係そのものの滑稽さだったわけだ。

二十年前の下宿の次に彼が訪問したのは、質屋だった。質屋は下宿から百メートルくらいしか離れていない。彼の兵隊外套は、しばしばその質屋へ持ち込まれていたのである。しかし、質屋のおばさんは、生憎留守だった。彼は、電車で上野へ出て、二十年前の友人に電話をかける。友人は、田舎の高校時代の同級生で、彼が借りていた三畳間に何度か泊っていったこともあったが、いまは銀行に勤めている。この友人とも、結局は会えない。

彼は昔の彼ならず！　しかし、銀行員にしてみれば、とつぜん電話口で外套の話を持ち出されれば、たとえ二十年前の友人といえども、疑わざるを得ないのは当然かも知れない。

数時間後、彼はもう一度、質屋へ引き返した。質屋のおばさんとも、二十年ぶりの対面である。この場合の会話も、先の下宿のおばさんとの場合同様、その眼目が「関係の滑稽」さにおかれていることはいうまでもあるまい。わたしは、この場面では、『外套』におけるアカーキー・アカーキエヴィチと、仕立屋のペトローヴィチのやり取りを意識しないわけにはゆかなかった。すなわち、次の場面である。

「やあ、こんにちは、ペトローヴィチ！」

「ご機嫌よろしゅう、旦那」とペトローヴィチは、言って、いったいどんな儲け口をもってきてくれたのであろうかと、それを見きわめてやろうというようにアカーキー・アカーキエヴィチの手を、片目でななめににらんだのであった。

「いや、やってきたのはね、ペトローヴィチ、ちょっとそのう！……」

（中略）

「なにかご用ですかい？」と、ペトローヴィチは言い、そう言うと同時に、たったひとつしかないその目で、彼の制服をすっかり、襟からはじめて袖口、背中、裾、ボタン穴にいたるまでじろじろ眺めまわした。それらは彼にとってたいへんなじみの深いものだった、というのは、それはみな彼が親しく手がけたものだったからで、そうしてじろじろ眺めまわすのは、仕立屋仲間の習慣で、彼も人に会うとまず第一にそれをやるのである。

「いや、じつはそのう、ペトローヴィチ……外套なんだがね、羅紗が……ほれ、わかるだろう、ほかのところはどこもまったくじょうぶなんだがねえ……ちょっと埃がかかっているので古物のように見えるが、新しいんだよ。ただひとところ少々そのう……背中のところと、それから肩のところが、ちょっとそのう、すり切れているだけなんだ。いや、こっちの肩のところも、ちょっとばかり……わかるね、ただそれだけなんだがね。なあに、たいして手間はとらせやしないよ……」

ペトローヴィチはカポートを取りあげ、まずそれをテーブルの上にひろげて、しばらくじっとながめていたが、首をふって、窓のほうへ片手をさし伸べて、まるい形をした煙草《タバコ》のケースを取ろうとした、その煙草のケースにはある将軍の肖像がついていたが――それがだれを描いたものであるかは、とんと見当がつかなかった、というのは、顔に当るところは指で穴があけられていて、そのあとに四角な小さな紙切れがはられていたからだ。ペトローヴィチは嗅ぎ煙草を一服やると、カポートを両手でひろげ、それを明るいほうへむけて調べたあと、また首をふった。それからこんどはそれを裏返してみて、もう一度首をふった。紙がはられた、将軍のついた蓋をふたたびあけて煙草をひとつまみ鼻のところへ持ってゆき、それから蓋をしめて、煙草のケースをしまい、やがてこう言ったものである。

「いや、こいつはもう繕いはききませんぜ、なんともひどいお召物ですなあ！」

アカーキー・アカーキエヴィチは、この言葉をきいて心臓がどきりとした。

「どうしてだめなんだね、ペトローヴィチ？」と、まるで子供がものをねだるときのような声で、彼は言った、「だって肩のところがちょっとすり切れているだけじゃないか。きみのところにはなにか端切《はぎ》れみたいなものがあるだろう……」

「端切れは見つかりましょうさ、いや見つかりますがね」と、ペトローヴィチは、言った、「でも、これじゃあ、とても縫いつけられませんね、なにしろすっかりひどくなっているからね、針がさわってごらんなさい――すぐ切れちまいまさあ」

「切れたら切れたで、すぐまたおまえさんが継ぎを当ててくれればいいさ」

「継ぎの当てようがありませんやね、また当てようにも当てる場所がない、なんしろ地がひどくまいっちまってるから、羅紗といったって、こりゃあ名ばかりでさ、ちょっと風でも吹きゃあ、ばらばらに吹っとんじまう」

「そう言わずに、まあやってみてくれんかね。なんだって、こんなに、まったく、そのう！……」

「だめですね」と、ペトローヴィチは、きっぱり、言った、「どうにも手がつけられないでさ。すっかり、いたんでまさあ。そろそろ冬の寒い時がやってくるが、いかがなものでしょう、こいつでひとつ、脚巻き《ゲートル》でもお作りになっちゃあ、靴下だけじゃあ暖まりませんからね。この脚巻き《ゲートル》ってやつあ、ドイツ人めが、すこしでもよけいに金を儲けようと思って考えだしたもんですがね（ペトローヴィチは、機会あるごとに、好んでドイツ人の悪口を言うのであった）、ところで、外套のほうですがね、ひとつ新調なさったらいかがですね」

『新調』という言葉を聞くと、アカーキー・アカーキエヴィチは、もう目がくらくらっとして、部屋のなかにあるものがなにもかもすっかり、こんがらかってしまった。彼の目にはっきり見えていたのはただひとつ、ペトローヴィチの煙草のケースの蓋の上に描かれた、紙をはった将軍の顔だけだった。

少しばかり引用が長くなったが、問題は会話であるから、意味だけを要約するわけにはゆかない。ところで、質屋のおばさんは、もちろんペトローヴィチではない。

しかし、おそらく一度でも自分の着ているものを質屋に運び込んだ経験の持ち主であれば、この場面がまことに質屋的なものであることに気づくはずだ。実さい、よく似ているのである。

しかしわたしは、生れてはじめての書下し長篇小説において、ただ徒らにゴーゴリの真似をしたわけではない。わたしはそこで、ある日とつぜん、行方不明になった二十年前の兵隊外套を求めて《巡礼》に出た男の、まことに愚かな徒労の一日を書いた。

そもそも、二十年前の外套の消息が、わかろうはずはなかったからである。

わたしがそこで考えたものは、もちろん真の笑いというものであるが、出来ることならそれが、ゴーゴリの『外套』のパロディとならんことを願った。なにしろ、アカーキー・アカーキエヴィチの外套は、ある晩何ものかによって強奪されたのに対して、わたしの兵隊外套の方は、質屋のおばさんが、アカーキー・アカーキエヴィチの外套を前にしたペトローヴィチのように、首を捻らずにはいられないようなものだったのである。

それにしても、『外套』のパロディとは、まことにオコがましい願望であるが、いうなればそれが、わたしに出来るゴーゴリへの《恩返し》ではなかろうかと、考えたわけだ。

果して恩返しは、出来たかどうか？　わたしの長篇は、真性の喜劇となり得たかどうか？　結果は、最早わたし自身の決定外に属する問題であろう。ただ、ここでわたしが書きつけて置きたいのは、休載の二か月間もわたしは、ずっとゴーゴリの笑いについて考え続けて来たということである。弁明としてではなく、これは一つの報告であり、わたしが敢えて、自分の長篇をここに持ち出して来たのも、そのために他ならない。
その二か月間にわたしが考え続けたことは、たぶんこの先、いろいろな形であらわれてくるはずである。あらわれてこなければ、意味がないだろう。

九、不思議な戯曲

ゴーゴリの戯曲の中で最もよく知られているのは、いうまでもなく『検察官』である。これは戯曲といわず、ゴーゴリの全作品の中でも最も有名な作品といえるかも知れない。また事実そういってもおかしくない作品なのであるが、今回は、ゴーゴリの戯曲の中でも最も知られていないと思われる『芝居のはね』のことを考えてみたい。

とはいっても、ゴーゴリはそれほどたくさんの戯曲を書いたわけではない。まず未完成に終った『ウラジーミル三等勲章』。これは『検察官』を書く前のいわばエチュード的作品というふうにもいわれているが、『実務家の朝』『訴訟』『下男部屋』『断片』とそれぞれ題名のついた四つの場面として残っている。一八三三年、つまり『検察官』を書く二年前の未完の作品である。

それから『結婚』(一八三五年)。この戯曲の主人公が婚礼の直前に窓からとび降りて逃げることは、いつだったかちょっと書いたし、またあらためて考えてみる機会もあるかも知れない。いや、是非とも考えてみる価値のある二幕の喜劇である。

あとは『賭博者』と『芝居のはね』で、いずれも一八四二年の作であるが、わたしがここで『芝居のはね』という一般にはほとんど知られていない戯曲を特に取りあげて考えてみたいのは、いわゆる戯曲作品としてではない。実さい、戯曲というには、余りにも風変りな戯曲といえるだろう。いってみればこれは、戯曲の形を借りたゴーゴリの喜劇論であり、同時に、先に上演された『検察官』に対して加えられた批判、非難、世評に対するゴーゴリの反論とでもいうべきものである。

この戯曲の邦訳は、わたしの知る限りでは河出書房版『ゴーゴリ全集』第二巻（一九五四年）所収の小澤政雄訳だけで、ふつうの世界文学全集のゴーゴリ集などにはほとんど載せられていない。しかしわたしには、まことに面白い戯曲であった。

まず最初に「脚本の作者」という人物が出てきて、喋りはじめる。しかしそれは、いわゆる作者の「前口上」というものではない。むしろその反対であって、いま彼が書いた戯曲が劇場で上演され、終ったばかりだという設定になっている。つまり「脚本の作者」はいま劇場で上演された自作の芝居を見物して、出て来たところである。

「ぼくは淵の中から抜け出るように、やっと出てきた！　あの叫喚と拍手はどうだ！　劇場中が鳴り響いている！　……これが名声というものだ！　ああ、これが七、八年も前のことだったら、ぼくの心臓はどんなに鼓動したことだろう！　ぼくの身体中がどんなにぞくぞくしたことだろう！　だがそれも昔の話だ」

（小澤政雄訳。以下同じ）

と彼は、まず呟く。しかし、だからといって、さっさと劇場をあとにするわけではない。彼は、劇場の出口の脇に身を寄せて、ぞろぞろと出て来る観客たちを待っているのだった。何のために？　彼は、こういう。

「ぼくが今欲しいのは拍手じゃない。ぼくは今いきなり特別桟敷に、大向うに、平土間に、天井桟敷に身を移し、到る所にもぐりこみ、あらゆる人々の意見と印象を聞きたいのだ、それらがまだ初々しく新鮮であるうちに、それらがまだ専門家やジャーナリストの評判だのに屈服しないうちに、各人が自分の判断の影響の下にあるうちに」

つまりこの戯曲は、一人の作者が自作の芝居についての観客たちの批評・感想を、直接自分の耳で確かめるため、劇場の出口に身を寄せて彼らの会話を立ち聴きするという形になっているわけだ。それだけでも、まことに珍妙な戯曲といえるだろう。

同時に、まことに大胆といえば大胆、執念深いといえばこれほど執念深い話もあるまい。また、批評とかジャーナリズムに対する露骨なまでの不信の表明ということも出来よう。それは、例えば次のような形で出されている。劇場の出口に身をひそめている作者の耳に、二人の士官の会話がきこえて来る。

その一：ぼくは今までこんなに笑ったことがないね。
その二：ぼくは傑作喜劇だと思うね。
その一：まあしかし雑誌で何と言うか見てみようじゃないか。批評の裁きを受けさせる必要があるからね……見ろ、見ろ。(相手の胸を突つく)
その二：どうしたんだ?
その一：(階段を下りてくる二人のうちの一人を指しながら)文士だぜ!
その二：(あわてて)どっちが?

その一：そら、こっちさ。シッ！　どんなことをいうか聞いてみよう。

このあと、「文士」とその連れの「どういう人物だかわからぬ男」との会話が続く。はじめのうち「どういう人物だかわからぬ男」の方は、とにかく今夜の芝居は滑稽でもあり、結構自分は楽しめたと感想をのべる。しかし、次第に「文士」の反論によって説得されてしまう。その過程が会話で出ている。ここでは「滑稽」という言葉の意味が、問題だろう。もちろん、通俗的な「滑稽」と、文学的な「滑稽」の問題である。

文士：滑稽ということもありませんな。そもそもどこが滑稽で、どういう点に楽しみがあるんです？　主題は実に荒唐無稽だし、ツジツマの合わぬことおびただしい。葛藤もなければ、事件もなければ、何の構想もないじゃありませんか。

どういう人物だかわからぬ男：それにはぼくも反対しません。文学の点からいえばそのとおりでしょう。文学の点からいえばそれは滑稽ではないでしょう。しかし、ある点では、謂わば、側面からいえば、そこにはあるんですよ……

文士：一体何があるんです？　いや、そんなものはてんでありゃしません！　あの会話の言葉は何です？　誰が上流社会であんな物の言い方をしますか？　ねえ、おっしゃって下さい、ねえ、ぼくはあなたとあんな風な口のきき方をしますか？

この「文士」の意見は、先の「士官」に影響を与える。そして、次に出て来た「もう一人の文士」の意見によって「士官」の意見はまったくはじめとは正反対のものになってしまう。文士たちが去ると、二人の士官が出て来る。

その一：そりゃそのとおりだ。全くそのとおりだ。まさに仁輪加だよ。ぼくは前からそう言っていたんだ、友人連中が提灯を持った愚劣な仁輪加だって、実をいうと、多くの個所は見るのも厭だったな。
その二：だって君は、まだこんなに笑ったことがないって言ったじゃないか。
その一：そりゃまた別問題だ。君にはわからないんだ、君にはよく説明する必要がある。そもそもこの脚本の中に何があるんだ？　第一、何の葛藤もないし、事件もないし、構想といったらまるでないじゃないか。何もかもツジツマが合わないし、おまけにどれもこれもカリカチュアと来ている。
（別の二人の士官、後にひかえている）
その一人：（相手の男に）あれは誰が議論しているんだい？　君たちの仲間のようじゃないか？（相手の男、議論している男の顔を横からのぞいて、手を振る）
その一：どうなんだ？　馬鹿かい？
その二：いや、そうでもないんだ。あの男は知慧があるよ、だがそれも雑誌が出たすぐ後のことでね、生憎雑誌の発行がおくれたりすると、頭の中はからっぽなんだ。――しかしまあ行こうよ。
（退場）

この不思議な戯曲に、ゴーゴリは次のような「註」を附している。

この脚本の作者とは架空の人物たること、改めていうまでもない。この人物を借りて社会における喜劇作家の、――さまざまな階級、地位の人の間にみられる罪過を嘲笑の対象として選んだ喜劇作家の位置が描かれているのである。

しかし、この不思議な戯曲『芝居のはね』が、『検察官』上演後の状況に擬せられていることはいうまでもなかろう。『検察官』は一八三六年の四月にペテルブルグで初演された。続いて五月、モスクワで初演された。そしてゴーゴリが、友人ダニレフスキーとともに外国へ逃げ出したのは、一八三六年の七月だった。『検察官』上演後、どのような「迫害」がゴーゴリに加えられたのか、よくわからない。ただ、いわゆる非難攻撃は想像するに難くない。少なくともそれは、ゴーゴリが外国へ逃げ出したくなるようなものであったわけだ。

確かにゴーゴリは、よく逃げる。彼が、何か重大な局面に遭遇すると、必ず「逃げる」人間であったことは、『ネフスキー大通り』を考えたところでも書いた通りだ。そしてその問題は、またいつか何かの折にもう一度考えてみる必要が生じて来るかも知れないのであるが、『芝居のはね』は、一旦は逃げ出したゴーゴリがふたたび引き返して試みた反論であると考えてよいだろう。

それにしても、何という遅れた反論であることか。なにしろ一八三六年の『検察官』初演から、すでに六年目のことだからである。つまりゴーゴリは、まことに非政治的な人間だった。左様、彼に最も欠けていたものは、人間関係における政治学だろう。一見矛盾した表現ではあるが、ゴーゴリのリアリズムがファンタスティックであるのは、そのために他ならない。

政治学をマスターした人間に、幻想は無縁である。たとえ、マスターしなくとも、体験ないしは反射的、本能的な行動の基本がそこに置かれている人間にとっても同様だろう。そして、世間で一般にいうところの通常人「オトナ」とは、そのような人間のことなのである。

さて、ところで、この『芝居のはね』の中で観客たちの話題となっている戯曲が『検察官』であろうことは、例えば次のような会話からも容易に考えられるだろう。

社交界の貴婦人：まあ本当に飛んでもない人たちばっかり登場させたものね！　せめて一人ぐらい心を惹く人物があればいいのに……ねえ、どうしてわたしたちのところではフランス人が書くように、例えばデューマやその他の人々のように書かないのでしょうね？　わたしは美徳の鑑を求めてるんじゃありませんわ。身を誤る女とか、夫を裏切って、たとえば、最も不道徳な不義の恋に身を任すような女を描いても構わないのよ。ただそれを魅惑的に、わたしがその女に同情がもてるように、わたしがその女を好きになれるように演じて欲しいの……ところがここに出てくる人物は――揃いも揃っていやな人ばっかり。

制服を着た男：さよう、陳腐ですな、実に陳腐ですな。

社交界の貴婦人：ねえ、仰有って下さい、どうしてわがロシヤでは何から何までがこんなに陳腐なのでしょう？（中略）

（三人の男、一緒に出てくる）

その一：笑っていけないってことがあるもんですか。笑ったって構やしません。だが罪悪と悪徳がどんな嘲笑の対象になるというんです？　嘲笑どころのさわぎじゃありませんよ！

その二：じゃ一体何を嘲笑したらいいんです？　人間の美徳や、長所をですか？

その一：そんなことはありません。しかしこれは喜劇の対象じゃありませんよ！　これはもうある意味では政府に関係していますからね。まるで書くことの出来る対象が他にないみたいじゃありませんか？

もちろん、これらの会話のすべては、ゴーゴリが頭の中で考え出したものだろう。まさか実さいに、劇場の出口に身をひそめて、ぞろぞろと出て来る観客たちの会話を盗み聴きしたわけではあるまい。もし、そうしたとしても、たぶんこれほどの収穫はなかったはずだ。テープレコーダーでも持参しなければとてもこう正確に記録できなかっただろう、という意味ではない。ゴーゴリの時代にそのような道具があるわけもないが、たとえあったとしても、これほどの喜劇に対する批判、非難、否定的な意見を網羅することは出来なかったのではなかろうか。

いうまでもなくゴーゴリは、この戯曲の会話を自分で作り上げたのであり、それは、喜劇そのものに加えられるであろうと考えられる、ありとあらゆる非難攻撃のすべてだった。そして同時に、それは、喜劇作者としてのゴーゴリ自身を常におびやかしていた、一つの大きな疑問でもあり、不安でもあったのだと思う。

もう少し、会話をきいてみよう。

第二の貴婦人：だって、ひっきりなしに何時も笑ってばかりいる人は、あまり高尚な感情を持っているはずがございませんもの。ただやさしい心だけが感ずることを彼が知っているはずがありませんわ！

紳士N：これは面白い！　つまり、あなたの御意見によると、作者は高潔な人間でないに相違ないというのですね？

第二の貴婦人：まあ、あなたは直ぐそう反対におとりになるのね。あたしは、喜劇作者に高潔さがないとか、言葉のあらゆる意味における厳格な名誉の観念がないなんて、一言もいっていませんわ。あたしはただ、彼は心からの涙をこぼしたり、何かを強く、心の底から愛することは……出来ないんじゃないかしらっていってるだけよ。

第二の貴婦人の夫：しかしお前はどうしてそんなことを断定的に言うことが出来るんだい？

第二の貴婦人：出来ますわ、だって知ってるんですもの。げらげら笑ったり、あるいは嘲笑家だったりした人々は皆、そういう人達はみな自尊心が強かったわ、ほとんどみんなエゴイストよ。勿論、高潔なエゴイストもあるわ、エゴイストはエゴイストよ。

（中略）

第一の貴婦人の夫：（紳士Nの方を向きながら）ねえ、結局また同じことになるってことが君にはわからないのかい？　これが女性の趣味というものなんだよ。彼らにとっては最も月並な悲劇でさえ最もすぐれた喜劇よりも高級なんだ、それが悲劇だというだけのことでね……

第二の貴婦人：お黙り下さい。あたしまた意地悪になってよ。（紳士Nの方を向きながら）ねえ、あたし間違ったことをいったのでしょうか、喜劇作家の心はきっと冷たいにちがいないなんていったりして？

第二の貴婦人の夫：でなければ熱いんだよ、何故って興奮しやすい性格というものもやはり嘲笑や諷刺を事とし勝ちなものだからね。

第二の貴婦人：ええ、でなければ興奮しやすい心ですわ。でもそれは一体どういうことを意味するのでしょう？　――それは、このような作品を生んだ原因がやはり癇癪とか、心のけわしさとかだったということですわ。その憤慨はあらゆる点で正しいものだったかも知れませんけれども。でもそれが人類に対する高い愛によって……一口にいえば愛によって生まれたものだということを示すものが見あたりませんわ。そうじゃなくって？

この不思議な戯曲『芝居のはね』は、本のページにするとおよそ五十ページの長さである。二幕物の喜劇『結婚』が約八十ページくらいであるから、一幕物と二幕物との中間くらいの分量といえる。しかし、幕の指定も場の指定もない。たぶんこの戯曲は、いかなる劇場においても上演はされなかったのであろう。事実はよくわからないが、わたしにはそう考えられる。

それではゴーゴリは何故、そのような上演されない戯曲を書いたのだろう？　そのことについては、先にのべた。一八三六年に初演された『検察官』に浴せられた非難攻撃に対する、六年後の、まことに遅れた反論である。その反論に託した、彼の喜劇および喜劇作家論である。

しかし彼は、何故それを戯曲の形でおこなったのだろう？　一つには、ゴーゴリにとって論文を書くことはニガ手中のニガ手だったとも考えられる。とくに、加えられた攻撃に対する反撃といった性質の論文はニガ手だったのだろう。それは、彼が人間関係の力学に関してはあれほどまでに熟知していた人間であったにもかかわらず、その政治学においてはまことに赤児同然の人間であったためでもあったのだと思う。

政治的、攻撃的な文章には、反省や迷いは禁物である。そのようなものの一片は、すなわち敗北につながるからだ。ところで、戯曲とはいったい何だろう？　一言でいえば、問答であり、会話である。そしてゴーゴリが『検察官』に浴せられた非難攻撃に対する反論を、論文としてではなく、戯曲の形をもっておこなった理由は、まさしくそのためであったとわたしには考えられる。

政治的な、攻撃的な論文を、考えながら書くということは出来ない。その種の文章においては、まず何よりも先に、結論が出ていなければならないわけだ。ゴーゴリには、何か確乎たる結論があっただろうか？あるいは、あったかも知れない。

しかし、仮に結論はあったとしても、彼には他ならぬ自分の結論を確かめるための、自問自答が必要だったのである。結論に到達するまでの、自分の内部の運動を、ひとつひとつ確かめずにはいられない人間だった。つまりこの戯曲は、そのような彼の内部における、自問自答ではなかろうかとわたしは考えるわけだ。

あらゆる他の作品とジャンルは少数者の裁きを受ける。ひとり喜劇作家だけが万人の裁きを受けるのだ。元来彼に対してはあらゆる見物人が権利を持っている。あらゆる身分の人間が彼の裁き手となる。おお、ぼくは各人がぼくにぼくの欠陥と短所を指摘してくれることをどんなにか望んでいることだろう！　ぼくは何なら嘲笑されてもいい、悪意が彼の口を動かしてもいい、依怙贔屓、憤激、憎悪――何でも構わない、ただこれらの評判が口にのぼされればいいのだ。

これが「脚本の作者」が自作の芝居がはねたあと、劇場の出口に身をかくして観客たちの会話を盗み聴きしようとした、動機である。そしてそれは、まことにもっともな動機といえよう。つまり、それこそ万人に納得される動機なのである。同時にそれは、もっともであるばかりか、幾分パセティックでさえある。しかし、このパセティックな動機に、欺されてはいけない。欺されてはいけない、というのは、もちろんゴーゴリの動機を否定せよという意味ではなく、一見パセティックな口上に気を奪われて真の動機を見失ってはならないという意味である。

なにしろゴーゴリは、その一見パセティックな口上のすぐあと、次のようにいっているからである。

他人に向って滑稽な側面を指摘することを決心した者は、自分自身の弱い滑稽な側面の指摘を理性的に受け入れなければならない。

要するに、他人を笑ったものは、他人から笑われても仕方がないのだ、といっているのである。「理性的に受け入れなければならない」というのは、つまり腹を立ててはいかんということだろう。いい換えれば、他人を笑ったものは自分もまた笑われて当然と考えなければならない、という笑いの力学である。

そしてゴーゴリは、喜劇作家として、笑った以上、笑われるのは当然だという「覚悟」を披露した上で、その自らの「覚悟」を次々に登場して来る見物客たちの会話によって試してみる。考えられる階層の、考えられる非難の言葉のすべてを自分の戯曲に浴せかけてみせるわけだ。それがこの戯曲の構造であった。中には例外として、次のような肯定的な感想が無いわけではなかった。

非常に質素な身なりをした人：腹立たしいですって？（略）実をいうと、わたしも幾度か我慢がならなくなりました。わたしたちの町ではすべての役人が正直者だというわけではありません。何かよいことをするためには、しばしば躍起にならなければなりません。もう何度かわたしは勤めをやめてしまおうとしました。しかし今では、丁度この公演を見たあとでは、わたしは潑剌たる精神と同時に自分の職務をつづけて行く新しい力を感じています。われわれのところまでは卑劣な行いが隠されたままであるとか大目に見られるとかいうことはないのだ、そこでは、それがすべての高潔な人々の見ている前で嘲笑されたのだ、われわれの国民的誇りに阿るものではないにしても、われわれの下劣な心の動きを暴露するにやぶさかでない筆が存在するのだ、そしてそのことをすべての然るべき人々の目の前に示すことを許す高潔な政府があるのだ。とわたしはこういう考えで慰められたのです。（略）

しかし、まことに道徳的な、そして肯定的な感想をのべるこの人物が、決してゴーゴリの仕組んだサクラ的存在でないことは、あらためていうまでもないだろう。われわれはゴーゴリの笑いというものが、それほど単純なものではないことを、すでに知っているはずである。観客たちの会話をきき終った「作者」は、こう呟いている。

何という生きた教訓だろう！　そうだ、ぼくは満足した。だが一体どうしてぼくの心は悲しくなるのか？　不思議だ。ぼくは、ぼくの脚本の中にいた一人の正直な人物に誰も気づかなかったのが残念なのだ。そうだ、脚本のはじめからしまいまでその中で活躍していた一人の正直な、気高い人物がいた。その正直な、気高い人物とは——笑いであった。かれは気高かった。なぜならかれは世間でそれにあたえられている低い意義にも拘らず登場することを決意したからだ。かれは気高かった、なぜならかれは喜劇作家に不利な綽名を、——つめたいエゴイストという綽名をあたえ、彼がやさしい心の動きの持主であることを疑わせさえしたにも拘らず登場することを決意したからだ。誰もこの笑いの味方をしなかった。

十、人に語れない思想

前回は『芝居のはね』のことを考えてみたが、この不思議な戯曲には、「新作喜劇上演のあとで」という副題がついている。その「新作喜劇」がたぶん『検察官』だろうということは、すでに書いた。『検察官』は、一八三五年に書かれ、翌三六年に初演された。『芝居のはね』は一八四二年の作であるから、その間なんと七年の歳月を隔てている。そしてこの戯曲が、六年前の『検察官』上演に際してのあらゆる非難攻撃に対するゴーゴリの、まことに遅れた、季節はずれの反論であったこと、また、戯曲の形を借りたゴーゴリの喜劇論であったことも、先月書いた。

しかし、ここでもう少し『芝居のはね』について考えてみたいのは、この戯曲が書かれた一八四二年という年の問題である。ゴーゴリは三十三歳であるが、何といってもこの年で特筆すべきは、『死せる魂』第一部の出版といえるだろう。それは、ベリンスキーの尽力で出版された。これも重大なことだ。

もう一つ、この年で忘れてならないのは、中篇『外套』の発表である。この中篇の名はゴーゴリとともに不滅だろう。もちろんベリンスキーは激賞した。またドストエフスキーの、「われわれは皆ゴーゴリの『外套』の中から出て来たのだ」という言葉は、いまさらあらためて紹介するまでもないだろう。

要するに、ゴーゴリにとって一八四二年という年は、そのような年だった。作家として絶頂を示す年であった。そして、それ以後、彼は唯一つの作品をも発表することなく、十年後の一八五二年に死亡している。

確かに、『死せる魂』第二部は、その後も書き続けられていた。しかしすでに知られている通り、それは発表されることなく、死の直前ゴーゴリ自らの手によって暖炉の中に投じられて灰になったのである。

ベリンスキーとの蜜月もまた、一八四二年が最後であった。『死せる魂』第一部の出版をモスクワの検閲委員会が許可しなかったとき、それをペテルブルグの検閲当局へ送り、一部改作の条件つきで許可を取りつけたのはベリンスキーであった。ところが、五年後の一八四七年に、二人の関係は決裂した。その年にゴーゴリが出版した『友人との往復書簡選』に対して、ベリンスキーは、肺結核療養中のザルツブルグから、かの有名な『ゴーゴリへの手紙』を書き送ったのである。

このベリンスキーの『ゴーゴリへの手紙』は、二年後の一八四九年、ドストエフスキーをシベリアへ送る原因となったことで、広く全世界にその名を知られた。ドストエフスキーがペトラシェフスキー事件に連座して逮捕された直接の理由が、『ゴーゴリへの手紙』のコピーを、ペトラシェフスキー会の席上で朗読したというものだったことは、すでに知られた話であろう。

「怒れるベリンスキー」の手紙は長い。日本文では、雑誌十五、六ページほどの長さであるが、ここでは例によって横田瑞穂訳の中から極く一部だけを紹介してみる。

ロシアにおける最も生きた、現代の国民的諸問題は目下のところ、農奴制を廃止すること、体罰を廃《や》めること、せめてすでに現存する法律でもよい、それをなるべく厳重に実行するということです。そしてこの時にあたり、そのおどろくほど芸術的な、ふかく真実をたたえた創作で、あれほど力づよくロシアの自覚をうながし、ロシアに、鏡にかけてみるごとく自分自らを見入る可能性をあたえてきていた偉大な作家が——キリスト教会との名において、野蛮な地主に、農奴によってこのうえ儲けることを教え、このうえはげしく農奴をののしることを教える書物をひっさげて登場するのだ……それがわたしを怒らせたのは当然のことではなかったでしょうか？　よしあなたが、わたしの生命に危害を加えようとされたのであっても、わたしはこれらの恥辱的な数行を見て感じたほどには、あなたに憎しみを感じなかったでしょう……

もちろん、この部分的な引用文を読んだだけでは、不充分である。また、ベリンスキーの怒りと攻撃の的となったゴーゴリの『友人との往復書簡選』の方も見ないことには片手落ちというものだろうが、ここではその問題は一まず措くことにしたい。ただ、このときのベリンスキーとゴーゴリとの関係が、いかにゴーゴリにとって不利なものであったかということは、次のような一方的な解説を読んでみれば明らかだろう。

一八四七年にゴーゴリは『友人との往復書簡選』を出して、反動的見解を示し、ロシアの農奴制と専制政治をそのまま是認した。この本はベリンスキーをはじめあらゆる進歩的な人々から痛烈な反撃をうけた。ゴーゴリは『検察官』や『死せる魂』を書いたときの気持から全くはなれてしまった、——これがベリンスキー等のきわめて正しい見解であった。ゴーゴリは一種神秘主義的な迷蒙におちいって、この正しい見解に同意することができず、一八四七年に『作者の告白』を書いて自分の衷情を披露したのである。ゴーゴリはこの論文で『友人との往復書簡選』の思想は『検察官』や『死せる魂』の根本思想からおのずから成長したものであると、証明しえないことを証明しようと試みている。このゴーゴリの自己弁護は彼の衷心から出たものであるだけ、一そう悲劇的なものであった。

ベリンスキーのこの手紙（ゴーゴリへの手紙）は後にレーニンによって〝ベリンスキーの文学的事業の総計をおこなったもの〟と評価されたが、ゴーゴリ自身に送られるとともに、筆写でロシアの知識人たちにひろく読まれ、その後の人民解放運動に大きな貢献をなした。

ざっと右のような具合であるが、残念ながらこの解説の筆者は、いまのところ明らかでない。出所は『ゴーゴリ全集』（河出書房・一九五四年・ゴーゴリ百年祭記念限定出版）の第二巻につけられた「論文・書簡抄解説」であるが、署名がない。ただ、この全集の編集責任者は米川正夫、除村吉太郎、井上満、神西清、蔵原惟人の五名であり、この第二巻の奥付には「訳者代表」として蔵原惟人の名前が書かれており、捺印されている。

しかしわたしは、いまここで、その解説者が誰であるかを何が何でも突き止めたいというのではない。なにしろ一九五四年といえば、スターリンの時代だからだ。まともな文学論などできなかったのは当然というべきかも知れないのである。それに、この解説は、たぶん当時のソビエトにおけるスターリン主義御用文学者の文章の翻訳か、受け売りにちがいあるまい。いずれにせよ、本気でゴーゴリを読んだ人間の文章とは考えられないわけだ。もしも本気なのだとすれば、それこそ「悲劇的」という他はないであろう。

しかし、もちろんわたしの目的は、自分たちの大脳までをスターリンに従属させてしまったロシア文学者たちを非難することではない。実さい、問題は、誰がどのような時代に誰に従属するかにあるのではない。

というのも、早い話、スターリンに従属しようとするものは、いまどきどこを探しても容易に見つけ出すことはできないからである。スターリンの時代は亡びたわけだ！　それでは今度はいったい誰に従属しようというのだろう？　もちろん誰に従属するのも勝手であるが、ただ、こちらとしてはそのような変化に、いちいちつき合ってはいられないだけの話である。

わたしに関心があるのは、ゴーゴリの運命である。当時のロシア文学界にあって、第一級の批評家、というより、ほとんど唯一人の批評家でさえあったベリンスキーによっても、なお誤解されずにはすまなかったゴーゴリの運命について、わたしは考えている。ベリンスキーによって誤解されたゴーゴリの〈喜劇〉の運命が、わたしの最大の関心事であるわけだ。

このベリンスキーとゴーゴリの関係を、小林秀雄は『ドストエフスキイの生活』の中で次のように書いている。

ゴオゴリの「書簡集」なるものが発表されたのは一八四七年である。（略）漂泊と厭人《えんじん》と孤独とのうちに、彼の狂気は十分に成熟してゐた。宗教と迷信とは同義語であつた当時の文壇に、彼は友人等に正教の福音を説いた自分の書簡を集めて出版する事を決心したのである。当時ザルツブリュンで肺患を養つてゐたベリンスキイはこの反動的出版に堪へられなかつた。

（筆者註：このあとに、例のベリンスキーの手紙の一節が引用されているが、略）ゴオゴリは答える術を知らなかつた。

「私は貴方の手紙にどう答へていゝかわからない。私は全く意気沮喪《そそう》して身も心も慄《ふる》へてゐる。貴方の手紙を読む前は、どんな打撃にも耐へて見せると思つてゐたが、今私の心の絲は断たれたのである。貴方の私は殆ど無感覚に貴方の手紙を読んだ。答へる力がない、何を答へよう、神様も御照覧だ、貴方の言葉には正しいところがあるのだ」「憂愁と孤独のうちに久しい間、人に語れない思想を抱いて苦しんで来た私には、私固有の心の歴史がある、これを内容とする私の作物がさう容易には判断出来ないものだといふ事を信じてくれ給へ。……私は貴方に誠心から語る、私は苦しんだのだ。貴方が私に対して個人的悪感情を抱いて当つて来る時私は苦しまざるを得ない」

ベリンスキイに悪感情があつた筈《はず》はあるまい。両人の間には平素交際もなかつた。ゴオゴリには、この死をひかへた、ベリンスキイの思ひ余つた焦燥は理解出来なかつたのである。丁度ベリンスキイがゴオゴリの心の絲を辿《たど》る暇がなかつた様に。

ドストエフスキイがペトラシェフスキイの会合でベリンスキイの手紙の写しを読み上げてゐた時、ベリンスキイは世を去つてゐた。エルサレムの旅に絶望したゴオゴリは騒然たる時流から孤立して、狂死に際して再び焼却する事にならうとは露知らず「死せる魂」の続稿を苦吟してゐた。当時のドストエフスキイに、自分がやがて全身をかけて苦しまねばならぬ問題は、まさにゴオゴリの問題であらうとは夢にも思へなかつたであらう。人生は不思議なものである。

小林秀雄は、右の引用文からもわかる通り、ベリンスキーとゴーゴリの関係を、ペトラシェフスキー事件、およびそこに連座したドストエフスキーとの関連において考えている。つまり、歴史との関連において捉えている。そしてそのように考えれば、ゴーゴリの『友人との往復書簡選』は、確かに「反動的出版」に違いあるまい。

しかし、果してゴーゴリに「反動」の意識があっただろうか？　それほどゴーゴリは、自己の存在を歴史の流れの中に置いて考えたのだろうか？　小林秀雄が書いている通り、確かにゴーゴリは「騒然たる時流から孤立して」いたには違いあるまい。しかしそれは、意識的な孤立だろうか？

ペテルブルグにおけるゴーゴリが、帰属すべきいかなる階級、いかなる組織をも持たぬエトランゼであったということを、わたしはすでに書いた。にもかかわらず、ペテルブルグは彼にとって、現実そのものだった。同時に、その現実ほど彼にとって幻想的であるものはなかったがために、彼のリアリズムが幻想的なのであるということも、わたしは書いた。また、ウクライナの土着を離れた彼にとってペテルブルグとは、敢えていえばペテルブルグを離れたドストエフスキーにとってのシベリアのごときものではなかろうか、ともわたしは書いたと思う。そして、その考え方はいまも変っていない。

さすがに小林秀雄は、ベリンスキーのゴーゴリへの非難攻撃を、単純に一方的には解釈していない。ベリンスキーがゴーゴリの「心の絲」を辿る余裕を持たなかったと同じように、ゴーゴリには、目前に死を控えた批評家の「思い余つた焦燥」を理解することができなかったのだ、というふうに相対化している。たぶん、事実はそうであろう。二人にはお互いを理解し合うほどの余裕などなかったに違いないのである。

しかし、ベリンスキーの非難に答えたゴーゴリの返事の中に見られる、「人に語れない思想」とは、果して何だろうか？

「憂愁と孤独のうちに久しい間、人に語れない思想を抱いて苦しんで来た私には、私固有の心の歴史がある、これを内容とする私の作物がさう容易には判断出来ないものだといふ事を信じてくれ給へ。……」

小林秀雄も引用していたこのゴーゴリの言葉を、どう理解すべきであるか。わたしにはどうも、気になって仕方がないのである。「人に語れない思想」とは、要するに「誤解を免れない思想」という意味ではないだろうか？　もちろん、わたしにも断言はできない。しかし少なくともそれが、「反動的な思想」などというものでないことだけは、確かだろう。もしそうであれば、それはたとえベリンスキーを代表とする当時の「進歩派」知識階級から非難攻撃は受けるにしても、決して「人に語れない」ようなものではないはずだからである。

あるいは「人に語れない思想」とは、『死せる魂』第二部において実現しようとしてついに果せなかったといわれている、「理想的なるロシア人」に関するものであろうか？　その点にかかわるゴーゴリの苦しみを小林秀雄は次のように書いている。

ゴオゴリを狂死に導いたものは、まさしくまだ世界にないものを創り出す苦痛であった。夢みるロシヤの理想人物を小説の上に実現しようとして、彼はロシヤの現実に何んの手がかりも見附け出せなかつた。見附け出さうとすれば、彼の「鏡」には官僚が映つた、愚物が映つた、愚物でなければまだ人間になつてゐない観念論者の群れが映つた。理想は抱いたが彼の作家たる眼は為《な》す事を知らなかつたのである。外界に実現すべき典型の片鱗すら発見する事に絶望した彼は、当然これを已《おの》れ自身のうちに探つた。こゝに理想を作品に表現すべきか、自分自身が理想と化す可《べ》きかといふ後年トルストイの晩年を論理的に襲つた矛盾が、近代ロシヤの曙《あけぼの》に立つたこの脆弱《ぜいじゃく》な病的な天才の頭を狂はしたのであつた。

たぶん、この小林秀雄の言葉は、ほとんど正しい。しかし、正直なところ、わたしには余り興味のない分析である。つまりわたしの問題は、ゴーゴリが何故『死せる魂』の第二部を完成させることができなかったか、その原因の究明、分析ではない。わたしにとって問題であるのは、現実に、わたしの目の前に置かれているゴーゴリの作品である。また、それらの作品とゴーゴリの内部との関係である。そうしてさらに、ゴーゴリの作品と、それらを誤解せずにはおかなかった他人（批評家並びに読者、観客）たちとの関係なのである。

ゴーゴリとベリンスキーの喰い違いは、何も『ゴーゴリへの手紙』にはじまったわけではなかった。いってみれば、喰い違いははじめから歴然としていたのである。つまり二人の「思想」が、喰い違っていた。この点に関して小林秀雄が書いたところを引用してみよう。

ペテルブルグに於ける「検察官」の上演（一八三六年）の失敗（当時の一般観客が、恋愛の出て来ない様な芝居を理解した筈はなかつたのである）に落胆して故国を去つたゴオゴリの心には、恐らく既に、「口が曲つてゐるからと言つて鏡を責めるな」といふ自分のモットオに関する深い疑惑が萌《きざ》してゐた。西欧の文学も、まだ写実主義とか自然主義とかいふ言葉を発見するに至らなかつた時、批評家に自然派なる名称を発明させた（無論この名は非難の為に先《ま》づ発明された）彼の独創の才は、何に阻《はば》まれて遂に完成されずに終つたか、キエフの夜の思ひ出にか、彼を招いたロオマの太陽の美しさにか。久しい沈黙の後（一八四二年）「死せる魂」の第一部を抱き、第二部第三部の巨大な思想に憔悴《しょうすい》して彼が故国に帰つた時、ベリンスキイは昂奮《こうふん》した。

「凡庸と無能、偽善的国粋主義と甘つたれた無気力な人気取とが勝利を占めてゐるところに、突然正銘のロシヤの作品が現れた。生活を偽らず、郷士に愛着し、現実の外衣を冷酷に引きちぎり、ロシヤ生活の豊饒《ほうじょう》な本質への情熱ある愛に息づいた、構想に於て手腕に於て、又登場人物の性格、ロシヤ生活の細部と共に、その社会的歴史的思想に於ても、計り知れない一つの芸術創造が現れた」。しかしゴオゴリには、かういふ誇張された讃辞《さんじ》は何の慰めにもならなかつた。

彼の作品に現れた嘲笑《しょうしょう》は、インテリゲンチャの急進分子の心を強く動かしたのだが、彼の心はプウシキンの「悲しいロシヤ」を離れなかつた。ヘエゲルにシェリングにフウリエに酔ふ人々は、彼の眼には死せる魂等の空々しい焦燥と見えた。彼は孤独と苛立《いらだた》しさのうちに、プウシキンのサアクルに育てられた詩人・予言者の夢を信じてゐた。……

つまりベリンスキーとゴーゴリの関係は、『ゴーゴリへの手紙』によってはじめて決裂したのではない。二人の喰い違いは、ベリンスキーの賞讃、およびそれを受け取ったゴーゴリの間に、最初からあったのである。いわばゴーゴリは、ベリンスキーから「誤解あふるる賞讃」を受けていたわけだった。そして「誤解」は、最後まで解けぬままだった。ゴーゴリにとってみれば、ベリンスキーの最後の批評である『ゴーゴリへの手紙』は、かつての「誤解あふるる賞讃」が「誤解あふるる非難攻撃」に変っただけだったのである。たぶん「誤解」の根本は、ゴーゴリの「笑い」にあったのだろう。彼の「嘲笑はインテリゲンチャの急進分子の心を強く動かした」というのも、その一つである。しかし、彼の喜劇、彼の笑いを誤解したのは、決して急進派の知識人たちだけではなかった。おそらくは、その正反対の階層の人びともまた、彼の笑い、彼の喜劇を誤解したに違いない。そして、それがゴーゴリの最大の不幸だった。

その不幸は、ただ単に、ある時代に受け入れられないといった性質のものではない。もしそうであれば、不幸はむしろ単純である。時代さえ変れば、不幸は幸福に転じるだろうからだ。しかし、ゴーゴリの喜劇、ゴーゴリの笑いは、余りにも本質的だった。それは、ある時代には迎えられ、ある時代からは忌み嫌われるといった、条件的なものではない。そして、そのために、常に誤解されずにはいられないという不幸もまた、同時に時代を超えて運命のごとく、彼の笑い、彼の喜劇につきまとったわけだ。賞讃された場合も、非難された場合も、誤解だったのである。

そもそも喜劇とは、そのような運命を持つものであろうか？　誤解のない笑いというものは、果してあり得ないものであろうか？　おそらくゴーゴリの最大の悩みは、その疑問にあったのではないかと思う。そして、先月考えてみた『芝居のはね』という不思議な戯曲をゴーゴリに書かせたのも、他ならぬその疑問だったのではなかろうか。わたしがこの戯曲を、もう一度考えてみたいと思ったのは、そのためだった。紙面の都合で、先月は引用できなかった部分で、重大な個所はまだまだたくさん残されている。観客たちのすべてが立ち去ってしまったあと、「脚本の作者」が独り言をいうところである。

いや、笑いというものは世間で考えているよりも意味深な、深刻なものなのだ、――それは一時の興奮によって、癇癪もちの、病的な性向によって生れるあの笑いとはちがう。人々の呑気な気晴らしや娯楽のために役立つあの軽い笑いともちがう。――しかし人間の明るい天性から生れてくるあの笑いは、――人間の天性の底に永遠に噴き出る笑いの泉がひそんでいるからこそ生れてくるのだ。この泉は対象を深め、つい見すごし勝ちなものを鮮明に浮き出させる。この笑いの泉の透徹する力がなかったら人生の些事と空虚はこれほど人を驚かしはしなかっただろう。（略）

「可笑しなものは下等だ」と世間の人はいう。峻厳な、緊張した声で発音されるもの、そういうものにだけ「高尚なもの」という名があたえられるのだ。（略）

勇ましく首途せよ！　非難のために魂を濁らすな。たとえ高尚な心の動きとか、人類に対する神聖な愛がないといわれようとも、そのときすらも心を曇らすことなく、欠点の指摘を感謝して受け入れよ！　世界は――渦巻のようなものだ。その中では意見と評判とが永遠に動いている。しかし時はすべてを碾き直す。虚偽は殻のように飛び去り、不動の真理は硬い穀粒のように残るのだ。下らないものと見なされていた事が後には厳格な意義を帯びて現われるかも知れないのだ。（略）そして、ひょっとすると、傲慢な強い人間が不幸に際して下らない、弱いものとして現われ、弱いものが災難の最中に巨人として大きく姿を現わすというあの同じ法則によって、他ならぬこの同じ法則によって、しばしば衷心からの、深い涙を流す者こそ、世の中で最も多く笑うものらしいということが後に万人によって認められるかも知れないのだ！

（小澤政雄訳）

こうして書き写してみると、この喜劇作者の「笑い」に関する演説は、少しばかり陳腐過ぎるようにもきこえる。しかし、その陳腐さは、よくきいてみると、何とかして他人に自分の意志を通じさせたい思いのみが先走って、言葉の方が従いてゆけないために、焦れば焦るほど、陳腐な言葉が並んでしまったという具合だ。何とも、もどかしい限りであるが、もどかしさに腹を立て、ヒステリーを起こしているのは、他ならぬ演説者自身ではないだろうか。わたしにはどうも、そう思われてならない。何故か、この喜劇作者の言葉は、どうしてもうまく他人に伝わらなかったのである。そして、彼が「憂愁と孤独のうちに久しい間」抱きつつ苦しんで来たという「人に語れない思想」とは、その、誤解なくしては他人に通じにくい彼自身の「喜劇論」だったのではないだろうか。

初出：『第三文明』一九七三（昭和五三）年一～一二月号

第三章
ペテルブルグの迷路

一、「笑い地獄」の頃

わたしが横田（瑞穂）先生に提出した卒論は、「ゴーゴリ中期の中篇小説」というものだった。昭和三十二年のことである。八十五、六枚書いたと思う。

面接のとき、わたしは何もいうまい、と思って出かけた。思えば、いささか興奮していたのだろう。勢い込んでいたのである。それで、もし何か反問でもされたならば、自分が何をいい出すかわからない。そういう不安があったのではなかろうかと思う。なにしろ、もう二十年近く前のことなのである。

わたしは頭のどこかで、小林秀雄の伝説を考えていた。卒論の面接であの「神様」が、辰野隆教授に唯一言、「お願いします」と頭を下げたという。本当か嘘かわからないが、そういう話だった。いま思えば、血気旺んだったのだろう。わたしも人並みに、文学青年らしい己惚れと衒いを持ち合わせていたわけである。

横田先生は、そのようなわたしに、例の大きな目を向けて、君は自分の書いたことには責任を持つだろうね、といわれた。わたしは、はい、と答えた。これで、面接は終りだったと思う。

わたしが書いたのは、題名の通り、中期の中篇小説のことだった。『外套』と『ネフスキー大通り』と『狂人日記』で、『鼻』まで行かないうちに終っていたと思う。わたしはそれらの作品について、何の参考書も使わずに、自分勝手な感想を書いた。自分が読んだ作品だけに頼った。伝記的な要素も、ほとんど無視した。当然、研究とか論文などからは縁遠いものになっていたと思う。

わたしが考えていたのは、もちろん、ゴーゴリの「笑い」だった。わたしは「笑い地獄」という言葉を考えていたのである。それがゴーゴリの文学についての、二十年前のわたしの結論のようなものだった。笑い地獄というのは、文字通り、笑いの罪を犯した人間が墜ちる地獄である。そしてゴーゴリは、生きながらその地獄に墜落した人間だった。

笑ったものは、笑われる。一言でいえば、これが笑い地獄の構造だった。その具体的な場面を、わたしに想像させたものは、ボッシュの「地獄」だった。何枚かのパネルで構成される絵の、ある部分で、確か「音楽地獄」ではなかったかと思う。巨大なハープのお化けのような楽器の弦に、人間たちが胴を貫かれてぶらさがっていた。にもかかわらず彼らは、自分の胴体を貫いているお化けハープの弦を、両手でかき鳴らしているのである。

この絵からわたしは、人間たちが裸でぐるりと輪になった図を想像した。彼らは輪になって、それぞれ自分の背中を、うしろの人間に見せている。そして、両手で前の人間の脇腹をくすぐっている。ということは同時に、うしろの人間から脇腹をくすぐられているわけだった。そういうふうにして彼らは、永久に笑い続けなければならない。相手を笑わせ続け、自分は笑わされ続けるのである。

いうまでもなく、わたしが考えたのは、グロテスクということだった。しかしそれは、ゴーゴリが書いた当時のロシアがグロテスクだということではない。「顔が歪んでいるのに、鏡を責めて何になる」という。この『検察官』の題辞は、ゴーゴリをロシアの諷刺作家にまつり上げる役目を果した。つまりゴーゴリは、ロシアの社会の歪みを容赦なく白日の下に写し出した鏡だというわけだった。

しかしわたしが考えたゴーゴリは、そういう鏡ではなかった。何でもよく写る、忠実な鏡ではない。わたしが考えたのは、ゴーゴリの内部のグロテスクである。それが笑い地獄だった。二十年前、わたしがまず反対したかったのは、ゴーゴリの笑いは「諷刺」だという説に対してである。

ちょうどエルミーロフの『ゴーゴリ論』が翻訳出版されていた。未来社からだったと思う。同じくエルミーロフの『チェーホフ論』も出ていた。わたしは、何が何でもこれには反対しなければならないと思った。

この御用評論家の『ゴーゴリ論』は、いまなら誰の目にもお笑いと写るだろう。そこでは、ゴーゴリがあたかも、未来のレーニンやスターリンのためにツァーリのロシアを諷刺したかのごとく書かれている。唯一つ、悲しいことは、ベリンスキーの手紙をゴーゴリはついに理解出来なかった。それが、この偉大なる言葉の芸術家の悲劇であった。そして、憎むべきは、ゴーゴリをそのように狂わしめた神秘主義者マトヴェイ・コンスタンチーノフスキーである、と一人の神父が悪玉に仕立て上げられていたと思う。

わたしは、そういう政治主義から、ゴーゴリの文学を守りたかった。いまではそれは、最早常識だろうと思う。しかし、世の中はまだスターリンの時代だった。いまでは、悪役の代名詞のようにいわれるその人物が、生きて支配していたのである。もちろんわたしは、スターリンそのものに反対したのではなかった。いかなる組織にも所属しなかったわたしは、スターリンそのものは、どうでもよかった。その治下における現代ソビエトの文学には、はじめから何の魅力も感じてはいなかった。ファジェーエフもシーモノフもショーロホフも、ぜんぜん読まなかった。まるで興味がなかった。

ただ、スターリン主義というものによってゴーゴリが勝手に歪められたり、都合のよいように切り取られたりすることには、反対したいと思った。いま思えば、これもまことに平凡な常識に過ぎない。しかし、当時のわたしは、大袈裟でなく命がけのつもりだった。エルミーロフを認めることは、わたしの考えている文学というものが、無視されることだと思った。エルミーロフの『ゴーゴリ論』に反対することは、わたし自身のためだったのである。

わたしは、ベリンスキーの『ゴーゴリへの手紙』にも反対した。この手紙の訳者は、横田先生だった。当時、古本屋で買った『ロシア文学研究』という雑誌に出ていたと思う。わたしは、ベリンスキーは自分勝手にゴーゴリを誤解したのだと書いた。賞讃したのも誤解、非難したのも誤解による。彼は、ゴーゴリの中に最初は自分の「立場」を発見して賞讃し、今度は自分と反対の「立場」を発見して非難した。

もし、ゴーゴリの笑いが「諷刺」であったのならば、ベリンスキーの批判はまことにもっともだったと思う。なにしろ「諷刺」には立場というものが必要だからである。例えばそれは、『ガリバー旅行記』が、アイルランドの「立場」からスコットランドを諷刺して書かれた、という具合にである。ところで、ゴーゴリにはどんな「立場」があったのだろう。わたしはゴーゴリには、幸か不幸か、いかなる立場もなかったのだと思う。『ガリバー旅行記』の作者は、政治家たらんとして失敗し、アイルランドに帰って地方僧侶の地位に甘んじなければならなかった不平知識人である。それが彼のスコットランドを諷刺する立場だった。然るにゴーゴリは、首都ペテルブルグにおいて、所属すべきいかなる階級、いかなる組織をも持たぬ、エトランゼに過ぎなかった。さまよえるロシア人である。プーシキンとも、ドストエフスキーとも、そこが違っている。そしてその分だけ、ゴーゴリの方が分りにくくなっていると思うのである。

ゴーゴリは、ベリンスキーが非難するように、「進歩」の立場から「反動」の立場へ変心したのではない。もともと彼には「立場」などなかったのである。そして立場のない諷刺というものは、考えられない。こう書いて仕舞えば、まことに簡単なことだ。しかし二十年前には、こう簡単にはゆかなかった。わたしの八十五、六枚は、おそらくシドロモドロだったのだと思う。「笑い地獄」という言葉は、思えば二十年前のわたしの、悪戦苦闘の記念だったのである。

二、立場と文体

「笑い地獄」の四文字はずっとわたしの頭にへばりついて離れなかった。何とかして、それを小説にしたいと思った。はじめは、ゴーゴリそのものを主人公にしてみようと思った。劇のことも考えてみた。横田先生に卒論を提出する前後から、わたしはずっとそれを考えて来た。しかし、出来なかった。

「笑い地獄」が出来上ったのは、昭和四十三年で、第七次『早稲田文学』の復刊号（昭和四十四年二月号）に発表になった。考えはじめて十二年後である。その間わたしは、ずっと会社勤めをしていた。会社勤めは、いうまでもなく、生活のためである。ゴーゴリのことは相変らず頭から離れなかったが、ゴーゴリ、ゴーゴリでは暮してゆけない。

そこでわたしは、自分を如何に殺すかということを学んだ。自分を生かすためには、自分を殺さねばならないという世間並みの体験である。わたしは自分の勤めを軽蔑していた。これは余り自慢の出来る話ではない。しかし正直なところ、それは誰にも邪魔されたくないわたしの気持ちだった。この気持ちは、やがて軽蔑はお互いさまなのだ、と気がつくまで続いた。こちらが相手を軽蔑出来る以上、向うにもわたしを軽蔑出来るはずである。こういってしまえば、まことに身も蓋もない、簡単な軽蔑の論理である。しかし現実に人々は、その論理の中で生きているのだと思った。

わたしはそのことに悲哀をおぼえた。軽蔑し合っているもの同士が、一緒に生きていなければならない。わたしは自分の勤めを軽蔑していたが、生きてゆくためには是非ともそれが必要だった、つまり、わたしは自分が最も軽蔑するものを、必要としていたのである。

これは、自己嫌悪などという言葉では、最早表現出来ないと思った。自己嫌悪には、反作用として、自己浄化がある。従来、わが国の私小説は、その両作用によって出来上っていたと思う。しかし「笑い地獄」においで早くもわたしはその枠を踏みはずしてしまった。軽蔑の論理を知りながら、そこでしか生きることの出来ないものには、自己浄化の希みなど、とても持てそうには思えなかったのである。汚れちまった悲しみ、である。

わたしはその悲哀を、何とか書き表したいと思った。自己嫌悪を自己浄化に変換させるのが私小説であるならば、それ以外の方法とは何だろう。滑稽さ、ということがそこから出て来た。お互いに軽蔑し合っている者同士が、離れられない滑稽さである。

わたしは、悲哀を喜劇に変換させようと思った。「笑い地獄」は、そうしてようやく出来上った。それは十二年前に考えたものとは似ても似つかぬ小説だった。どんなふうに似ていないか、その解説は割愛するが、とにかく十二年前には考えもつかなかったものだ。しかし、そこでわたしは、ゴーゴリの笑いというものについて、一つのことを知ったのである。

ゴーゴリの笑いは、これまでいろいろな呼び方で呼ばれて来た。例えば、宇野浩二の『ゴオゴリ』では、「諷刺」「嘲笑」「ユーモア」「涙を通した笑い」「悲哀に満ちた笑い」等々である。しかし、わたしが考えてみたのは、そういった笑いの種類ではなかった。

わたしはこの月報（新版編註：『ゴーゴリ全集』河出書房新社）の前回の分で、ゴーゴリの笑いは「諷刺」ではないといったが、この説にはずい分反対も多いだろうと思う。お前さんのいう理屈も一応はもっともらしくきこえるけれども、やはりもう一度『検察官』を読み返してみて、あの笑いは諷刺だと思った。また、諷刺であってどこにも悪いところはないではないか。諷刺すなわち非文学と決めつける方が余程おかしいではないか。そういった反対は多いだろうと思うし、また、わたしの文章を読んだあと、『検察官』なり『外套』『鼻』などを読み返して、やはりあの笑いは諷刺なのだ、とどうしても思う人があれば、それはそれで構わないことだと思う。

いったいに日本人は、諷刺ということが好きなのである。「喜劇」よりも「諷刺」の方を好むのではないかと思う。これは、もちろん、ずい分厄介な問題である。それではいったい喜劇とは何かということになって来ると、とても簡単には済まなくなってしまうわけであるが、落語や滑稽本や艶笑譚と喜劇とを区分するものは、一言でいえば、文体の有無だろう。

落語、滑稽本、艶笑譚の類は、誰が書いても面白おかしいのである。もちろん巧拙の差違はあろうが、極端にいえば、書かなくともよろしい。滑稽な話のネタさえあれば、それで充分だろう。ネタそのものが面白おかしければ、誰がどう喋っても、書いても、おかしいのである。つまり、もともとおかしそうな話を、作るなり集めるなりすれば、それで事は足りるのである。

そして、それはもちろん「文学」からは一段低いものとして貶められて来たが、それではわが文学の中で、そのような落語、滑稽本、艶笑譚とは別のもう一つの「笑い」が、市民権を獲得したのは、いつからだろう。これもまた、むずかしい問題である。ただ、その詮索は暫く措くとして、「諷刺」という名の笑いが、比較的市民権を獲得し易いものであったことは確かだと思う。駄じゃれ、地口、落語の笑いを軽蔑する向きも、諷刺となれば安心して笑うことが出来たのである。

前回にも書いた通り、諷刺は一つの立場である。立場は、一つの「思想」である。もちろんこの場合の「思想」は、括弧つきのものだ。その時代における進歩というものの概念のようなものである。

要するに諷刺の取柄は、よくわかるということだろう。つまり、文体などというものよりも、立場というものの方が、わかり易く大衆的だということだと思う。しかも落語、滑稽本、艶笑譚よりは上等の笑いだった。つまり、ゴーゴリを諷刺作家だと決めたとき、その作品から文体が忘れられてしまったのである。そして、素材（『外套』や『狂人日記』などの主人公である下級官吏）と、立場のみが専ら論評されたのである。

わたしがゴーゴリの文体ということを本気で考えはじめたのは、「笑い地獄」を書いたときだった。わたしは、ゴーゴリの次の手紙の一節を、余程、自分の小説のエピグラフに掲げようと思ったくらいである。


病気と憂鬱症そのものこそ私の初期の作品にあらわれている陽気さの原因です。みずからの気をまぎらすため、私はその後の目的や計画ももたずに主人公たちを考え出し、彼らを滑稽な状態に置いたのです。——ここに私の小説の起源があります。……私の笑いは最初は善意からのものでした。私は何らかの目的をもって、なにものかを嘲笑しようとは考えてもいませんでした。……

一八四八年一月十日付ナポリ発ジュコフスキー宛のこの手紙は、いろいろなところで引用される。ボリス・エイヘンバウムの論文「ゴーゴリの『外套』はいかに作られているか」にも引用されているが、一八四八年といえば、かの有名なベリンスキーの『ゴーゴリへの手紙』が送られた翌年である。

この手紙は、そのベリンスキーの批判に対する、まことに弱々しい弁明にきこえる。ゴーゴリは、自分が笑ったのは、すべて病弱とヒポコンデリーのせいだという。この手紙は、彼がいかに自己を語ることの下手な作家であったか、その見本のようなものであるが、しかし、彼の悲哀というものはまことによくわかるのである。そしてその悲哀は、自己嫌悪といった性質のものではない。自己浄化の希みなど最早持てそうもない、汚れちまった悲しみではなかったかと思うのである。

その悲哀から喜劇が出て来た。つまり、「悲哀に満ちた笑い」ではなく、ゴーゴリは悲哀を笑いに変換させた。その文体によって、変換させたのである。

三、悲劇と怪談と喜劇

文体のことをもう少し考えてみよう。笑いの問題と同時に、ずっと気になっていたのは、ゴーゴリの怪奇性ということだった。もちろん、これは当り前のようなことかもわからないが、わたしが考えてみたかったのは『ディカーニカ近郷夜話』の幻想怪奇ではなく、中期の中篇小説の方だった。ウクライナの幻想怪奇ではなくて、首都ペテルブルグの幻想怪奇である。わたしの関心は、笑いと怪奇との結びつきにあったのだと思う。

二十年前、そんなことをわたしが考えはじめた頃、わたしは一人の友人からすすめられて『雨月物語』を読みはじめた。そして、たちまち好きになった。わたしは何とかして、自分の中で、この両者を結びつけたいと思った。自分の拠りどころとして、是非ともそうしたいと思ったのである。しかし、どうしてもうまくゆかなかった。幻想怪奇の方は結びつくのであるが、『雨月物語』には笑いがない。それがわたしの悩みだったのである。

わたしは友人にそのことを話した。わたしに雨月をすすめた友人である。何も無理に結びつけることはないだろう。両方好きということで構わないんじゃないか。友人の答えはたぶんそんなことだったと思う。この友人は、いまは秋成研究家になって某大学で教えているが、彼のお蔭でわたしは幾つかの雨月研究、秋成研究の文章も読んだ。しかし、どうしても、笑いは見当らない。ただその中で、福笑門の「上田秋成」、山口剛の「雨月物語片影」、このどちらかに確か、雨月の笑いについて触れた文章があったと思う。それを確かめずにいうのはまことに無責任のようであるが、雨月には何故笑いがないのだろう、といった意味の文章だったように思う。そしてわたしは、自分と同じ疑問があることを知って、幾分か安心したことをおぼえている。

しかし、疑問は解けたわけではなかった。依然としてゴーゴリと雨月は、わたしの中でうまく一つに結びついてくれなかった。考えてみれば、実に不自由な時代だったのだと思う。悪い時代だった、といってもよいが、何とかしてわたしは、ゴーゴリをスターリンから、その御用批評家エルミーロフから、そして社会主義リアリズム文芸理論というものから、守らなければならないと思ったのである。ゴーゴリの喜劇を、それらのものから守り、純文学（文学そのもの）として考えるためには、是非とも秋成を味方に欲しいと思った。なにしろ、ロシア・フォルマリストたちはもちろん、ドストエフスキーさえも未解禁の時代だったのである。ドストエフスキーについては、わたしの最も嫌いな言葉の一つである、「反面教師」という言葉がとくとくとして用いられていた頃であった。多くの先輩たちに対しては、まことに申し訳ないいい方かもわからないが、わたしがゴーゴリのことを考えはじめた当時のわがロシア文学界の事情は、そういうものではなかったかと思う。

その頃わたしを勇気づけてくれたのは、とつぜん飛躍するようであるが、過日亡くなられた武田泰淳氏の『司馬遷』であった。この書物についてはすでに別の場所で何度かのべたし、ここはそれを云々する場所でもないので遠慮させてもらうが、ただ一言のべさせてもらうと、その本の初版自序の中の次の言葉にわたしは勇気づけられたのである。

現実を感じ、現実を考えるように、古典を感じとり、考えぬくことは、おそろしくもあり、楽しくもあった。私は『史記』を個別的考証の対象としたり、古代史研究の資料として置きたくはなかった。史記的世界を眼前に据え、その世界のざわめきで、私の精神を試みたかったのである。しかし書くそばから考えが変り、三年間、自分の位置を定めることが、出来なかった。

もちろん司馬遷とゴーゴリでは何もかも違う。秋成とも違う。しかし、そこにはまぎれもない文学そのものの熱気があった。わたしは武田氏の文章が昭和十七年という時代に書かれたことを思い、余計に共感したのだった。とにかくゴーゴリを、十九世紀ロシア文学研究の対象としてではなく、いま生きている自分の問題として考え抜きたいと思った。わたしは研究者でも何でもないのであるから、これは当り前といえば当り前のことかもわからないが、二十年前のわたしにとって『司馬遷』の著者の覚悟は、まことに大きな励ましとなったのである。

それから、話はまたまた飛躍するが、五年前と四年前の二度、わたしは機会があってシベリアとモスクワ、レニングラードへ旅行をした。そして、夢中でゴーゴリの墓へ参ったり、彼が中期の中篇小説を書いたアパートを探しまわったり、雪の降るネフスキー大通りを歩いたりしているうちに、ずっと考え続けていながらどうしてもまとまらなかった長篇小説の構想が不意に出来上ったような気持ちになった。二十五年も前に田舎から上京するときに着て来た古外套を、とつぜん思い出して探しまわる男の話である。

それが『挾み撃ち』で、出来上ったのはそれからちょうど一年後くらいであるが、その間わたしは某誌に「笑いの方法」という題でゴーゴリのことを書いて、十か月連載した。これはいずれまとまった形で読んでもらう機会もあると思うが、わたしとしては、まとめるというよりもゴーゴリのことを考え続ける意味で、自分のためになったと思う（新版編註：本書の第二章）。ただ、そこでは、まだ直接に『雨月物語』にまでは話が及ばなかった。それで、そこに書けなかったこと、それ以後になってたどり着いた考えを書いて置きたいと思う。

実は、この考えも、『挾み撃ち』の場合と同様、『雨月物語紀行』という本を書くために物語にゆかりの場所をあちこち歩きまわっているとき、不意に出て来たのだった。こういってしまうと、何だか少々辻褄が合い過ぎるようで困るのであるが、わたし自身「吉備津の釜」と『外套』を引き較べてみることなど考えてもみなかったのである。これはやはり、あちこちぐるぐる歩きまわらなければ出て来なかったものだと思う。そして気がついてみると、『雨月物語』と『外套』とがわたしの中で、それまで考えてもみなかった悲劇という言葉によって結びついていたのである。

ご存知の通り、「吉備津の釜」は『雨月物語』中の一篇で、貞淑な妻を見捨てて遊女と逐電した男が、取残されて病死した妻の亡霊にとり殺される話だった。また『外套』は、苦心惨憺してこしらえた外套を奪われた万年九等官が死んで幽霊になる話だった。どちらも、材料は悲劇なのである。これを井戸端会議式に話せば、まことに恰好なお涙頂戴の哀話になるだろう。ところが、誰もそうは呼ばない。『雨月物語』は怪談であり、『外套』の方は喜劇なのである。

つまり、秋成は悲劇の材料から怪談を作り、ゴーゴリはそこから喜劇を作った。思うにわたしは、余りにも喜劇という言葉にこだわり過ぎていたのである。秋成とゴーゴリを何でも喜劇という言葉で結びつけねばならぬということで、自縄自縛の状態に陥っていたのである。先にも書いた通り、雨月の舞台をあちこち歩きまわっているとき、その縄目が不意に解けたような気がした。そしてわたしは、自分勝手に次のように考えてみた。

すなわち秋成は悲劇の材料を一旦「喜劇」化し、それを「怪談」に変換させた。然るにゴーゴリは悲劇の材料を一旦「怪談」化し、それを「喜劇」に変換させた。この変換は、異化という言葉を使ってもよいと思うが、とにかくこれが両者の怪奇性の相違であり、同時に共通する方法ではないかと思う。感情移入とは、反対の方法である。

当然ここからは、荒唐無稽とリアリズムという問題も出て来る。それは次項でもう少し考えてみたいと思う。

四、幻想とリアリズム

ゴーゴリの小説がリアリズムであり、同時に幻想的なものであることは、いわゆる矛盾ではないと思う。その理由の一つは、それが喜劇だからである。ゴーゴリの小説が、いわゆるホフマンふうの幻想小説と違っているのは、そこに笑いがあるためだろう。その笑いはこれまで多くの研究家や愛好家たちから「悲哀に満ちた笑い」「涙を通した笑い」と呼ばれて来たが、わたしはそれを小説の方法として考え続けて来た。

つまり、ゴーゴリの場合、笑いはすでに方法化されているのだと思う。悲哀を普遍化するための方法としての笑いである。例えば『ネフスキー大通り』を考えてみよう。この話は、一言でいえば大都会の目まいであるが、だからといってそれはウクライナの田舎からペテルブルグに出て来たゴーゴリの特殊な体験というわけのものではない。確かに彼にとって首都ペテルブルグは、冷酷無情の街であった。出版した長篇叙事詩『ガンツ・キュヘリガルテン』は冷笑とともに無視され、それではと受験した俳優試験にはあっさり不合格となる。つまりペテルブルグにおいては、ゴーゴリは唯一人の無名の田舎青年に過ぎない。その青年の野望ははかなく砕かれ、自慢の鼻はいとも簡単にへし折られる。彼の存在は路傍の石であり、まさに『ネフスキー大通り』におけるピスカリョーフのごとく、無視されるのである。

しかし、もちろんこれも別に特別なことではない。そもそも大都会とはそういうものなのである。新宿育ち、銀座育ちの人間にとって、新宿や銀座は迷路でもなければ謎でもないだろう。ただの日常の場所に過ぎない。たとえそこに、夜だけの、昼間とはおよそ別種の生活があるのだとしても、そこが日常の場所であることに変りはあるまい。然るに、ゴーゴリにとってネフスキー大通りは、正体不明の首都ペテルブルグの象徴だった。と同時にそれは、他ならぬ彼が生きている現実そのものでもあった。つまりゴーゴリにとって、最も幻想的なものは、ペテルブルグの現実そのものだった。彼にとっては、現実ほどファンタスティックなものはなかったのである。

この幻想は、そのままゴーゴリの方法になった。すなわち彼は、現実の外に幻想的な別世界を作ろうとしたのではない。作る必要がなかった。これが『ディカーニカ近郷夜話』や『ヴィー』などとペテルブルグ物と呼ばれる中篇小説との、はっきりした違いだろう。ペテルブルグにおいては、最早空を飛ぶ、魔女や妖怪は不要だった。現実そのものを克明に書くことが、そのまま幻想となったのである。

これをエトランゼの幻想と呼ぶことも出来るだろう。それが、ツァルスコエ・セロー出身のプーシキンをおどろかせたのも確かだと思う。『ネフスキー大通り』は、孤独な独身の無名画家ピスカリョーフの破滅の物語である。ある晩彼は、「天からまっすぐにネフスキー大通りへ落ちてきて、どこかわからないところへ去ってゆくように思われる」黒髪の美女が、いったいどこに住んでいるのか見とどけたくなって、あとをつける。その場面はこうなっている。

歩道は足の下を走り、馬を走らせている箱馬車《カレータ》も動いていないように思われた。橋はのびて、そのアーチの頂上で砕け、家は屋根を下にして立ち、見張り小屋は彼にむかって倒れかかり、見張り番の持った戟《ほこ》は、看板の金文字や絵に描いた鋏《はさみ》といっしょに、彼の睫毛《まつげ》の真上でぴかぴかしているように思われた。

（横田瑞穂訳）

このあたり、すぐにシャガールの絵のあの顚倒した構図が思い出されるが、ピスカリョーフがあとをつけて行った黒髪の美女は、四階建ての一室に住む、ただの売笑婦だったのである。ピスカリョーフはおどろいて、そこを逃げ出す。そして阿片中毒になり、パレットナイフで自殺してしまう。これが哀れな無名画家の破滅であるが、この場合、彼が「天から落ちて来た」かと思った美女は、あくまでただの売笑婦であったに過ぎない。ゴーゴリはその事実を書いているだけであって、ドストエフスキーのように、そこから聖なる売笑婦リーザなどは創り出さなかったのである。

ゴーゴリは女性を描かなかった、といわれている。それはそれで一つの大きなテーマだろう。したがって、その観点からゴーゴリという作家およびその作品にただならぬ関心興味を抱く研究家や愛好家がいても、別に不思議はないのである。実さい、それこそゴーゴリ全体の謎を解く鍵ではないかと考えることも出来るだろうし、一つ一つ作品に即して考えてゆけばそれだけでも大変な研究になると思うが、わたし自身のことをいえば、どちらかといえば特にその点に興味を持つという読み方ではなかった。それは二十何年か前から現在まで、ずっと変らないように思う。

理由はいろいろあるだろう。しかし、それを考えはじめれば、それこそわたし自身の問題になってしまうに決っている。わたしの小説の問題である。また、そうならなければ小説家が考える以上、大した意味もなくなるだろうと思うが、ゴーゴリが女性を描かなかったということは、一言でいえば、ドストエフスキーのようには描かなかった、ということではないかと思う。あるいは、トルストイのように、あるいはチェーホフのようには描かなかったということだと思うのである。

これをいい換えれば、女性の日常を描かなかったとか、その肉体と魂を描かなかったとかいうことになるかも知れない。その愛憎の美醜や不思議さを描かなかったということだろう。それは確かにその通りであって、『ネフスキー大通り』の女性も例外ではない。すなわち、黒髪の美女は「天からまっすぐにネフスキー大通りへ落ちて」来たかのごとく、とつぜんピスカリョーフの目の前に出現し、あとをつけて行くと、四階建ての一室において、これまたとつぜん一人の売笑婦に変身する。ピスカリョーフは、当然おどろく。そして逃げ帰って来て、死んでしまう。しかし重要なことは、ゴーゴリがここで、それをピスカリョーフの無知や純情さのせいにしていないことだ。もちろん夢みるようなピスカリョーフの破滅をロマンチックに書いたのでもない。つまり、意味などは最早何もないのであって、書かれているのはあくまでも事実だけだ。ネフスキー大通りでとつぜんピスカリョーフの目の前に黒髪の美女が出現したのも事実であり、四階建ての一室でとつぜん彼女が売笑婦に変身したのも事実だった。

しかし、だから女性は化物なのだ、といっているわけでもない。ゴーゴリは女性というものをそういうふうに書いている、ということなのである。理屈は、同じ小説中のもう一人の女性の場合も同様だった。彼女はブロンドで、もう一人の男ピローゴフがあとをつけて行く。するとそれは、ドイツ人で飲んだくれのブリキ職人シルレルの女房だったのである。これには、そのシルレルの仲間でドイツ人の靴職人がホフマンという名前だったという落ちもついているが、理屈は先の黒髪の美女の変身とまったく同様といえるだろう。つまりピスカリョーフは、黒髪の美女である売笑婦をつけて行ったのではない。黒髪の美女をつけて行くと、彼女がとつぜん売笑婦に変ったのである。ゴーゴリはネフスキー大通りを、そのような〝不思議の国《ワンダーランド》〟として描いた。そこでとつぜん変身する女性は、そのワンダーランドの象徴なのである。

ということは、それは最早ただ女性というだけではない。現実そのものの象徴と化す。なにしろネフスキー大通りは、すなわち現実そのものだった。ゴーゴリにはペテルブルグの現実が、両目をあけたまま見ている夢そっくりに見えたのだと思う。彼はそれを見た通りに書いた。理不尽でグロテスクな夢の方法が、そのままリアリズムになったのである。

五、ズレの拡大

『狂人日記』は恋愛小説といえる。長官の一人娘に思いを寄せた九等官の失恋小説だった。それが九等官アクセンチー・イワーノヴィチ・ポプリーシチンの日記の形で書かれている。

そういえば『ネフスキー大通り』も失恋小説といえなくはなさそうである。主人公の一人、貧乏画学生のピスカリョーフは、売笑婦のために自殺する。『狂人日記』の九等官は、長官令嬢のために発狂し、スペイン王フェルディナンド八世となる。そして、こんなことをいう。

それにしても、女というやつは――なんと油断のならぬ代物だろう！　おれはいま、やっと女の正体がつかめたぞ。いったい女はどんな男に惚れこむものかということをつきとめた者は、いままで一人もいなかった。それをはじめて発見したのは、このおれだ。女が血道をあげるのは、悪魔なんだ。（中略）いいかね、まあ第一列の桟敷から一人の女が柄付眼鏡《ロルネット》でのぞきこんでいるとするんだな。諸君は、その女が星形勲章をぶらさげた肥太漢《ふとっちょ》を見ているんだと思うだろう、ところが、大ちがい、女はその男のうしろに立っている悪魔を見ているのだ。おや、悪魔のやつ、男の燕尾服のなかへ隠れやがったぞ。ほーら、奴はそこから女へ指でおいでおいでと合図してやがる！　というわけで、女はそれにつられて、そいつのところへ嫁に行く。細君になってしまうのだ。

（横田瑞穂訳。以下同じ）

どうやらゴーゴリは、そういう女を逆に欺してやろうとは考えなかったようである。女ほど欺しやすいものはない。また女ほど欺されやすいものはない、という女性観とはまったく無縁である。もちろん、その反対でもない、女は男を欺すものだ、というふうにも書いていない。読んでみればわかる通り、『ネフスキー大通り』のピスカリョーフにしても、『狂人日記』のポプリーシチンにしても、別に女に欺されたわけではない。ゴーゴリは、男女の関係を欺す欺されるという日常的な形では考えていないのである。

ゴーゴリが書いた女性は「マドンナ」か「悪魔」だ、と誰もがいう。彼は女性の中にその二つの顔しか見なかった。それも確かだ。だから現実感がちっともない、というのも確かである。そもそも、彼は男女関係を「欺す⟷欺される」という形では考えていない。また、よくいわれる「マドンナ」と「悪魔」にしても、彼はそれを、いわゆる女性のタイプとしては描いていない。それは、ある人間（男）の女性に対する観念（女性観）に過ぎないのであって、彼が書いた「マドンナ」にせよ「悪魔」にせよ、どちらも現実に実在する女性ではないのである。

もちろん現実には、いわゆる「マドンナ」タイプ、いわゆる「悪魔」タイプの女性は実在すると思う。ただゴーゴリは、そういう実在するタイプの女性の実体を、その実像に沿って再現しようとしているのではない。だから「実感」がないのは、当然だろう。彼のリアリズムは、再現のリアリズムではない。

同時に、現実に実在する女性のすべてが「マドンナ」型か「悪魔」型の女性ではない。にもかかわらず、世の中の女性がそのどちらかに見える。どちらかにしか見えない。ゴーゴリの小説ではそうなっているが、これは女性の実体からの明らかなズレといえるだろう。そしてゴーゴリの方法は、そのズレの無限大的拡大ではないかと思う。ズレは無限に、どんどん拡大されてゆくのである。

それは、女性の実体からのズレであると同時に、男女の関係のズレでもある。九等官ポプリーシチンの発狂は、このズレの無限の拡大といえるだろう。そしてこの『狂人日記』が、ただの恋愛小説でないのは、その男女関係のズレが、あっという間に飛躍して、世界そのものとのズレに変換されているところではなかろうかと思う。

世界（現実）と自分とのズレの感覚、これがゴーゴリの幻想の根源だった。『狂人日記』の場合も、それは例外ではない。しかし同時に、それがゴーゴリのリアリズムである点においても、また例外ではないと思う。

「十一月十三日」のところには、こんなことが書いてある。ポプリーシチンは、フィデリ宛のメッジィの手紙を読んで、「あの方」がさる侍従武官と婚約し、近々結婚式を挙げるらしいことを知る。フィデリは雄犬、メッジィは雌犬で、「あの方」に飼われている。「あの方」というのは、長官令嬢のことである。

えい、勝手にしやがれ！　おれはもう、続けて読む気がしない……なにかといえば侍従武官だの、将官だのと。この世でなにかちょっとよさそうなものがあると、みんな侍従武官だの、将官だののところへころがりこんでしまうんだ。おれたちがなにかちょっぴり幸福を見つけて、それを手でつかもうとすると、――侍従武官だの、将官だのという奴らが、いきなり横合から手をだして、それをひっさらってしまう。

何とも悲痛な訴えである。余りにもマトモ過ぎて、涙が出て来る。この「侍従武官」を「代官さま」に置き換えれば、そのままテレビの大衆時代劇になると思う。お涙頂戴のメロドラマである。この「メロドラマ的朗誦調」と「地口的語呂合せ」との組合せについては、エイヘンバウムが『ゴーゴリの「外套」はいかに作られているか』で指摘している。そしてその公式は『狂人日記』にも当てはまるものだ。メロドラマ式の悲痛な訴えのあとは、こうなっている。

侍従武官がなんだというんだ？（中略）手にとってはっきり見られるなにかじゃないじゃないか。侍従武官だからといって、額の上にもうひとつ目玉がくっついているわけでもあるまい、まさか鼻が金でできてもいまいし、（中略）匂いは嗅げても、物を食うことはできまい、嚔《くしゃみ》はしても咳はできまい。

この悲痛と滑稽の組合せは、ずっと続く。しかし、ある日とつぜん、一つの疑問符によって飛躍が生じる。

「なるほど、おれは九等官だ、でも、どういう理由《わけ》で九等官なんだろう？」

この疑問符によって、九等官の論理は日常を超える。すなわち、「おれ」の悲しみは九等官なるがゆえだった。ゆえに「おれ」は今日只今限り九等官であることをやめる、という論理である。どういうものか、この論理はカフカの『アカデミーへのある報告』にそっくりであるが、これをゴーゴリの限界だといった人もいるらしい。いわゆる階級的認識の限界というやつである。

確かに、四十二歳になるポプリーシチンが「何故」九等官でなければならないのか、その理由はまったく追求されない。そして、『アカデミーへのある報告』で檻の中の猿が、猿であることをとつぜんやめてしまったように、ポプリーシチンは九等官であることをやめて、いきなり「フェルディナンド八世」に変身してしまうのである。この変身の論理は、なるほど逃避のように見える。しかし、ゴーゴリが追及しようとしたものは、「九等官なるがゆえの悲しみ」ではなかった。ポプリーシチンの悲痛さそのものである。その悲痛さの普遍化である。そしてその方法が、彼のリアリズムだったと思う。すなわち、フェルディナンド八世への変身によって消滅したのは、悲痛さではなくて、九等官だった。九等官なるがゆえの悲しみは、そこで、九等官を超えて、人間そのものの悲しみとなったのである。

滑稽さ、についても同じことがいえると思う。九等官ポプリーシチンは、発狂することによって、スペイン王フェルディナンド八世となったばかりではない。九等官であることをやめた彼は、人間存在そのものとなったのである。したがって、彼の滑稽さは、その悲しみと同様、人間存在そのものの滑稽さとなっているのだと思う。

六、実作と弁明の乖離

野崎（韶夫）先生の新訳『芝居のはね』を読んだ。前にわたしが読んだのは、小澤政雄訳（河出書房版『ゴーゴリ全集』一九五四年）だった。

野崎先生には早稲田で、チェーホフの戯曲を習った。ゴーゴリのものはやらなかったが、何かのときに『結婚』の話が出たような気がする。あの翻訳は非常にむずかしい、という話だったと思う。それで、いつか野崎訳の『結婚』を読みたいと思っていた。しかし時間その他の都合で、先に『芝居のはね』の方を読ませてもらうことになったのである。

何年か前にも、わたしはこの戯曲について一度書いた。『第三文明』という雑誌に連載したエッセイ「笑いの方法」の中に、「不思議な戯曲」という題で書いた（新版編註：１０５頁参照）。今度、野崎訳を読んだあと、その「不思議な戯曲」の方も読み返してみたが、戯曲そのものについての感想には、大きな喰い違いはないようである。

ただ、今度読み返してみて、何故ゴーゴリはこんなことをしたのだろうと思った。『芝居のはね』は、自作『検察官』に加えられた世の非難攻撃に対する、作者の弁明であり、反論である。自己弁明、反論に託した喜劇および喜劇作家論である。

それを論文の形にせず、戯曲の形にしたのは、たぶんゴーゴリは論文というものがニガ手だったからだと思う。特に、論争とか反論といった性質のものは、ニガ手だったのだと思う。

なにしろ、両目をあけて夢を見ているような人間なのである。論争など出来るわけはないだろう。論争は、政治である。たとえ文学上のものであったとしても、その論理は政治学の論理である。それと、もう一つは立場である。しかしそれが、二つながら最もゴーゴリに欠けたものであったことは、前にいつか書いたと思う。

しかしゴーゴリとしては、弁明もしたかったし、反論もしたかったのだろう。その主旨は、ジャーナリズムと批評への不信である。戯曲の中に、自分の意見、感想を持たない人物を登場させることによって、その不信を表明しようとしている。その人物は、自分の意見感想よりも、翌日の新聞、翌月の雑誌の時評の方を尊重しているのである。

それともう一つは、作中に「一人も高潔な人物」が描かれていない、という非難への弁明である。彼はこういっている。

> しかし、どうしてぼくの胸は悲しくなるんだろう？　不思議なことだ。誰一人、あの脚本に登場する正直な人物に気づかないのが残念なのだ。そう、脚本の全篇にわたって登場する一人の正直な、気高い人物がいるんだ。この正直な、気高い人物とは――笑いだ。それが気高いというのは、世間で与えられる低い評価に屈せず、あえて登場することを決意したからだ。

確かに、ここでは、喜劇作者というものの辛さがよく語られている。文学作品が、まだまだ人格的、道徳的な評価を受ける場所においては、喜劇が悲劇よりも一段低い位置に置かれるのは当然だろう。そこでは、作中人物と作者との混同という現実が、厳存するのである。また、このスリ替えは、しばしば喜劇作者への攻撃の道具として、故意におこなわれる場合も多いと思う。

ゴーゴリに対しても、それは例外ではなかったらしい。それを知る意味では、この『芝居のはね』は、まことに面白い戯曲だろう。おそらく、さまざまな階層の男女観客の口を通して語られた悪口雑言は、そのまま『検察官』に浴せられた非難攻撃だったのだと思う。

しかし、何といっても、最も興味深いのは、それらの非難攻撃を、誤解だと受け取っているところではないかと思う。ゴーゴリは、自分の喜劇、自分の笑いというものが、世の中から誤解されていると思っているのである。そしてその誤解を、何とかして解こうとしているようだ。

その努力は、悲惨でさえある。そして、ほとんど徒労に近いのである。徒労というよりも、むしろ逆効果に近いかも知れない。弁明すれば弁明する程、言葉は作品から離れて行く。作品と、作品についての弁明が、どんどん乖離《かいり》して行くのである。

早い話、『検察官』の滑稽さは、誤解の滑稽さである。フレスタコーフは確かに贋検察官には違いなかったが、彼は自分から検察官であると名乗ったわけではなかった。誰かが、早々と勝手に誤解してしまったのである。それがこの喜劇の開幕だった。

『検察官』の笑いは、間違えられたものと、間違えたものとの関係から生じたものだ。何故そういうことになったのか、誰にもわからない。そしてその「何故」については、誰も追求しようとはしない。しかし現実は、何故だかわからないまま、どんどん進行して行くのである。

この進行の仕方は、『鼻』の場合もまったく同様である。「何故」八等官コワリョーフの鼻が、ある朝とつぜん消えてなくなったのか。「何故」その鼻が床屋の朝食のパンの中から出現したのか。「何故」その鼻が五等官になって馬車でペテルブルグを歩きまわるのか。誰一人この「何故」の部分については追求しようとしないまま、現実はどんどん先へ先へと進行して行く。

この進行の仕方は、噂の論理にも似ていると思う。「連中の舌ときたら、当の本人にはおかまいなく、いきなり噂をまき散らすのです。（略）そしてあくる日になると、自分の捏造したことを忘れてしまう。なんだか他人からきいたような気がしてきて、町じゅうに触れ歩く、というわけです」と、『芝居のはね』の中の一人物にゴーゴリ自身がいわせている通りである。

そして、この噂の論理は、そのまま『検察官』の構造になっているのだと思う。ゴーゴリの関心は、おそらく、そのような「人間の舌」の不思議さにあったのである。そのような、何とも説明のつかない不思議な「舌」を持った人間というものに、おどろいていたのだと思う。そして、それはある特定の、ある人物なのではなく、人間そのものだった。人間とは、そういう不思議な舌を持つ生き物なのだ、ということなのである。

これが、ゴーゴリの発見した人間だった。同時に、人間と人間の関係だった。ゴーゴリのグロテスクとは、そういうものではなかろうかと思う。その笑いは、そもそも説明のつくようなものではなく、いってみれば、人間が「何故」だかわからないが、生れながらに背負わされて来た、根源的なものとでもいう他はないのかも知れない。原罪のような、「笑いの罪」である。

しかしゴーゴリは、そうはいわなかった。自分の喜劇に対する非難攻撃に対して、何かもっともらしい弁明をしなければ、と思ったのである。それがこの『芝居のはね』であるが、読めばわかる通り、この喜劇および喜劇作者論は、いささか陳腐過ぎる。とても『検察官』を書いたゴーゴリとは思えないのである。第一、彼は自分の書いた『検察官』の面白さというものが、まるでわかっていない。そうとしか思えない陳腐さだと思う。

実さい、『検察官』と『芝居のはね』を、彼は読みくらべてみたのだろうか。その自作と、自作についての弁明との乖離に、彼は気がつかなかったのだろうか。あるいは、そうだったかも知れないという気もするが、そのことは次にもう一度、考えてみたいと思う。

ここで書いて置きたいのは、この『芝居のはね』が、一八三六年に書かれたらしいということである。『検察官』が初演された直後である。はじめわたしは、ずっとあとになって書かれたのかと思っていたが、そうと知って、不思議な興奮をおぼえた。この不思議な天才の晩年の謎を解く鍵が、ここに一つあるような気がする。

七、永遠なる不思議

ゴーゴリの不思議な戯曲『芝居のはね』が一八三六年に書かれたらしいことを知って、わたしが考えたのは次のようなことである。

まず、ゴーゴリはその年に『検察官』の他に『結婚』と『鼻』を発表している。つまりその年のゴーゴリは、ベリンスキーから非難を受けるようなゴーゴリではなかった。ベリンスキーから『ゴーゴリへの手紙』を受取る十一年も前なのである。

小林秀雄氏は、このベリンスキーとゴーゴリの関係を『ドストエフスキイの生活』の中で、次のように書いている。

……漂泊と厭人《えんじん》と孤独とのうちに、彼（筆者註：ゴオゴリ）の狂気は十分に成熟してゐた。宗教と迷信とは同義語であつた当時の文壇に、彼は友人等に正教の福音を説いた自分の書簡を集めて出版する事を決心したのである。当時ザルツブリュンで肺患を養つてゐたベリンスキイはこの反動的出版に堪へられなかつた。（筆者註：このあと例の手紙の一節が引用されているが、略）ゴオゴリは答へる術を知らなかつた。（略）

「憂愁と孤独のうちに久しい間、人に語れない思想を抱いて苦しんで来た私には、私固有の心の歴史がある、これを内容とする私の作物がさう容易には判断出来ないものだといふ事を信じてくれ給へ。……」

（略）

ドストエフスキイがペトラシェフスキイの会合でベリンスキイの手紙の写しを読み上げてゐた時、ベリンスキイは世を去つてゐた。エルサレムの旅に絶望したゴオゴリは騒然たる時流から孤立して、狂死に際して再び焼却する事にならうとは露知らず「死せる魂」の続稿を苦吟してゐた。当時のドストエフスキイに、自分がやがて全身をかけて苦しまねばならぬ問題は、まさにゴオゴリの問題であらうとは夢にも思へなかつたであらう。人生は不思議なものである。

確かにこれは皮肉な話だった。『ゴーゴリへの手紙』を朗読してシベリア流刑となったドストエフスキーは、その十年間のシベリア体験の中で、キリスト教徒として再生し、やがて今度は自分が進歩派から「反動」と呼ばれる作家になる。「まさにゴオゴリの問題」というのはそのことだろう。ゴーゴリとドストエフスキーの関係を、こういう形で書いた文章は他にないのではないかと思う。ここに引用させてもらったのは、そういう意味からでもあるが、しかし、ベリンスキーの非難に対してゴーゴリが弱々しく発した「人に語れない思想」とは、果して何だろう。
一つには、小林秀雄氏もいう通り、『死せる魂』第二部の問題もあったと思う。

> こゝに理想を作品に表現すべきか、自分自身が理想と化す可《べ》きかといふ後年トルストイの晩年を論理的に襲つた矛盾が、近代ロシヤの曙《あけぼの》に立つたこの脆弱《ぜいじゃく》な天才の頭を狂はしたのであつた。

この分析は、おそらく正しい。しかし正直なところわたしの興味は、分析よりはゴーゴリの作品そのものにある。何故、彼が『死せる魂』第二部を完成出来なかったか、その原因の究明分折ではなくて、その意図と作品との乖離に興味を抱くのである。そして、その乖離は、『死せる魂』第二部の段階に至ってはじめて生じたものではない。わたしは、そう考えるのである。

意図と作品との乖離は、はじめからあったのではなかろうか。『芝居のはね』を読んで、わたしはそう思った。『検察官』と、その意図をのべた『芝居のはね』との乖離を見れば、それは明白だろう。『芝居のはね』が一八三六年に書かれたということにわたしがこだわったのは、そのためである。この不思議な戯曲が公表されたのは、それから七年後の一八四二年となっているが、それでも事情は同じだろう。ベリンスキーが、モスクワで検閲不許可になった『死せる魂』第一部をペテルブルグで出版するために奔走し、『外套』が出版されたのもその年である。誰もゴーゴリを「狂った」などというものはなかった。「狂った」どころか、絶頂期だった。然るに「乖離」は、そのときすでに明らかだったのである。何も『友との往復書簡選』によって、はじめて生じたものではなかった。

だから、わたしの関心事は、そのようなゴーゴリの運命なのである。賞讃された場合も、非難された場合も、「誤解」だったというその「笑い」の運命である。この不幸は、ただ単に、ある時代に受入れられないといった性質のものではない。そうであれば、不幸も単純なものだろう。時代さえ変れば、不幸はたちまち幸運に転じるからである。しかし、ゴーゴリの笑いは、その種の条件的なものではなかった。人間そのものが「何故」だかわからないが、生れながらに背負わされて来たとしかいいようのないような、根源的なものだったのである。

憂愁と孤独のうちに久しい間、人に語れない思想を抱いて苦しんで来た私には、私固有の心の歴史がある。これを内容とする私の作物がさう容易には判断出来ないものだといふ事を信じてくれ給へ。……

ベリンスキーの非難に応えたゴーゴリの、息も絶えだえのこの皮肉は、もちろんベリンスキーに通じていない。

一言でいえば、ゴーゴリの思想とは、その作品そのものである。それは、作品以外では「語れない」ということだろう。このことは何もゴーゴリに限らないかも知れない。いやしくも作家といわれるものの思想は、確かにその作品でなければならない。一般論では、確かにそうである。だとすれば、ゴーゴリはその度合いの最も徹底した作家、といい換えてもよいと思うが、ベリンスキーは事もあろうに、そのような彼の作品の中から、「進歩派」に都合のよい思想を取り出して、賞讃したのだった。同時に、『友との往復書簡選』の中に、それと反対の思想を発見して、非難したのである。

もし、真の批評家が『友との往復書簡選』に文句をつけるとすれば、次の一点においてだろう。そこにはゴーゴリの文体がない、という、その一点である。作品以外では語ることの出来ない思想とは、文体なしには語れない思想ということだからである。「ゴーゴリの『外套』はどのように作られているか」の冒頭でエイヘンバウムが書いている「語り」ということも．おそらく同じ意味ではないかと思う。

原始的《プリミティブ》な物語は、冒険小説がそうであるように、語りを知らず、またそれを必要としない。なぜならば、そのすべての関心、すべての動きを決定するのは事件と状況とのすばやいさまざまな交替であるからである。

（新谷敬三郎・八景秀一共訳）

この場合の「語り」は、そのまま「文体」に置き換えても悪くないだろう。『外套』における素材としての「哀話」を、「喜劇」に変換させた、文体である。その文体は、生き方とか、人生を語るものではない。そういう意味での十九世紀文学の倫理性を、すでに超えた文体なのである。その文体によって出来上った作品も同様だと思う。どこにも生き方などは書かれていない。にもかかわらず、自作の意図に関する彼の弁明は余りにも倫理的なものだ。乖離は、当然といわなければならないのである。小林秀雄氏のいうように、これは「近代ロシヤの曙に立った」天才の悲劇だろう。作品と生活の分裂こそは、まさに二十世紀文学の特質となったからである。

これに較べれば、ドストエフスキーやトルストイの文学は、仮にそれが誤解だったとしても、その「思想」を人生的、宗教的、倫理的、哲学的なものに置き換えて見ることが出来る。しかしゴーゴリの「思想」は、その文体によって出来上った作品以外の、何ものにも置き換えることの出来ないものだ。彼の苦悩も、またその作品の永遠なる不思議も、そこから出て来たと思うのである。

初出：『ゴーゴリ全集』月報　河出書房新社
一九七六（昭和五一）年九月～一九七七（昭和五二）年一二月刊

第四章

さまよえるロシア人

ヨソ者の目

久しぶりに宇野浩二の『ゴオゴリ』を読んだ。この本を最初に読んだのは早稲田の学生のときである。書物はおなじみの、青白二色表紙の創元選書だった。わたしはその本を古本屋で買い求めて所持していた。しかしどういうわけか、現在わたしの手許には残っていない。したがって今度読んだのは、『宇野浩二全集』(中央公論社版)第十巻に収録された『ゴオゴリ』であったが、山本健吉氏の解説をみると、底本には昭和十三年刊の創元選書が用いられている。

実はこの本のことは、大分以前から気になっていた。十七、八年前に読んだ記憶はすでに朧気で、ガーネット訳の英文が引用されていたくらいのことしか思い出せない有様であった。にもかかわらず何かこの本が気になっていたのは、他でもない、わたし自身が今年の初めからある雑誌に、ゴーゴリのことを書きはじめていたからである。わたしのエッセイは連載で、あとどのくらい続くかいわば成り行きまかせの形を取っている。いうまでもなくわたしは露文和訳者でもなく、露西亜文学研究家でもないから、そのような勝手気儘な書き方をしているわけであるが、それだけに小説家の宇野浩二によって書かれた『ゴオゴリ』が気になってもいたのだろう。

しかし、そのうち古本屋に出かけて捜して来ようと考えながら、ついつい不精をして再読せぬままになっていたのだった。ただ、わたしのエッセイは、ある文献をどうしても読まなければ先へ進まないといった性質のものではない。それは宇野浩二の『ゴオゴリ』に限らず、そもそもわたしは目の前にゴーゴリの作品さえあればよいという考え方で書きはじめていた。強いてその他の文章を求めるならば、ゴーゴリ研究とかゴーゴリ論の類ではなく、むしろ二、三の作家の作品をゴーゴリと比較しながら考えてみたいと考えていた。例えばそれは、ドストエフスキー、カフカ、上田秋成、などの作品である。

わたしは連載中のゴーゴリについてのエッセイに「笑いの方法」という題をつけているが、それはゴーゴリの笑いの謎をわたし自身の問題として、何とか可能な限り考えてみたいと考えたからに他ならない。所謂〈ゴーゴリ的笑い〉とは何であるのか？　わかったようでいまなお謎に満ちているその〈？〉を、一人の小説家として、納得がゆくまで考えてみたかったわけだ。そしてわたしが、そうするために特に従来のゴーゴリ論やゴーゴリ研究の類を左程必要と認めなかった理由は、少なくともわたしの知る範囲では、ゴーゴリの笑いというものを小説の方法論として考察したものが見当らなかったからである。

中でも、通常ペテルブルグ物と呼ばれている中篇小説に対する言及が少ないことは、わたしの不満のタネであった。『外套』はまだよい方だ。しかしこれまでに一篇の『鼻』論、『狂人日記』論が見当らないのは何故だろう？　わたしにはそのことが、永い間の疑問だった。そして現実に『鼻』論や『狂人日記』論が見当らぬ以上、自分で何とか考えてみる以外にはなかったわけだ。

そういう意味では、十七、八年ぶりに再続した宇野浩二の『ゴオゴリ』も、まことに不満足なものであった。もちろん宇野浩二には独得の語り口と文体があり、そこにはおそらく他の解説者などには真似の出来ない芸の魅力がある。それは疑いなく一つの文学的価値といえるだろうし、わたしが宇野浩二の文学を敬愛するのもそのような文体があるからに他ならない。しかし、『ゴオゴリ』における宇野浩二は果して小説家・宇野浩二だろうか？　この疑問が、生意気なようであるが、『ゴオゴリ』に対するわたしの不満の根源であった。かの文学の鬼と呼ばれた宇野浩二が、そこでは自己の創作上の諸問題を背後に引っ込めて、程よい解説者になり過ぎているとはいえないだろうか。ここで程よい、というのは、矛盾をさらけ出さない程度という意味であって、およそ実作者が対象と自己との間の矛盾を包み隠したエッセイほど、物足りないものはないのである。彼の『ゴオゴリ』はいかなる意味においても学問的、研究的なものではないが、少なくともゴーゴリをあくまで十九世紀の所産として鑑賞している点においては、従来の研究家たちと同様であったといわなければなるまい。

またそこでは確かに、〈笑い〉というものが重要な問題として取り扱われている。曰く——〈諷刺〉〈嘲笑〉〈グロステスクな笑い〉〈ユーモア〉等々である。しかし、所謂〈ゴーゴリ的な笑い〉とは何であるのかについての、方法論的な考察はなされていない。〈涙を通した笑い〉〈悲哀に満ちた笑い〉といった場合も同様であろう。わたしの考えでは、問題はそのような〈笑い〉の種類ではない。ところがゴーゴリに限らず、どういうわけかわが国においては、笑いの問題は常に笑いの分類にしかその考察は向けられなかったようだ。

わたしが『作者の告白』から〈笑いの罪〉という言葉を考え出したのは、早稲田の学生のときで、わたしはそれを卒業論文の主題にした。笑いの罪を犯したものは笑い地獄へ落ちるという考えであって、生きながらゴーゴリはその、笑ったものは笑われるべきであるという笑い地獄へ、真逆様に墜落した人間というわけだった。彼の最後の祈りと断食は、その地獄の底からの死をもっての贖罪だったのである。

確かにこれは辻褄の合った考えに違いなかったし、〈笑う⟷笑われる〉の関係がゴーゴリの小説の基本をなす力学であるという考えは現在も変らない。しかしそのうちにわたしは、当然のことながら、問題はその〈笑い〉の質ではあるまいかと考えるようになった。いったいどこが通俗的な笑いと異なるのだろう？そんなことは今更いうまでもないではないか、という声を承知の上で、わたしはもう一度この余りにも平凡な疑問に対して、自分で納得のゆくまで考えてみたかった。わたしがゴーゴリに関する連載エッセイを書きはじめたのもそのためであり、同時にそれは他の誰のためでもなく、わたし自身の小説の方法を考えるためであったのである。

その結果、幾分かぼんやりとではあるがわかりかけてきたのは、ゴーゴリにおける笑いとリアリズムの関係である。例えば知識人であったドストエフスキーの場合、彼を真のリアリストたらしめたのは、政治であった。ただし誤解なきよう補足すれば、それはニコライ一世の所謂〈暴政〉ではなく、政治そのものであり、したがって政治の論理といい換えてもよいだろう。とにかく政治によるシベリア流刑が知識人としてのドストエフスキーの眼に、もう一つ、リアリストとしての眼をつけ加えたわけだ。その結果彼の世界は、複眼によって捉えられた楕円形となった。

ところでゴーゴリの場合、そもそも彼は知識人ではなかった。ペテルブルグにおける政治とも何ら無関係の人間であった。彼はウクライナ地方から上京した一人の田舎者であり、帰属すべきいかなる組織も立場も持たないエトランゼに過ぎなかったのである。彼にあったものは、ただただ何とも名づけにくい言葉の才能だけであった。そのようなゴーゴリの眼に、首都ペテルブルグが、その象徴であるネフスキー大通りが、一つの巨大な迷路として写ったのは当然の話といわなければなるまい。そしてわたしが、通常ペテルブルグ物と呼ばれている中篇小説を、ゴーゴリのリアリズムがその最高点において示されている作品であると考えるのも、そのためだった。ここで敢えて誤解をおそれずにいえば、ゴーゴリにおけるペテルブルグとは、ドストエフスキーにおけるシベリアであるとさえいえるのではなかろうか。

ゴーゴリの小説は、従来いわれてきたように奇想天外、荒唐無稽の出来事を写実的に書いたからリアリズムなのではない。そうではなくて、ゴーゴリにとっては現実そのものが荒唐無稽以外の何ものでもなかった、ということなのである。なにしろそれは、まったく『鼻』そのもののごとく原因不明の世界だったからだ。何故だかわからないがそこに存在している不可思議な迷路であり、自分を否定しようとする巨大なる〈他者〉だからである。しかし現実というものがそのような正体不明の〈他者〉であるにもかかわらず、そのような〈他者〉とともにしか存在することの出来ない人間存在とはいったい何であろうか？　そのような人間の存在が滑稽なものでなくて何であろうか！　ゴーゴリの笑いは、そのような滑稽な存在としての人間、および、そのような人間と人間の関係としての現実（世界）を捉える装置であり、構造としての笑いだった。わたしはいまのところ、そう考えているのである。

ところで矛盾するようであるが、ゴーゴリのリアリズムが幻想的であるのも、おそらくゴーゴリにとっては、最も幻想的なものが現実だったからに他ならない。そしてわたしの従来のゴーゴリ論に対する不満は、それらがこの大いなる矛盾に関する考察を欠いていたためでもあった。幻想とリアリズム。この大いなる矛盾について考えることはまことに骨の折れる仕事に違いない。しかし、およそ文学とは、大いなる自己矛盾の追求に他ならないともいえるのではなかろうか。

最後に大先輩への敬意の表明として、宇野浩二の『ゴオゴリ』の一節を引用させていただく。

……この小説を殊に私が懐しく思ふのは、私はこの『昔気質の地主達』を、中学生時分に、二葉亭の翻訳で読んだからである。それは、『早稲田文学』の明治三十九年の五月号（当時は「五月の巻」といつた）に出たのであるから、今から三十二年程前である。表題は『むかしの人』といつて、巻頭に出たのであるから、その頃は今より日本の文学界は或る点では進んでゐたと云へよう。

初出：『学燈』一九七三（昭和四八）年一一月号

幾つかの問題

わたしがゴーゴリを読みはじめたのは二十何年か前であるが、その間ゴーゴリの読まれ方はずい分変ったように思う。先日、山口昌男氏と対談したとき、当時の話が出て、自分たちは文学的にまったく悪い環境で育ったものだという話になった。確かに、スターリン主義の御用評論家エルミーロフの『ゴーゴリ論』が幅を利かせていた当時のことは、いまから考えるとまるで嘘のような気がする。スターリン主義というものは、ソルジェニーツィンの身の上にだけでなく、わが国のロシア文学界にも及んでいたのだった。

山口氏は、わたしが紹介するまでもなく気鋭の文化人類学者であり、わたしは自分勝手なことを考えている一人の小説家であるが、話をして面白かったのは、そういった悪い環境の時代にあっては、文学だけでなく学問の分野においてすらも、自分だけの勘のようなものに頼らざるを得なかった、という体験談だった。実さい、ゴーゴリの笑いについて、わたしは馬鹿の一つおぼえ式に「笑い地獄」ということを考え続けて来たが、いわれてみれば、なるほどそれはわたしの勘のようなものに過ぎなかったのである。このことは何度も繰り返すようでいささか気がひけるが、ゴーゴリ、ゴーゴリと考え続けていた二十何年か前のある日、ボッシュの「地獄」を見て、これだなとイメージを与えられたのだった。

以来わたしは、その勘だけを頼りに自分流のゴーゴリを考えて来たといえる。もちろんそれはずい分変った。考える度に変ったといってもよいくらいであるが、反エルミーロフだけは意地のようなものだった。いま考えると拍子抜けするくらい常識的で平凡なことなのであるが、それだけに、ボリス・エイヘンバウムの論文は新鮮だった。「ゴーゴリの『外套』はいかに作られているか」を読んだときは、意地を通した甲斐があったと思ったのである。

しかし、一方ではこういうこともあったのである。確か昨年のいま頃、早稲田の露文科のパーティに出たとき、一人の学生からこういわれた。「フォルマリズム、フォルマリズムというけれども、フォルマリズムで小説が書けるんですか?」彼もゴーゴリのことをずっと考えて来たのだという。そして、将来は小説を書きたいらしい。わたしは二十何年か前の自分のことを考え、なるほど、とその変化を思った。ゴーゴリが死んで百二十五、六年になると思うが、確かにいまほどゴーゴリが自由に読まれたり研究されたりしている時代は、彼が生きていた時代も含めて、他になかったかも知れない。

わたしはその学生には、たぶん「素材と文体」というようなことを答えたのではないかと思う。実さい、それがわたし自身の問題だったし、また、フォルマリスト全体はともかく、わたしの関心事は『外套』だったからである。ゴーゴリの中でも、特にわたしが「ペテルブルグ物」といわれる『外套』『ネフスキー大通り』『鼻』『狂人日記』などを身近に感じるのは、一つにはわたしも地方出身者だからだろうと思う。よく知られているように、彼は十九歳のときウクライナからペテルブルグへ出て来て、『ガンツ・キュヘリガルテン』という長篇叙事詩を出版したが、誰からも相手にされなかった。それでは、と俳優の試験を受けたが、これも不合格となり、仕方なく下級官吏になった。首都ペテルブルグとは彼にとって、そういう場所だったのである。

自分を拒絶するもの、無視するもの、歯牙にもかけないもの。また正体不明のもの、謎に満ちた迷路のようなもの。ペテルブルグはゴーゴリにとって、そういったものであったと思うが、もちろんこれは、何か非凡な体験というものではない。そもそも大都会というものは、そういうものなのである。ただ、ゴーゴリは、そういった大都会の不思議さというものを、直感で捉えて、喜劇にした。そして面白いのはツァルスコエ・セローの学習院出身で、ちゃきちゃきの都会っ子であるプーシキンが、誰よりもそれを認めたことだと思う。『ネフスキー大通り』は、プーシキンには絶対に書けない。それを一番よく知っていたのはプーシキンだと思う。大都会の論理を知っている彼にとっては、ネフスキー大通りは別に迷路でも何でもないのである。不思議でもなければ、謎でもない。ところがゴーゴリにとってはそれこそ、正体不明の首都ペテルブルグの象徴だった。と同時に、それは他ならぬ彼が生きている現実そのものだった。つまりゴーゴリにとって、最も幻想的なものは現実だったのである。現実ほど、彼にとってファンタスティックなものはなかったのである。

この幻想は、そのままゴーゴリの方法になった。ところが厄介なことは、それがホフマンふうの幻想小説ではなく、不思議なリアリズムだということだろう。実さい、『ネフスキー大通り』の中で、ブリュネットの「美女」をピスカリョーフが尾行して行くネフスキー大通りは、何か秘密の案内図のように書かれている。また、『鼻』の中で、五等官に化けたコワリョーフの鼻が歩きまわったり、馬車で行ったりするペテルブルグの街の様子も同様だった。プーシキンはおそらく、この不思議なエトランゼの目によって書かれたペテルブルグに、おどろいたのではないかと思う。

プーシキンがゴーゴリの中に発見したもう一つの才能は、いうまでもなく笑いの才能である。プーシキンは、笑い上戸だったという。このことは、たぶん重大なことではないかと思う。プーシキンは、よく知られている通り、ゴーゴリにとって全てだった人だ。最大の理解者であり、保護者であり、そして批評家であった。そのプーシキンが笑い上戸であったということ。このことは、ベリンスキーはおそらくその反対の人物であったのではなかろうか、と考えてみれば、それがいかにゴーゴリにとって決定的、運命的であったか、よくわかるだろうと思う。

それにしても、プーシキンが笑い上戸だったというのは面白いことだ。彼は、「余りにも低俗・醜悪である」という理由である雑誌からボツにされた『鼻』のためにわざわざ推せん文を書いて『同時代人』誌に載せ、また『検察官』を書かせた。これも有名な話であるが、ゴーゴリがプーシキンに宛てた次の手紙は、あちこちでよく引合いに出される割には、本当の面白さがいわれていないような気がする。

後生ですから、何かテーマをください。滑稽であろうとなかろうとかまいませんが、純ロシア風のアネクドートを。(略)一気に五幕の喜劇にして、誓って悪魔よりも滑稽なものにしてみせます。(略)

(松下裕訳)

これは一八三五年十月七日付の手紙で、本当にこの年の十二月に『検察官』は出来上ったわけであるが、わたしが面白いと思うのは「滑稽であろうとなかろうと」というところなのである。だいたいゴーゴリは、自己を語ることのまことに下手な作家で、それはあの有名なベリンスキーの手紙に対する弁明を見てもよくわかるが、このプーシキン宛の手紙では、どういうものか彼の喜劇の本質を実に明快に語っていると思う。

つまり彼は、素材は「滑稽であろうとなかろうと」何でもよいといっている。そしてそれをもらう前から、悪魔よりも滑稽な喜劇に仕立て上げてみせると誓っている。アネクドートというのはエピソードとほぼ同義であるが、要するに「実話」ということだろう。そして何でもよいから「実話」でさえあれば、たちまちそれを喜劇にしてみせるという。これは、ただの自信とか己惚れとは違うような気がする。「実話」（つまり現実）でさえあれば、必ずそこに「滑稽さ」というものを発見することが出来る。そうゴーゴリは考えていたのではないかと思う。そしてそれが、ゴーゴリの喜劇の方法だったと思うのである。

ここでやっと『外套』の話になったが、『外套』も素材は悲劇だった。そこに出て来る万年九等官の幽霊を、ナボコフは幽霊ではなくてあれは外套強盗なのだといっているが、その新解釈の是非はおくとして、どちらにしても話そのものはお涙頂戴の哀話である。このあたりがまことにまぎらわしいところで、その「涙を通した笑い」「悲哀に満ちた笑い」にだいたい人は酔わされることになっている。しかしゴーゴリが哀話から悲劇を作ったのではなく、喜劇を作ったことは確かだった。つまり彼はその文体によって、素材を喜劇に変換させたのである。

わたしは、この限られた枚数の中で、ゴーゴリについて少しばかり欲ばって色々なことを書き過ぎたような気がする。しかし、断るまでもなくわたしは研究者ではないのであるから、すべては一人の小説家として、自分勝手にゴーゴリから書く方法を読み取って来ただけなのである。そして、ここに幾つかの問題を羅列したが、それらはもちろん、ばらばらにあるのではなく、互いに結びついているのだと思う。

早い話、ペテルブルグを正体不明の迷路として描いた不思議なリアリズムの中に、すでに笑いはあったのである。実さい、この現実そのものほど幻想的なものはない、と考えることくらい滑稽なことはないだろう。同時にそれは、まことに悲惨なことだ。例えばそれこそ、原因不明の悪夢を目をあけたまま見続けるようなものなのである。そして、ベリンスキー宛の返事に「人に語れない思想」という謎めいた文句を残した彼の喜劇は、どうやらそのような、荒唐無稽で理不尽な夢のリアリズムによって書かれていたようにも思われて来る。笑い上戸のプーシキンが発見したのは、確かに不思議な作家だったのである。

初出：『文藝』一九七七（昭和五二）年二月号

翻訳余話

今年は元日から仕事をはじめた。生れてはじめてではないかと思う。一念発起したわけではなくて、実は昨年の暮れからゴーゴリの『鼻』を読みはじめた。その続きである。『鼻』と『外套』の翻訳のことを横田（瑞穂）先生からいわれたのは、昨年のはじめか、一昨年の終り頃ではなかったかと思う。学研の世界文学全集に入れるものを共訳で、というお話だった。ちょうど、先だって完結した河出版の『ゴーゴリ全集』（全七巻）の刊行がはじまった頃である。

その全集では、わたしは一巻から七巻までの月報に「ゴーゴリとの二十年」という連載をすることになっていた（新版編註：「ペテルブルグの迷路」と改題し本書の第三章に収録）。実はわたしは、五年程前ある雑誌に、「笑いの方法」という題でゴーゴリ論を連載したのである。これは、文芸雑誌ではないので、余り人目には触れていないと思うが、十回連載して二百五十枚くらい書いた。それを本にまとめるため、手を入れようと思いながら、なかなか時間がなくて放置したままの状態だった。河出の月報連載の話は、ちょうどそういう時だったものであるから、五年前に書いた「笑いの方法」を、もういっぺん考え直したり、補足したりするにはよい機会だと思って、やりはじめたのである。そして終ったのが、昨年十一月だった。

わたしはだんだん心配になって来た。『鼻』の〆切りは十二月一ぱいなのである。本当はもっと早かったのを、そこまで延してもらっていた。もちろん、最初に横田先生からお話があった時にも、おどろいてはいたのである。わたしがはじめて読んだ『外套』は、確か春陽堂文庫の中山省三郎訳だったと思うが、岩波文庫の平井肇訳は、誰でも知っている通りの名訳である。それに河出版全集の横田瑞穂訳を加えれば、『外套』と『鼻』の翻訳はもはや充分といえるだろう。しかし、それだけに、先生との共訳などということは、途方もない名誉だといわなければならなかった。実さい、わたしはそう思った。なにしろわたしは、二十年ちょっと前、横田先生に「ゴーゴリ中期の中篇小説」という卒論を提出して以来、ただ馬鹿の一つおぼえ式にゴーゴリ、ゴーゴリと考え続けて来た一人の小説家に過ぎないのである。また、『挟み撃ち』という小説では、横田先生訳の『外套』『鼻』『ネフスキー大通り』を引用させていただいたのである。

ただ、逆にいえばそういうこともあったので、いつか何かの形でご恩返しをしたいものだとは思っていた。それに、何年か前から、先生とは夏の追分でご一緒することになった。歩いて十五分くらいの距離なのである。共訳のお話を引受けることになったのは、そういう安心感も大きかったのだと思う。それからもう一つ、わたしたちは『文体』という雑誌を編集することになった。それで、ゴーゴリの文体というものを、もういっぺん、ちゃんと確かめてみるのは、一種の義務のようなものかも知れない、という気持ちにもなったのである。

追分では、昨年の夏も先生にはずいぶんお目にかかった。しかし、いざ十一月になってみると、何だか追分では先生と高校野球の話ばかりしていたような気もして来た。それで先生にお電話すると、まあ〆切りの方は何とかなるだろうから、他の仕事のキリがついたら出て来なさい、といわれた。わたしが先生のお宅へお訪ねしたのは、昨年暮れの二十二日である。場合によっては、三、四日泊めていただくつもりだった。その覚悟で出かけたのである。しかし、結果はまるで違ったものになった。先生がいわれたのは、次の三つのことだった。

まず、ジイドはドストエフスキーを、辞書を引き引き読んだのだ、といわれた。そして、すらすら読めて理解出来るということと、それを日本語の文章にすることとは、ぜんぜん別のことだといわれた。君は小説家なのであるから、ひとつ頑張って、そこのところをやってみせてもらいたい。

次に、とつぜん『本居宣長』が出て来た。小林秀雄氏の『本居宣長』である。あれは読んだかね、とたずねられたので、わたしが読んでいませんと答えると、君あれは対等ということではないかね、と先生はいわれた。宣長と対等になった時はじめて宣長がわかった、そういうことではないかと思う、といわれた。あるいはこれは、先生の言葉をわたしが勝手に「誤訳」しているのかもわからないが、わたしはそういう意味に受取ったのである。

それから最後に先生は、わたしの年をきかれた。わたしが四十五ですと答えると、それじゃあもう対等だ、といわれた。ゴーゴリより三つ長生きしたんだからな、というわけである。

それからお酒をごちそうになり、わたしは終電車で帰って来た。そして翌日から『鼻』を読みはじめたのであるが、どうやらわたしは、先生から魔法をかけられたらしい。実さい、そうとしか考えられなかった。いま、昨年十二月のカレンダーを出してみると、そのあと二日ほど『文体』の用事その他で外出している。また、テキストの末尾には、昭和五十三年一月六日未明読了、と記されている。『鼻』は原稿用紙で、確か八十一枚だったと思う。それを先生のお宅へ持参したのは、カレンダーによると一月十日である。先生は、これは君の訳だ、といわれた。

そのあとわたしは、また『文体』の仕事が二月六日まであり、『外套』を読みはじめたのは八日か九日からだったと思う。テキストの末尾には、昭和五十三年二月十九日読了と記入されている。そして、『文學界』編集部のI氏から電話があったのは、たぶん、ちょうどその直後ではなかったかと思う。それでわたしは、半分放心状態で何かを喋ったのではないかと思う。なにしろその十日間ばかり、わたしはまるまる『外套』にかかりきりだったのである。どうやら横田先生の魔法が、まだ解けていなかったらしい。

もちろんその時は、この欄にゴーゴリの文体のことを何か書いてみようという気になっていたのだと思う。それはたぶん、いわゆるゴーゴリ的といわれるものは、一つ一つの文章にではなくて、文章と文章との関係、つまり構造としての文体にあるのだ、といったことを、ちょっと書いてみたかったのではなかろうかと思う。しかし、そのあと同じ全集のための「ゴーゴリと私」というエッセイ四十枚を書いてみると、さすがにゴーゴリ疲れしてしまったのである。わたしは慌ててI氏に電話をかけた。そして、何か別のことを書かせてもらいたいとお願いして承諾を得たが、結果はこういうことになったのである。

初出：『文學界』一九七八（昭和五三）年五月号

「何故」だかわからない喜劇

ゴーゴリの中篇小説に『鼻』というのがあります。これはある朝、床屋がパンを食べようとすると、そこから八等官の鼻が出て来る、ということに奇妙な話です。床屋はおどろいて、何とか早くこの鼻を捨てたいと思い、こっそりボロ布に包んでネバ川へ出かけるのですが、橋の上には警官が立っていたりして、なかなかうまく捨てられない。やっとの思いで捨てて帰って来るのですが、要するに彼は何故だかわからないけれども、とつぜん出現した鼻のためにあわてたり、困ったりするわけです。

一方、八等官の方は、それとはまる反対に、とつぜん鼻が自分の顔から消えてなくなってしまったために、あわてるわけです。彼は新聞社へ出かけて鼻を探すための広告を出そうとして断られたり、町の中で自分よりも立派な馬車に乗っている鼻に出会ったりします。

つまり、この二人は同じ鼻に関して、まる反対のあわて方、おどろき方をしているわけです。一方は、とつぜん鼻があらわれたことにおどろき、一方はとつぜん消えてなくなったことにおどろく。この構造がまずこの小説の面白さの一つです。次に重要なことは、「何故」鼻がとつぜんなくなったのか、という理由については、どちらもまったく考えてみようとしていない点でしょう。

この小説は、八等官というものを諷刺したのだ、という解説がよくつけられていました。つまり旧帝政ロシア社会の官吏の俗悪さを笑ったものだということですが、そんなふうにゴーゴリを狭く読むことは、まことに損なことです。

ゴーゴリの喜劇の本質は、その笑いが因果律というものを超えているところにあるのだと思います。つまり、「何故」だかわからないから、喜劇なのです。「何故」だかわからないが、とつぜん騒ぎが持ち上る。そして人間たちは「何故」だかわからなくともその中に捲き込まれ事件はどんどん進行してゆく。

ゴーゴリの喜劇は、現実をそういう構造として捉えているわけですが、それは何も十九世紀のロシアの現実というだけではなく、いまわれわれが現に生きているこの現実も、まったく同じ構造をしているとはいえないでしょうか。

『検察官』の場合もそれは同じです。フレスタコーフは自分から「検察官」だと名乗ったわけではありません。たまたま、ペテルブルグでのカルタ遊びで使い果して田舎へ逃げ帰る途中を、微行中の検察官と誤解されたのでした。誤解された贋検察官！　まさしくこれは、おそるべき誤解が生んだ喜劇、と呼ぶ他はないでしょう。

何故だかわからないが、とつぜん騒ぎは持ち上り、人々はそれに捲き込まれる。現実はそういう喜劇の形をしているのです。

初出：『コメディアン』一九七四（昭和四九）年七月号

返って来た卒論

先日（といっても、もう二か月程前）、まったく思いがけない形で、二十二年前に提出した大学の卒業論文が、わたしの手許に返って来た。それは、こういういきさつからである。R誌編集部のKさんがわたしのところへ訪ねて来たのは、三月初旬だったと思う。用件は、R誌にわたしの卒論を掲載したいということだった。わたしは彼の説明をきき、R誌が年に一度か二度、いろんな人の卒論特集号を出していたことを思い出した。わたしの卒論は「ゴーゴリ中期の中篇小説」というもので、そのことは昨年完結した河出書房新社版『ゴーゴリ全集』の月報、その他の場所に何度か書いた。Kさんはそのうちの何かを読み、訪ねて来たのだろうと思う。

しかし、折角訪ねてくれたKさんではあったが、わたしは余り色よい返事は出来なかった。まず、昭和三十二年に早稲田を卒業して以来、わたしは自分の卒論が大学のどういう場所に、どんな形で保管されているのか知らなかった。卒業後十年間は保管されるという話をきいていたような気はするが、十年はとうの昔に過ぎているし、また、審査に当られた二人の先生のうち、岡沢秀虎先生はすでに亡くなられ、もう一人の横田瑞穂先生も定年で大学を去られている。そんなわけで、Kさんの申し出をきいたとき、まず面倒くさいという気持ちが先に立ったのだと思う。

それともう一つは、あれから二十何年も経ったいまなお、わたしが相も変らず、ゴーゴリ、ゴーゴリと考え続けているためだと思う。わたしがゴーゴリ病にとりつかれたのは十九歳のときであるが、これはただのハシカではなく、死に至る病だったようである。早い話がわたしは、もう三年以上も前から、今年こそは今年こそはと思いながら、いまだにゴーゴリ論を一冊にまとめかねているのだった。書いたものは、すでに四百枚くらいになっていると思う。出版社の方からも何度か催促を受けた。しかし、その度に、もう一度読み直しがしたくなった。そして読み返す度に、何かを書き加えたくなってしまうのである。

もちろんこれは、ゴーゴリという作家のつかみにくさにもよると思う。それは一言でいえば、彼の文学がドストエフスキーやトルストイと違って、「思想」とか人間の生き方とかに置き換えにくいためでもあるが、結局はわたしがゴーゴリの文学を、いまだに「過去」として整理出来ないせいだと思う。現在だから、変化するのである。そして、読み返す度、考え直す度に何かを書き加えたくなるのは、その度にわたしの中で自己増殖がおこなわれるからであり、同時にそれは、ゴーゴリそのものの増殖でもあった。これは、いわば一つの小説を書き終えることが、次の小説を書きはじめる動機になるようなものだと思う。つまりキリがないわけであり、死ぬまで書き加え続ける他ないのである。

もちろんわたしは、ロシア文学者でもなければ研究家でもないから、別にきちんと整理された結論を出したいのではない。それで、今年中にはそのような増殖行為を一旦断ち切る形で、とにかく『ゴーゴリ／笑いの方法』を一冊にまとめたいと思っているが、いままでのびのびになったのは、そういう事情からだったのである。また、Kさんの申し出に色よい返事が出来なかったのも、同じ理由からなのであった。

Kさんは、わたしの気持ちを理解してくれた。しかし、そこはさすが編集者で、探すだけなら構いませんか、という。そして数日後電話で、ありましたという。ただし委任状がないと持ち出せないので事務所に預けて置きます、と彼はいった。わたしは、二十二年前に書いた自分の卒論などもうどこかに消えてなくなっていると思っていたわけではないが、何とも不思議な気がした。彼がどういう方法で探したのかもわからない。しかし、Kさんのお蔭でわたしの卒論は、まったく思いがけずわたしの手許に返って来たのだった。確か四月の第二月曜日だったと思う。その日は、非常勤講師（申し遅れたが、わたしはこの四月から早大の文芸学科に週一回、非常勤講師で出ている）として初出勤（？）の日で、十二時半からの授業が終ったあと、わたしは事務所に立ち寄って、二十二年前に提出した卒論を返してもらったのである。

この卒論についての思い出は、もちろんいろいろあるが、わたしはその晩読み返してみて、やれやれと思った。「ゴーゴリ中期の中篇小説──『アラベスキ』を中心としたゴーゴリ論のための方法論的ひとつの試み」という題名の通り、いわゆる〝ペテルブルグ物〟を中心にゴーゴリをつかまえようとしているのであるが、それから二十二年経ったいまなお、わたしは同じことを繰り返しているからである。

初出：『中央公論』一九七九（昭和五四）年八月号

ゴーゴリとドストエフスキー

ゴーゴリとドストエフスキー、ということになると、誰でもすぐに思い出すのが「われわれは皆ゴーゴリの『外套』から出て来た」という、例の名文句だろう。ドストエフスキーがフランス人記者に語った（いつ頃のことかわたしは詳しくないが、一八六二年、初のヨーロッパ旅行のときか？）といわれているこの名文句は、もはや伝説化しているようだが、もちろん単純なゴーゴリへの讃辞などではない。『貧しき人々』を読んだネクラーソフは、彼を「新しいゴーゴリ」と呼び、ベリンスキーはゴーゴリを「ドストエフスキーの父」と呼んだといわれているし、文学史的にいって、それは間違いではない。実さい、『外套』がなければ『貧しき人々』は生れなかっただろうからだ。しかし、作家というものは、そういう呼ばれ方に対して、決して単純ではいられない。ましてや、自分からそういう意味の言葉を吐く場合は、なおさらであって、そこに二重三重の意味が含まれるのは当然のことなのである。

ドストエフスキーは十五歳の頃からプーシキンを読みはじめ、一八三八年、ペテルブルグの陸軍工兵学校に入学後は、バルザック、ユーゴー、ジョルジュ・サンド、シラー、ホーマー、フランス古典文学などに読み耽ったらしい。つまり、彼の文学的教養は、比較的正統な西欧文学だったということになるが、そういう彼にとって、ゴーゴリという作家は、かなり複雑な存在だったのではないかと思う。彼が、ゴーゴリをいつ頃から意識しはじめたかはわからないが、『ディカーニカ近郷夜話』は一八三一〜二年、『アラベスキ』『ミールゴロド』は一八三五年、『検察官』は一八三六年、そして問題の『外套』は、ドストエフスキーが工兵学校在学中の一八四〇年に刊行された。

これは、一小説家としてのわたしの体験的想像（つまり、身におぼえがあるということ）であるが、学生時代のドストエフスキーは、ゴーゴリからの影響を意識的に避けようとしたのではないかと思う。同時代の先行作家（わたしの場合でいえば、例えば〝第三の新人〟）に対する文学青年の意識として、それはむしろ正常なものだし、彼がバルザックの翻訳などを試みたのも、そういう意識の表現だったとも考えられる。

ドストエフスキーは、フォイエルバッハの発音さえ正確に出来なかった（？）ベリンスキーのことを、外国語の一つもマスター出来ぬ批評家などどうしようもない、といった意味の言葉で軽蔑していたらしいが、同様の意識がゴーゴリに対しても、まったく無かったとはいえまい。その意味でドストエフスキーは、とにかくフランス語を学んだ、当時の正統派インテリ文学青年だったのである。ただ、ここでついでにいって置けば、例の、西欧派とスラブ派を握手させたといわれているプーシキンに就いての記念講演（一八八〇年）は、なるほど社会的には「事件」だったかもわからないが、文学的には世間でいわれているほどの名演説ではない。特に、そのタチヤーナ論は、陳腐というよりも『オネーギン』の喜劇的、パロディ的な構造を読み誤っているようなところさえある。もっとも、やはり作家というものは、ドストエフスキーといえども、小説以外の方法では充分に自分を語れないものだ、ということなのかも知れない。

しかし、（話をもとに戻すと）そのような西欧文学の教養を身につけたドストエフスキーが、いざ小説を書くことになると、ゴーゴリの『外套』から出発せざるを得なかったということ。これは、紙数がないので結論だけをいうと、彼の正統なる文学的野心、その文学的志の高さを示すものだと思う。つまり、「われわれは皆ゴーゴリの『外套』から出て来た」という名文句は、ゴーゴリへの敬意の表明であると同時に、同時代を代表する先行作家への挑戦状（フォルマリストの一人トゥィニャーノフが『ドストエフスキーとゴーゴリ』の中で、「〝文学的伝統〟〝文学遺産の継承〟とかいうとき、人びとは、ある文学系譜の若い世代の代表者と年長の世代の代表者とを結びつける一本のまっすぐな線を思い浮かべがちなものである。しかし実際には、それよりも問題ははるかに複雑である。一直線につらなる系列などというものは存在せず、あるのは、いわば、ある一点からの出発と断絶――闘争なのである」〔水野忠夫訳〕と書いているのと、ほぼ同じ意味での）だったのである。

さて、ドストエフスキーはゴーゴリのパロディ作家として出発した。その直接間接の痕跡は、トゥィニャーノフその他が挙げているだけでなく、幾らも発見出来る。そして重大なことは、その出発がドストエフスキーの文学の方法を決定したことである。ドストエフスキーの小説が、その方法、その構造において「喜劇」であることは、最近ようやくわが国の研究者たちの間でも話題になりはじめたようであるが、ゴーゴリの喜劇をいかに変形、発展させるか。つまり、ゴーゴリをどの点において超えるか。それが、『外套』から出て来た作家の宿命であり、作家自身が自らに課した文学的課題だった。そしてそれは、小説家として、最も正統な文学的戦いだったと思うのである。

初出：ドストエフスキー没後百周年記念実行委員会編『ドストエフスキー』一九八一（昭和五六）年刊

第五章
方法としての喜劇

小説の構造

大江健三郎氏の『小説の方法』（岩波現代選書）を読んだ。そして実にたくさんのことを考えた。また、考えさせられた。もちろん、一人の小説家として、考え、考えさせられたのである。それをいまここで書いてみようと思うのであるが、果して考えた通りにうまく書くことが出来るか、どうか。正直いって、いまこうして書きはじめたところでは、自分にもよくわからないのである。

実さいわたしは、何も書く必要などないのではないかと思ったくらいだった。『小説の方法』を読んだだけで、もはや充分なのではないのか。読んで、自分は一人の小説家として、実にたくさんのことを考えた。また考えさせられた。そして、それが他ならぬ一人の小説家としての自分のためであった以上、それで充分ではなかろうか。そう思ったのである。これは、いわゆる遁辞《とんじ》ではない。なにしろこの一冊は、現実に小説家である大江氏の「小説の方法」だった。それについて、別の小説家であるわたしが何かを書こうとするわけだった。当然、読みながら、そして書きながら、自分のことを考えてしまい勝ちだろうと思うのである。

もちろん、わたしはエッセイも書く。そこには、ときには小説についての理論めいたものが入ることもあったと思う。しかし、そういうものを書くときも、わたしは自分を理論家に仕立てて書いたことはない。多少は理論めいたものの混ったエッセイを書くときも、わたしはあくまで、一人の小説家として書いたのである。

たぶん、小説家である自分を、捨て切れなかったためだと思う。つまり、自分の中から、理論家のようなもう一人の自分を独立させて、何かを書かせることがどうしても出来なかったのである。そうすることに、何か抵抗をおぼえた。何かが邪魔をするような気がした。自分の小説について書くときも、他人の小説について書くときも、同様である。仮に理論を伝達する必要があったとしても、それを伝達するだけの必要であれば、それは自分が書かなくとも済む文章ではなかろうか、と思った。

これは、小説家は理論はいわぬが花、ということではない。あるいは現実には、そうする方が賢明である場合がしばしばあったとしても、わたしはそうは思わない。むしろ、正反対の考えである。その意味からも、まずわたしは一人の小説家として、この一冊を刊行した大江氏に敬意を表したい。ここに書かれた言葉のすべては、小説家である大江健三郎その人に、ブーメランのように返って来るからである。しかし、もちろん、ブーメランだからこそ投げるのである。小説家の文章とは、そういうものだろうと思う。自分の中のある分身に、独立させて何かをいわせるのは、小説の中においてだけなのである。

わたしも人並みに、自分の中に幾つかの分身を抱えているのだと思うが、確かにわれわれ（人間）は、一人の分身としても社会的には生きることが出来る。実さい、大学教師、医師、銀行員、新聞記者、その他さまざまな職業人として一人前に活躍しながら、同時に小説家である例は、誰でも身近に一人や二人は知っていると思う。もちろん、分身というものは、そんなに単純明快なしろものではない。一人の人間が幾つもの職業を持っているといったようなことでないのは当然のことだし、いわゆる人格とか性格とかとも別のものだ。またその人間の持っている何通りかの知識、機能といったものでもないと思うが、ここでは、その知識や機能によって一応社会的に独立出来る部分を称して、それを仮に、その人間の社会的分身と呼んでみたのである。

そして、その社会的分身も、もちろん文章を書くことは出来る。それは、社会的分身としての、専門の知識、情報、意見を持った文章だろう。そして、小説家も、それらの恩恵にはしばしば浴しているのだと思うが、しかしその文章は、小説家の文章ではないと思う。それは例えば、ある種の会議なり、報告会なりあるいは要旨をコピーするなりその他何なりと文章以外の方法手段によっても、伝達することの出来るもの、そういう文章だと思うのである。

小説家の文章は、そういった、ある分身の文章ではない。そしてこれは、小説だけのことではない。長い短いにも関係がない。たとえ五枚のエッセイであっても、そこに自分の中の、あらゆる分身が取り込まれていなければならないと思う。なにしろ小説家は、人間そのものを、そのような構造体として考えているものだからである。もちろんそのことは、小説家である自分自身に関しても、例外ではない。

書いている自分と、書かれている自分、ということもあると思う。その関係は『ウィリアム・ウィルソン』の中の二人のウィリアム・ウィルソンのようでもあるし、また『カラマーゾフの兄弟』の中の三兄弟であるような気もする。とにかくわたしは、自分の中のある分身の声を無視しようとしたり、あるいは忘れようとしたり、また本当に忘れたりしていると、誰かが「おい、おい」と声を出すのである。いったい誰が声を出すのだろう？　それは、お察しの通り、道化だった。わたしの中の道化が、「おい、おい」とわたしに呼びかけるのである。

この「おい、おい」と呼びかけて来る声と戦う必要のなかった小説家は、幸いなるかな、である。なぜならば彼はグロテスクと無縁の人だからである。もちろん、自分の文学はそんな道化とは無縁のものだ、という小説家もいると思う。また、いても悪いとは思わないが、どうやらわたしの文学は、その声ぬきには考えられないらしい。そしてそれは、小説だけでなくエッセイの場合においても同様であることは先にのべた通りであるが、このエッセイにおいてその声が特に大きかったことは、考えてみれば当然のことであったと思う。なにしろ大江氏の『小説の方法』においては、「道化」と「グロテスク」が、その主役であるといってもよいと思うからである。

あるいは、わたしに「おい、おい」と呼びかけたのは、その大江氏の「道化」だったのだろうか？　いや、実さい、そんな気さえするくらいなのである。もちろん、わたしの中の道化と大江氏の道化は必ずしも同じではないかも知れない。大江氏の道化は、すでによく知られている通り、文化人類学から大江氏が現代文学の中に連れ出して来て復活させた「トリックスター」だった。

　文化人類学者に限らず、この本の中には、ロシア・フォルマリスト、構造主義者たちが、次から次へと立ちあらわれる。したがって、シクロフスキーの「異化」の方法にはじまり、トドロフの文体論、バシュラールの想像力論、トリックスター論、を経てバフチンの「グロテスク・リアリズム」の理論に到達するこの『小説の方法』は、ロシア・フォルマリズムと構造主義との複合に過ぎないではないかという非難を、あるいはどこからか受けるかも知れない。また、そのような複合的な方法論を、学者とか、研究家がやるのならばともかく、現役の小説家がやる意味は果してあるのだろうか、といった批判的な声も、どこかからきこえて来ないとはいえないだろう。しかし、そのような非難はどちらも当らないと思う。

　なるほど、確かにわたしも次々と登場して来る専門家たちの名前をメモしながら読んで行ったが、実さい、とてもすぐにはおぼえ切れるものではなかった。しかし、無理におぼえる必要はないだろうとも思った。それらの、それぞれに専門的な知識と理論を持ってこの本に登場して来る、おびただしい数の専門家たちも、読み終ってみると、すべてが大江氏の分身であったような気もして来たのである。例えば、それらの専門家たちは、小説の中の登場人物のようなものだともいえるだろう。そして大江氏は、それらの分身たちを、一つの構造の中で関係づけ、組合わせ、配列した。この『小説の方法』自体が、そういう構造になっているのではないかと思う。つまり、一つの構造体としての小説をつくる、その方法そのものもまた、ここでは一つの構造としてつくり出されている。そして、その構造をつくり出しているのは、そこに登場したどの専門家たちでもなく、小説家の大江健三郎氏なのである。

大江氏は、この『小説の方法』の中で、おびただしい数のロシア・フォルマリストや構造主義者たちから学んだ知識や理論を、ただ単に紹介したのではなかった。大江氏は、それらのフォルマリストや構造主義者を、それ自体が構造化された小説の方法に、構造づけている。構造主義者の構造づけである。こんなことは、それこそ自慢ではないが小説家にしか出来ない仕事ではなかろうか。もちろん、これはシャレでも何でもない。構造づけるということは、ここでは相対化ということであり、それこそ、「笑っている者自身もこの笑いの対象になる」と『フランソワ・ラブレーの作品と中世・ルネッサンスの民衆文化』の中でバフチンがいっている「グロテスク・リアリズム」の、基本的な方法ではないかと思うのである。

この、「笑う⟷笑われる」の関係について、わたしがずっと考えて来た作家はゴーゴリだった。実さい、もう二十年以上になると思う。そして、その関係を『笑い地獄』という形で小説に書いたり、また「笑いの方法」と題するゴーゴリ論を雑誌に一年間連載したりもしたが、バフチンのいう「笑う⟷笑われる」の関係で、どうしてもわたしが思い出してしまうのは、ゴーゴリの中篇『鼻』なのである。この小説の主人公である八等官コワリョーフは、ある朝とつぜん、自分の鼻が消えてなくなっていることに気づいた。そして彼は、失われた鼻を求めて警察署長宅やら新聞社やらを訪ねまわる。つまり彼は、鼻なしの道化だった。警察署長はその彼の訴えをきいて、まともな人間なら鼻などなくすはずがないだろう、という。なるほどこれは、まともな返答だといえる。なにしろ彼は、少なくとも自分だけは鼻なしの道化になどなるはずはないと信じ込んでいるのである。

何故そう信じ込んでいるのだろう？　もちろん、鼻のなくなった自分など想像も出来ないためだと思う。想像してみようとさえしなかったのである。それは、彼が警察署長であるという自分以外の自分などまったく想像出来なかったのと同じだろうと思う。そして、もちろん、ここで笑っているのは彼であり、笑われているのは、鼻なしの道化コワリョーフである。なにしろ、警察署長は、自分がコワリョーフになるなどとは、想像してみなかったからだ。しかし、それはコワリョーフにしてもまったく同じだった。その朝目をさますまでは、コワリョーフもまた警察署長と同様、自分の鼻がとつぜん消えてなくなることなど想像してもみなかったのである。

つまり、想像も出来ないことが、すでに起っているのである。そしてそれは、警察署長の目の前にあらわれた、鼻なしの道化だった。然るに警察署長は、想像も出来ない自分というものを想像してみようとはしない。彼が笑っているのはそのためである。そして同時に、笑われているのも、まさにそのためだった。これが『鼻』における「笑う⟷笑われる」の関係の一例であるが、同時にこの関係の中には、もう一つ更にグロテスクに歪められた笑いがはめこまれている。つまり、コワリョーフは鼻をなくした道化であったが、彼は少なくとも、そのことに気づいている道化だった。然るに警察署長は、自分の鼻がなくなっているにもかかわらず、そのことに気がついていないコワリョーフなのかも知れないからである。

ゴーゴリの喜劇（笑い）が、十九世紀のツァーリのロシアの現実に対する、いわゆる「諷刺」でなかったことを、誰よりも熱心に主張し続けたのは、本人のゴーゴリ自身だった。これは、当然といえば当然のような気もするが、改めてそうだったと考えてみると、何となく不思議な気のする話でもある。そしてそのことは・例のベリンスキーの非難の手紙に答えた返事、その他、友人たちへの書簡や『作者の告白』を見ればよくわかると思う。

しかし、ゴーゴリは、自分の喜劇（笑い）を、はっきりとした「方法」として自分の言葉でいいあらわすことは出来なかった。彼はただ自分の喜劇（笑い）を、ひたすらヒポコンデリーのせいにしようとしているかのようなところさえ見える。もちろんそれも、嘘ではなかったと思う。なにしろ、ああいう死に方をした作家なのである。しかし、ヒポコンデリーだけでは、どうにもならない。実さい、ゴーゴリを完全にキチガイか病人扱いにしようとする批評も出て来た。作品よりも作家を暴《あば》きたてたのである。その他は、例の「諷刺」か、さもなければ、いわゆる人生の悲哀に満ちた笑い、涙を隠した笑い、嘲笑、などといった分類か、あるいはいわゆる「人生的」「実感的」批評だったのである。わが国においても、事情はほぼ同じだったと思う。そして戦後は、社会主義リアリズムの御用評論家エルミーロフの『ゴーゴリ論』が直輸入された。

もちろんわたしは、不満だった。わたしは彼の喜劇（笑い）を、何とかして一つのはっきりした「方法」としてつかまえたかった。もちろん自分の小説のためにである。ご存知の通り、ゴーゴリの作品は、誰が読んでも笑わずにいられないものである。ただし、問題はその「笑い」だった。彼の喜劇を読んで、文字通り抱腹絶倒の爆笑を経験しなかった人は、読まなかったのと同じではないかと思う。しかし問題は、そのような「抱腹絶倒」の爆笑喜劇が、いわゆる通俗的なファルス、戯作と異なる、本物の「文学」、本物の「芸術」だといわれたということなのである。

それは何故だろうか？　これは、あるいは「芸術」とか「文学」とかに対する最大の愚問であるのかも知れない。つまり「本物」はキミ、要するに「本物」だよ、ということだろうからである。また、こうもいわれるだろう。要するにキミ、「人生の真実」というものだよ。つまり、「人生の真実」に照らして、何が「本物」であるか「贋物」であるか。その見分けがつくものは「本物」であり、そうでないものは「贋物」ということだった。そしてそれは、もちろん正しい。ただし、「真贋」判定の規準が、「人生の真実」である以上、その判定者は、「人生の達人」ということにならなければならない。確かに、達人の批評は有難いと思う。そして、誰が達人に憧れないだろうか。誰が「本物」になりたくないであろうか。

だからわたしは、その「方法」にこだわったのである。しかし、その「方法」についての批評はなかった。もちろん中には、ヴェレサエフの『ゴーゴリ研究』（馬上義太郎訳・昭和十年・ナウカ社刊）といった労作もあった。ここでは確かに、ゴーゴリという作家がどのような状態で自分の作品をつくり出してきたのか、その創造の秘密がよく書かれている。しかし、やはり「方法」論ではなかった。ゴーゴリの喜劇（笑い）と、いわゆる通俗的なファルス、戯作とを区別する「方法」とは、いったい何であるのか。それはやはり分析されていない。

もちろん、ヴェレサエフの『ゴーゴリ研究』は、いまでも充分に価値あるものだと思う。ただ、結局、要するにゴーゴリは天才なのだ、ということだった。病的な天才。そしてその文学がわれわれを笑わせ、また笑わせると同時に感動させるのは、そこに「人生の真実」があり、彼が「本物」の芸術家だからである、ということだったのである。

確かに、「方法」などというものは、小説家にとって厄介なしろものだと思う。そんなものは、いっそ考えない方が幸福というものだろう。ゴーゴリならゴーゴリにしても、彼は「笑い」の天才であり、「笑い」お化けなのだ、と考える方が、よっぽど楽しい。またシャレてもいると思う。実さい、わたしの中にも、そう思いたいという気持ちがないわけではなかった。にもかかわらずわたしは、方法などという厄介なものに、野暮を承知でこだわって来た。それは、一つにはこういう事情もあったのだと思う。

> 小説に盛られる思想が時代と共に変化するばかりでなく、方法もまた変化して来ている。それは特に十九世紀から急に変化した。それは、前に述べたように、物語りの方法を意識して純粋化したフロオベルから始まっているように思われる。自分の才能がとぼしいと常に考えていた彼は、先行者たちの表現方法の研究から自分の独自の方法を発見しようとした。そしてそこから、才や技巧や熟練でない「方法」が生れたのだと思う。
>
> 技術の勝利が芸術家の勝利となった。直接に一般読者の興味を狙って作品が書かれなくなった。それは真実と喝采が成功の標準でなくなったことだ。方法的に成功しなければならない。

傍点をふったのはわたしであるが、これは伊藤整氏の『小説の方法』の一節である。そして、いま傍点をふった最後の一行は、まさしく「純文学」の深刻な運命ではなかったかと思う。わたしがこれを読んだのは、もう二十年近くも前のことだ。まだ、二十五、六の頃だったと思うが、その運命は自分たちの運命なのだろうと思った。しかし、どういうものか、その運命は、必ずしもわが国の文学の運命とはならなかったようだ。むしろ、その運命と逆行する形で、「純文学」は「人生の真実」へ、「大衆文学」は「喝采」の方へと向ったかのようでさえある。なにしろ、伊藤整氏の『小説の方法』から、二十年経った今日、新しく書かれた大江健三郎氏の『小説の方法』の中にも、次のような一節が見られるからである。

あらためて今日の日本語の文学情況に視点をしぼるなら、このような根本的な事態のあらわれとして、文学自体の方法化指向の衰弱と、その衰弱を自己肯定した上での居なおりが見られる。短篇、長篇を問わず小説を批評するにあたって、それを読んでの一面的印象を、人生論的感懐にかさねてのべること。あるいはイデオロギー的感懐にかさねて展開すること。そうした文章が批評とみなされている現状を、僕は方法的指向の衰弱と、その衰弱を自己肯定した上での居なおりと呼ぶ。

この「方法」の「行方不明」の原因は、一つには「私小説」ということもあったと思う。特に、わたしの考えて来た「笑い」は、従来の「私小説」にとって、どうにも始末の悪い「異物」だった。なにしろ従来の「私小説」においては、「人生の真実」は即「人生の事実」でなければならなかったからである。そして、「人生の真実」が即「人生の事実」である以上、作者の「私」は即作中の「私」であり、そうなれば、作中の「私」を「道化」にすることは、すなわち作者である「私」も「道化」だということにならなければならないからである。

そして確かに、太宰治は「道化」になった。坂口安吾も「道化」になった。しかし、それは「方法」化された道化ではなかった。つまり彼らは、「市民」としての「人生」を放棄する形において、道化となったのである。そして自らの無頼なる「生き方」という「事実」によって、その文学の「真実」を証明しようとした。つまり太宰においても、安吾においても、やはり「人生の真実」は即「人生の事実」としてしか証明されなかったのである。彼らの「道化」が、「方法」化された道化でないというのは、そういう意味だった。それは、小説の「方法」としての道化ではなかった。

そして彼らの文学は、「私小説」の破滅型として批評された。それは決して間違いではなかったと思う。また、彼らの作品が決して高く評価されなかったわけではない。いやむしろ、太宰も安吾も、破滅型の作家として、充分に批評され、評価されたといってよいと思う。しかしそれは、あくまでも「破滅型」という「分類」の枠内での批評だった。また、そこに描かれた無頼、放蕩の生活なり人物が、作者その人の「市民」としての「人生」を放棄した凄まじいばかりの無頼、放蕩の実生活と、あくまで一致するという前提の上で批評され、評価されたのである。

つまり批評にもまた「方法」が欠けていたのである。それはただ、何人かの作家をある種の共通項によって、「分類」しただけだった。これは批評の方法というより、ジャーナリズムの方法というものではないかと思う。また、「人生演技説」という批評も出て来たが、これも太宰や安吾の作品の中に「笑い」「道化」の「方法」を発見しようとする批評ではなかった。もちろん、作家自身には、まだそのような方法の意識が、はっきりとした形ではなかったかも知れない。しかし、その無意識かも知れないものの中から、「方法」を発見するという、前向きの、創造的な批評ではなかったのである。

こないだ、太宰治と坂口安吾の作品を少しまとめて読み返してみて、わたしはそういった同時代の批評の不在を痛感した。彼らの作品に対する同時代の批評もまた、「人生の真実」即「人生の事実」式の、作品と作家の実生活との単純な直結法か、さもなければジャーナリスチックな「分類」法かに止ったのである。僅かに、安吾に対する花田清輝だけが例外だったような気もしたが、もし彼らの作品に対して、もう少し同時代の批評が前向きの、創造的なものとして働きかけていたならば、二人の才能はおそらく、いまよりももっと普遍的な価値として、つまり「方法」的な価値として、われわれ後輩のために役立ったのではなかろうかと思う。

すなわち、「私小説」における「方法」の発見である。同時にそれは、従来の「私小説」の中に、「笑い」「道化」を取り入れる「方法」の発見である。しかし、その発見はなかった。そのために、作品における「道化」を、その実生活によって証明しようとした「無頼」派たちがいなくなったとき、わが「私小説」から「笑い」「道化」は消滅したのだと思う。

然るに、「無頼」派として小説家が生き得る時代は過ぎた。われわれの同時代は、「市民」としての生活を放棄して小説家が生存する時代ではない。そのことが幸か不幸かはわからないが、とにかくそれがわれわれの時代の運命には違いないと思う。しかし、だからといって、人間の中から「道化」が消滅したということにはならない。「道化」や「笑い」を、通俗的なファルス、戯作、読物だけにまかせておいてよいという理由にはならない。そして、ここでわたしが通俗的なものというのは、単純にレトリックの段階における「道化」「笑い」のことである。つまり、いかにも面白おかしい文章ということである。また、それを素材の面からいうと、ただ単純に、日常の次元でそれ自体がすでに面白おかしそうなエピソードのよせ集めということである。つまり、ロシア・フォルマリストの一人、エイヘンバウムが「ゴーゴリの『外套』はいかに作られているか」の中で、「その根底に語りがなくともそれ自体で喜劇的状況に富むアネクドート（エピソード）」といっているものである。そして、ここでいわれている「語り」は、わたしの考えている「文体」に当る。そのことはたぶん、あとでまた出て来るだろうと思うが、「レトリック」と「文体」を、わたしがどういうふうに区別して考えているかは、これでだいたいわかってもらえるのではないかと思う。

しかし現実として、同時代の「私小説」の中から「道化」「笑い」は、あたかも消滅したかのようであった。僅かに、そこで許容されるものは、「ユーモア」程度だった。そしてそれは、だいたいにおいて、作者その人の人柄とか、その生活とか、人生観とかからにじみ出たといわれる、反映だった。あるいはまた、自分以外の「俗物」としての現実、人物に向けられた、皮肉な冷笑が、いわゆる「諷刺」だった。つまりそこでは、「笑う↔笑われる」というグロテスクな関係は、成り立たなかった。そして、わたしの考えて来た「道化」「笑い」とは、その関係だったのである。

それは、われわれ（人間）の生きている世界そのものが、「笑う↔笑われる」関係だと思うからである。そして、小説家が、もはや「市民」としての生活を放棄することを認められなくなった以上、その関係を従来の「私小説」の書き方で書くことは出来ない。つまり、もし「道化」である自分を書かなかったならば、それこそ他ならぬ作者自身が、「自分の鼻がなくなっているにもかかわらず、そのことに気づいていない警察署長」ということになるだろうと思うからである。「市民」としての生活を放棄しない以上、われわれ（人間）の生きている世界は、そういう構造になっているのではなかろうかと思うのである。

そして、そのような世界の構造、世界の形は、ドストエフスキーがちょうど百年前（一八七七年）、『おかしな人間の夢』の中で書いている通りではないかと思う。『おかしな人間の夢』は、『作家の日記』一八七七年四月分に当てられた不思議な短篇小説で、語り手である「おれ」は、人々からキチガイと呼ばれている男だった。しかし彼は、自分をキチガイと呼んで嘲笑する人々を愛しているという。それは、「知識は感情よりも尊く、生の知識は生よりも尊い。科学はわれわれに叡知を授け、叡知は法則を啓示する。幸福の法則の知識は幸福以上だ」（米川正夫訳。以下同じ）と人々に信じ込ませてしまった罪は、すべて自分にあるのだと信じ込んでいたからである。
また、こんなふうにも書かれている。

一人一人のものが自分の個性にかまけて、他人のそれを一生懸命に低下させ、縮小させようと努め、それに全生涯を費やすのであった。奴隷制度が出現した。中には好んで奴隷になるものさえ出てきた。弱者は進んで強者に屈服したが、ただしそれは自分よりさらに弱いものを圧迫するのに、強者の力をかりんがためである。やがて義人《ただしきひと》が現われて、これらの人々のもとにおもむき、涙を浮かべて彼らの誇り《ゴルドスチ》を説き、彼らが中庸も、調和も、羞恥の念も失いつくしたことを責めたが、人々は彼らを嘲り、石をもって打擲《ちょうちゃく》した。

右の文中、「彼らの誇り《ゴルドスチ》」は、「彼らの奢り」と訳すれば、もっとはっきりすると思うが、もちろんそんなことは大したことではない。問題は、百年前に書かれたこの文章が、余りにもわれわれの生きている現代にそっくりだということなのである。実さい、何とそっくりではないか。われわれはまさに、そこに書かれたのとそっくりの世界に生きており、そこに書かれたのとそっくりの思想が、この現実を支配しているのである。

そういう意味で『おかしな人間の夢』は、まことにおそろしい予言の書ということも出来る。また、少なくともこの百年間、人間の世界は変らなかった、ともいえる。そしてそれは、近代ということだろうが、もちろん、自分だけはそのような現実に支配されていないと考えることは、出来ないわけではない。そればかりか、その現実を軽蔑することも、それ程むずかしいことではない。事実、この「おかしな人間」は、こうつぶやいている。

憂鬱なのは、やつらが真理を知らないのに、おれだけ真理を知っているからだ。おお、ただ一人真理を知るというのは、なんと苦しいことか！　だが、やつらにはこんなことはわかりゃしない。

つまり「おかしな人間」は、自分を嘲笑している人々を、愛してもいるが、軽蔑もしているのである。しかし、人々は彼のことを「キチガイ」と呼ぶのだった。つまり彼は、「笑っている」と同時に、「笑われている」のである。そしてそれが、われわれ（人間）の生きている世界だった。したがって、そういう世界を自ら放棄しない以上、自分だけが滑稽でないと思う人間は、自分の鼻がなくなっているにもかかわらずそれに気がついていないコワリョーフということになるわけだった。そして『おかしな人間の夢』は、そのことを原理的に示すまことに適当な実例だろうと思うのである。「おかしな人間」は、ご覧の通り、「笑う⟷笑われる」一人の道化だった。それは彼が、「笑う⟷笑われる」関係としての「現実」を放棄しないからである。彼は、ピストル自殺をしようと試みる。しかし、彼はそれをやめて、「伝道」に出かけることにする。『生命の意識は生命よりも上のものだ、幸福の法則の知識は幸福よりも貴い』というやつ、つまりこいつとたたかわなければいけないのだ！　だからおれはそれをやる。もしみんながその気になりさえすれば、たちまちなにもかもできあがってしまうのだがなあ」と、そんなことをぶつぶつぶやきながら、彼は伝道に出かけるわけだ。彼の伝道とは、彼のいう「真理」の伝道だった。しかし、その「真理」のために、彼は「キチガイ」と呼ばれて来たのである。

そういうふうにして、彼は「キチガイ」であることを止めない。そして、「笑う⟷笑われる」道化として、生の恥辱の中に生きながらえる。ピストル自殺をすれば、生の恥辱は消滅するであろう。しかし、彼はそうしなかった。なるほど、ピストルでズドンと一発やってしまえば、生の恥辱は雲散霧消するに違いない。

しかし同時に、世界の構造そのものもまた消滅するだろう。ところがドストエフスキーが書きたかったのは、まさにその構造なのであり、「笑う⟷笑われる」関係だった。したがって彼は、敢えてその生の恥辱の中に一人の道化としてとどめられたのである。もちろん作者がそうしたのであり、それがドストエフスキーという作家の、小説の方法だったと思う。

小説家は、自分の考える世界の構造を、小説によって書きあらわそうとする。そして、ドストエフスキーが考えた世界の構造は、いま考えたようなものだった。つまり、そこで一つの「真理」にめざめた人間は、生の恥辱の味を、いやでも思い知らされるのである。自ら「現実」を放棄しない限り、ピストルでズドンと一発やらない限り、そうならざるを得ない。『おかしな人間の夢』は、そういう恥辱にまみれた道化の物語だったと思う。そこに書かれているのは、ご覧の通り、われわれがいま生きている現実そっくりの、何とも悲惨な場面ばかりであった。実さい、『おかしな人間の夢』の世界は、悲劇的なのである。

しかし、ドストエフスキーの書いた『おかしな人間の夢』は、これもご覧の通り、悲劇ではなくて喜劇だった。小説の形として、そう作られている。もちろん意識的にそう作られているのであって、悲劇としての「現実」が、喜劇に変換されているのである。生の恥辱が、「笑う⟷笑われる」道化に「異化」されている。つまりドストエフスキーは、「生の恥辱」を「道化」という形に書きあらわした。そうすることによって、彼の考える世界の構造を、はっきりと目に見える形、小説という形にしてみせたのである。そして、わたしの考える喜劇とは、こういうものだった。要するに喜劇というものは、素材としての「現実」ではなくて、「方法」なのだということである。

そもそも、喜劇的な現実などというものは、どこにも存在しないのである。また、喜劇的人物などというものも、同様だろう。例えばゴーゴリの『外套』である。万年九等官アカーキー・アカーキエヴィチは、喜劇的人物だろうか。彼はボロボロになった外套を作り代えるために、お茶をやめ、下宿では電燈を節約し、靴底がすり減らぬよう足を持ちあげて歩くよう心がける。そうしてようやく外套を新調するが、その晩何ものかに強奪されてしまう。そして、死ぬ。死んだ彼は幽霊となってペテルブルグの街角に出没し、誰彼なしに外套を盗む。最後にあらわれたとき、幽霊の背丈は最初のときよりもずっと高くなっていた。それに、口髭まではやしていた、という話であるが、果してこれが喜劇的現実といえるかどうか。反対に、それは「現実」としては、九等官の哀話であり、悲惨であり、生の恥辱そのものだったと思うのである。

然るに、われわれの目の前にある小説『外套』は、悲劇ではなくて、まぎれもない喜劇だった。もちろん、ゴーゴリの何かが、素材としての悲劇を、喜劇に変換させたのである。そしてその何かが、ゴーゴリの「文体」なのだということは、すでに何度か他の場所でのべたと思う。つまり、エイヘンバウムのいう「語り」が素材としての「現実」（悲劇）を、喜劇（笑い）に変換させたのである。もちろんエイヘンバウムが、「文体」といわずに、わざわざ「語り」といっているのには、それだけの意味なり理由なりがあるのだと思う。

一つには、それはロシア・フォルマリストのグループが、「詩的言語研究会」（オポヤーズ）に集まった言語学者たちであったためだろう。言語学のことは、わたしは何も知らないが、ただ、小説家が「素材」と考えるものがふつう「現実」であるのに対して、彼らが「素材」と考えるものが「言語」そのものであったということは、納得のゆくことなのである。「文体」と「語り」という言葉の差は、そこからも出て来ていると思うが、エイヘンバウムの論文「ゴーゴリの『外套』はいかに作られているか」は、いわゆるおとなしい研究論文ではない。それは実に、挑発的といってもいいくらい、攻撃的な批評だった。つまり、ゴーゴリの『外套』に加えられた従来の「人生論」的批評、また、その喜劇（笑い）に「諷刺」のレッテルを貼りつけた「立場」（イデオロギー）批評への攻撃である。そして、従来のそれらすべての批評を排除することによって、はじめてゴーゴリの喜劇（笑い）を、純粋に「方法」として考え、分析したのである。そして、その批評の基本となるものが、シクロフスキーのいう「異化」の方法だったと思うのである。

さてわたしは、大江健三郎氏の『小説の方法』からずいぶん離れて、自分勝手なことをながながとのべて来たようであるが、大江氏は、そのシクロフスキーの「異化」の方法をまことに精密に読み取った上で、大胆に自分をさらけ出していると思う。それは、一人の小説家としての自分であり、また同時に、批評家としての自分である。そしてその大胆な実例は、この『小説の方法』の、どこを開いても出て来る。実さい、いまこうしてページをめくり返して、どこを引用しようかと迷うくらいだ。それは、まさにこの本一冊が、すでに「構造化」されているためではないかと思うが、この一冊の最も新しい価値は、まさに「小説の方法」そのものが、構造的に考えられたという発見にあるのだと思う。先に紹介した伊藤整の『小説の方法』は、より文学史的なものであった。そしてそこでは小説の方法が、いわゆる近代日本文壇史的に考えられていたと思う。しかし大江氏のものは、その「方法」自体が構造的に考えられた、方法そのものの構造化であり、構造としての方法の分析である。

この本の中で大江氏は、自分はいわゆる構造主義者とはまた別のものだといっている。そして、わたしにも構造主義そのものに関する知識はほとんどないが、言語そのものを構造として考える言語学者の方法論を、大江氏が自分の方法論のために大胆に拡大し、活用したことは確かだろう。すなわち、言語も構造、文章も構造、文体も構造、文章のブロックであるパラグラフも構造、そしてそれらの全体である小説も構造、というふうにである。そしてそれらの一つ一つを（大江氏の言葉でいえば、様ざまのレヴェルにおいて）、徹底的に「異化」してゆく。そして、それらの諸構造を、一つの構造としての小説全体の中に、さらに構造づけてゆく、というふうにである。

> ものの手ごたえをそなえている、かたちのある文学表現の言葉。それは日常・実用の言葉に対して、どのようにしてつくりだされるのか？　定義にさきだってロシア・フォルマリストの用語を使えば、日

常・実用の言葉が「異化」されることによって、文学表現の言葉となる。その認識にまず立って、そして僕はヴィクトル・シクロフスキーによる「異化」の定義を、われわれ共有の道具としたいと思う。それは様ざまなレヴェルにおいて文学表現の言葉を検討するたびに、有効な道具である。

この出発点の考え方は、想像力についても例外ではない。想像力について大江氏は、これまでにも繰り返しのべて来ているが、ここでは、「いまでも人々は想像力とはイメージを形成する能力だとしている。ところが想像力とはむしろ知覚によって提供されたイメージを歪形する能力であり、それはわけても基本的イメージからわれわれを解放し、イメージを変える能力なのだ。イメージの変化、イメージの思いがけない結合がなければ、想像力はなく、想像するという行動はない」というガストン・バシュラールの想像力の定義が、大江氏によって見事に「異化」の方法と結びつけられていると思った。

そしてこの想像力によって「異化」されたイメージは、道化、大江氏のいうトリックスターに結びついてゆく。そしてたちまち、あたかもヨーロッパ精神の権化であるかのように見えた、憂い顔の孤独なる大作家グスタフ・アシェンバハ（『ヴェニスに死す』の主人公）は、大江氏の分析によって、一人のグロテスクな「ニセ若者」と化するのである。ここで、特に興味深かったのは、トーマス・マンにおける「鼻」の指摘だった。「マンの創作的生涯の全域にわたって、われわれはいかに多種多様な鼻の描写を見出すことだろうか」と大江氏はいう。実さいわたしは、これを読んで、あわてて書店へ『ヴェニスに死す』を買いに走ったほどであったが、もちろん、マンが鼻を繰り返し書いた事実以上に、大江氏の指摘の方が興味深いのである。なにしろ大江氏は、マンの小説をそういう形で読み取り、それを小説の方法として考えているのである。そしてそれは、方法としての喜劇だと思った。

同時に、大江氏はそうすることによって、従来のトーマス・マンの小説についての批評を大胆かつ挑発的に破壊しているのだと思う。同じことは、トルストイの『戦争と平和』についても、また大岡昇平の『野火』についてもいえるだろう。大江氏の解読によれば、『戦争と平和』の主要な登場人物の一人ピエール・ベズーホフも、『野火』の主人公である敗走兵も、「トリックスター」となるのである。軍隊の群れから離れて一人でフィリッピンの山中をさまよい歩く『野火』の主人公については、これまでずいぶん多くの批評があったと思う。特に、人肉を喰おうとして動こうとする「右手の手首を、左の手が握」る部分は、すでに有名な場面とさえいえるものだが、この敗走兵を道化と読み取った批評があっただろうか。

この『野火』の分析に先立って、大江氏は用意周到に、文化人類学者ポール・ラディンが採集したというウィネバゴ・インディアンのトリックスターの神話を紹介している。もちろん、トリックスターの定義も出ているが、それは長くなるので省略する。省略しても、次の話を読めばその本質はわかると思う。

トリックスターは自分の尻を焼いた。燃えているたきぎを尻に当てたのだ。それから彼はそこを去った。（略）それから一きれの脂肪を拾って食べた。おいしい味だった。（略）けれども進んでいくと、ひどくおどろいたことに、食べているのは自分の体の一部、自分の腸の一部であることを知った。自分の尻を焼いたあと、腸がちぢまって少しずつはがれ、それが彼が拾い上げたものだった。（略）それから彼は腸を結び合わせた。けれども大きなところはなくなっていた。結び合わせるのに、彼はそれを引っ張ったので、しわとうねができた。そういうわけで、人間の尻はいまのような形をしているのである。

正直にいって、わたしは最初これを読んだとき、よくわからなかった。しかし、二度目に読み返して、なるほどこれは、自分のことだとわかった。また同時に、これは人間そのもののことだとわかった。つまり人間とは、そのようなグロテスクな、一つの構造体だということなのである。腸と腸とを結び合わせた、割れ目のある一つの構造体なのである。これは、文化人類学の定義とは、必ずしも一致しないかもわからないが、わたしにはそう思われた。それは人間そのものが、構造として道化であるという認識だと思う。また、構造として滑稽でない人間はいない、という認識だと思う。同時に、ただ一個の構造として道化であるだけではない。「神話は、この社会、世界を宇宙的なひろがりにむけてとらえる構造のなかで、ひとりの個がどのようにその構造の全体を見るかという方法である」と大江氏が書いている意味において、人間と人間との関係からなる構造の中での道化なのである。そして、そういうふうに考えてゆけば、「大岡昇平の『野火』のヒーローの《異化》は、もっともトリックスター神話に近いものだ」という大江氏の説が、なるほどと納得されて来るのである。

そういうわけで、『野火』の主人公の敗走兵は道化ということになったのだった。これは実に価値ある「発見」だったと思う。例の「左手」と「右手」のグロテスクな対立、分裂の根は、ポオの『ウィリアム・ウィルソン』にも見ることが出来ると思うが、そしてそれは、近代小説のもはや常識ともいえるだろうと思うが、その対立、分裂が従来の批評においては、「方法」としてではなく、ほとんど「素材」そのままの悲劇として批評されて来たからである。大江氏の「発見」は、そういった従来の、「方法」に目を向けない「素材」主義的な、悲愴、深刻、しんみり好みの批評に加えられた一撃ではないだろうかと思う。

もちろんわたしは、何も無理矢理に『野火』を喜劇だといい張ろうというのではない。ただそこにも、「方法としての喜劇」を見出すことが出来たということだった。そして従来の批評には、その「発見」がなかったのではないかということなのである。また、「左手」と「右手」の場面に加えられた従来の批評は、いまいった「素材」主義でなければ、たぶん倫理的か宗教的かまたは哲学的な、何かの「立場」からの批評ではなかったかと思う。そして、これは「方法」よりも、「状況」としての悲劇に目を向けた批評ということが出来ると思う。なるほど確かに、そこに描かれているのは、「極限状況」におかれた人間の、霊肉の対立、分裂の場面であった。魂が勝つか、肉体が勝つか。これは確かに極限の中で選択を迫られた、反日常的な状況である。しかし、この主人公が「方法としての喜劇」によって「異化」されているのは、そのような極限状況によってなのではない。実さいはその正反対であって、そのような反日常的極限状況におかれている主人公は、彼があたかも平凡な日常の世界にいるかのような書かれ方によって、「異化」されているのだと思う。

すなわち、魂が勝つか肉体が勝つか。その霊肉葛藤の最中に、とつぜん「炸裂音が起つ」て、主人公の肩から一片の肉をこそぎ取る。そして彼は「地に落ちたその肉の泥を払ひ、すぐ口に入れた」のである。この場面は、なるほど「日常的」なものとは縁遠いもののように思える。むしろ、それこそ正反対のものに見えるかも知れないが、そうではなかった。確かに、そこに起こった「事実」そのものは、反日常的なものだ。しかし、その事実と事実との関係は、そうではない。事実と事実との組合わせは、そうではない。事実と事実の配列は、そうではない。

それは、つまり、こういうことだ。ここに一人の人間が霊肉の葛藤に悩んでいる。ところがその葛藤は、その悩み抜いている本人とはまったく無関係な一発の銃弾によって結末づけられる。なにしろその銃弾は、誰が誰を狙ったものであるのかさえわからないものだった。果して敵の銃弾だったかどうかもわからない。つまり、霊肉の葛藤に悩み抜いている一人の人間の隣には、まったく同時に、そんな悩みとはまったく無関係に鉄砲をふりまわしている「他人」が、共存しているということなのである。しかも、その「他人」が発射した銃弾によって、一人の人間の霊肉の葛藤は結末づけられる。

『野火』のこの場面における事実と事実との関係は、そういった形をしている。互いに、因果律を超えた事実と事実が、そういう形に組合わされ、配列されている。そして、そういった関係、組合わせ、配列こそ、われわれの「日常」にそっくりではないかと思う。それぞれの事実と事実は、互いに因果関係の論理を超えたものだ。その事実と事実が非論理的に関係づけられ、組合わされ、配列されている日常の世界にである。

例えばそれは、結婚の祝宴で賑っている家の隣の家では、しめやかに通夜がおこなわれているような関係であり、また、散歩しながら夫が三十三年前の敗戦の日を思い出しているとき、妻は飼猫の病気のことを考えているといったような組合わせであり、そしてそれらの事実の、因果関係の論理を超えた配列のようなものだといえるだろう。われわれの日常の世界では、事実はそのような形で並んでいる。そして、『野火』では、極限状況における事実が、そういう形に並べ変えられている。もちろん、作者が意識して、そうしたのであり、そうすることによって、その主人公ばかりでなく、いわゆる極限状況そのものもまた「異化」されているのだと思う。

『野火』における極限状況はおそらく、作新の切実なる体験だと思う。それを逆に、あたかも平凡な日常の世界でもあるかのように「異化」したのは、エイヘンバウムのいう「語り」によってであり、わたしの考える「文体」によってである。文章と文体。これまでわが国においては、まことに厄介であいまいなものとして扱われて来たこの両者の区分を、大江氏は「諸文体は言語の中にあるのであって、使用者の心の中にあるのではない。文体は構造的特性であって機能的特性ではない」というトドロフの文体論を紹介しながら、執拗なくらいに分析している。そしてこの分析は、この『小説の方法』の新しい価値の大きな部分をなすものであると思うが、それを『野火』のいま問題になっている部分に当てはめてみると、こうなるのではないかと思う。


後で炸裂音が起つた。破片が遅れた私の肩から、一片の肉をもぎり取つた。私は地に落ちたその肉の泥を払ひ、すぐ口に入れた。

ご覧の通り、右の文章の一行一行は、ほとんど事実（又は動作）そのもののみを表わす単純なセンテンスである。しかし、そのまことに単純な一行と次の一行との関係、また次の一行との組合わせ、およびその配列によって、そこに一つの構造としての文体が出来上がっているのだと思う。これはわたしの考え方であるが、文体とは、必ずしも、一行の文章そのものの中に見出されるものとは限らないと思う。実さい、右に引用した文章の一行一行は、まさに文の構造としては、いわゆるシンプル・センテンスに近いものといえるだろう。しかし、そのようなまことに単純な文章と文章との関係、組合わせ、配列によって、一つの構造が出来上がっている。そのような構造を、文体と考えた方がよい場合もあるのだと思う。そして『野火』の作者は、そのような文体によって、自分の体験を「異化」していると思うのである。

この、極限状況体験を、逆にあたかも日常の世界での平凡な出来事のように「異化」した方法は、わたしにとって特に興味深いものだった。なにしろわたしも、戦場における体験はないが、北朝鮮における日本敗戦前後の体験を幾つかの小説に書いて来たからである。もちろん、ここで自分の小説を引き合いに出すことは差し控えるが、ただ、そこでわたしが考えて来た方法も「異化」ということだったのである。例えば、引揚げの途中で病死した父と祖母の遺体をわたしは北朝鮮の山に埋葬して来たが、そのような体験をどう「異化」するか。つまりわたしはそういった、いわゆる「反日常」的な体験を、「わたしはこんな悲惨な体験をしました」式の苦労話にはしたくなかった。悲愴に美化もしたくなかった。いわゆるドラマチックな物語にもしたくなかった。

わたしが考えた方法は、ほとんどそれらと正反対のものである。つまり、それらの「悲惨」や「恥辱」や、その他のいわゆる「反日常」的な体験の中にあるすべての「異常」なるものを、出来るだけ平凡な「日常」の形に「異化」する方法だった。「反日常」的な体験の中にあるすべての「異常」なるものを、「日常」の世界における事物（人間）と事物（人間）との関係、組合わせ、配列が、そうなっているのと同じ形に組立てようと思った。自分の体験の全体を、そのような構造として書きたいと思った。そしてそれは、過去というものと現在というものを、自分の体験の全体として考える構造でもあった。

大江氏によって示された『野火』の一場面は、「異化」という方法が、必ずしも平凡なものを異常な形に変形してみせる表現ではないことを示す好例だったと思う。それは、ただやみくもに、異様な人物、荒唐無稽な事物を作り出す方法ではない。逆に、いわゆる「異様な人物」とか、いわゆる「荒唐無稽な事物」とかが、すでに類型として通俗化してしまっている場合には、そのようないわゆる「異様な人物」、いわゆる「荒唐無稽な事物」そのものを、一見「平凡」で「単純」に見えるものの形に「異化」する方法でもあるのだと思う。それはイメージにおいてそうであるのはもちろん、一つ一つの言葉そのもの、文章そのもの、そしてそれらの構造体としての文体そのものに関しても同様である。つまり、いかにもわれこそは文学者なりとでもいいた気な、いわゆる「文学的」な言葉使い、いわゆる「文学的」な表現、いわゆる「文学的」ないいまわしやポーズ、そういったものを破壊し、「異化」する方法でもあると思うのである。決して、一面的な方法ではない。

大岡昇平氏の『野火』の一場面における、そういった意味での「異化」の方法は、同時に、本当の意味でのグロテスクの方法にもなっていると思う。先に見た通り、そこには、いわゆるグロテスクな言葉は、何一つ使われていない。かといって、いわゆるリアリズムの描写の文章でもなかった。第一そこでは、一滴の血さえ書かれてい<u>ない</u>のである。繰り返すが、事実（を表わす文章）と事実（を表わす文章）との、関係であり組合わせであり配列である。その「異化」の方法が、まことに悲惨な極限状況を、現実にそうであった以上に、グロテスクな世界の構造をつくり上げた。実さい、そこには、不思議な「笑い」さえある。もちろんその「笑い」は、いわゆるユーモアなどといったものではない。また、いわゆる戯文的なレトリックによってつくり出される「笑い」などでもないことは、いうまでもないだろう。

そういう「笑い」とは明らかに異なる不思議な「笑い」なのであって、わたしはそれは、構造としてつくり出されたグロテスクが生み出す、ファンタスティックな「笑い」ではないかと思う。作者が、「異常」な極限状況というものを、一見「平凡」な「日常」の形に「異化」したことはすでにのべたが、一旦、そのような構造として「日常」をとらえ直してみれば、このわれわれの生きている「日常」という世界くらい、グロテスクでファンタスティックなものはないからである。なにしろそこでは、事物（人間）と事物（人間）が、因果関係の論理を超えた形で関係し、組合わされ、配列されているわけだった。実さい、そこでは、カフカのいう通り、「どんなことだって起る」のである。また、起こっても不思議ではなかった。これ程グロテスクでファンタスティックな世界があるだろうか。

「反日常」的な「異常」を、一見「平凡」な「日常」の形に「異化」する方法は、日常そのものを、そういったグロテスクなファンタジーの構造に組立てる方法だったと思う。ファンタジー（幻想的な世界）は、別にわれわれの生きている「日常」の外側に、別な世界としてある必要はない。「日常」の世界の事物（人間）と事物（人間）との関係、組合わせ、配列というものを一つの構造としてとらえ直してみれば、「日常」そのものがすなわちファンタジーだということなのである。「日常」そのものが、グロテスクであり、迷路であり、両目を開いたまま見ている悪夢であり、ワンダーランド（不思議の国）なのだということなのである。

そしてこの「異化」の方法は、文体による「日常」のパロディ化というふうにもいえるものではないかと思う。もちろんこれは、いわゆる戯文的なレトリックとか、エイヘンバウムのいう、「その根底に語りがなくてもそれ自体で喜劇的状況に富むアネクドート（エピソード）」とかをあちこちから集めて来て、いわゆる滑稽な形に仕立て上げようとすることではない。つまり、レトリックの段階における滑稽（笑い）が、わたしの考える喜劇（笑い）ではないこと、これはもうすでにのべて来た通りである。レトリックの段階における滑稽（笑い）というものは、文体によって「異化」されていない滑稽（笑い）だからであるが、わたしの考えて来た「日常」のパロディ化というのは、これも先にのべた意味でのわたし自身の「体験」全体のパロディ化である、といってもよいものだと思う。わたしはこれまで、自分の体験を「異化」する方法で、一見「私小説」に似て非なるものを書いて来た。つまり、そこに「異化」という方法が持ち込まれてしまった以上、もはやそれは、従来の「私小説」であり得るはずはなかったのである。そして、ここでもう一つつけ加えておけば、わたしの体験全体の中には、「読書」というものも入っていたということである。

もちろん、この「読書」は、いわゆる教養ということではない。また、知識ということでもない。確かにわたしも、そういう種類の読書を人並みにしなかったとはいえないと思うが、ここでは「文学」に限定した方がわかりがいいと思う。そしてそれは、このエッセイの中にその作者や作品が出て来たような「文学」だった。したがって、わたしが自分の体験の全体のパロディをつくることは、その全体の中にある「文学」のパロディをつくることと、無関係ではあり得ないことになるのである。そういう形で、わたしはこれまで幾つかのパロディをつくって来た。つまりわたしは、自分の体験の全体を、あたかも先行する文学作品ででもあるかのような形において考え、そのパロディをつくったのである。ここでついでに、「連作」ということについていえば、それは連句なら連句をつくるように、それこそ次々と自作のパロディを書いてゆくことだと思う。そういう構造にならなければ、方法として連作ということにはならないと思うのである。

大江氏の『小説の方法』の中でも、パロディが大きな問題として扱われているのは、当然のことといえるだろう。そして、その代表的なテキストとして『ドン・キホーテ』と『トリストラム・シャンディ』が取り上げられ、その複雑で手の込んだ構造が、まことに構造的に分析されている。その分析の実例をここで紹介する余裕がなくなっていることは実に残念なことであるが、しかし、大江氏はパロディの問題を、ただ『ドン・キホーテ』と『トリストラム・シャンディ』の問題として重大なものと考えているのではなかった。なにしろ、「異化」の方法とパロディとは、切り離すことの出来ないものなのである。そしてそれが小説を構造として形づくる最も基本的な方法として考えられている以上、その「異化」論と「パロディ」論が、この『小説の方法』という一つの構造体の中で、最も主要な役割を果しているのは、当然のことといわなければならない。

そしてそのことは、次のような大江氏の言葉によっても、充分に納得されると思うのである。

もし文体観が、構造的な性格をふくまぬ一枚岩の「文は人なり」タイプに限られるなら、パロディ的な文体の創造は奇妙な逸脱ということになろう。しかも厳格な倫理性を「文は人なり」タイプの文体観によりそわせる精神には、パロディ的な文体の転換など、許しがたい不謹慎とうつるにちがいない。たとえそのように非難されることをまぬがれるとしても、パロディ的な文体のつくり手には、いわゆる戯文の書き手としての狭い場所しかあたえられないはずである。しかしそのように片隅の場所を公認されたいわゆる戯文に、創造的なパロディ性が、とくに文体の課題として発見されることはまれである。

しかし僕がいま企図するのは、あらゆる小説の文体の更新の、その中心にパロディとしての方法を置くことである。

以上、わたしはまたしてもながながと自分勝手なことを書いて来たようであるが、しかし実さい、わたしは大江健三郎氏の『小説の方法』を読んで、これだけのことを考えたのである。また、考えさせられたのである。しかもこれですべてではなく、書き落としたことも多いと思う。また、到るところで、自分一人の勝手な読み方や、考え方をしているのだと思う。つまり、「異化」や「グロテスク・リアリズム」や「手法の露呈」などについて、大江氏の考え方を反対の側面から考えたような形になっているところも多いと思うが、このエッセイは『小説の方法』とわたしとの、ややながい対話のようなものではなかったかと思う。そういう書き方だっただろうと思うのである。

『海』一九七八（昭和五三）年一〇月号

噂の構造

いまわたしが住んでいるのは、千葉県習志野市の谷津というところであるが、「朝日新聞」京葉版に、このところ続けて「口裂け女」の記事が載った。まず、六月八日朝刊の見出しは「〝口裂け女〞現代っ子をKO／成田／うわさで集団登下校も」というもので、〝目撃者〞だという成田市の女子中学生の、こんな話がでている。

六月四日午後六時半頃、義民佐倉宗吾を祠った成田市の宗吾霊堂公園を、彼女が犬をつれて散歩していると、頭をネッカチーフで包み白いマスクをかけた女性が近づいて来て、「あたい、きれい？」とたずねたので、女子中学生がうなずくと、「これでも？」といってマスクをはずした。見ると、女の口は耳まで裂けていたというのである。その上、女は手に刃物を持っていたらしい。しかし、つれていた犬を女子中学生が離したので、女は姿を消したという。

読みながらわたしは、「義民佐倉宗吾を祠った」というところでまず笑わされ、「あたい、きれい？」というところで、また笑わされた。特に後者は、担当記者の苦心の作ではないかと思う。なにしろ、記事によるとこの「口裂け女」の発生地は、わが日本列島のずっと西の方らしく、「あたい、きれい？」という関西ふうの口のきき方は、そこから出て来たと思われるのである。

また、記事によると、この「口裂け女」の噂はだいぶ前、今年のはじめ頃からあちこちでささやかれていたらしい。噂の出所は、某女性週刊誌ということであるが、もちろんそれだけでは新聞の記事にはならない。新聞が記事にしたのは、例の犬をつれた女子中学生の話が、翌日、たちまち学校じゅうに広がり、おびえて塾通いをやめる生徒まであらわれるようなことになったためなのである。一人でトイレに行けなくなった子供も出て来たらしい。また、成田署へも親たちから、問合せや、何とかしてくれという電話が殺到したらしい。

それで、同署では問題の女性週刊誌を買い込んで対策を協議したらしいが、結局、「具体的な被害者がなく、そのままでは信じにくい話」ということになり、暫く様子を見ることになった。しかし、一方、噂の方は、隣の中学や近隣の市町村へとどんどん広がり、ついに学校側は、生徒たちに集団下校させることになった。また、学校側は生徒たちに、もし出た場合には絶対に返事をするな、と注意を与えているそうである。

わたしは読み終って、この記事を切り抜いた。不精者のわたしとしては、珍しいことである。年に二度か三度のことだと思う。切り抜いたあと、わたしは、二、三日前、中学一年生の長女が、この記事とほぼ同じ噂を妻に話していたのを思い出した。長女が通っているのは、最寄りの公立中学校で、徒歩十五分くらいである。長女の話では、何でも「口裂け女」は整形手術に失敗した女だという。なるほど、いかにもニキビの出はじめる女子中学生らしい噂だと思ったが、妻は問題の女性週刊誌の記事を、すでに知っているようだった。美容院で見て来たらしい。

長女の中学への通学路は、わたしも知っている。私鉄電車の駅を挟んで、わが家のある海岸側とは反対の高台の方で、坂があったり、畑と畑の間に新開の住宅地があったりして、必ずしも理想的な通学路とはいえない。わたしは頭の中で、その通学路を思い出し、ちらっと「口裂け女」の出そうな場所を想像してみた。しかし、新聞記事をわざわざ切り抜いたのは、そのためではない。わたしは、その噂から、ゴーゴリの作品を思い出したのである。まず思い出したのは、『芝居のはね』という戯曲だった。それから『検察官』を思い出した。続いて『鼻』を思い出し、『外套』を思い出したが、その前に二度目の新聞記事を紹介すると、六月十日「朝日新聞」朝刊京葉版の見出しは、「世の親悩ます『口裂け女』新潟から本県に飛び火」「無邪気に信用、ちびっ子」「一一〇番リンリン、業務にも支障」となっており、新潟県の場合は、地元の深夜放送が噂の震源地だったという。そして、やはり登校をおそれる子供が出たり、集団登下校をする学校が出て来たりしたが、騒ぎが大きくなったことにあわてた放送局が、「口裂け女の噂は事実無根」と訂正放送したため、最近では子供たちも落ち着きはじめているそうである。

それが何故、今度は千葉県に出現したのかは、よくわからない。しかし噂は、成田、佐倉から船橋、市川、茂原、印西、大原などへも広がり、警察だけでなく県の教育委員会も、「口裂け女」の噂の打ち消しに躍起になっているらしく、やはり同じ日の「朝日新聞」京葉版には、「とんだウワサも七十五日待つほかない……親や識者の声聞く」という見出しで、有名無名幾人かの意見感想が集められていた。確かにこうなると、大事件である。記事と意見感想の両方を併せると、紙面の四分の一の分量であった。中に、親の言葉よりもマスコミの方を信じる子供が情ない、という母親の意見があった。また、このあたりは痴漢が多いので、少々こわがった方がよいのでは、という女性教育委員の意見もあった。「現代教育のモロさを示す／与えられる情報、すぐ信用」という見出しで、地元大学助教授（社会心理学）某氏の意見も出ていた。

さて、以上がわたしの読んだ「口裂け女」の噂に関する新聞記事の大略であるが、もちろんこの噂とゴーゴリの喜劇との間には、直接には何の関係もない。ただ、わたしが自分勝手にゴーゴリを思い出しただけである。強いて理由をあげれば、わたしがゴーゴリの喜劇を、噂の構造という形で考えて来たためかも知れない。しかし、だからといってわたしはここで、たまたまわが千葉県内において発生した「口裂け女」の噂を、うまくゴーゴリの喜劇の構造に当てはめて解釈してみせようというわけではない。もちろん、わざわざ新聞を切り抜いたくらいであるから、わたしは一人の千葉県民として、また、一人の女子中学生の父親として、この噂に対する関心の度合いでは、決して人後に落ちないつもりであるが、その文明論的あるいは社会的あるいは教育的解釈は、いまのところ新聞および県内の教育関係者、PTA、警察、有識者並びに全千葉県民の良識におまかせしておきたい。ただ、わたしがここで思いついたのは、両者の比較だった。現実の噂とゴーゴリの喜劇とを比較してみようと思うのである。

わたしがまず思い出した『芝居のはね』という戯曲は、『検察官』の初演（一八三六年）から六年後の一八四二年に発表されたものだ。一般には余り知られていないと思うが、これは戯曲の形を借りたゴーゴリ自身の喜劇論で、同時に、『検察官』に加えられた当時の非難攻撃に対する作者の反論でもあった。ある新作喜劇の舞台がはねたあと、それぞれ自分勝手なことを喋りながら、観客たちがぞろぞろと出て行く。その観客たちの、ありとあらゆる悪口雑言を、当の喜劇作者が出口の扉の陰に隠れてききながら、ときどき、ぶつぶつとひとりごとのような反論を試みるという奇妙な戯曲なのであるが、その観客たちの一人に、ゴーゴリはこんなことをいわせているのである。

こういうことですよ。だってあの連中は、口に出す二分前までは、自分が何をいい出すか、わからないんですからね。つまり、連中の舌ときたら、当の本人にはおかまいなく、いきなり噂をまき散らすのです。（略）そして翌日になると、自分の捏造したことをすっかり忘れてしまう。何だか他人からきいたような気がして来て、今度はそいつを町じゅうに触れ歩く、というわけです。

このセリフが、その戯曲の中で最も面白かったといえば、たぶんゴーゴリは不服だろうと思う。なにしろそれは、『検察官』がいかにデタラメな戯曲であるかを非難する観客のセリフだからであるが、しかし、まるで無責任な冗談のようにそこで語られている「噂の論理」こそ、そのまま『検察官』の構造なのだ、といえるのではないかと思う。なるほどフレスタコーフは、大ホラ吹きの贋検察官であった。しかし、彼は自分から検察官であると名乗ったわけではなかった。町の誰かが、誰かの「舌」が、早々《はやばや》と勝手に「噂」をまき散らしたのである。それがこの喜劇の幕あきだった。

『検察官』の滑稽さは、勝手に噂を立てたものたちと、噂を立てられたものとの関係から生れたものだ。何故そういうことになったのか、誰にもわからない。そしてその「何故」については、誰も追求しようとしない。なにしろ、噂をまき散らした当の本人が、すっかり忘れてしまっているのである。『芝居のはね』の人物が喋った通りなのである。そして現実の方は、「何故」そうなったのだかわからないまま、どんどん進行してゆく。これが喜劇『検察官』の構造であった。

この進行の仕方は、小説『鼻』の場合も、まったく同様だと思う。「何故」八等官コワリョーフの鼻が、ある朝とつぜん消えてなくなったのか。「何故」その鼻が、五等官になってペテルブルグの街を馬車で乗りまわすのか。誰一人この「何故」を追求しようとしないまま、鼻の噂はどんどん広がってゆく。毎日、午後三時に鼻がネフスキー大通りを散歩するという噂が立つと、たちまちそこは黒山の人だかりで、一人八十コペイカの貸し賃を取る立ち見用の貸し椅子屋まで現われる始末である。一方、この文明開化の現代において、このようなバカバカしいデタラメがどうして流布されるのか、政府は何故こんなデタラメな噂を放置するのか、と悲憤慷慨する紳士も出て来た。しかし、現実はどんどん、先へ先へと進行してゆき、今度は鼻がタウリーチェスキー公園にあらわれたという噂が広まると、医学専門学校の学生たちが集団で見学に出かけて行くのである。

『外套』の幽霊の出方も、ほぼ同様だと思う。外套のために死んだ万年九等官アカーキー・アカーキエヴィチの幽霊は、誰かの「舌」がふりまいた噂によって出現し、最後は、一人の臆病な警官の「舌」によって、大きな口髭まで生やされる。また、背文もずっと高くなるのである。

以上がゴーゴリの喜劇における噂の構造といったものであるが、もちろん、ゴーゴリはただの噂話を書いたのではない。おそらく彼の最大の関心は、そのような噂というものを作り出さずにはいられない「人間の舌」の不思議さ、にあったのだと思う。「何故」だかわからないが、そういう不思議な「舌」を持たされた人間というものに、おどろいていたのだと思う。これが、ゴーゴリの発見した人間のグロテスクだった。また、人間と人間の関係におけるグロテスクだった。そしてこの原理によって、ゴーゴリは噂というものを構造化したのである。

繰り返しておくが、ゴーゴリは、現実にあった噂を、ただ文章によって再現してみせたのではない。つまり、噂を噂として書いたのではなかった。反対に彼は、「噂の方法」によって、現実を書いたのである。その方法によって人間と人間の関係を構造化した。嘘の場合も同様だと思う。『検察官』でゴーゴリが書いたものは、フレスタコーフという一人の嘘つき青年ではなかった。「嘘の方法」によって、不思議な舌を持つ人間そのものと、われわれが生きているこの現実を書いたのである。そして、もはやいうまでもないが、わが千葉県下に発生した「口裂け女」の噂と彼の喜劇との違いの本質は、当然そこにあるのだと思う。

初出：『図書』一九八〇（昭和五四）年八月号

ニコライ・ヴァシーリエヴィチ・ゴーゴリ年譜

※月日はすべて旧露暦による

一八〇九年

旧露暦の三月二十日（新暦四月一日）、ウクライナのポルタワ県ミールゴロド郡ソロチンツィ村ワシーリエフカに生れる。父ヴァシーリィ・アファナーシエヴィチ・ゴーゴリ、母マリヤ・イワーノヴナの長男。父はコサック系の小地主貴族（農奴約二百人、領地千ヘクタール）で、素人芝居の脚本などを書く。母はゴーゴリを生んだとき十五歳だった。

一八一八年（九歳）

ポルタワの郡立小学校に入学。（翌年、弟イワン死亡）

一八二一年（十二歳）

ポルタワ県ネージン市の九年制高等中学校《ギムナージヤ》二年に編入。（十月、**ドストエフスキー**生れる）

一八二五年（十六歳）

三月、父病死。文学に興味をおぼえ、学内の回覧雑誌に試作を発表。（十二月、デカブリスト事件起こる。アレクサンドル一世死亡、ニコライ一世即位）

一八二八年（十九歳）

六月、ネージン高等中学校を卒業、ワシーリエフカに帰る。十二月、親友ダニレフスキーと共に首都ペテルブルグへ出立。官吏になるのが目的だった。（八月、**トルストイ**生れる）

一八二九年（二十歳）

ダニレフスキーと共にゴロホーヴァヤ街に下宿して、あちこち就職運動をしたが、不首尾に終る。六月、田園叙事詩『ガンツ・キュヘリガルテン』を自費出版したが酷評を受け、書店から本を回収して焼却し、ドイツへの旅行に出る。旅費には、農奴を抵当にして後見会議院から借りた金の返納金として母から送られて来た金を流用した。九月、帰国。今度は俳優たらんとして試験を受けたが、失敗。十二月、ようやく内務省某局の下級官吏となる。

一八三〇年（二十一歳）

二月、母にウクライナの歴史、風俗に関する資料を送ってくれるよう頼む。三月、内務省を辞め帝室領庁の書記となる。貧乏暮しで、冬も夏用のコートで過ごす。「祖国の記録」誌に『イワン・クパーラ祭の前夜』を無署名で掲載。のちに〝ペテルブルグもの〟の舞台となったゴロホーヴァヤ街、メシチャンスカヤ街に近いエカテリーナ運河通りに下宿、まわりには下級官吏たちが大勢いた。十二月、「北方の花」誌に『歴史小説断章』を発表。**プレトニョーフ**、**ジュコフスキー**等と知り合う。

一八三一年（二十二歳）

二月、愛国女子高等学院歴史科の講師となる。三月、帝室領庁を退職。五月、プレトニョーフ家の夜会で、**ジュコフスキー**から**プーシキン**に紹介された。九月、『ディカーニカ近郷夜話』第一部を出版。第二部執筆のため、母と妹にウクライナの民話など資料を頼む。オフィツェルスカヤ街に転居。

一八三二年（二十三歳）

三月、『ディカーニカ近郷夜話』第二部を出版。**プーシキン**に激賞される。

一八三三年（二十四歳）

戯曲『ウラジーミル三等勲章』を執筆するが、未完。戯曲『求婚者』（のちの『結婚』）、小説『ヴィー』『イワン・イワーノヴィチがイワン・ニキーフォロヴィチと喧嘩した話』『昔気質の地主たち』等を執筆。六月、モールスカヤ街に転居。キエフ大学の歴史学講師たらんとするが、果さず。

一八三四年（二十五歳）

七月、ペテルブルグ大学助教授となり、世界史の講座を持つ。『ネフスキー大通り』『タラス・ブーリバ』『肖像画』『狂人日記』『鼻』などを執筆。

一八三五年（二十六歳）

一月、作品・評論集『アラベスキ』（『ネフスキー大通り』『肖像画』『狂人日記』他収録）を出版。二月、中篇小説集『ミールゴロド』（『タラス・ブーリバ』『イワン・イワーノヴィチがイワン・ニキーフォロヴィチと喧嘩した話』『ヴィー』『昔気質の地主たち』等収録）を出版。三月、『鼻』を「モスクワの観察者《モスコーフスキー・ナブリユーダーチェリ》」誌に送るが、掲載されず。五月、モスクワのポゴージン家で、初めて**ベリンスキー**に会う。十月、**プーシキン**に題材をもらい、『検察官』に着手。十二月、脱稿。ペテルブルグ大学を辞職。

一八三六年（二十七歳）

一月、ジュコフスキー家で『検察官』を朗読。四月、ペテルブルグのアレクサンドリンスキー劇場で初演、単行本も出版。五月、モスクワのマールイ劇場でも上演。非難と賞讃入り乱れる。六月、プーシキンにも挨拶せぬまま、秘かに外国へ出発。ドイツ、スイスを経て十一月、パリに落ち着き『死せる魂』を執筆。十月、**プーシキン**主宰の「同時代人《ソブレメンニク》」誌に『鼻』が掲載された。

一八三七年（二十八歳）

一月、**プーシキン**決闘に死す（三十七歳）、の報に接し、悲嘆にくれる。三月、ローマに移り『死せる魂』を書き続ける。夏をドイツ（バーデン）、スイス（ジュネーブ）で過ごし、十月、ローマに戻る。

一八三八年（二十九歳）

ローマ留学中の画家**イワーノフ**等と親しくなる。ヴォルコンスカヤ公爵夫人（カトリック信者）の別荘に出入りして改宗をすすめられる。生活費に困り、皇帝からの扶助金を受けたい旨、**ジュコフスキー**に手紙で頼む。

一八三九年（三十歳）

ジュコフスキー、ロシア皇太子の外国巡遊の付添い役としてローマに来る。九月、ロシアに帰国し、十月、ペテルブルグで**ベリンスキー**に会う。十一月、『外套』に着手。

一八四〇年（三十一歳）

五月、ふたたび外国へ。ウイーンを経て、ローマで『死せる魂』を書き続ける。

一八四一年（三十二歳）

十月、ロシアに帰り、モスクワのポゴージン家に滞在。十二月、『死せる魂』第一部脱稿。年末、『外套』を脱稿。（七月、**レールモントフ**決闘に死す。二十六歳）

一八四二年（三十三歳）

一月、『死せる魂』第一部の原稿を**ベリンスキー**に託し、ペテルブルグ検閲委員会への斡旋を頼む。三月、一部改作を条件に出版許可。五月、出版。六月、また外国へ。小説『ローマ』を、**ポゴージン**主宰の「モスクワ人《モスクヴィチャーニン》」誌に送る。十二月、ペテルブルグで『結婚』初演。

一八四三年（三十四歳）

一月、ゴーゴリ著作集（四巻）刊行。四月までローマ、十月までドイツ各地、年末はニースに滞在。『死せる魂』第二部の筆進まず、心身共に疲労困憊す。

一八四四年（三十五歳）

三月までニース、春から八月末にかけてドイツ各地で療養。九月、フランクフルト。

一八四五年（三十六歳）

五月、『死せる魂』第二部の原稿を焼却。夏、ドイツの温泉で療養、秋にかけて健康やや回復。十月、ローマに戻る。

一八四六年（三十七歳）

五月、パリ。六、七月、ドイツ。八、九月、ベルギーと転々。『友人との往復書簡選』の原稿を、**プレトニョーフ**に送る。

一八四七年（三十八歳）

一月、『友人との往復書簡選』刊行。これに対する非難に答えて『作者の告白』（死後発表）を書く。六月、「同時代人」誌上の**ベリンスキー**の批判を読み、返事を書く。ザルツブルグの療養所でこの返事を受け取った**ベリンスキー**は、ローマのゴーゴリ宛に、かの有名な「ゴーゴリへの手紙」を送る。七月、オステンドから、**ベリンスキー**へ二度目の返事を送る。

一八四八年（三十九歳）

一月、ナポリ発の船で巡礼の旅に出発。二月、エルサレム着。四月、ロシアへ帰る。九月まで故郷ワシーリエフカに滞在。十月、ペテルブルグで、**ネクラーソフ**、**ゴンチャローフ**と知合う。『死せる魂』第二部の執筆再開。（五月、**ベリンスキー**死す。三十六歳）

一八四九年（四十歳）

七月、カルーガのスミルノーワ邸に招かれ滞在。八月、アブラムツェヴォのアクサーコフ邸に滞在。秋はまたカルーガで過ごす。（十二月、**ドストエフスキー**、シベリア流刑となる）

一八五〇年（四十一歳）

六月中旬までモスクワ滞在。その後、ワシーリエフカに帰省し、オデッサに旅行。オデッサのトロシチンスキー家の別荘を借りて、『死せる魂』第二部の完成を急ぐ。

一八五一年（四十二歳）

四月までオデッサ。一旦ワシーリエフカに帰り、モスクワへ。七月、郊外のシェヴイリョーフ家の別荘に住み、執筆。九月下旬、妹の結婚式に出席するため帰省の途中、カルーガで発病、モスクワへ引き返す。アクサーコフ家に寄宿。のち、アー・ペー・トルストイ伯爵家に移り、滞在。十月、**ツルゲーネフ**来訪。

一八五二年（四十三歳）

二月初旬まで、著作集（再版）の校訂。ローマ滞在中に知り合った神父マトヴェイ・コンスタンチーノフスキー、トルストイ伯家に来訪、「プーシキンを拒否せねば魂の救いはない」とゴーゴリに宣告したと伝えられている。二月十一日の夜更け、ほぼ完成していた『死せる魂』第二部の原稿をペチカの火中に投じ、焼却。以後、医師の治療、食事一切を拒絶、家族と友人たち宛の手紙を書く。二月二十日、昏睡状態に陥り、翌二十一日（新暦三月四日）午前八時、死亡。二十五日、ダニーロフ修道院において葬儀、ノヴォデーヴィチ修道院墓地に埋葬された。

後記

これは何かの研究ではないし、もちろん論文などでもない。いわば、自由なエッセイの形で、わたしが吐き出したゴーゴリである。

もう三十年近くも前のある日、美術雑誌でボッシュの絵を見て、「笑い地獄」「笑いの罪」などということを考えはじめ、以来ずっとゴーゴリに取り憑かれて来た。どうやらわたしのゴーゴリ病は、ご覧の如く「死に至る病」であったらしい。

三、四年前だったか、山口昌男氏と対談した折、ゴーゴリのことから話が三十年前に及び、われわれは実にひどい文学的、思想的環境で育って来たものだ、という話になった。いわゆるスターリン↓エルミーロフ時代である。

＊＊＊

昭和四十八年、雑誌『第三文明』に十回連載した「笑いの方法」は、最初はゴーゴリを十回分という注文ではなかった。世界文学の中から、喜劇を十篇ばかり取り上げるといった話し合いだったと思う。ところが結果は、最後までゴーゴリになってしまった。わたしの勝手を許して下さった編集部に、ここで改めて感謝したいと思う。

この「笑いの方法」は、書き下し長篇小説『挾み撃ち』と、ほぼ並行して書かれた。『ロシア・フォルマリズム論集』（現代思潮社）が出たのが、昭和四十六年九月、ナボコフの『ニコライ・ゴーゴリ』（青山太郎訳・紀伊國屋書店）が出たのが、昭和四十八年二月である。これらは不思議な照応だったかも知れない。

＊＊＊

「笑いの方法」には、もちろん不満な個所が多い。また、読み返して、よくもまあこんな大胆不敵なことがいえたものだ、とおどろくことも多い。しかし、幾つかの字句訂正を除き、敢えてそのままにした。手をつけはじめたら最期、それこそもう一つの「笑いの方法」になってしまうだろうからである。そして、いつになったら出来上るのか、見当もつかないだろうからである。ただ、各回の見出しを幾つか改めた。そうすることで、当時はただ夢中で書いて来たものが、幾つかはっきりしたような気がした。混沌を意識化出来たような気もした。

＊＊＊

この本は出る約束になってから、だいぶ時間がかかった。その理由は「返って来た卒論」にちょっと書いた。つまり、わたしの中でゴーゴリは相変らず「過去」にならず、「現在」のままだということである。あるいはこれは、学者、研究者でないものにとっては、当り前のことなのかも知れない。ゴーゴリは、わたしにとって研究の対象ではなかった。小説家としてのわたし自身の問題である。したがって、それを「過去」にするためには、自分が死ぬ他はないだろう。「死に至る病」といってみたのは、そういう意味でもある。

＊＊＊

「笑いの方法」以後の変化は、昭和五十二年刊の河出書房新社版『ゴーゴリ全集』（全七巻）の月報に連載した「ペテルブルグの迷路」(「ゴーゴリとの二十年」を改題)に出ていると思う。

また、その年の暮から翌五十三年の正月にかけて、わたしは横田瑞穂先生の命令で「鼻」と「外套」(こちらは先生との共訳)を翻訳した。この間の話は「翻訳余話」にちょっと書いたが、二十何年間か取り憑かれて来た病気の素を、現実に日本語に置き換える作業を通して、ようやくゴーゴリ病を外から眺めることが出来たような気もした。

＊＊＊

昭和五十四年、わたしは一年間、早大文芸学科の非常勤講師をつとめた。四年生の「文芸演習」という授業だったが、そこで、名訳として知られる平井肇訳の『外套・鼻』(岩波文庫)と、拙訳の二篇をコピーして学生たちに渡し、読み較べたレポートを書かせた。四十何通かを読んだと思うが、中に、拙訳はなるほど新しい口語体で、いまの小説のように読み易い。一方、平井訳は、なるほど少々古めかしい文章ではあるが、どことなくロシアの土の匂いがする、というのがあり、面白いと思った。「ロシアの土の匂い」とは、なかなかうまいことをいったものだ。また、そこで学生がいわんとした比較も、よくわかるような気がした。

この話を、いつだったか(昨年)江川卓氏と対談した折に話すと、ずいぶん大胆なことをやったもんだね、といわれ、なるほどそうかも知れないと思った。この「大胆」は「不遜」ということかも知れない、とも思った。

しかしわたしが、その「不遜」を敢えてしたのは、これまでわが国で、いわゆる「ゴーゴリ的」と思い込まれて来たもの(特に文体)と、実さいに自分が日本語に置き換えてみたゴーゴリとの間に、はっきりしたズレを感じたためである。

平井訳は、ご存知の通り、一種の戯文調である。また、『ゴオゴリ』(昭和十三年・創元社)の著者である宇野浩二氏の文章は、読点の多い、ながいセンテンスである。そして、この二つが、これまでわが国で、いわゆる「ゴーゴリ的」と思い込まれて来た「文体」ではなかったかと思う。

しかしわたしには、それは「文体」というよりは「修辞」の問題ではないかと思われた。つまり平井訳は「文体的」でなく、「修辞的」だと思った。そしてわたしは、その反対を考えて、訳文を作ってみたのである。この「文体」と「修辞」の関係は、「小説の構造」に書いたと思う。

＊＊＊

そのわたしの訳文には、「ロシアの土の匂い」がなかった。しかし、ペテルブルグに果して、そんななつかしい匂いがあっただろうか？　ペテルブルグは、一七〇三年、ピョートル大帝によって、ネヴァ河河口の岩盤の上に完成された、石造りの街だ。

わたしが、雪の降りはじめたネフスキー大通りを迷いながら、ゴーゴリ通り十七番地のアパートにたどり着き、アパートの中庭の雪を靴で突っついて、雪の下から小石を一個拾い、外套のポケットに隠して来たことは、『ロシアの旅』（昭和四十八年・北洋社）に、ちょっと書いた。その小石は、いまも机の引出しにこっそり隠してあるが、雲母のようなキラキラ光るものの混った、三層の尖った小石である。ペテルブルグは、そんな街だ。

ドストエフスキーは『地下生活者の手記』の中で、それを「この地球上で最も人工的な街」だと主人公にいわせた。ゴーゴリの「ペテルブルグもの」と呼ばれる中篇小説は、幸か不幸か、「ロシアの土の匂い」を失ってしまった「この地球上の最も人工的な街」における、メマイであり、悪夢であり、グロテスクの迷路ではなかったかと思う。

「笑いの方法」から「小説の構造」まで、五年の距離がある。そしてこの五年間は実に大きい。というより、この一冊は、その五年間の「変化」と「連続」なのだ、といえるのではないかと思う。そして、このゴーゴリ解読の「変化」と「連続」は、同時にわたし自身の一小説家としての「変化」と「連続」でもあったと思う。

「笑いの方法」に敢えて手を加えなかったのは、そういう意味からでもあった。小説家は、五年前に書いた自作を、書き変えることは出来ない。変えたくとも変えられないから、次の小説を書くのである。小説家の営みとは、その繰り返しによる自己増殖だろうと思う。そういう意味では、この一冊を、連作小説のようなものとして読んでいただいてもよいと思う。

＊＊＊

今年一月、わたしはある場所で、「ゴーゴリの笑いと魔」と題して、二時間ばかり話をした。速記されたものを見ると、原稿用紙七十枚近くあった。それで実は、その速記に少し手を加えて、この本に収録しようかとも思った。しかし、読み返すとやはり重複が多く、止めることにした。ただ、その中で話した、ミラン・クンデラという作家のことだけを、ちょっと書き留めて置きたい。

この作家のことは、詳しくは知らない。文芸雑誌『海』では、毎号新しい海外文学の紹介翻訳をおこなっているが、その今年一月号に出ていた西永良成氏との対談「歴史の両義性」で、はじめて知った。そして、二つばかり小説を読んだ程度である。一九二九年生れのチェコの作家で、いまはパリに亡命中だそうだが、『海』の対談の中に、こんな部分があった。

「カフカは夢と現実とを溶解させる錬金術に初めて成功した人だと思います」

わたしは、なるほどヨーロッパの作家は、うまいことをいうものだと感心し、その意見にもほぼ全面的に賛成した。ただ、一つだけ異議を申し立てるなら、「初めて」という部分だ。なにしろ、このカフカについての言葉は、そっくりそのまま、ゴーゴリに当てはまると思うからである。そして、そうだとすれば、カフカが「初めて」ではないからである。

＊　＊　＊

さて、ここで錬金術が出て来たわけだが、わたしは錬金術にも詳しいとはいえない。種村季弘氏の著作や、翻訳ものを二、三読んだくらいでしかないし、それも例によって例の如く、自分勝手な読み方である。それは果して、賢者の石を生む王者の術であるのか？　あるいは、ニセ金作りのペテン師の術であるのか？

しかし、卑金属を貴金属に変成するというこの術を、わたしはロシア・フォルマリストの「異化」理論に結びつけて、大きな興味を抱いたのである。つまり、ゴーゴリの『外套』でいえば、もともと「哀話」「悲話」であるところの素材を、「喜劇」に変化させた「術」「方法」としての文体、ということである。

実さいゴーゴリは、何でもよいから何か材料を下さい、とプーシキンに頼んだ。材料さえもらえば、(何であろうと) それをたちまち喜劇に書き上げてみせる、といっている。これこそ、錬金術というものではないだろうか？

そんなわけで、(また表題にこだわるようだが) この一冊は『笑いの錬金術』ということにしようか、とも思った。また、その方が世間受けもよいかも知れないと、ちらりと思った、というのが正直な告白であるが、何だか俄か仕立てのようで、気がひけたのである。それで、やはり使い慣れた『笑いの方法』に戻した。

＊＊＊

このところ、岩波文庫その他で、ギリシヤ悲劇、喜劇その他を少しかじっているが、プラトンの『饗宴』の終り近くに出て来る、次の部分が記憶に残った。

「(前略) ところでソクラテスは彼らと話をしていられたそうだが、アリストデモスはその他のところは覚えていないと言った——というのは最初から話に加わってもいなかったし、居ねむりもしていたそうだから——しかしその要点は、喜劇と悲劇とを作る知識は同一の人に属し、術によって悲劇作家である者はまた喜劇作家でもあるということで、それをソクラテスは彼らが承認せざるを得ないようにされたと言った。実さい、それらのことを彼らはそうせざるを得ないようにされているうち、その話に充分にはついてゆけなくて、コックリ、コックリやっていたが、まずアリストパネスが眠り込み、もう夜が明けつつある時に、アガトンが眠り込んだそうだ。(後略)」(山本光雄訳・角川文庫)

プラトンの『饗宴』は、アガトンという悲劇作家の家で、ある晩催された酒宴に参加したソクラテスやアリストパネスたちが、ぐるりと輪になって横になり (あぐらではない)、酒を飲みながら、時計まわりに一人ずつ、その晩の主題である「エロス」について演説をおこなう。その模様を、その場にいたアリストデモスというソクラテスの弟子が、何年かあとにアポルロドロスという友人に話し、それを今度はアポルロドロスが、更に何年か経ってからその友人に話してきかせる、というずいぶん複雑な話法の対話であるが、途中、アリストパネスのシャックリが止まらなくなったり、とっぜん楽隊と一緒に闖入して来た酔漢がソクラテスにからんだり、誰が誰の隣に横になるかでもめたりする。

この『饗宴』は、厳粛な哲学書というより、そういうどたばた喜劇的な構成を取り入れた、むしろ小説的面白さを持つ作品だと思うが、最後の方でとっぜん、何故「喜劇と悲劇」の問題が出て来たのかは、わからない。

しかし、この「喜劇」「悲劇」論は、実に新鮮だと思った。つまり、わたしの勝手な「解読」によれば、「喜劇」と「悲劇」を区分するものは「素材」ではなくて、「術」すなわち「方法」だということだからである。

＊＊＊

昨年の暮近くだったたか、早大大学院博士課程でゴーゴリを研究中の若い知人、秦野一宏氏から、ゴーゴリの墓碑銘について、「旧約」の「エレミヤ記」に似たような言葉があると教えられた。探してみると、ぴったりというわけではないが、第二十章に次のような部分があった。

「ヱホバよ、汝われを勧《すす》めたまひてわれ其勧《そのすす》めに従へり。汝われをとらへてわれに勝てり。われ日々に人の笑《わらひ》となり、人皆われを嘲《あざけ》りぬ。われ語り呼《よば》はるごとに暴逆残虐《ぼうぎゃくしへたげ》の事をいふ。ヱホバの言《ことば》日々にわが身の恥辱《はづかしめ》となり、嘲弄《あざけり》となるなり」

＊＊＊

小林秀雄氏の『ドストエフスキイの生活』に附された、神西清氏の手になる「年譜」は、簡略ながら実にうまく出来ており、いまでも重宝している。それで、わたしもそれを真似てみたいと考え、横田瑞穂先生にお許しを得て、先生の編まれた、河出書房新社版『ゴーゴリ全集』第七巻巻末の「ゴーゴリ年譜」、学研版世界文学全集『ゴーゴリ』巻末の「ゴーゴリ年譜」を、わたし流に合成してみた。

ただ、何かポイントがなければ、わざわざそんなことをする意味もないので、「さまよえるロシア人」にポイントを置き、その短い生涯の間に、ゴーゴリがいかにロシアを出たり入ったりしたか、そこを主眼にしてみた。
その他、マーク・スローニムの『ロシア文学史』（池田健太郎訳・新潮社）などを参考にさせていただき、同時代の主な作家、批評家たちとの関連を出してみた。記して感謝の意を表する次第であります。

＊＊＊

以上、メモふう、備忘録ふう、落穂拾いふうに書いてみたが、それにしても、よくもゴーゴリを吐き続けたものだ、とわれながら思わずにいられない。そしていまは、何だか葬式でも出したような、一人で溜息をつきたいような気分になっている。実さいに自分で誰かの葬式を出したことはまだないが、たぶんこんな気分だろうかと想像している。

しかし、ご覧の通り、ここでわたしが触れているのは、ネヴァ河河口の岩盤上に作られた「この地球上で最も人工的な街」ペテルブルグの世界（『アラベスキ』）だけである。『ディカーニカ近郷夜話』『ミールゴロド』『死せる魂』には触れていない。もちろんそれは、故意にやったことだ。というよりも、この三十年間わたしは、ペテルブルグの悪夢、メマイ、グロテスクの迷路をさまよい続けていたのである。

いつか『死せる魂』その他のことを、また書くことになるだろうか？　なるかも知れないし、ならないかも知れない。ただ、いまはとにかく、三十年がかりでゴーゴリの葬式をやっと出し終えたような気分なのである。本当に幽霊が出るのは、これからなのかも知れない。

昭和五十六年、四十九歳の秋

後藤明生

鼻

❖付録❖

ニコライ・ゴーゴリ

後藤明生❖訳

I

三月二十五日のこと、ペテルブルグでまことに不思議な事件が発生した。ヴォズネセンスキー大通りに住んでいる理髪師のイワン・ヤーコヴレヴィチという男（彼の姓はなくなっていて、その看板にも、片方の頬に石鹸の泡をこすりつけた紳士の顔が描かれ、《鬱血《こり》もとります》という文字が書いてあるだけで、その他には何も記されていない）、この理髪師のイワン・ヤーコヴレヴィチが、その朝ずいぶん早く目をさますと、焼きたてのパンがぷうんと匂って来た。彼は、寝台の上で少し体を起こした。そして様子をうかがってみると、なかなか堂々たる恰幅《かっぷく》の婦人で、たいへんなコーヒー好きである彼の細君が、ちょうど竈《かまど》から焼きたてのパンを取り出しているところだった。

「プラスコーヴィヤ・オーシポヴナ、今日はおれ、コーヒーは飲まないことにするぜ」と、イワン・ヤーコヴレヴィチは言った。「その代わりにな、焼きたてのパンに玉葱《たまねぎ》をそえて食べたいんだよ」（本当は、その両方とも欲しかったのである。しかし、二つの品を一度に要求するなどということは、とてもかなわぬ相談であることを彼は承知していた。なにしろ、プラスコーヴィヤ・オーシポヴナは、そういうわがままをひどく嫌っていたのである）「まあ、お馬鹿さんには、パンを食べさせときましょう。あたしもその方が都合がいいや」と、細君は腹の中で思った。「そうしてくれれば、コーヒーが一杯分たすかるというものさ」そして彼女は、食卓の上へパンを一つ放り出した。

イワン・ヤーコヴレヴィチは、礼儀作法上シャツの上に燕尾服《えんびふく》を着込んで食卓に向かうと、玉葱を二つ取り寄せて、塩をふりかけた。それからナイフを手にして、もっともらしい顔つきでパンを切りにかかったのであるが、まずパンを二つに切ったところで真中のあたりに目をやると、驚いたことに、何か白っぽいものが目に止まったのである。イワン・ヤーコヴレヴィチは、そっとナイフでほじってみた。それから指で突っついてみた。「堅いものらしいな！」と、彼は独り言をいった。「いったい、どうしたんだろう？」

彼は指をさし込んだ。そして、取り出してみた。鼻である！……イワン・ヤーコヴレヴィチは、思わず両手をだらりと垂れてしまった。彼は目をこすってから、もう一度、触ってみた。鼻である。間違いなく、鼻なのである！　しかもそれが、何だか誰かの、見おぼえのある鼻らしいのだった。イワン・ヤーコヴレヴィチの顔に、恐怖の色が浮かんだ。しかしその恐怖も、凄《すさま》じい勢いで怒り出した彼の細君にかかっては、ひとたまりもなかったのである。

「この人でなし奴《め》、お前さん、いったいこの鼻をどこから削《そ》ぎ取って来たのさ？」と、彼女は怒鳴《どな》り立てはじめた。「ペテン師！　飲んだくれ！　このあたしが警察に訴えてやるからね。何ていう大泥棒なんだろう！　あたしゃもう三人の客からちゃんと聞いてるんだよ、顔を剃《あた》るときお前さんが、人の鼻をちぎれそうになるほど無茶苦茶《むちゃくちゃ》に引っぱるってことをね」

しかし、イワン・ヤーコヴレヴィチは、生きた心地もなかった。彼はこの鼻が、他ならぬあの八等官コワリョーフのものであることに気づいていた。その八等官の顔を、彼は毎週水曜日と日曜日に剃《あた》っていたのである。

「ちょっと、待てよ、プラスコーヴィヤ・オーシポヴナ！　そいつはぼろっきれに包んで、とりあえず、隅の方へ置いといて、それからあとでおれが持ち出すことにしよう」

「聞きたくもないよ！　この部屋に削がれた鼻なんぞをあたしが置かせるとでも思ってるのかい？……この、出来そこない奴！　革砥《かわと》で剃刀《かみそり》をぺたぺたやるだけでさ、自分のやんなきゃあならないことをさっさと片づけられないのかねえ、甲斐性なしの、やくざ野郎が！　あたしが、お前さんのために警察で申し開きをするとでも思ってるのかい？……あーあ、まったくお前さんは能なしだよ、木偶《でく》の坊だよ！　さあ、そんなもの、捨てて、捨てて！　どこへなと好きなところへ持って行くがいいや！　そんなものの匂いなんて真平《まっぴら》だからね！」

イワン・ヤーコヴレヴィチは、まるで打ちのめされた人間のように、そこに突っ立っていた。彼は、考えに考えてみた。しかし、いったい何を考えるべきであるのか、それさえわからなかったのである。

「まったくわけがわからん。どうしてこんなことになったんだろう」と彼は、耳のうしろを掻きながら、ようやく呟《つぶや》いた。「いったい昨日は酔っぱらって帰って来たのか、どうか、いまとなっちゃあそれさえはっきり言えないいんだからなあ。けれどもだ、どう考えたって、こんなことってあるもんじゃない。なんせ、パンはちゃんと焼けてる、ところが鼻の方はぜんぜん焼けてないんだからなあ。おれにはまったく、わけがわからん！」

イワン・ヤーコヴレヴィチは、黙り込んだ。警官たちが鼻を捜しにやって来て、自分が罪を背負《しょ》い込むことになるかも知れぬと考えると、もうまったく気も転倒する思いだった。早くも彼の目には、美しく銀で縫い取りされた真赤な襟《えり》や、サーベルがちらちらしていた。……彼はぶるぶる震えていたが、やがて自分の下着や長靴などを取り出した。そして、それらの薄汚れたぼろ衣裳《いしょう》を身につけると、プラスコーヴィヤ・オーシポヴナの重々しい説教をききながら鼻をぼろきれに包んだ。そして、表通りへ出て行ったのである。

彼はそいつをどこか、門の土台石の間か何かへそっと突っ込んでしまうか、あるいは、さり気ない顔で落としたまま、すっと横町へ曲がってしまうかしたかったのである。ところが、どうも、間の悪いことに、顔見知りの男にばったり出くわしてしまった。そして、「どこへ出かけるんだね？」とか「こんなに早く、いったい誰の顔を剃《あた》りに行くんだね？」などとたずねられたものであるから、イワン・ヤーコヴレヴィチは、とうとうその機会を逃してしまったのである。また、こんなこともあった。そのときはすでに、鼻の包みはうまく落とすことは落としてしまったのであるが、交番の巡査が遠くの方から落とした物を警棒で指して、「おい、おい、何か落としたぞ。拾って行かんか！」と教えてくれたのである。それでイワン・ヤーコヴレヴィチは、また鼻を拾いあげて、そいつをポケットへ仕舞い込まなければならなかったが、そうこうするうちに大小の店が開きはじめるやら、人通りは次第に増して来るやらで、イワン・ヤーコヴレヴィチは、もうすっかりしょげ返ってしまったのである。

　彼は、イサーキエフスキイ橋へ行くことに決めた。あそこへ行けば、何とか鼻をネワ河の中へ放り込めるのではなかろうか、と思ったのである。……ところで、この多くの点で尊敬に値する人物であるイワン・ヤーコヴレヴィチについて、わたしは一言も説明しなかったが、これはいささかわたしの手落ちであった。

　イワン・ヤーコヴレヴィチは、ロシアの一人前の職人といえば誰もがそうであるように、手に負えない飲んだくれだった。そして、毎日他人の顎は剃っていながら、自分の顎は決して剃らない、といったふうな男なのである。イワン・ヤーコヴレヴィチの燕尾服は（イワン・ヤーコヴレヴィチは決してフロックコートを着なかった）、色がまだらになっていた。そもそもは黒だったのであるが、いまでは、そこいらじゅう褐色がかった黄色い汚点《しみ》やら、灰色の斑点だらけになってしまった。襟はてかてか垢《あか》光りしていた。そして、とれた三つのボタンの代わりに、ただ糸屑《いとくず》だけがぶらさがっていたのである。イワン・ヤーコヴレヴィチは、たいへんな臍曲《へそまが》りだった。八等官のコワリョーフは、顔を剃《あた》ってもらう度に「イワン・ヤーコヴレヴィチ、お前さんの手はいつも臭いなあ」と言う。するとイワン・ヤーコヴレヴィチは、こうきき返す。「いったい、どうして臭いんでしょうな?」「そんなこたあ、わからん。とにかくお前さん、臭いんだよ」と八等官が言う。するとイワン・ヤーコヴレヴィチは、わざと嗅ぎ煙草を嗅いでから、頬といわず、鼻の下といわず、耳のうしろといわず、要するに、手当たり次第、相手に石鹸の泡をなすりつけたのである。

この尊敬すべき一市民が、いまやイサーキエフスキイ橋にやって来たのである。彼は、まずあたりを見まわした。それから、魚はたくさん泳いでいるかな、と橋の下をのぞくような格好で欄干の方へ身をかがめた。そして、鼻を包んだぼろきれを、そっと投げ込んだのである。彼は、いっぺんに十プード（訳註：一プードは一六・三八キログラム）の重荷を肩からおろしたような、そんな気持だった。イワン・ヤーコヴレヴィチは、にやりと微笑さえもらしたのである。さて、それから彼は、役人たちの顎を剃りに行くのを止めて、代わりにプンシュ（訳註：ウオトカに果汁などを加えたカクテルの一種）を一杯ひっかけてやろうと、「料理と喫茶」と書かれた看板の出ている建物の方へ歩きはじめた。しかし、とつぜん、橋のたもとに、堂々たる風采をした区の警察官の姿が見えた。大きな頬髯《ほおひげ》を生やし、三角帽をかぶり、サーベルを吊った警察官である。イワン・ヤーコヴレヴィチはギクリとした。しかし時すでに遅く、早くも警官は指で彼を呼びつけたのである。

「おい、君、ちょっとこっちへ来てみろ！」

と警官は言った。イワン・ヤーコヴレヴィチは、作法をわきまえていたから、まだ遠くの方から帽子《カルトウーズ》を脱いで、近づいて行った。

「これは、旦那、ご機嫌よろしゅう！」

「駄目だ、駄目だ。旦那じゃ済まさんぞ。言ってみろ、お前はあの橋の上で、いったい何をしとったのかな！」

「いえ、いえ、旦那、髭を剃りにまわるところなんです。それで、ただちょっと、のぞいて見ただけですよ。河の流れが激しいかどうかって、ね」

「でたらめを言うんじゃない、でたらめを！　そんなもんじゃごまかされんぞ！　ちゃんと答えんか、ちゃんと！」

「お願いですから旦那、週に二度、いや三度でもよろしいんですがね、旦那のお顔を剃らせていただきたいもんで。どんなにでも、おっしゃる通りに致しますです」

と、イワン・ヤーコヴレヴィチは答えた。

「くだらん、くだらん！　本官はだ、三人の床屋に剃らせておる。しかもだ、誰もがそれを光栄に思っとるんだぞ。しかし、そんなことはどうでもよろしい。さあ、ちゃんと話してみろ、いったいお前は、あそこで何をしとったのかな？」

イワン・ヤーコヴレヴィチは真青《まっさお》になった。……しかし、ここで事件は、まったく霧に包まれてしまうのである。そしてそれから先どうなったのか、皆目わからないのである。

II

八等官のコワリョーフは、ずいぶん早く目をさました。そして、唇で「ぶるる……」とやった。これは、目をさましたときのいつもの癖なのであるが、何故そうするのかは自分でも説明がつかないのである。コワリョーフは、一つ伸びをすると、テーブルの上に立ててある小鏡を持って来るように命じた。昨夜、鼻の上に出来た面皰《にきび》をちょっと見ておこうと思ったのである。ところが、何とも驚いたことには、見ると、自分の鼻の場所がまったくののっぺらぼうだったのである。驚いたコワリョーフは、水を持って来るように言いつけた。そしてタオルで目をこすってみたが、確かに鼻がない！　夢ではなかろうか、と手で触ってみたが、どうやら夢ではないらしい。八等官コワリョーフは寝台から起き上がって、体をゆすってみた。しかし、やっぱり鼻はなかった！……彼は、ただちに着替えの服を持って来るよう言いつけた。そして身なりを整えると、まっすぐ警視総監のところへ駆けつけることにしたのである。

ところで、ここでちょっと、この八等官という種族がいったいいかなるものであるかを読者にわかっていただくために、コワリョーフその人について一言説明しておく必要があると思う。一口に八等官といっても、学歴によってこの官等を受ける者もあれば、また、カフカズ地方で成り上がった八等官もあるのであって、この両者は、まったく違った部類に属するのである。学校出の八等官の方は……いや、ロシアという国はまことに奇妙な国で、誰か一人の八等官のことを言い出したら最後、リガからカムチャツカに至るまで、すべての八等官が、これは自分のことなのだと、まず間違いなく思い込んでしまう。もっともこれは八等官に限らず、あらゆる位階や官等に共通の現象とみてよろしいと思うが、ところで、コワリョーフはカフカズ上がりの八等官であった。彼はこの官位に就《つ》いてから、まだようやく二年ばかりだった。それで、片時もそのことを忘れることが出来なかったが、さらに品位と威厳とをつけ加えるために、自分の身分を決して八等官とは名乗らず、いつも自分を少佐と呼ぶことにしていたのである。「おい、いいかね」と彼は、烏賊《いか》型胸当てを売っている女に通りで出会うと、いつもそう言って声をかけた。「おれの家に寄ってくれんか。家はな、サドワヤ通りなんだがな、コワリョーフ少佐の住いはこのあたりですか、そういってきけば、誰だって教えてくれるさ」また、ちょっと小ぎれいなのに出会うと、その他にも何か内々の指図をして、こうつけ加えた。「ね、いいかい。コワリョーフ少佐、と言ってたずねるんだよ」ま、そういう次第であるから、われわれも今後はこの八等官のことを、少佐と呼ぶことにしようと思う。

コワリョーフ少佐は、毎日、ネーフスキイ大通りを散歩するのが習慣だった。彼の胸当ての襟は、いつもたいへん清潔で、きちんと糊《のり》がついていた。そして彼の頬髯は、県庁や郡役所の測量技師とか、建築士とか、また連隊付の軍医とか、とにかくいろんな職業に携っている、だいたいが頬っぺたの赤い下ぶくれの連中で、カルタ遊びの「ボストン」が大の得意である、といった種類の男たちにいまでも見受ける類の、頬髯であった。すなわち、その頬髯は、頬の真中あたりから生えて、ずっと鼻のそばまで達していたのである。コワリョーフ少佐は、肉紅玉髄《にっこうぎょくずい》（訳註：碧、紅等の色をした鉱石。石英の一種）の印章を幾つも身につけて持ち歩いていた。また、紋章入りのものもあったし、水曜日、木曜日、月曜日、などの文字を彫ったもの（訳註：当時のロシアでは、自家の紋章やイニシャルなどを彫った印を、鎖につけて持ち歩く習慣があった）もあった。コワリョーフ少佐がペテルブルグへやって来たのは、ある要件のためであったが、それは他でもなく、自分の官等にふさわしい椅子を得るためだった。うまくゆけば副知事あたり、うまくゆかない場合でも、どこか大きな官庁の会計検査官あたりの椅子を狙っていたのである。コワリョーフ少佐は、結婚のことも考えないわけではなかった。ただしそれは、花嫁に二十万ルーブリくらいの持参金がついている場合に限られていた。万事、こういう具合であったから、もはや読者諸君にも、この少佐の、相当に立派な、ちゃんとした鼻がなくなってしまい、その代わりに、その場所が、ひどく間の抜けた感じで平べったく、のっぺりしているのを見たときの彼の気持がどのようなものであったか、大体のお察しはつくことと思う。

　生憎《あいにく》なことに、通りには一台の辻馬車も見えなかった。それで彼は、マントにくるまり、鼻血か何か出たように顔をハンカチで覆って、てくてく歩いて行く他はなかったのであるが、「いや、ひょっとしたらこれは、自分の思い違いだったのかも知れんぞ。鼻がむやみになくなってしまうなんてことは、あるはずがないからな」と、考えついたのである。彼は、鏡を見るために、わざわざ菓子店へ立ち寄ってみた。幸いなことに、菓子店には他に誰もいなかった。ただボーイたちが部屋の掃除をしたり、椅子を並べ直したりしているだけである。何人かのボーイたちは、眠そうな目をして、盆に載せたほやほやの饅頭《ピローグ》を運んでおり、テーブルや椅子の上にはコーヒーで汚点《しみ》になった昨日の新聞が散らばっていた。「こいつはありがたい。誰もいないぞ」と、彼は呟いた。「早速、見てみよう」彼は、おそるおそる鏡の方へ近づいた。そして、鏡をのぞき込んだ。「いったい、こりゃあ、何たるざまだ！」と彼は、ぺっと唾液《つばき》を吐き出しながら、言った。「せめて、鼻の代わりに何かあるのならばともかく、まるっきり何もないじゃないか！」

彼は、いまいましそうに唇を噛《か》んで菓子店を出て来た。そして、いつもの習慣とはまる反対に、断じて誰にも目を止めまい、断じて誰にも微笑《ほほえ》みかけまい、と決心したのである。しかし、ある家の入口まで来たところで、とつぜん彼は、釘づけにでもされたように立ち止まった。彼の目の前で、何とも説明しようのない現象が起こったのである。一台の箱馬車が玄関先に止まり、扉が開かれた。そして、中から礼服姿の紳士が一人、身をこごめるようにして跳び降りたかと思うと、階段をひょいひょいと駆け上がって行ったのであるが、その紳士が、他ならぬ彼自身の鼻であることを知ったときの、コワリョーフの恐怖、そして驚き、それは実際、何ともいいようのないものであった！　この奇怪な光景を目にしたとき、彼は目の前の物が、すべてひっくり返ったような気がした。立っているのがやっとだと思った。しかし彼は、その男が箱馬車へ引き返して来るのを、何が何でも待つことに決めて、まるで熱病にでもかかったようにがたがた震えていたのである。二分ばかり経つと、果たして鼻は出て来た。彼は、大きな立襟のついている、金の縫取りの入った礼服姿で、羚羊《かもしか》革のズボンをはき、腰には剣を吊っていた。羽飾りのついた帽子から判断するに、彼はどうやら五等官の身分らしい。また、すべての様子から見て、どこかへ挨拶まわりの途中と見受けられた。彼は左右を見まわしてから、「さあ、やってくれ！」と、御者を怒鳴りつけて腰をおろした。そして、出かけてしまったのである。

あわれなコワリョーフは、いまは気も狂わんばかりだった。彼はこの奇怪な出来事を、いったいどう考えればよいのか、わからなかった。こんなことが、果たして実際にあり得るだろうか。鼻は昨日までは、ちゃんと彼の顔についており、馬車に乗って出かけたり、ぶらぶら出歩いたりすることなど出来なかったのである。その鼻が、礼服を着込んでいたのである！　彼は馬車のあとを追っかけて走り出した。幸いなことに、馬車は大して遠くへは行かず、カザンスキー大寺院（訳註：一八一一年、アレクサンドル一世によって建てられた）の前で止まった。

彼は急いで寺院の境内へ駆けつけると、かつては彼がさんざん笑いものにしていた乞食の老婆たち、顔じゅう包帯だらけで二つの穴から目だけをのぞかせている乞食の老婆たちの間をくぐり抜けて、教会の中へ入って行った。堂内の礼拝者たちは、まばらで、それも扉の入口付近に立っているだけだった。コワリョーフは、ひどく取り乱していた。とても祈りを捧げる気力など持てない状態であったが、それでも彼の目玉は、あの紳士をきょろきょろ探し求めていたのである。そして、とうとう彼は、脇の方に立っている紳士を見つけ出した。鼻は、たいへん恭《うやうや》しい顔つきをして、祈りを捧げていたのである。

「どうやってあの男に近づいたものだろう？」と、コワリョーフは考えた。「服装の具合といい、帽子の具合といい、いろんな点から見て、彼は五等官らしい。いったい、ここは、どうすべきなんだろう！」

彼は、そばへ寄って、咳払いをしてみた。しかし鼻は、その恭しい態度を少しも崩さず、礼拝を続けた。

「もしもし、貴方《あなた》」とコワリョーフは、何とか気力をふりしぼって、言った。「もしもし、貴方」

「何か、ご用ですかな？」と、鼻は、ふり返って答えた。「わたくしには、どうも不思議に思えるのですが、貴方は……わたくしには、おそらく……貴方はご自分の居場所をご存知のはずなんでしょうがねえ。ところが、わたくしは、とつぜん貴方に、いったいどこでお目にかかっているんでしょう？　何と、教会の中なんです。おわかりいただけると思いますが……」

「失礼だが、わたしにはあんたの言われる意味が、さっぱり摑めませんなあ……ちゃんと説明してみて下さい」

コワリョーフは、「どういうふうに説明してやればよいのだろう？」と考えた。そして、思い切って切り出してみた。

「つまり、わたくしはですな……申し遅れましたが、わたくしは少佐なんです。そのわたくしが、鼻なしで歩くなんてことはです、おわかりいただけると思いますが、何とも不体裁な話じゃありませんか。これがです、ウォスクレセンスキー橋で、むき蜜柑を売ってる女か何かなら、鼻なしで坐っていることも、そりゃあ出来るでしょう。しかしですな、いずれそのうちにちゃんとしたポストをですな……いや、そればかりじゃありません、ご婦人の知合いも大勢いるんです。例えばチェフトゥイリョーワ、これは五等官夫人ですが、その他にもです……お察し下さい……わたくしにはどうもよくわからないのですよ、貴方……（ここで、コワリョーフ少佐は肩をすぼめた）……失礼ですが……もしこのことを、ちゃんと義務と名誉の法則に照らしてご覧になれば……貴方ご自身、当然おわかりになるはずですけど……」

「何のことやら、さっぱりわかりませんなあ」と、鼻は答えた。「もっと合点のゆくように話してみて下さい」

「貴方」と、コワリョーフは、少佐の面子《めんつ》にかけて、言った。「貴方のおっしゃることをどう解釈すべきか、わたくしにはわかりかねます……この際、問題はすべて明々白々だと思えるのですがね……それとも貴方が、強いて言えとおっしゃるのなら、申し上げますけど……いいですか、貴方は、わたしの鼻じゃありませんか！」

鼻はじろりと少佐を見た。そして、心持ち眉をしかめた。

「お宅は何か思い違いをしているらしいな。わたしは、この通り、わたしなんだからね。それに、われわれの間には、何ら親密なるつながりはあり得ないだろう。お宅のその通常服のボタンから察するに、お宅はどこか自分とは別の役所にお勤めのようだからね」

そういうと、鼻は、ぷいとそっぽを向いてしまった。そして、礼拝を続けたのである。

コワリョーフは、すっかり混乱してしまった。どうしたらよいのか、わからない。何を考えたらよいのかさえわからなくなったのであるが、そのとき、気持のよいドレスの衣《きぬ》ずれの音がきこえたと思うと、全身をレースで飾りたてた中年の女性が近づいて来た。そして彼女のそばには、すんなりとした腰のあたりに大そう可愛らしい模様のついた真白い服を着て、まるで生菓子のようにふわふわしたクリーム色の帽子をかぶった、背のすらりとした婦人が、一緒に連れだっていたのである。一人の従者が、彼女たちのうしろで立ち止まって、煙草のケースを開いた。

コワリョーフは、婦人たちの方へ歩み寄った。大きな頰髯を生やし、まるで一ダースもカラーをつけたような従者だった。彼は、麻の胸当ての襟を引き出し、金鎖でぶらさげた自分の印形をまっすぐに直すと、あたりへ微笑みかけながら、すらりとした婦人の方へ注意を向けた。すると婦人は、まるで春の花のように軽く会釈をして、なかば透きとおるような指をしたその白い手を、額にかざしたのである。彼女の帽子の影から、鮮やかに白い顎と、早咲きの春のバラのような色をした頰の一部が見えた。コワリョーフの顔には、微笑がひろがって行った。しかし、とつぜん彼は、まるで火傷《やけど》でもしたように、とびさがった。自分には、鼻のあるべきところに、まるで何もなかったことを思い出したのである。彼の目から、涙がにじみ出て来た。よし、と彼は、居直った。礼服を着込んだあの紳士に、いまこそはっきり言ってやろう。お前はただ五等官の贋物《にせもの》に過ぎないんだ。ペテン師なんだ。卑劣漢なんだ。お前はおれの鼻以外の何ものでもないんだ。……ところが鼻は、もういなかった。まんまと姿をくらましたのである。たぶん、誰かのところへ、また挨拶に出かけてしまったのであろう。

コワリョーフは、絶望の淵に突き落とされた。彼はもと来た方へ引き返し、しばらくの間、柱廊の陰にたたずんで、どこかに鼻が見当たらないかと、一心にあたりを見まわしていた。彼は、鼻がかぶっていた帽子には羽飾りがついていたことと、服には金の縫取りがしてあったことだけは、はっきりおぼえていた。しかし、鼻が乗っていた馬車の色は何色であったか、馬はどんな馬だったのか。いや、いったい彼は従僕を連れていたかどうか、連れていたとすればどんな服を着ていたのか、そういったことはまるで見落としていたのである。それに馬車は無数に往来していたし、速度も速かったから、いちいち見分けさえはっきりつかなかった。またもし、それらの中から、どれか一台を見分けることが出来たとしても、それを引き止める手段はなかっただろうと思うのである。うららかに晴れ渡った日で、ネーフスキイ大通りは人出でいっぱいだった。ポリツェイスキー橋からアニーチキン橋に至る歩道には、婦人たちの群れが、あたかも花々の滝のように溢れていた。顔見知りの七等官も、歩いている。コワリョーフはその男のことを、中佐、中佐と呼ぶことにしていた。特に人前ではそうしていたのである。元老院の課長をしている仲良しのヤルイギンもいた。カルタ遊びのボストンで、「八八」をやると、いつも負けてばかりいる男だった。それから、カフカズで八等官に成り上がった、もう一人の少佐もいた。彼は、こっちへ来いと、片手を振って合図をしている。

「ちえっ、こん畜生!」と、コワリョーフは言った。「おい、辻馬車、まっすぐ警視総監のところへやってくれんか!」

コワリョーフは馬車に乗り込んだ。そして、「さあ、全速力でふっとばすんだ!」と、ただそれだけを怒鳴り続けたのである。

「警視総監はご在宅でしょうか?」

玄関を入るなり、彼は大声で言った。

「生憎《あいにく》ご不在ですが」と、玄関番は答えた。「お出かけになったばかりです」

「そいつは困ったなあ!」

「左様ですなあ」と玄関番はいってから、こうつけ加えた。「つい、いましがたではありましたがね、しかしお出かけになるのは、なりました。もうほんのちょっと早ければ、ご在宅だったんですがね」

コワリョーフは、顔のハンカチを外さないまま、また馬車へ腰をおろした。そして、やけっぱちな声で怒鳴った。

「やれっ！」

「どこへです？」

「まっすぐやれっ！」

「まっすぐにですか？　ここは曲がり角ですぜ。右へですか、それとも左へですか？」

この質問は、コワリョーフに待ったをかけた。そして、もう一度彼を考え直させたのである。彼の置かれた状況からいえば、当然まず、その筋へ届け出るのが順序というものだろう。それは何も、この事件が直接警察に関係を持っていたからというのではなく、警察に任せた方が他のどこよりもはるかに早く片がつくに違いなかったからであって、鼻が勤めていると言っていた役所を通して満足な解決を得ようなどと希むのは、まったく烏滸《おこ》の沙汰というべきだろう。それはもう鼻自身の返答からもわかる通り、なにしろああいった手合いにとって神聖なるものなどは何一つ存在しないのであって、先刻も、自分は貴方には一度も会ったことがないなどと白《しら》を切ったように、いざというとき何を言い出すか、わかったものではないのである。そういうわけであるから、コワリョーフは警察へ乗りつけるよう、すでに命じかけていたのであるが、そのとき、とつぜん、また別の考えが浮かんだ。なにしろ、初対面のときですらあのくらいふてぶてしい振舞いに及んだ大嘘つきのペテン師野郎なのである。したがって、うまいこと時機をみて、この街をずらかってしまうかも知れん。そんなことになったら最後、幾ら手を尽くして捜しても無駄骨を折るだけのことだし、そうでなくとも、一月もかかったのでは、とてもたまったものではない。そう彼は考えたのであるが、しかし、やがて、まことにうまい考えが、まるで天から降ってでも来たように、彼の頭に閃いたのだった。彼は、このまま新聞社の広告受付所へ直行し、ただちに鼻の様子を詳しく書いた広告を出してみようと決めたのである。そうすれば鼻に出会った人たちは即座に彼のところへ鼻を連れて来てくれるか、悪くとも、鼻の居場所について何か知らせてくれるだろう。よし、そうしてやろう、と彼は決めて、新聞社の広告受付所へ乗りつけるよう、御者に命じた。そして目的地へ着くまでずっと、「早くやれ、こん畜生！　ぐずぐずするな、このクモ助野郎！」と、怒鳴りながら、御者の背中を拳《こぶし》で小突き続けたのである。すると御者は、頭をふりふり、尨犬《むくいぬ》のように毛の長い馬に手綱でびしびし鞭をくれながら、「そんなこと言ったたって、旦那！」と答えたのである。やがて、馬車が止まると、コワリョーフは息せき切って、小さな受付の部屋へ駆け込んで行った。部屋では、古ぼけた燕尾服を着て眼鏡をかけた白髪《しらが》頭の係員が一人、机に向かってペン軸を口にくわえたま、受け取った銅貨の勘定をしていた。

「どなたですかな、広告の受付を扱うのは？」と、コワリョーフは大声で言った。「あ、今日は！」

「はい、いらっしゃい」と、白髪頭の係員は、ちょっと目を上げた。しかし、すぐまた積み上げられた銅貨の山へ目を落とした。

「広告を出したいんだがねえ……」

「すみません、ちょっとお待ちになって下さい」と係員は、片手で書類に数字を記入し、左手の指先で算盤《そろばん》の珠《たま》を二つ動かした。

飾り紐のついた服を着て、かなり小ざっぱりした様子をした、一見して貴族の家にいることのわかる下男らしいのが一人、テーブルのそばに立っていた。彼は一枚の書付けを手にしていたが、こういう際には愛想のいいところを見せるのが礼儀だと心得ているらしく、こんなお喋りをしていた。

「ねえ旦那、その小犬っていうのは、十カペイカ銀貨八枚の値うちもないやつなんですぜ。あっしだったら、銅貨八枚だって出しゃしませんよ、ところが伯爵夫人ときたらもうどうして、たいへんな可愛がりようでしてね。そいつを見つけ出してくれたら、百ルーブリ出そうってんだからね！　まあ、偉そうな言い方をすりゃあ、いまここで、こうして一緒にいるあっしと旦那の間だってそうだが、人様の趣味ってものはまったくさまざまだからねえ。気に入ったら最後、セッター犬だのプードル犬だのを買い入れるのに五百ルーブリだって惜しみやしねえ。いや、千ルーブリだって出すと言うお方もいなさるんだが、しかし、その代わり、犬も上等でなくちゃあね」

年輩の係員は、もっともらしい顔つきでその話を聞いていたが、一方では同時に、持ち込まれた書付けの文字が、いったい幾字になるのかを勘定していた。脇の方には、老婆だの、商家の手代《てだい》だの、門番だのといった連中が大勢立っていた。彼らはそれぞれ書付けを手にしていたが、品行方正なる御者雇われたし、と記されたのがあるかと思うと、別の書付けには、一八一四年パリより輸入したる新品同様の半幌馬車《コリャースカ》、というのがあり、また、洗濯上手な十九歳の娘、女中に雇われたし、他の仕事もよく出来ます、とか、堅牢な馬車、ただし片方のバネなし、とか、十七歳の灰色まだらの若い悍馬《かんば》、とか、ロンドンから入荷した新種の蕪《かぶ》と赤大根の種子、とか、家具一切付きの別荘、二棟の厩舎《きゅうしゃ》並びに白樺もしくは樅《もみ》の植込みの出来る庭園用地所付き、とか、また、靴の古底革買い手を求む、毎日午後八時より午前三時まで、お譲りします、御出でありたし、というのもあった。部屋に詰めかけていたのは、ざっとこういった連中であったが、なにしろ狭い部屋であるから、空気はひどく濁っていたのである。しかし、八等官コワリョーフは、その匂いを嗅ぐことも出来なかった。それは彼がハンカチで顔を覆っていたためばかりではない。彼の鼻そのものが、どこかへ行方不明になっていたのである。

「あのう、もしもし、ちょっとお願いしたいんですがね……非常に大事な用件なんです」と、とうとう我慢し切れなくなって、彼は言い出した。

「いますぐです、すぐです……二ルーブリ四十三カペイカ也！……いますぐですよ！……一ルーブリ六十四カペイカ也！」そういいながら白髪頭の係員は、老婆たちや門番たちの方へ書付けを放り出していたが、「それじゃあ、貴方のご用件を伺いましょうか？」と、ようやくコワリョーフの方へ向き直った。

「わたしがお願いしたいのは……」と、コワリョーフは、言った。「詐欺《さぎ》といおうか、横領といおうか、それにひっかかりましてね、いまもってどうしてもわからないんですがね。で、お願いというのは、とにかくその卑劣漢をわたしに突き出してくれた者に、充分お礼をするということを掲載してもらいたいわけです」

「ところで、貴方の姓は何とおっしゃるんですかね？」

「いや、どうして姓を出す必要があるのかね？　姓名は絶対に名乗れません。わたしには有名なお知合いがたくさんいます。例えば五等官夫人のチェフトゥイリョーワだとか、上長官夫人のパラゲーヤ・グリゴーリエヴナ・ポドトーチナとか、です……そういう人たちに知れてみたまえ、それこそたまったもんじゃない！　そうだな、ただ八等官とか、いや、それより少佐級の人物とかいうことにして書いて置いたらどうでしょうかね」

「ところで、その逃亡した男というのは、貴方の家で使っている下男ですかね？」

「下男なんかであるもんですか！　下男じゃあとても、こんな大それた真似は出来んだろうじゃないですか！　ぼくのところから逃げ出したというのはね……鼻《ノース》なんです」

「ふむ！　これはまた珍しい姓ですな！　それでその鼻《ノース》さんとやらは、貴方のところから余程の大金をかっぱらって行ったんですかね？」

「鼻《ノース》というのはだね、つまりですな……思い違いをしちゃ困りますよ！　鼻《ノース》というのは、このぼく自身の鼻で、そいつが行方不明になったんです。まったく、人を馬鹿にするにも程があるよ！」

「しかしですね、どんなふうにして行方不明になったんですかね？　わたしには、どうもよく呑み込めませんな」

「どういうふうにしてったって、それは、わたしにもうまく言えんよ。しかし、肝心なことは、その鼻が目下、市中を馬車で乗りまわしていること、そして、自分を五等官だと名乗っていることなんです。だからわたしは、お宅に、彼を取り押えた人物が一刻も早くわたしのところへ届けてくれるように広告したい、とお願いしてるんです。実際、わたしの身にもなってみてくれ給え。こんな人目につきやすい体の一部がなくなってるんですよ、ね？　これは、足の小指とか何かとは、違うものです。ま、そういったものであれば、それは靴をはいてしまえば、誰にもわかりませんよ、仮になくってもね。わたしはですね、毎週木曜日には五等官夫人のチェフトゥイリョーワのところへ出かけることになっているし、また、上長官夫人のポドトーチナ、つまりパラゲーヤ・グリゴーリエヴナとか、それに彼女のところの令嬢、これは大へんな美人でしてね、彼女なんかとも非常に懇意にしているわけなんでね、察して下さいよ、わたしがいま、どういう……このまじゃあ、あの人達のところへ、顔出しも出来ないんですよ」

係員は、じっと考え込んでしまった。その証拠に、彼の唇は固く結ばれていたのである。

「いや、わたしには出来ませんなあ、そういう広告を新聞に載せることは」と、しばらく黙り込んでいたあとで、ようやく彼は口を開いた。

「どうして？　なぜだね？」

「つまり、ですな。新聞の信用ってものがなくなっちまいますよ。もしですよ、みんなが、自分の鼻が逃げ出したなんて書きはじめた日には、それこそ……たちまち評判になっちゃいますよ。あの新聞は馬鹿馬鹿しいデタラメ記事だらけだって、ね」

「しかしだね、どうしてこの事件が馬鹿馬鹿しいのかね？　ここにはだね、少しもそんな点はないと思われるんだが」

「そりゃあ、貴方にはそう思われるでしょう、ちっとも馬鹿馬鹿しくはない、とね。よろしいですか、先週もこんなことがあったんです。一人の官吏が、ちょうど貴方がやって来られたようにやって来て、一通の書付けをさし出したんです。料金は確か、二ルーブリ七十三カペイカだったと思いますが、その広告というのが黒毛のプードル犬に逃げられたというものでした。それがどうした、と思われるでしょう？　ところが、どっこい、そいつが諷刺の文章でしてね。つまりプードルというのは、よくおぼえていないが、何かの学校の会計係のことだったんですよ」

「しかしだね、わたしはお宅に、何もプードルの広告をお願いしてるわけではないんであってね、自分自身の鼻のことでお願いしているんですぞ。ということはです、これは自分自身のことと言ってもいいくらいなんだ」

「いいえ、そういう広告は、絶対に載せるわけには参りません」

「しかしだね、ぼくの鼻がどこかへ消えてなくなったことは、間違いないんだよ！」

「なくなったのでしたら、そいつはお医者さんの方の仕事ですな。どんなのでもお好み次第の鼻を取りつけてくれる人があるっていう話じゃありませんか。でも、しかしまあ、お見受けしたところ、貴方はきっと剽軽《ひょうきん》なお方で、人前で冗談をとばすのがお好きなんでしょう」

「冗談なんて、とんでもない、誓ってもよろしい！　そうねえ、もうこうなった以上仕方がない。お見せしますか」

「いや、もうご心配なく！」と係員は煙草を嗅ぎながら続けたが、「もっとも、おさしつかえなければ」と、好奇心をそそられて、つけ加えた。「ちょっと、拝見させていただきますかな」

　八等官は、顔のハンカチをはずした。

「なるほど、こいつは珍妙ですなあ！」と係員は言った。

「跡がまるで、焼きたてのパンみたいにつるつるしている。よくもまあ、こう平べったくねえ！」

「さあ、これでも、まだ議論の余地がおありですかな？　ご覧の通りなんですからね、どうでも載せてもらわなきゃあならんわけです。いや本当に、恩に着ますよ。それに、これをご縁に貴方とお近づきになれたってことは、まったく嬉しいことです」

言葉遣いからもわかる通り、少佐はここで少々下手に出ることにしたのである。

「掲載するなんてことは、そりゃあもちろん、大したことじゃあありませんよ」と、係員は言った。「しかし、掲載したところで大してお役に立つとは思えませんがね。もし、それでも、と仰言《おっしゃ》るのでしたら、誰か筆のたつ人のところへおいでになって、この稀代の珍現象をば活写《かっしゃ》してもらって、そいつを『北方の蜜蜂』（訳註：一八二五～六四年にペテルブルグで発行されていた政治・文芸日刊紙）にでもお載せになるんですな（と、ここで彼はもう一度煙草を嗅いだ）。いや、好奇心の強い連中のためにはなるでしょうからね」

八等官は、すっかり絶望の淵に投げ込まれた。彼は、つい伏目になって、新聞の下の方へ目を落とした。そこには芝居の広告が出ていた。すると、彼の顔は、いまにも笑い出しそうになった。そこに評判の、美人女優の名前が出ていたのである。思わず彼は、片手をポケットに滑り込ませ、果たして青紙幣《あおさつ》（訳註：五ルーブリ紙幣）の持ち合わせがあったかどうか、手さぐりした。コワリョーフの意見によれば、佐官級の人間というものは、芝居見物のときには上等の平土間席につかなければならないことになっていたのである。しかし、鼻のことを考えると、何もかも台無しだったのである！

広告係員の方も、さすがにコワリョーフの気の毒な立場には、心を動かされたらしい。それで幾らかでも彼の悲しみを軽くしてやるには、せめて一言でも言葉をかけて自分の同情を示すのが、この際、礼儀であると気がついたのだと思う。

「いや、まったく、とんだ目にお遇いになって、本当にお気の毒に思っている次第です。いかがです、嗅ぎ煙草でも一服？　こいつは、頭痛それから抑鬱《よくうつ》症を払いますしね、いや、痔《じ》にも結構よろしいんですよ」

そういって係員は、嗅ぎ煙草入れをコワリョーフにさし出した。そして、器用な手つきでくるりと蓋《ふた》を下へまわすと、蓋の裏側に描いてある帽子をかぶった婦人の肖像が見えた。

この何でもない動作が、ついにコワリョーフに堪忍袋の緒を切らしてしまったのである。

「まったく了解に苦しむね、こんなところでよくも冗談が言えるもんだ」と、彼は本気になって言った。「君にはこれが見えんのかね？　ぼくには、そんなものを嗅ぐところがなくなっているんだよ。お前さんの煙草なんぞ、消えてなくなっちまえ！　そんなもの、見るのも我慢出来ねえや。そんな下等なベレジン煙草（訳註：南ロシア産の安煙草）だけじゃないぞ、フランス製のラペ煙草を出されたって、真平《まっぴら》ご免なんだ」

そう言い終わると、彼はもうかんかんになって新聞社をとび出してしまった。そして今度は、区警察署長のところへ出かけて行った。この署長は、砂糖が大好物という男で、彼の家には玄関といわず、食堂といわず、どこもかしこも円錐形の砂糖の塊でいっぱいだったが、これは商人たちが親愛の情をあらわすため、彼のところへ持ち込んだものなのである。ちょうどそのとき、料理女は、区警察署長の正式の騎兵用深長靴を脱がせているところだった。サーベルや装身具一切はすでに無事、部屋のあちこちに吊るされていて、そのいかめしい三角帽子は、三つになる彼の息子が玩具にしていた。つまり彼は、勇敢なる戦士としての一日を終えて、いまや平和の喜びを味わおうとしていたのである。

コワリョーフが区警察署長邸の門をくぐったのは、ちょうど伸びをした署長が、咳払いをして、こういったばかりのところだった。「畜生、いっちょう二時間ばかり眠り込んでやることにするか！」したがって、八等官の入来がまったく時機を得たものでなかったことは、容易に推察出来ると思う。また、たとえ彼がお茶かあるいは服地を何フント（訳註：一フントは四一〇グラム）か持参したところで、大した歓迎は受けなかっただろうと思うのである。署長は、あらゆる美術品や手工芸品の大の愛好家であったが、中でも紙幣を何よりも好しとしていた。「これに限る」と、彼はいつもそう言っていた。「これに勝るもの一つとしてなし。物を食べたがりもせず、大して場所を取るわけでもなく、ポケットにも入るし、落としたところで、毀《こわ》れる心配もない」

署長は、ひどく無愛想にコワリョーフを迎えた。そして、昼食後は取調べをするときではないとか、たっぷり食ったあとで少々休息をとるということは天の命ずるところであるとか（この言から八等官は、署長が先哲の金言に詳しいことを見て取ることが出来た）、しっかりした人間なら鼻をもぎ取られるようなことはないわけだとか、世間には、ちゃんとした身なりをすべき場合に下着もつけずにいるような、また、いろんないかがわしい場所をほっつきまわるような、そういう少佐級の人物がたくさんいる、などと言ったのである。

つまり、まさにそのものズバリであった！　ここで一言、ちょっと言っておきたいのは、コワリョーフという男は並はずれて怒りっぽい人物だったということである。彼は、私事に関してならば、何と言われてもまだ許すことが出来たのであるが、こと一旦、官等や身分に触れたとなると、どうにも我慢がならなくなった。たとえ芝居に書かれたことであっても同じであって、尉官に関してならばすべて見逃してもよいが、佐官級を誹謗《ひぼう》するようなものは、断じて許しておけなかったのである。それで、署長のこの応対ぶりには、すっかり面喰らってしまった。彼は、ぶるっと頭を震わせた。それから、両手を心持ち開くと、少佐の面子《めんつ》にかけて、言ったのである。「いや、率直に申し上げるが、こういう失礼な言葉を伺った以上、もう何も言うことは出来ませんな……」そう言って、彼は出て行ったのである。

彼は、へとへとに疲れ切って、わが家へ帰って来た。すでに夕暮であった。彼は、わが家が何とももの悲しく、また何とも厭わしいものに思われた。なにしろ、すべてが不首尾に終わった探索のあとだったのである。玄関の部屋へ入ると、下男のイワンが、汚れた革製の長椅子にひっくり返って、天井に向かってぺっぺっと唾を吐きかけていた。それがまた、実にうまいこと、同じ一点に命中するのであったが、その余りの呑気さが、彼をカッとさせてしまったのである。彼は、帽子でその額のあたりをひっぱたいた。そして怒鳴りつけた。

「この豚野郎奴《め》、年がら年中、馬鹿な真似ばかりしやがって！」

イワンは、椅子からはね起きると、さっと主人のところへ外套を脱がせにとんで行った。

少佐は自分の部屋へ入ると、ぐったりして、元気なく安楽椅子に身を投げ出した。そして二つ三つ溜息をついてから、呟いた。

「ああ！　やれやれ！　いったいこれは、何てこった！　どうしてこんな災難に見舞われてしまったんだろう？　よしんば腕が一本なくても、いや、脚が一本なくても、まだしもその方がましだ。耳がなくては、まずいけれども、しかしまだ我慢出来る。しかし、鼻のない人間なんて、いったい何だろうか。小鳥であって小鳥でなく、人間であって人間じゃない。そんなものは、ひょいとつまんで、窓から放り出してしまえ、だ！　またこれが、戦場で切り取られたとか、決闘でそうなったとか、あるいはまた、わが身に何かちゃんとした理由があってそうなったのならば、まだしもなんだが、ところが、そうではなくて、どういうわけだか、何のためにだか、わけもわからず、消えてなくなりやがった。ただ、消えちまいやがったんだ。一文にもならずに、だ。いや、おかしい。何としても、おかしい！」ここで彼は、しばらく考え込んだ。それから、こうつけ加えた。「どうも、ありそうもない話だ、鼻がなくなってしまうなんてことは、だ。どう考えても信じられる話じゃあない。これは、たぶん夢を見ているのか、いや、それとも、ただそんな気がしているだけのことではなかろうか。ひょっとしたらこれは、顔剃のあとで髭につけて拭くウオトカを、誤って、水と間違えて飲んでしまったのかも知れんぞ。イワンの馬鹿めが、片づけ忘れたんだ。それでおれが、きっとそいつを、ひっかけちまったんだろう」

少佐は、われとわが身を思いきりつねってみた。自分が酔っ払っているのでないことを実際に確かめるためであったが、それは思わず彼が悲鳴をあげたほどの痛さだったのである。その痛みは、間違いなく彼が現実に生きて動いているものであることを証明してくれた。彼は、おもむろに鏡の方へ近づいて行って、目を細めた。ひょっとして、鼻がちゃんと自分の居場所へ納まってくれているかも知れないと思ったのである。しかし鏡をのぞき込んだ瞬間、彼はこう口走って、うしろへ跳びさがった。

「何て呆れ果てた姿だろう！」

それは、まさしく不可解なことに違いなかった。これがボタンだとか、銀のスプーンだとか、時計だとか、まあそれに類したものならばともかく、なくなるといっても、いったい誰がこんなものをなくすだろうか？しかも自分の居間でのことではないか！　コワリョーフは、あれやこれやすべての事情を考えてみて、これが一番真相に近いのではなかろうか、と思い当たった。それは、彼を自分の娘と結婚させたがっている上長官夫人ポドトーチナのことであって、彼女こそこの一件の原因であることに、まず間違いないということだった。なるほど彼の方でも、その娘の機嫌をとるようにはしていた。しかし、はっきり話を決めることは避けていたのであって、上長官夫人の方から、あからさまに自分の娘をもらってくれないかと切り出された場合は、自分はまだ若いしとか、それにあと五年は勤めあげなければならない身上であるが、ところがそうすると、こちらはもう四十二歳になっていますからね、などとお世辞を混ぜてやんわりと、話をはぐらかしていたのである。それで上長官夫人は、きっとその仕返しに、彼の顔を台無しにしてくれようと企んだのだろう。そして、そのために魔法使いの女か何かを雇ったに違いあるまい。そうでもなければ、人の鼻を削ぎ取るなんてことは、とても思いつけるものではないのである。彼の部屋へは誰一人入っては来なかったのだし、理髪師のイワン・ヤーコヴレヴィチが顔を剃《あた》ってくれたのは、まだ水曜日のことだった。それに、その水曜日いっぱいはもちろん、さらに木曜日も一日じゅう、鼻は満足な形でちゃんとついていたのである。そのことは彼もおぼえているし、実にはっきりしていることだ。それに第一、痛みを感じるはずであるのに、そうでもないし、また、確かに傷口がこんなに早く治って、薄焼きのパンケーキみたいにつるつるになってしまうなんてことも、ないはずだろう。彼は、上長官夫人を正式の手続きによって法廷に呼び出してやろうか、それとも、じかに彼女のところへ談判に乗り込んでやろうかと、頭の中であれこれ計画を立ててみたが、彼の思案は、戸口の隙間という隙間からさっと射し込んで来た光のために、中断された。イワンが玄関の部屋に、もう明かりをつけたらしい。間もなく、そのイワンが燭台を捧げ持って、部屋の中を明るく照らし出しながら、姿を見せた。とっさにコワリョーフは、ハンカチを摑んだ。そして、昨日まで鼻があった場所へそれを押しつけた。なにしろ愚かな下男のことであるから、こんなふうに変わり果てた主人の顔を見れば、ただポカンとして眺めることしか出来ないだろうと思ったのである。

やっとイワンが自分の部屋へ立ち去ったかと思うと、今度は玄関で聞き慣れない声が聞こえた。

「八等官コワリョーフ氏のお宅は、こちらでしょうか?」

「左様です、お入り下さい。わたしがそのコワリョーフ少佐です」と、急いで立ち上がって、扉をあけながらコワリョーフは言った。入って来たのは、恰幅《かっぷく》のいい一人の警官だった。彼は、それほど明るい色でもなく、かといって真黒でもない頰髯をたくわえ、かなりふくれた頰の持ち主であったが、それは他ならぬこの物語の冒頭において、イサーキエフスキイ橋のたもとに立っていた、あの警官だったのである。

「貴方は、ご自分の鼻を紛失なさりはしませんでしたか?」

「ええ、確かになくしましたが」

「そいつが、見つかりましてねえ」

「何ですって?」と、コワリョーフ少佐は、思わず大声を出した。嬉しさの余り、言葉が見つからなかったのである。彼は、二つの目を皿にして、自分の前に立っている警官を見つめた。蠟燭の震える光が、肉づきのよい警官の唇と頰の上で、まぶしくちらちらしていた。

「いったい、どうやってですかね?」

「それが妙なきっかけからなんですがね。つまり、旅行に出かけようとしていたところを、逮捕したというわけですよ。奴はもう駅馬車に乗り込みましてね、リガへ逃亡しようとしていたんです。旅券も或る官吏の名前のものを、前もって手に入れていました。ですが、幸いに本官は眼鏡を所持しておりましたので、こいつは鼻だと、ただちに見抜いてしまったわけです。本官は近視なものですから、貴方が面前に立たれても、貴方に顔があるということだけは辛うじてわかります。ですが、鼻も髭も、さっぱり見分けがつきかねます。本官の姑《しゆうとめ》、つまり家内の母親ですが、これもやっぱり、何も見えないんですがね」

コワリョーフは、ただ夢中だった。

「で、その鼻は、どこにいます！ どこなんですか？ わたしは早速、駆けつけることにしたいんだが」

「そのご心配には及びません。貴方の大切なものだということを承知して、本官がここに持参しましたから。ところが、奇態なことに、この事件の張本人というのが、ヴォズネセンスキー大通りの、あのペテン師の床屋でして、いまは留置場にぶち込まれてますがね。本官は、もうとうから、奴が酔っ払いの泥棒だということに目をつけておったのですが、一昨日も或る店から奴はボタンを一ダースばかりかっぱらいましてねえ。さあ、貴方のお鼻は、そっくりもと通り、ここにあります」

そういって警官はポケットに手を入れ、中から紙に包んだ鼻を取り出した。

「ああ、これだ！」と、コワリョーフは叫び声を上げた。

「確かに、これだ！ じゃあ、一つ今日は、わたしとお茶でもつき合うことにして下さい」

「そう出来ればたいへんありがたいのですが、そうもしていられません。本官は、これから刑務所の方へまわらなければなりませんので……。どうです、この頃の諸物価の値上がり具合は……本官宅には姑、つまり家内の母親も同居しておりますし、子供たちもいるんですがねえ、長男の奴はなかなか有望でして、頭もなかなかいいんですが、教育を受けさせるにも、まったく資産がないというわけでしてねえ……」

コワリョーフは、なるほどと気づいて、テーブルから赤紙幣《あかさつ》（訳註：十ルーブリ紙幣）を一枚ひっ摑むと、警官の手にそっと握らせた。警官は直立不動の姿勢で礼をして出て行ったが、それとほとんど同時に、早くも通りで彼の声が聞こえた。警官は、たまたま並木道に荷馬車を乗り入れた馬鹿な百姓に、びんたをくれて怒鳴りつけていたのである。

　警官が立ち去ったあと、しばらくの間、八等官は何だかぼんやりした気持だった。ようやく目が見え、ものが感じられるようになったのは、それからさらに何分か経ってからだった。思いもかけない喜びが、彼をこのような茫然自失の状態に陥れたのである。彼は、見つかった鼻を、用心深く掬《すく》うようにして両手で取り上げた。そしてもう一度、つくづく眺めた。

「おお、これだ！　確かに、これだ！」とコワリョーフ少佐は、言った。「ほーら、左側には、昨日ふき出した面皰《にきび》がちゃんとあるぞ」

　嬉しさの余り、少佐は声を立てて笑い出さんばかりだった。

　しかし、この世の中には、長続きするものは何一つありはしないのである。喜びもまた然りであって、最初の瞬間が過ぎ去って次の瞬間になると、もうそれほど生き生きとしたものではなくなってしまう。そしてさらにその次の瞬間には、それは次第に影が薄くなり、やがてあたかも、水面に小石が落ちて出来た波紋がついにはもとの滑らかな水面に戻ってしまうように、いつの間にかごく当たり前の精神状態に戻ってゆくのである。コワリョーフは、いろいろ考えた挙句《あげく》、事はまだ決着がついていないのだということに気づいた。確かに鼻は見つかった。しかし、それをもとの場所へおさめる必要があったのである。

「それにしても、もし、くっつかなかったら、どうしたもんだろう？」

　少佐は、こう自問してみて、蒼ざめてしまった。

　彼は、何ともいいようのない不安に襲われた。そしてテーブルのそばへ走り寄って、鏡を引き寄せた。何とかして、歪《ゆが》まないように鼻をくっつけなければならないのである。彼の両手は震えていた。彼は、おそるおそる、用心しながら、鼻をもとの場所へ押しつけてみた。ところが、何ということか！　鼻はくっつかないのである！……彼は、鼻を口のそばへ持って来て、自分の息でほっと暖めてから、もう一度、頬と頬の中間ののっぺりとした場所へ押し当ててみた。しかし鼻は、どうしてもくっつかなかった。

「おい、おい！　ちゃんとくっついてくれないか、この馬鹿野郎！」と、彼は鼻に言った。しかし鼻は、まるで木でこしらえたもののようであって、テーブルの上に、いかにも本物のコルクのような、奇妙な音をたてて落ちて行ったのである。少佐の顔は、痙攣《けいれん》でも起こしたように歪んだ。「こいつ、くっついてくれないのだろうか？」と、心細くなって、彼は言った。しかし、そいつをもとの場所へ載せようと何遍やってみても、その努力は前と同じく徒労に終わったのである。

彼はイワンを呼んだ。そして、同じ建物の中ではあるが、二階に彼よりもずっと上等の部屋を借りている医者を迎えにやった。この医者は、なかなか堂々たる風采の男で、真黒い見事な頬髯と、みずみずしい健康な細君を持っていた。また、毎朝、新鮮な林檎《りんご》を食べ、およそ四十五分もかかって口をゆすいだり、五種類の歯ぶらしを使って歯をみがいたりして、口の中をいつも非常に清潔に保っていた。医者はすぐにやって来てくれた。彼は、この不幸な出来事がどのくらい前に起こったのかを訊ねると、コワリョーフ少佐の下顎に手を当てて顔を上げさせ、もと鼻のあった場所の真上を、親指でぽんと弾《はじ》いた。それで少佐は勢いよく頭をうしろへ反らさなければならなくなり、後頭部をこつんと壁にぶっつけてしまった。医者は、べつに心配はいりません、と言った。そして、もう少し壁から離れるようにすすめ、まず右の方へ頭を曲げさせ、鼻のあったところを触ってみて、「ふむ！」と言った。それから今度は左側へ頭を曲げるように命じて、また「ふむ！」と言った。そして最後に、また親指でぽんと弾いたので、コワリョーフ少佐はまるで歯の検査をされている馬のように、頭をぐいと引っ込めてしまった。こんなふうにして試してみたあとで、医者は首をかしげて言った。

「いや、こいつはいけませんなあ。このままでおられた方がいいと思いますよ。いじると、かえって悪くすることになりかねませんからね。そりゃあ、もちろん、つけてつけられないことはありません。いや、早速つけてさし上げても構いません。しかし、お断わりしておきますが、そうするとかえって貴方のためによくありませんな」

「それは、もう、構いません！　鼻なしのままじゃあ、どうにもならんじゃありませんか？」と、コワリョーフは言った。「いまより悪くなりっこありませんよ。まったく、ひどいもんです！　こんなおかしな面をさげて、どこへ出かけられます？　わたしは立派な連中と交際しているんです。そう、今夜も二軒、夜会に行かなくちゃなりません。交際《つきあい》が広いんです。五等官夫人のチェフトゥイリョーワさんとか、上長官夫人のポドトーチナさんとか……もっとも、この夫人の方は、先方が今度のような出方をした以上、交渉を持つとすれば警察沙汰以外にはないわけですがね。何とかひとつ、お願いですから」と、とうとうコワリョーフは哀願口調になった。「何とか方法はありませんか？　何とか、くっつけてみて下さい。うまくゆかなくても構いません。とにかく、落ちずにくっついていさえすれば結構なんです。危ないときには、そっと手で支えるようにしてもいいんですから。えーと、それから、ダンスなんぞはやらないことにします。うっかりした動作でいためたりするといけませんからな。往診料のことは、これはもう、どうぞご心配なく。わたしとして出来るだけのことは致すつもりでおりますから……」

「お断わりして置きますが」と医者は、高くもないが低くもない、しかし非常に力のこもった、人をひきつける声で、言った。「いかなる場合にもわたしは、利欲のための治療は致しておりません。そういうことはわたしの主義にも反し、医術にも反することです。なるほど、わたしは往診料を受け取ってはいる。しかしそれは、それをわたしが拒絶したりして、先方に恥をかかせたくないためにそうしているだけなのです。もちろん、わたしは、貴方の鼻をつけてあげられないことはありません。しかし、わたしの申し上げることをご信用にならないとしても、つけるとかえって悪くなるということは、これはもう確かなことなんですよ。まあ、自然にまかせて、このままにして置く方がよろしいでしょう。せいぜい冷水でたびたび洗浄なさることですな。まったくの話、貴方は鼻をお持ちにならなくても、あるのと同様に健康でいらっしゃるんだから。それから鼻は、アルコールの壜詰にして置かれたらいいでしょう。いや、もっといい方法がある。それはその壜に、きついウオトカとあたためた酢を匙《さじ》に二杯ほどお入れになることですな。そうすれば貴方は、かなりのお金儲けが出来ますね。もし貴方が、余り高いことをおっしゃらなければ、このわたしがお引取りしても結構ですよ」

「いや、とんでもない！　どんなことがあっても売ったり出来るもんですか！」と、コワリョーフ少佐は、本気で叫んだ。「なくなってくれた方が、売るよりはまだましです！」

「いや、失礼しました！」と、別れの挨拶をしながら、医者は言った。「お役に立ちたかったんですが……致し方ありません。しかし、少なくともわたしの尽力だけは認めて下さったことと思います」

そう言うと医者は、気品のある堂々とした態度で部屋を出て行った。コワリョーフは、医者の顔さえ、ろくろく見てはいなかった。まったくの虚脱状態だった。彼がわずかに目に止めたのは、医者の黒い燕尾服の袖口からのぞいていた、雪のように白いシャツのカフスだけだったのである。

その翌日、彼は告訴状を提出する前に、上長官夫人に手紙を書き、彼女が当然彼に返すべきものを異議なく返してくれることに同意するかどうかを、確かめることに決めた。手紙の内容は次の通りである。

親愛なる
　アレクサンドラ・グリゴーリエヴナ様

（訳註：先に新聞社の場面で、パラゲーヤ・グリゴーリエヴナとなっているのは、作者がわざと間違えてそう呼ばせたのである）

貴女のとられました奇怪なる行動はまことに了解に苦しむところであります。そのような行動をとられましても、貴女には何のご利益も得られないでしょうし、また、小生に貴女のご令嬢と結婚せざるを得ないという考えを起こさせることには決してならないことをご承知置き下さい。小生の鼻にまつわる事件の全貌は、もはやまったく明らかでありまして、またこの事件においては、張本人が貴女以外にはないことも明々白々であります。鼻が突然にその居場所を離れたり、逃げまわったり、変装したり、あるときは一官吏の姿をとり、かと思えば、最後にはまたもとの姿に戻ったりするということは、貴女か、あるいは貴女と同じような上品なるお仕事に従事している方々の使う魔法の結果以外の何ものでもありません。もしも上記の鼻が今日じゅうにもとの居場所へ復帰しない場合には、小生は止むを得ず、法律の与えてくれる保護と庇護とに訴えるより他はありません。以上、小生は小生の義務として、貴女にあらかじめご通告申し上げる次第であります。

とは申せ、貴女に対して心からなる尊敬を捧げ、同時に忠実なる下僕《しもべ》たる光栄を有する

プラトン・コワリョーフ

親愛なる

プラトン・クジミッチ様

お手紙を拝見致し、ただもう驚き入っております。正直申し上げまして、このようなお手紙をいただこうとは、ましてや、貴男様の仰せのような身に覚えのないおとがめを受けようなどとは、まったく思いもかけないことでございました。まず、第一に申し上げて置きますが、貴男様のおっしゃるような官吏の方は、変

装したお方も、しないお方も、一度だって宅へお招きしたことはございません。確かに、フィリップ・イワーノヴィチ・ポターンチコフ様は、ときどき宅へお見えになります。そして、あの方は実際、宅の娘を欲しいご様子ですし、それにあの方は、品行方正、常識もすぐれた方でございますけれど、でもわたくしと致しましては、あの方に、ほんのちょっぴりでも希望をお持たせするような真似は、ただの一度も致しておりません。それから、貴男様のおっしゃる、鼻のことです。もし、貴男様がそのことに、わたくしが貴男様の鼻をあかそうとしている、つまり、正式にお断りを申し上げようと思っているという意味を含ませていらっしゃるのであれば、わたくしとしては心外の至りでございます。それはむしろ、貴男様ご自身がおっしゃったことで、わたくしの方は、ご存知の通り、まる反対の考えでございましたし、それに、もし只今すぐにでも貴男様が正式に申し込んで下さいますならば、早速にでも、貴男様にご満足いただく心づもりでございます。何故かと申しまして、それは常々わたくしの心から望んでいることでございますもの。それでは、貴男様のお役に立てる日をお待ち申し上げております。

アレクサンドラ・ポドトーチナ

「そうなんだ」と、手紙を読み終わったコワリョーフは言った。「確かに、彼女は無実なんだ。罪人なんかじゃあ、あり得ない！　この手紙の書き方だ。罪を犯した人間に、とてもじゃないがこんな書き方は出来るわけがない」八等官は、まだカフカズにいた頃、何度か事件の取調べに派遣されたことがあった。したがって、こういうことには慣れていたのである。「それじゃあいったい、どうしてこんなことが起こったのだろう？　こうなっては、まるで手がかりがないではないか！」と、彼は言った。そしてついに、サジを投げてしまったのである。

そのうちに、この奇怪な事件の噂《うわさ》は、首都全体にひろがった。ご多分にもれず、尾鰭《おひれ》つきでひろまったのである。すべての人々の頭が、異常なものへと向かっていた。ちょうどそんな時期だったのである。磁力の作用に関する実験が社会の関心を引きつけて間もない頃で、その上、主馬寮《しゅめりょう》の踊り椅子（訳註：主馬寮の或る家で、宮廷用の椅子が宮廷へ帰りたがって、動き出し踊り出したという話。一八三三年十二月十七日付、プーシキンの日記にもこのことが誌されている）の話もまだ耳新しかったから、八等官コワリョーフの鼻が、三時になるとネーフスキイ大通りを散歩するそうだというようなことを、早速誰かが言い出してもべつにおどろくことはなかったのである。物好きな連中が毎日ぞろぞろと押しかけて行った。ユンケル商会に鼻があらわれたらしい、と誰かが言う。すると、もうユンケル商会のまわりは黒山の人だかりと雑踏で、果ては警官さえ出動しなければならないような騒ぎになってしまう。劇場の入口でいろんな菓子パン類を売っていた、頬髯のある、恰幅のいい一人の香具師《やし》は、わざわざ木製の丈夫な腰かけを幾つかこしらえた。そして、一人八十カペイカの料金を取って、物好きな連中をそれに立たせて見物させた。武勲のあった某陸軍大佐は、わざわざ見物のために早目に家を出て、やっとの思いで群衆をかき分けて前へ出ることが出来たが、店の窓に見えたのは、鼻の代わりにありふれた毛織の胴着一着と、石版刷りの絵が一枚だけで、彼をひどく憤慨させた。絵柄は、靴下を直している娘と、その娘を樹の蔭から眺めている、折返しのチョッキを着てちょび髭を生やした伊達男、といったものであったが、この絵はもう十年以上も、ずっと同じ場所にかけられていたのである。大佐は、その場を去りながら、忌々《いまいま》しそうに言った。「いったいどうして、こんな馬鹿馬鹿しい根も葉もない噂が人々を迷わすのだろう？」

するとと今度は、また、こんな噂がひろまった。コワリョーフ少佐の鼻が散歩するのはネーフスキイ大通りではなくて、タヴリーチェスキイ公園だというのである。それもいまはじまったことではなく、ずっと以前からのことらしいとか、ボズレス＝ミルザ（訳註：ペルシャの皇太子。ロシアのペルシャ大使が殺害されたため、その謝罪使節として一八二九年ペテルブルグに派遣され、タヴリーチェスキイ宮殿に滞在した）もまだそこに住んでいた頃、この種の奇怪な自然の戯れに驚かされたことがあったのだ、などという噂もひろがった。外科医学専門学校の生徒何人かが、わざわざそこへ見学に出かけた。また、ある顕官の夫人は公園の管理人に書面を送って、どうか自分の子供たちにもその珍しい現象を見物させてもらいたい、そして出来ることなら、若い者たちにとって教訓となり、戒めとなるような説明もしてもらいたいと頼んだのである。

こういった事件のすべてを、何から何まで大喜びしたのは、大夜会には欠かさず出かけて行く社交界の常連たちであった。彼らは、婦人たちを笑わせるのが何より好きな連中であったが、ちょうどそのタネが底をついていた時期だったのである。もっとも、少数の思慮深い穏健派の連中は、非常に不満であった。一人の紳士の如きは大いに憤慨して、文明開化の現代において、こんな馬鹿馬鹿しい出鱈目《でたらめ》がどうして流布されるのか理解出来ない、政府はなぜこれに注意を払わないのか、実に不思議なことだ、と語ったりした。どうやらこの紳士は、何から何まで、自分たちの日常の夫婦喧嘩にまで、政府の干渉を受けたがる連中の一人であったらしい。さて、それから……いや、ここでこの事件の一切は、またまた霧に包まれてしまうのである。そしてそれから先どうなったのか、まったくわからないのである。

III

この世の中には、まったく馬鹿馬鹿しいことが起こるものである。ときにはまるで嘘としか思えないようなことだって、起こるのであって、五等官の姿で馬車を乗りまわしたりして首都全体に大きな騒ぎをひき起こした例の鼻が、まるで何ごともなかったかのようにけろりとして、自分のもとの居場所、すなわちコワリョーフ少佐のまさしく頬と頬の中間に、とつぜん姿をあらわしたのである。それは四月七日のことであった。目をさました少佐は、ふと鏡をのぞき込んだ。そして、見ると、鼻である！　彼は手で摑んでみた。確かに鼻に間違いなかった！　「うへっ！」と声を上げたコワリョーフは、喜びの余り、すんでのことで裸足《はだし》のまま部屋じゅうを踊りまわるところだったが、それは、ちょうど入って来たイワンに妨げられた。少佐は、すぐに洗面道具を持って来させた。そして顔を洗いながら、もう一度鏡をのぞいてみた。鼻がある！　タオルで顔を拭いながら、彼はまた鏡をのぞいてみた。鼻がある！

「おい、イワン、ちょっと見てくれないか。何だか面皰《にきび》が出来てるようなんだが」そう言ってから、彼は考えた。「もしイワンが『いいえ旦那様、面皰どころか、第一、鼻がございませんよ！』とでも言ったら、どうしたものだろう」

しかし、イワンは言ったのである。

「何にもありませんですよ、面皰なんか。きれいなお鼻でございます！」

「ところが、こん畜生っ！」少佐はそう独り言を言って、パチンと指を鳴らした。すると、ちょうどそのとき、扉のところに、理髪師のイワン・ヤーコヴレヴィチが顔を見せたのである。ただしその様子は、まるでベーコンを盗んでたったいまひっぱたかれたばかりの猫のように、おどおどしていた。

「前もってきいて置くが、手はきれいだろうな？」と、彼がまだ近づいて来る前から、コワリョーフは怒鳴った。

「きれいでございます！」

「嘘をつけ！」

「いいえ、本当にきれいですよ、旦那」

「ようし、気をつけろよ」

コワリョーフは腰をおろした。イワン・ヤーコヴレヴィチは、掛布で彼を覆った。それから、髭剃り用のブラシを使って、彼の頬髯全体と頬の一部を、まるで、商家の名の日のお祝い（訳註：自分の洗礼名と同じ聖者の日におこなう個人的な祝日。聖者の名は暦に載っている）などで配られるクリームそっくりにしてしまった。

「お前さんて奴は！」とイワン・ヤーコヴレヴィチは、鼻へちらりと目をやって、独り言を言った。そして今度は、頭を反対側へぐっとかしげて、横の方から鼻を眺めた。「まったくねえ！　野郎、いったい何を考えていることやら」と彼は、独り言を続けた。それから長いこと鼻をじっと見つめていたが、やがて、そうっと、自分で考えられる限りの慎重さでもって二本の指を上げ、鼻の先をつまみ上げようとした。それがイワン・ヤーコヴレヴィチの、いつものやり方だったのである。

「おい、おい、おい、気をつけてやるんだぞ！」とコワリョーフは、大きな声で言った。

イワン・ヤーコヴレヴィチは、ぎくりとして、両手をおろしてしまった。いままでついぞおぼえたことのない、混乱した気持だった。ようやく彼は、用心しいしい顎の下へ剃刀を当てはじめたが、嗅覚器管に手をかけずに剃るのは、何とも勝手が違って、剃りにくかった。しかし、それでもとにかく、コワリョーフの頬と下歯ぐきのあたりに、自分のざらざらした親指をかけただけで、何とか一切の障害を克服して剃り終えたのである。

すっかり仕上がると、コワリョーフはただちに服を着替えた。そして、馬車を拾うとまっすぐ菓子店へ乗りつけたのである。彼は、まだ店先のところから、大声をかけて入って行った。「おーい、チョコレート一杯だ！」そして自分は、すっとそのまま鏡の方へ寄って行った。鼻は、ある！　彼は上機嫌でうしろを振り返ると、そこにいた二人の軍人の方へ、心持ち目を細めた皮肉な視線を投げたが、その一人の軍人の鼻は、どうひいき目に見ても、チョッキのボタンより大きくはなかった。それからは、某官庁の事務局へ出かけた。

かねがね彼が、副知事か、それがうまくゆかない場合でも会計検査官くらいの地位をと思って運動している、例の官庁である。玄関を通り抜けるとき、彼はちらと鏡をのぞいてみた。鼻はある。次に彼は、もう一人の八等官、いや、少佐のところへ出かけた。この少佐はひどく口の悪い男で、いろんな皮肉を並べたてるのが癖であったが、それに対して彼の方は、「そう、そう、お前さんがそうだってことは、もうわかってるんだ。ヘアピンみたいな皮肉屋なんだよな！」とたまに答えてやることにしていたのである。彼は、道々こう考えた。「もしも少佐がおれを見て笑いこけなかったら、それこそもう、ちゃんとあるべきものがみんな揃って、あるべき場所におさまっている何より確かな証拠なんだ」ところが八等官は、べつに笑い出しもしなかったのである。「もうしめたものだ、こん畜生っ！」とコワリョーフは腹の中で思った。帰りがけには、娘と連れ立った上長官夫人のポドトーチナに出会った。彼が挨拶をすると、彼女たちは歓声を上げて迎えてくれた。つまり彼の身には、何の異常もなかったのである。彼は彼女たちとたいへん長いこと立ち話をした。彼は、嗅ぎ煙草入れを取り出すと、わざわざ彼女たちの目の前で、たっぷり時間をかけて両方の鼻の穴に嗅ぎ煙草を詰め込んだ。そうしながら彼は、「何とまあお前さんたちときたら、血のめぐりの悪い女なんだろうねえ！　とにかくですな、娘さんと結婚する気はないんですから。ただしpar amour《パール・アムール》（訳註：恋愛ごっこ）のお相手ならば、そいつは結構ですな！」と、腹の中で言っていたのである。それからというもの、コワリョーフ少佐は、何事もなかったようにネーフスキイ大通りや、劇場や、つまりどこへでもあらわれて、ぶらぶら遊びまわっていた。鼻もまた、まったく以前と変わることなく、ちゃんと顔へおさまって、もう脇へ逃げ出そうとする気配など少しも見せなかった。そしてその後のコワリョーフ少佐は、いつ見ても上機嫌で、にこにこしていて、美しい婦人とみれば、もう何の躊躇もなくその尻を追いかけて行ったのである。それから、あるときなど、マーケットの店の前に立ち止まって勲章の綬《じゅ》を買っていたが、どういうわけでそんなものを買ったのだか、これはちょっと見当がつかない。なにしろご本人は、勲章などまだ一つももらってはいないのである。

広大なるわが祖国の北の都で起こった事件というのは、まあ、ざっと以上のようなものであった！　さて、そこで全体を見まわしてみると、この話には多くの点で辻褄の合わないところがあることがわかる。鼻がその居場所から離れて、五等官の姿をしていろんな場所へあらわれたりするという超自然的な部分はまさに奇怪という他はないが、それはまあ論外としても、いったいコワリョーフは、新聞社を通じて鼻の広告を出すなどということが出来るものではないことに、どうして考えつかなかったのであろうか？　わたしがこんなことを言い出すのは、何も広告料が少々高過ぎるような気がするという意味ではない。そんなことはくだらないことだし、それにわたしは決して勘定高い人間ではないつもりである。しかし、いや、そんなことを言いたいのでもない。どうも、まずい。うまく言えない！　それにまた、焼いたパンの中から鼻が出て来るというのは、どういうことなのだろう？　そして、あのイワン・ヤーコヴレヴィチとはそもそも何者であるのか？

いや、そこのところは、作者の自分にもよくわからない。まるでわからない！　しかし何よりも不思議で、何よりも納得出来ないのは、作家が、よくもまあこんなテーマを取り上げることが出来るものだ、ということである。正直なところ、これはもう、まったくわれわれの知能では測り切れぬことだ。これは確かに……いや、止して置こう。わたしにはさっぱりわからない。第一、こんなことを書き続けたところで、少しも祖国のためにはならない。第二に……いや、第二にも、やっぱり役には立たない。要するに、これはいったい何であるのか、さっぱりわたしにはわからないのである……。

しかし、それはそれとして、むろん、あれもこれも、第三の点も許し、いや、その先も許すことにしたところで……さて、果たしてどこまで行けば不合理というものがなくなるのだろう？　しかし、よくよく考えてみると、一切《いっさい》、つまり、このことのすべての中には、確かに何かがある。誰が何と言おうと、このような出来事は、この世の中にあるのである。稀にではあるが、しかし、あることはあるのである。

原題　HOC

外套

❖付録❖

ニコライ・ゴーゴリ
横田瑞穂・後藤明生❖共訳

ある官庁のある局に……しかし、それがどこの何局であるかは、言わない方がよいと思う。あらゆる種類の官庁の局、連隊、事務所、つまり、一口に言ってあらゆる種類の役人階級くらい腹をたてやすいものはないのである。また今日ではもう、誰も彼もが、自分のことを言われると、まるで自分の階級全体が侮辱されでもしたようにとってしまいがちなのである。こんな噂がある。何でもつい最近、どこの町だったか、よくおぼえていないが、とにかくある町の、ある郡警察署長から一通の嘆願書が提出されたという。その中で彼は、いまや国家の諸法令は危殆《きたい》に瀕《ひん》しており、郡警察署長という神聖な職名が、まるで三文の値打ちもないように人々の口の端にのぼっている、とはっきり述べているそうである。また、その証拠として彼は、何か小説めいた文章の途方もなく分厚な一巻を、その嘆願書にそえて提出したというが、その本には十ページごとに郡警察署長というのが出て来て、しかもある箇所では、それがまるでへべれけの酔態で登場する、というのである。そんなわけだから、いろんな面白くないことが起こってくるのを避けるために、いまここで問題にしようとする官庁も、ただある官庁のある局とだけしておくほうがよいと思うのである。その、ある官庁のある局に、ある一人の官吏が勤めていた。といっても、人目をひくりっぱな官吏というわけにはゆかない。背は低く、幾らか痘痕面《あばたづら》で、髪の毛は少々赤茶けていて、目もいささかしょぼしょぼしている。額の上はやや禿げあがっていて、ほっぺたの両側には皺が刻みこまれており、そしてその顔色は、いわゆる痔持ちである……しかし如何《いかん》せん！　これはペテルブルグの気候のせいなのである。さて、その官等であるが（なにしろわが国では何はさておき、まず官等をはっきり言う必要がある）、彼の官等は、いわゆる万年九等官というやつだった。この万年九等官というのは、ご存じの通り、いろんな文士たちから、さんざんになぶりものにされ、からかわれてきた官等なのであるが、この文士連中というのがまた、噛みついて来ない相手とみればとことんやり込めずにはおかないという、まことに結構な習性の持ち主なのである。この官吏の姓は、バシマチキンであった。この姓は、読んで字の如く、昔あるとき、バシマキー（短靴）から出て来たものに違いあるまい。しかしいつ、いかなる時代に、またどんなふうにしてそれがバシマキーから出て来たのか、それはまったく見当がつかない。とにかく、父親も、祖父も、いや細君の兄弟さえも、バシマチキン一家の者は一人残らずサポギー（長靴）のほうを履いて歩きまわっていた。そして、底革の張替えは一年にせいぜい三度ぐらいだったのである。彼の名前はアカーキイ・アカーキエヴィチだった。あるいは読者には、この名前がいささか珍妙にひびくかも知れない。わざわざ捜し出して来てつけたように思われるかも知れない。しかし、これは決して捜し出して来てつけたりしたのではない。至って自然にそうなったのであり、ほかの名前をつけることはとても出来なかったのである。そのことを、ここではっきりと申し上げておきたいと思う。では何故こんな珍妙な名前がつけられることになったのかといえば、こんなわけからだった。アカーキイ・アカーキエヴィチが生まれたのは、夜明け前だった。もしわたしの記憶に誤りがなければ、その日は三月二十三日である。いまは亡き彼の母親というのは官吏の細君で、たいへんに気だてのやさしい人であった。当然のことだが、彼女は生まれた赤ん坊に洗礼を受けさせたいと思った。母親は、まだ戸口と向かい合わせのベッドに臥せっていた。その右手には教父が立っていた。イワン・イワーノヴィチ・エローシキンという、まことに申し分のない立派な人物で、かつては元老院の課長をしていたこともある人だった。また教母のほうは、区警察署長の夫人のアリーナ・セミョーノヴナ・ベロブリューシコワで、類稀《たぐいまれ》な有徳の女性であった。二人は産婦に向かって、次の三つの中からどれか自分の気に入ったものを選んだらどうだろう、と提案した。

すなわち、モーキイか、ソッシーか、それとも殉教者ホズダザートの名にあやかって、その名前を赤ん坊につけてやるか、というものである。「いやなことですよ」と、亡くなった母親は思った。「どれもこれも、何ていう名前なんでしょう」そのため二人は、彼女に得心のいくように、暦（訳註：ロシア正教の暦で、それぞれの日に指定された洗礼名が幾つかずつ記入されている）の別のところをめくってみた。すると今度は、トリフィーリイ、ドゥーラ、ヴァラハーシイという三つの名前が出て来たのである。「これこそ天罰にちがいありません！」といまは亡き母親は言った。「そろいもそろって何ていう名前なんでしょうね！ ほんとにわたしは、こんな名前、いままで一度だって聞いたこともない。ワラダートだとか、ヴァルーフだとかいうのならまだしものこと、トリフィーリイだの、ヴァラハーシイだなんてねえ」そこでまた、二人はページをめくった――パフシカーヒイというのと、ヴァフチーシイという名前が出て来た。「ああ、もうわたし、わかりましたわ」と、もう年配の母親は言った。「これがこの子の運命というものでしょう。それならもう、いっそのこと父親の名前を取ってつけてやったほうが、まだましというものです。父親の名前はアカーキイでした。だから息子にも、アカーキイという名をつけてやることにいたしましょう」こんな次第で、アカーキイ・アカーキエヴィチという名前が出来上がったのである。やがて赤ん坊は洗礼を授けられた。そのとき赤ん坊は、わあわあ泣き出して、大そうなしかめっ面を作った。まるで自分が将来九等官になる運命を、このときすでに予感したとでもいうような、そんなしかめっ面だった。万事はまあ、こんなふうに運ばれたのである。わたしがこんなことを述べたててきたのは、これがまったく必然的に起こってきたものであって、他の名前をつけることなどは、どうしても出来なかったのだということを、読者にわかっていただきたいためなのである。さて、彼がいつ、いかなるときにその官庁へ勤めることになったのか、また、いったい誰が彼を任命したのかについては、誰もそれを思い出せなかった。何人もの長官が入れ替った。課長連中もすべて変わった。しかし、どの長官もどの課長も、まったく同じ場所、まったく同じ地位で、相も変わらぬ文書係として働いている彼しか見たことがなかったのである。だから、やがて誰もが、彼という人間は、もうまったく通常制服を着て、頭の禿げあがった、いまのままの姿でこの世に生まれて来たものらしいと、いつか、そう思いこむようになってしまった。この官庁では、彼に対していかなる敬意も払われなかった。守衛たちでさえ、彼が前を通り過ぎても起立しようとはしなかった。それどころか、まるで受付のところを、つまらぬ蝿か何かが、すっと飛び過ぎていったとでもいうように、目もくれなかった。上役の連中も、彼に対しては、冷淡といおうか、暴君的にといおうか、そんなふうに振る舞った。ある課長補佐などは、彼の鼻先へいきなり、ぬっと書類を突きつけるだけだった。「これの写しを取ってくれたまえ」でもなければ、「こいつは面白いぜ、ちょっとしたものだよ」でもない。あるいは何か、きちんとした役所ならごく普通にやり取りされている、ちょっとしたお愛想の一つもなかったのである。また彼は彼で、ちらとその書類に目をやるだけで、それを取り上げた。いったい誰がそれを持って来たのか、そんなことをする権利がその男にあるのかどうかなどにはまるで無頓着だった。そして、取り上げたかと思うと、さっそくその浄書に取りかかっているのだった。若い官吏たちは若い官吏たちで、いかにも、官庁的機知の限りをつくして、彼を冷やかしたり、皮肉を言ったりしたあげく、彼の面前で、彼についてのいろんな作り話をし合った。彼の下宿の主婦《おかみ》で七十になる老婆のことを持ちだして、その老婆が彼をひっぱたくそうだと言ったり、お二人の結婚式はいつなんでしょう、とたずねてみたり、また雪だと言って紙切れを彼の頭にふりかけてみたりした。しかし、そういう仕打ちに対してアカーキイ・アカーキエヴィチは、ひと言も言葉を返そうとしなかった。まるで自分の前には、誰一人いないというふうに見えた。そんなことは、彼の仕事に、何の影響もあたえなかった。実際、彼はこれら一切の嫌がらせの真只中にありながら、一字の書き誤りさえしなかったのである。ただ、いたずらがあんまりしつこくなって、腕の下をつついたりなどして仕事の邪魔になるようになると、はじめて彼は口を開いた。「ぼくに構わないでください。どうして君たちはぼくを侮辱するんですか?」この彼の言葉と声の響きの中には何かしら一種異様な力がこもっていた。そこには、何か人間の悲哀とでもいったものを訴えるような、そんな響きがこもっていた。それで、最近役所へ入って来たばかりの一人の青年は、他人のやるのを真似て、彼をからかってみようとしかかったのだが、とつぜん、まるで突き刺されでもしたかのように、止めてしまった。そしてそれからというもの、その青年の目の前の世界は一変して、以前とはまるで違ったものに見えはじめたのである。一種の超自然的な力が、それまで如才ない社交人として交際していた同僚たちと彼とを分け隔ててしまった。また、それからあとも長い間、最も愉快な時間を過ごしている最中などに、背の低い、額の禿げ上がった役人の姿が、あの心にしみ込んで来るような言葉と共に浮かんで来るのだった。「ぼくに構わないでください。どうして君たちはぼくを侮辱するんですか？」――そして、その心にしみ込んで来るような言葉の奥に、もう一つ別の言葉がきこえてくるのだった。「ぼくだって、君の兄弟なんですよ」以来、このあわれな青年は何度も思わず顔を覆った。そしてその後の生涯において、人間の心の中には、いかに多くの非人間的なものがひそんでいるか、また、洗練された、教養のある上流社会の中には（おお！　世間から上品で尊敬すべき人物と見られているような人においてさえも）、どんなに多くのあらあらしい凶暴さがひそんでいるかを見せつけられて、幾度となく身ぶるいしたのである。自分の職務にこれほどまでにうちこんで生きている人間が、はたしてどこかにいるだろうか。彼は熱心に勤めていた、というのではまだ足りない。いや、彼は勤務に愛情を抱いていたのである。この浄書の仕事をしているときの彼の目には、自分だけの、さまざまに変化する一種快い世界が見えていた。彼の顔には楽しげな表情が浮かんでいた。幾つかの文字が彼にはたいへん気に入っていて、その文字にぶつかると、もうそわそわして心が落ちつかず、彼はにやりと笑ってみたり、目を細めてみたり、口をもぐもぐさせたりした。だから、そうやっている彼の顔を見ていると、彼のペンで書かれる文字の一つ一つが読みとれるようにさえ思われた。もし彼のこの熱心さに対して正当な褒賞があたえられるとすれば、彼自身はぜんぜん考えてもみなかっただろうが、確かに五等官くらいの地位は、得ることが出来ただろう。ところが彼のかち得たものといえば、同僚の口の悪い連中が言っていたように、襟には年功章、お尻には痔《じ》くらいなものだったのである。とはいうものの、彼に対して、まったく、いささかの注意も払われなかったとはいえない。実際、やさしい心をもったある一人の長官は、彼の多年の勤務の労に報いようとして、こんなありふれた浄書の仕事などより、何かもっと重要な仕事を与えてやるよう命じたのである。そこで彼はすでに出来上がった公文書を使って、他の官庁へ出す往復文書か何かを作成するように言いつけられた。それはただ、表題を書きかえ、ある箇所で一人称の動詞を三人称になおせば事たりるというだけの仕事だった。これが彼には大仕事だったのである。彼は汗だくになり、額を拭った。そして、とうとう音をあげてしまった。「いや、やっぱり、わたしには何か浄書する方をやらせてください」それ以来彼は、ずっとそのまま浄書の仕事を続けることになったのである。彼にとっては、この浄書という仕事の他には、何ひとつ存在しないようだった。彼は自分の衣服のことなど、まったく念頭になかった。彼の制服は——緑色ではなくて、なんだかこう赤茶けた粉をふりかけたような色をしていた。襟はまた、窮屈で低かったので、それほど長いというわけでもない彼の首が、襟もとから突き出すような格好になって、まるであのロシア国籍の異邦人たちが何十となく頭の上に載せて売り歩く石膏細工の首振り子猫のように、とくべつ長く感じられたのである。また彼の制服には、乾し草の切れっぱしだとか、何か糸屑みたいなものが、幾つもくっついていた。それはかりではない。彼は、通りを歩くときに、窓からいろんなごみがほうりだされるのを見はからって、ちょうどその下を通りかかるという特殊な技術を持っていたので、その帽子には西瓜《すいか》の皮だとか、真桑瓜《まくわうり》の皮だとか、まあそういった類の屑が、いつも載っかっていたのである。生まれてこのかた彼は、通りではいったい毎日どんなことがおこなわれているのか、また何が起こっているのかということには一度も注意を払ったことがなかった。ところが一方、ご存じの通り、彼の兄弟である青年官吏などは、絶えずそのことに注意をはらっている。そして素早い視線を鋭く投げて、向こう側の歩道で誰がズボンの下の留紐をほころばしているかということさえ見逃さない——そうして、その顔に、にやりとずるそうな笑いを浮かべるのである。

しかし、アカーキイ・アカーキエヴィチは、何を眺めても、眺めるすべてのものに、自分の手で達筆に書かれたきれいな書類の文字の列を見ていた。例えば、どこからかふいに馬の首がぬっと彼の肩先にあらわれ、一陣の鼻嵐を頬に吹きかけでもすれば、そのときはじめて、ああ自分は書類の行のなかに没頭していたのではなかったのだ、通りのど真中にいたのだと、彼は気がつくのである。家へ帰ると、彼はさっそく食卓についた。そして、大急ぎでキャベツのスープをすすり、ひと切れの肉に玉葱《たまねぎ》をそえて食べた。味などには頓着しなかった。蠅がたかっていようが、何であろうがかまわずに何もかも残らず平らげてしまうのである。胃袋がふくれてきたことに気づくと、彼は食卓を離れてインク壜を取りよせ、家に持ち帰った書類の浄書にとりかかった。そういう書類がない場合には、自分自身の楽しみのために、わざわざ自分でとっておくための写しを取った。なるほどそれは立派な書類ではあったが、しかし、文章が見事だからというわけではなかった。誰か新しい人物とか、地位の高い人物宛になっている点で特に立派だったのである。

ペテルブルグの灰色の空が、もうすっかり暗くなって来る時刻、すべて役所勤めの連中は、自分の俸給の額にしたがって、あるいはまた自分の嗜好に応じて、たらふく食ったり、身分相応のご馳走で夕食をすませ、みんなそれぞれ役所でのペンのきしみや、あわただしい雑務や、自分のためや他人のための用事から解放される。また、こまめな人間は必要以上に自分からすすんでいろんな仕事を背負《しょ》いこむが、そういう連中とてもその時刻になると、もういっさいの仕事から解放されてほっとひと息つく。またその時刻には、ある官吏たちは残された時間を楽しむのに忙しい。やや気のきいた連中は劇場へ出かける。ぶらぶら町通りへ出て行って女の帽子なんかを二つ三つひやかして歩くのもいる。夜会へ出かけて官吏仲間の小社会のスターである可愛らしい令嬢のお相手をして時間をつぶす者もいる。また、こいつがいちばん多いのだが——四階か、そうでなければ三階あたりの部屋に住んでいる役所仲間のところへ、ぶらりと出かけてゆく。そこはせいぜいこぢんまりした部屋が二つばかりに控え室か、それとも台所がついているほどの住居で、流行に遅れまいとして買い入れた二、三の品とか、食事や遊びの費用を切りつめるといった、高い犠牲のはらわれたランプだとか、その他の品物が置かれている部屋なのである。つまり、その時刻になると、役所勤めの連中は、みんなそれぞれに自分の同僚たちの小さな住居へ散らばって夢中でヴィスト遊び（訳註：四人でやるカルタ遊び）にふけり、駄菓子をかじりながらコップのお茶を飲み、長いパイプですぱすぱ煙を吸いこみ、カルタの札の配られる合間には、ロシアの人間がいつ、またいかなる場合にも決して避けることの出来ない、あの上流社会から伝わってくるあれやこれやの噂話にうち興じ、もし話の種がつきた場合には、ファルコネの記念碑（訳註：ファルコネ作のピョートル大帝の青銅像）の馬の尻尾《しっぽ》が切りとられた、といってご注進を受けるあの衛戍《えいじゅ》司令官についての、いつの時代になっても繰り返される落とし噺《ばなし》のおさらいをする――ひと口に言えば、その時刻になると、みんなそれぞれ思い思いの楽しみにふけろうと努めるのであるが、そういうときにもアカーキイ・アカーキエヴィチは、まるっきり楽しむということをしなかった。いまだかつて彼を何かの夜会で見かけたと言える者は一人もなかった。心ゆくまで浄書を済ませると、彼はベッドに就いた。そして、明日は神さまがどんな浄書の仕事を授けて下さるのかしらん？　と明日の日のことを思いめぐらしながら彼は微笑で顔をほころばせていた。四百ルーブリの年俸をもらい、あたえられた自分の運命に満足することを知った一人の男のおだやかな生活は、こんなふうにして過ぎていったのである。そしてその生活は、この人生の途上においてふりかかって来る、あのさまざまな災難というものさえなかったならば、たぶん、深い老後にいたるまで、ずっとそのまま過ぎて行ったことであろう。九等官だけとは限らない。三等官、四等官、七等官、いやどんな官等の官吏の上にも、そして、誰にも助言を与えず、誰からも助言を受けない人たちの上にもふりかかって来る、あの災難さえなければ、である。

ペテルブルグには、四百ルーブリあるいは、だいたいそのくらいの年俸を受けている官吏たちのすべてにとって少々手ごわい敵がいる。それは、他でもない、わが北方の極寒《マロース》というやつであるが、もっともこいつは健康にたいへんよいとも言われているようである。午前八時過ぎといえば、ちょうど役所通いの連中があちこちの町通りを埋《うず》める時刻である。その時刻になると、こいつがだれかれの容赦なく、鼻のあたりをはげしくちくちくと刺しはじめ、貧乏な官吏たちは鼻をどこへ隠したらいいかまったくわからない。身分の高い官吏連中でさえ、この極寒《マロース》には額のあたりが痛くなり、目から涙がぽろぽろこぼれ出すほどであるから、貧乏な九等官など、ときには身の防ぎようがなくなる始末である。これを防ぐ方法は、ただ一つ、薄っぺらなぼろ外套に身をくるみ、五つか六つかの町通りを、出来るだけ早足で駆けぬけること、それから守衛室へととびこんで存分に足踏みをし、やって来る途中ですっかり凍りついてしまった執務能力が、溶けて来るまでそれを続けることであった。アカーキイ・アカーキエヴィチも出勤の途中を、もう出来るだけ早足で駆けるように努めていた。しかし、あるときから彼は、背中や肩のあたりに何だかひりつくような痛みを覚えはじめた。やがて彼は、これは自分の着ている外套のせいではなかろうかと、ふと思いついた。そこで、家に帰ってよく調べてみた。そして、背中と両肩のあたりが二、三ヵ所、たしかに粗布か何かのように薄くなっているのを発見した。羅紗《ラシャ》はすり切れて透けて見えるようになっており、裏地はぼろぼろになっていた。ところで、アカーキイ・アカーキエヴィチの外套もまた、同僚たちの嘲笑の的であったことを知っておく必要があると思う。同僚たちは彼の外套からシネーリ（翼のある袖つき外套）というりっぱな名前を取りあげて、それをカポート（上っ張り）と呼んでいたのである。実際、それはまた、一種珍妙な仕立て方がしてあった。その襟は、毎年だんだん細くなっていったが、それはつまり、それが他のところへ当てる継ぎに使われていたからであった。しかも、その継ぎの当て方が仕立屋の力量を示していなかったので、まさしく袋みたいにだぶだぶして、みっともない格好になっていた。ははあ、なるほどこのせいだったのかとアカーキイ・アカーキエヴィチは、気がついた。そして、これは仕立屋のペトローヴィチのところへ持ってゆかねばなるまいと思った。裏階段をのぼった四階の部屋に住んでいる、めっかちで、顔じゅう痘痕《あばた》だらけの仕立屋で、官吏だとかその他いろんな連中のズボンや燕尾服の繕《つくろ》いを、かなり手ぎわよくやっていた。もっとも、それは彼が素面《しらふ》のとき、つまり、頭の中で何か余計な計画を立てていないときに限られていたことは言うまでもない。この仕立屋については、もちろん、余りくどくど述べたてるべきではないと思う。しかし、小説の中では、出てくる人物の性格はみな、あくまではっきりさせておかねばならぬことになっているので、ここでもこのペトローヴィチのことにちょっと触れておかねばならぬのは、まことにやむをえない次第である。この男は最初、ただグリゴーリイと呼びすてにされていて、ある旦那の農奴だった。彼がペトローヴィチと名乗るようになったのは、農奴放免証を得てからのことで、それからというもの、最初は、大祭日（訳註：クリスマスや復活祭など一般的な祭日）の度に、したたか飲むようになった。それがやがて、めちゃくちゃになり、暦に十字架がついているに過ぎないような、教会のちょっとした祭日にも飲んだくれるようになった。つまり、この点にかけては彼は先祖伝来の習慣を忠実に守ってきたわけであるが、しかし夫婦喧嘩になると、女房を俗物だとか、ドイツ女めとか言ってやっつけるのであった。女房のことが出たので、ここでひと言《こと》ふた言《こと》彼女のことにも触れておかねばなるまい。だが、残念なことには、彼女のことについては、あまり知られていない。わかっているのは、ペトローヴィチには女房があって、いつもプラトーク（スカーフ）でなく、チェペーツ（ボンネツト）をかぶっているということ、それから、器量の点ではあまりたいしたことはなく、少なくとも彼女に出会って、ひげの先をぴくりと動かして合図をしたり、何か変な声をだしたりして、チェペーツのかげからのぞきこむような真似をするのは、せいぜい近衛の兵隊たちくらいなものだということくらいである。

ペトローヴィチの住居《すまい》へ通じている階段を苦労してのぼって行きながら——いや、真実をつたえる必要があるが――、その階段というのは、水、つまり汚水でびしょびしょになっているし、皆さんもご承知のように、ペテルブルグの家いえのあらゆる裏階段といえば、目を突き刺すようなアルコールの臭いがすっかり染みこんでいるが――その階段を苦労してのぼって行きながら、早くもアカーキイ・アカーキエヴィチは、ペトローヴィチが、繕い賃をどのくらいふっかけてくるであろうかと、それを考えていた。そして、二ルーブリ以上は出さないぞと、肚を決めた。部屋の入口のドアはあけっぱなしになっていた。というのは女房が何か魚の料理をしていたのである。それで、ごきぶりどもの姿さえ見えないほどに台所じゅう、もうもうと煙をあげていたからだった。アカーキイ・アカーキエヴィチは、主婦にも気づかれないで、台所を通りぬけ、やがて、ペトローヴィチのいる部屋へ入って行った。見ると、彼は幅の広い木のテーブルの上に、まるでトルコの総督よろしくの体で、胡座《あぐら》をかいていた。両足は、仕事をするときの仕立屋の習慣どおり、素足のままだった。まず真先に目についたのは、アカーキイ・アカーキエヴィチにはたいへん馴染深い例の親指だった。それは亀の甲羅のように厚ぼったくて、堅そうな、一種出来そこないの爪をもっていた。ペトローヴィチの首には絹糸と木綿糸との桛《かせ》がかかっていて、その両膝には何か古着みたいなものが載せられていた。彼は針のめどへ糸を通そうとして、もう三分ばかりやっていた。しかし、うまく通らない。彼はそれを暗さのせいにして、いや糸のせいにさえして、ぶつぶつ言いながら、腹を立てていたところだった。「どうもうまく通りやがらねえな、畜生！　ばかにしやがって。こん畜生っ！」ペトローヴィチがあいにく腹を立てているときにやって来たことは、アカーキイ・アカーキエヴィチにとって、余り愉快なことではなかった。彼はペトローヴィチに何か仕事を頼む場合には、本人が一杯機嫌でいるときか、それとも彼の女房がよく言っているように「めっかちの悪魔が安ウオトカに攻められやがった」ときにすすんで頼むことにしていた。そういうときには、ペトローヴィチはたいてい、気前よく値段を引いてくれたり、こっちの言い分を通してくれたばかりか、その度にいちいちお辞儀をして、礼まで言ってくれたのである。なるほど、あとになって、女房が押しかけてきて、うちの人は酔っぱらっていたので、ついあんなに安い値段で引き受けちまって、などとこぼしたりしたが、そんなときには十カペイカ銀貨の一枚でも増やしてやれば、それで片がついたのである。ところがいまは、ペトローヴィチは、どうやら素面《しらふ》でいるらしかった。だから、向こう意気が荒く、頑固で、しかもどんな値段をふっかけてくるか、わかったものではなかった。アカーキイ・アカーキエヴィチはそれを察して、いわゆる出直して来ることにしようとした。しかし、時すでに遅く、ペトローヴィチは、じいっと彼に注いでいた片目を、細めたのである。それで、アカーキイ・アカーキエヴィチは、思わず口に出してしまった。

「やあ、こんにちは、ペトローヴィチ！」

「ご機嫌よろしゅう、旦那」とペトローヴィチは、言って、いったいどんな儲け口をもって来てくれたのか、それを見きわめてやろうというように、アカーキイ・アカーキエヴィチの手を、片目で斜めににらんだ。

「いや、やって来たのはね、ペトローヴィチ、ちょっとそのう！……」

ここで知っておかなければならないのは、アカーキイ・アカーキエヴィチは、たいていの場合、前置詞や副詞や、さてはこれという意味のないような品詞を使って説明するのが癖だったということである。すこし事が面倒になってくると、文句をすっかり終わりまで言いきってしまわない癖さえあった。「じっさい、まったくもって、そのう……」というような言葉で話しはじめて、そのあとを何も続けず、しかも自分では何もかも言ったつもりになり、あとはすっかり忘れてしまうことさえ、よくあったのである。

「何かご用ですかい？」と、ペトローヴィチは言った。と同時に、たった一つしかないその目で、彼の制服をすっかり、襟からはじめて袖口、背中、裾、ボタン穴にいたるまで眺めまわした。それらは彼にとってたいへんなじみ深いものだった。なにしろ、それはみんな彼が親しく手がけたものだった。また、そうやって眺めまわすのが、仕立屋仲間の習慣で、彼も人に会うとまず第一にそうするのである。

「いや、実はそのう、ペトローヴィチ……外套なんだがね、羅紗が……ほれ、わかるだろう、他のところはどこもまったく丈夫なんだがねえ……ちょっと埃がかかっているので古物のように見えるが、新しいんだよ。ただあるところが少々、そのう……背中のところと、それから肩のところが、ちょっとそのう、すり切れているだけなんだよ。いや、こっちの肩のところも、ちょっとばかり……わかるね、ただそれだけなんだがね。なあに、たいして手間は取らせやしないよ……」

ペトローヴィチはカポートを取りあげて、まずそれをテーブルの上にひろげた。そしてしばらくじっと眺めていた。それから首をふると、窓のほうへ片手を伸ばして、まるい形をした煙草《タバコ》ケースを取ろうとした。その煙草ケースには、ある将軍の肖像がついていたが――それが誰を描いたものであるかは、とんと見当がつかなかった。というのは、顔に当たるところは指で穴をあけられていて、そのあとに四角な小さな紙切れがはられていたからである。ペトローヴィチは嗅《か》ぎ煙草を一服やると、カポートを両手でひろげ、それを明るいほうへむけて調べたあと、また首をふった。それからこんどはそれを裏返してみて、もう一度首をふった。彼は紙のはられた、将軍の絵のついた蓋をふたたびあけた。そして煙草をひとつまみ鼻のところへ持ってゆき、それから蓋をしめて、煙草ケースをしまい、やがてこう言ったのである。

「いや、こいつはもう繕いはききませんぜ、何ともひどいお召物ですなあ！」

アカーキイ・アカーキエヴィチは、この言葉を聞いて心臓がどきりとした。

「どうしてだめなんだね、ペトローヴィチ？」と彼は、まるで子供がものをねだるときのような声で言った。「だって肩のところがちょっとすり切れているだけじゃないか、きみのところには何か端切《はぎ》れみたいなものがあるだろう……」

「端切れは見つかりましょうさ、いや、端切れはそりゃ見つかりますがね」と、ペトローヴィチは言った。「しかし、これじゃあ、とても縫いつけられませんな。なにしろすっかりひどくなっているからね。針がさわってごらんなさい——すぐ切れっちまいまさあ」

「切れたら切れたで、すぐまたお前さんが、継ぎを当ててくれればそれでいいさ」

「継ぎの当てようがありませんやね、また当てようにも当てる場所がない、なにしろ地がひどくまいっちまってるからね。羅紗といったって、こりゃあ名ばかりでさ。ちょっと風でも吹きゃあ、ばらばらに吹っとんじまいまさあ」

「そう言わずに、まあ、やってみてくれんかね。何だって、こんなに、まったく、そのう！……」

「駄目ですねえ」と、ペトローヴィチは、きっぱりと言った。「どうにも手のつけようがありませんな。すっかり、いたんでまさあ。そろそろ冬の寒い季節がやって来ますがね、いかがなもんでしょう、こいつで一つ、脚絆《ゲートル》でもお作りになっちゃあ。靴下だけじゃあ暖まりませんからね。この脚絆《ゲートル》ってやつあ、ドイツ人めが、すこしでもよけい金を儲けようと思って考えだしたもんですがね（ペトローヴィチは、機会あるごとに、好んでドイツ人の悪口を言うのであった）、ところで、外套のほうですがね、一つ新調なさったらいかがですかね」

「新調」という言葉を聞くと、アカーキイ・アカーキエヴィチは、もう目の前がぼうっとなって、部屋の中にあるものが何もかもすっかり、こんがらかってしまった。彼の目にはっきり見えていたものはただ一つ、ペトローヴィチの煙草ケースの蓋に描かれた、紙をはった将軍の顔だけだった。

「どうして新調なんて？」と、彼はまるで夢うつつで言った。「そんな金なんぞありゃしないよ」

「そうですよ、新調のやつを一つね」と、残酷なくらい落ちつき払った声で、ペトローヴィチは言った。

「で、新調のやつをつくらにゃならんとすると、いったいそりゃあ、そのう……？」

「つまり幾らかかるかって、言われるんですかね？」

「そ、そう」

「そうですな、どうしても百五十ルーブリとちょっとばかしかかりましょうねえ」ペトローヴィチは、そう言って、意味ありげに口をぎゅっと結んだ。彼は強い効果を与えることが、たいへん好きなのである。まず何かで相手の度肝をぬく。そうしておいて、相手が自分の言葉を聞いたあと、いったいどんな顔をするか、じっと横目を使って見ているのが好きだった。

「外套一着に百五十ルーブリだってえ！」と、あわれにもアカーキイ・アカーキエヴィチは、叫ぶような声で言った。――彼がこんな大きな声を出したのは、あるいはこれが生まれてはじめてだったかも知れない。なにしろ彼は、どんな時でも低い声でしか話さなかったのである。

「はい、左様で」とペトローヴィチは言った。「いや、まだまだいろんな外套がありますよ。襟には、貂《てん》の皮をつけたり、垂れ頭巾《ずきん》に絹の裏地をつけたりすると、どうしても二百ルーブリはかかりましょうねえ」

「ペトローヴィチ、ねえ君」とアカーキイ・アカーキエヴィチは、ペトローヴィチの言った言葉や彼の狙った効果を受けつけずに、いや、懸命に受けつけまいとして、訴えるような声で言った。「何とかして繕ってみてもらえないものかねえ、いや、このままで何とかもう少々保《も》たせるように出来ないものかねえ」

「いや、駄目ですねえ。そんなことしたら仕事が半端になりますし、それにお金《あし》だって無駄に捨てるようなもんでさあ」と、ペトローヴィチは言った。その言葉を聞くと、アカーキイ・アカーキエヴィチは、もうすっかりうちしおれて、出て行ってしまった。

一方、ペトローヴィチは彼が立ち去ったあと、意味ありげに口をむすび、仕事にも手をつけないで、しばらく突っ立ったままだった。自分の面目を失わなかったこと、仕立職の腕前を裏切るような真似をせずにすんだことに、ひそかな満足を覚えていたのである。

アカーキイ・アカーキエヴィチは、通りへ出てからも、まるで夢うつつであった。「いったい何てことだろう」と彼は独り言を言った。「こんなことになろうとは、夢にも思わなかったなあ……」それから、しばらく黙っていたあとで、つけ加えた。「まったく何てことだろう！　いや、これは困ったことになったわい！　こんなことになろうとは、まったく、思いもかけなかったなあ」それから、また、長いこと黙っていたが、やがてこう言った。「何てことだろう！　こんなことになろうとは……何てことに、なったものだろう！」こうつぶやくと、彼は、家へ帰ろうとして、自分ではそれと気づかずに、家とはまる反対の方角へ向かって歩きはじめた。途中、一人の煙突掃除夫が、その汚らしい脇をぶっつけて、彼の肩のところをすっかり真黒にしてしまった。また普請ちゅうの家の屋根からは帽子一杯ほどの石灰の粉が彼の上にふりかかってきた。彼はいっこうそんなことは気にとめなかった。やがて彼は、一人の警官が戟《ほこ》（訳註・長柄の先に小斧をつけた一種の警棒）にもたれかかって、角《つの》型の煙草入れから、まめだらけの拳《こぶし》へ煙草を移しているのにぶつかった。そしてそのとき、はじめていくらか正気をとりもどしたのであるが、それもその警官が「おい、おい、君、なんだって人の鼻先へぶつかるんだい！　君には歩く道がないのかね？」と言ったからだった。この言葉で、彼はあたりを見まわし、家の方へ向きを変えた。そこではじめて彼は考えをまとめはじめ、自分の置かれている状態を、はっきりと、ありのままに気づいた。そして、もはやとぎれとぎれではなしに、ちゃんと筋道をたて、心の奥底にある大切な問題について相談にのってもらえる思慮深い友人と話すように、心おきなく自問自答をはじめたのである。「いや、駄目だ」と、アカーキイ・アカーキエヴィチは言った。「いま、ペトローヴィチと話し合っても駄目だぞ。奴《やっこ》さんはいまそのう……山の神から、ひっぱたかれるかどうかしたんだろう、たぶん。だから、奴《やっこ》さんのところへ出かけるのは日曜日の朝にしたほうがよさそうだな。そうすると、前日の土曜日のあくる日だから、奴《やっこ》さん寝すごして目をとろんとさせているだろう。迎え酒でもやらなければ収まらなくなっていることだろう。ところが山の神は金をくれない、と来る。ちょうどそこへ十カペイカ玉の一つも、握らせてやる。そうすれば奴《やっこ》さんはもう、話にのってくれて、なあに外套だって、そのう……」アカーキイ・アカーキエヴィチは自分でそう一人決めにして、自分を元気づけた。そして次の日曜日を待ちうけ、ペトローヴィチの女房が、どこかへ出かけるのを遠くのほうから見届けると、さっそく仕立屋の家へ出かけて行った。ペトローヴィチは、案の定、土曜日のあくる日ということで、目をひどくとろんとさせ、うなだれて、すっかり寝《ね》惚《ぼ》け面をしていた。ところが、にもかかわらず、用件が何であるかを知ると、まるで、悪魔にでもつつかれたように、しゃんとしてしまったのである。「そいつあ駄目でさあ」と、彼は言った。「新調のやつを一つこしらえさして下さいよ」アカーキイ・アカーキエヴィチは、そこで、彼の手に十カペイカ玉を一つ握らせた。「ありがとうごぜえます、旦那。旦那のご健康をお祈り申しますよ」と、ペトローヴィチは言った。「それから外套のことは、もうどうぞご心配なく。一つ新調のやつを立派に仕立ててさし上げることに致しやしょう。いかがです、この辺で手打にしちゃあ」

アカーキイ・アカーキエヴィチは、そこでもう一度、繕いのことを言いかけた。しかしペトローヴィチは耳をかさずに言った。「いや、まちがいなく新調のやつを仕立ててさし上げやすとも、お任せなすって。仕事にはせいぜい念を入れやすからね。何なら流行仕立てにしてもよござんすよ。襟はアップリケの下に銀のホックをつけて止めることにしやしょう」

アカーキイ・アカーキエヴィチは、もうこうなった以上、外套を新調せずにはすまされないことがわかって、すっかりしょげこんでしまった。実際、それをこしらえるだけの金を、どうやって作ればいいのだろう？　もちろん、もらうことになっている年末の賞与も幾らか当てに出来るかも知れない。しかし、それらの金は、ずっと前から使い道を割りあてて予定していた。ズボンも新調しなければならぬし、古い長靴《サポーギー》の胴皮へ新しく革を張らせた昔の借金も靴屋へ払わなければならぬ。またシャツ三枚と、それにこのような印刷物の中では、はっきりと言うのもはばかられるような下着類も二枚ばかり仕立女に仕立てを頼まねばならぬ。つまり、もらう金は、残らず使い道が決まっていたのである。また仮に、長官が心をかけてくれて、賞与を四十ルーブリでなくて四十五ルーブリか、五十ルーブリくれたとしても、その残りは、外套一着つくる資金としては大海中の水一滴にも等しい、まったくもって取るに足らぬ額であろう。もちろん、彼はペトローヴィチが、とつぜん、まるで途方もない掛値をふっかける気まぐれをもっていて、彼の女房でさえも、ときには我慢できなくなって、「何だね、お前さん、気でも狂ったのかい、ほんとに馬鹿らしいったらありゃしない！　どうかすると、手間賃にも当たらぬような値段で引き受けるかと思うと、こんどはまた、相場はずれの値段をふっかけるんだからねえ」と、わめきたてることは、知っていた。また、結局はペトローヴィチが、八十ルーブリぐらいで仕立ててくれるだろうということも、もちろん知ってはいたのである。しかし、それにしても、いったいどこからその八十ルーブリという金を手に入れたらいいのだろう？　これが、せめて半分ぐらいなら、まだ何とか見つかるかも知れない。半分か、あるいは、それより少々多いという額ならば、である。だが、残りの半分をどこで手に入れたものだろうか？……しかしその前に、まず読者は最初の半分がどこで得られたかを、知っておかねばならない。アカーキイ・アカーキエヴィチは、一ルーブリ使うたびに、二カペイカずつ小箱に入れることにしていたのである。鍵のかかる小箱で、蓋に金を投げ込むための小さな穴があけてあった。彼は、半年ごとに、たまった銅貨の金額を調べてみて、それをこまかい銀貨と取り替えておくようにしていた。ずっと前からこれを続けていたので、こんなふうにして数年たってみると、たくわえた額は四十ルーブリ以上になっていることがわかった。そんなわけで、半金はすでに彼の手中にあったのである。しかし、残りの半分をどこで手に入れたらいいのか？　残りの四十ルーブリはどこで手に入れるべきであるのか？　アカーキイ・アカーキエヴィチは、考えに考えた。そして、少なくとも向こう一年間は、その日その日の費用を節約すること、という結論に達した。すなわち、毎晩お茶を飲むことをやめる。毎晩明かりをともさないようにする。もし、しなければならない仕事があるときには、宿の主婦《おかみ》の部屋へ行って、彼女の明かりを借りてする。また、通りを歩くときには、出来るだけそっと足を踏みおろすようにする。石ころ道や敷石道な歩くときには、用心深く、ほとんど爪立って歩くようにして、靴の底革が早くすり減ることのないようにする。それから、下着は洗濯女へなるべくださないようにする。また着汚さないように、家へ帰ったら、さっそく下着を脱ぐ。そして、時そのものからさえ憐れみをかけられるほど、すっかり古びてしまった、たった一着しかないデミコトン（訳註：十九世紀に用いられた厚織綿布）の寛衣《ハラート》に着替えることにしたのである。ところで、真実を言わなければならないが、最初のうち彼は、こういう節約に慣れるのが、いささか苦しかった。しかし、しばらくたつと、何となく慣れて、調子よくゆくようになった。毎晩腹をすかしていることにさえも、すっかり慣れることが出来るようになった。しかし、その代わりに彼は、自分の頭の中に、やがて出来上がって来る外套の永遠なる理想像を思い浮かべながら、精神の満腹感を味わっていたのである。その時以来、彼の生活そのものが、何となく豊かなものになった。彼はまるで、結婚でもしたようだった。まるで誰かと一緒に暮らしてでもいるようだった。また彼は、もはや独り者ではなくて、誰か気持の合った伴侶が、彼と一緒に人生の旅を続けることに同意してくれたかのようでさえあった。――そしてその伴侶こそは、他ならぬ、あの厚い綿の入った、すり切れたりすることのない、丈夫な裏地のついた外套であった。彼は何となく生き生きして来た。そして、性格までが、すでにはっきりと自分の目的を持った人間のように、強くなった。彼の顔つきからも、その動作からも、疑惑や不決断といったようなもの、つまり――ぐらついたり、はきはきしなかったりするような、いっさいの特徴は、おのずから消え失せてしまった。時として彼の目は、火のように輝いた。そして頭の中には、ほんとうに外套の襟に貂の皮をつけてやろうか？　といった、大胆かつ勇敢な考えが、ふっと浮かんで来ることさえあったのである。それを考えはじめると、もう彼は、ほとんど放心状態だった。あるときなど、書類の浄書をしていて、すんでのことで書き誤りをしそうになり、ほとんど人に聞こえるほどの声で「おっ！」と言って、十字を切ったことさえあったのである。その後も彼は月に一度ではあったが、ひきつづいて毎月、ペトローヴィチのところへ出かけて行った。外套について、つまり、羅紗を買うのはどこの店にしたらよいかとか、どんな色の生地で、値段は幾らくらいのにしたらよいかとかを相談するためである。そして多少の不安を抱きながら、やがてそれらの品をすっかり買いそろえて、外套が出来上がってくる日の間近いことを思いめぐらしながら、いつも満ちたりた気持で家へ帰って来るのだった。その日は彼が思っていたよりも早くやって来た。思いがけなく、長官は、四十ルーブリとか四十五ルーブリとかではなくて、まるまる六十ルーブリの金を賞与としてアカーキイ・アカーキエヴィチによこしたのである。長官が、アカーキイ・アカーキエヴィチに外套が必要であることを予感したのか、それとも、自然にそういうふうになったのか、それはとにかくとして、これで彼には二十ルーブリほど余分な金が出来た。こういう事情で事は早く進むことになった。さらに二、三ヵ月ばかりの間は、まだ多少すきっ腹であったが、――アカーキイ・アカーキエヴィチは、まさに八十ルーブリばかりたくわえることが出来た。概して、きわめておだやかであった彼の心臓も、どきどきと脈打ちはじめた。金が出来たその日に、彼はペトローヴィチと一緒に店へ出かけて行った。彼らはたいへんりっぱな羅紗を買い求めたが、――それもべつに不思議ではなかった。なにしろそれについては半年も前から二人で考え、値踏みをしに店へ出かけなかった月はほとんどなかったくらいだったのである。その代わり、ペトローヴィチも、これ以上の羅紗はありませんよと言って折紙をつけた。裏地にはキャラコを選んだ。なにしろ質がよくて丈夫なやつで、ペトローヴィチの言うところによると、絹よりも上質で、見かけも立派で、ぴかぴかしているという品物である。貂の皮は買わなかった。理由は、まさに、値段が高過ぎたからである。その代わり、店にあった猫の皮でいちばん上質のやつを選んだ。猫の皮といえば、遠目にはいつも貂と見まちがえられるものだからである。ペトローヴィチは外套を仕立てあげるのに、たっぷり二週間かかった。それは綿をたくさん詰めたからで、そうでなければもっと早く出来たはずである。ペトローヴィチは仕立賃に十二ルーブリ取った――それ以下にまけさせることはどうしても出来なかった。しかし、全体がきっちりと絹糸でこまかく二重に縫われていた。その上、ペトローヴィチは、いろんな歯型をこしらえながら、あらゆる縫い目を自分の歯で嚙み固めていたのである。それは何月何日であったのか、はっきり言うのはむずかしいが、ペトローヴィチがとうとう出来あがった外套を持ってきてくれた日は、おそらくアカーキイ・アカーキエヴィチの生涯において最も華やかな日であった。彼は外套を朝のうちに、届けてくれた。これから役所へ出勤しなければという、ちょうどその時刻だった。これくらい具合のいい時機は、他になかったと言ってもよいだろう。かなりはげしい極寒《マローース》が、すでにはじまりかけていた。そして、更にいっそう強まりそうな気配だったのである。ペトローヴィチは、一人前の仕立屋よろしく、外套を届けて来た。彼の顔には、アカーキイ・アカーキエヴィチが一度も見たこともなかったような、もったいぶった表情が浮かんでいた。自分が大仕事をなしとげたということ、また、いつも裏地をつけたり、繕いものばかりしているような仕立屋と、新しいものを縫う仕立屋とをはっきりと区別する何か深い隔たりといったものが自分自身の中にとつぜん現われたのを、しみじみと感じているように見えた。彼は運搬用に使ったプラトーク（訳註：本来はショールまたはネッカチーフ）の包みから外套を取り出した。そのプラトークは洗濯女のところから届けられたばかりだった。彼はすぐそれをたたんで、ポケットのなかへ押しこんだ。もちろん、またあとで使用するためである。外套を取り出すと、彼はいかにも自慢げにうち眺めた。そして両手で持ち上げると、器用にアカーキイ・アカーキエヴィチの肩へひっかけたのである。彼は外套をちょっと引っぱり、うしろへまわって片手で引きさげてから、ボタンをかけずに着せかけた。アカーキイ・アカーキエヴィチは、年輩の男らしくちゃんと袖に手を通してみようとした。ペトローヴィチはこれも手伝ってくれたが、袖の具合も上出来だった。つまり、外套はまったく申し分なく、ぴったり体に合ったのである。すかさずペトローヴィチは、こうつけ加えるのを忘れなかった。自分は看板も出さずに小さな通りに住まっており、また以前からアカーキイ・アカーキエヴィチを知っているからこんなに安く引き受けたのであって、もしネーフスキイ大通りの洋服店だったら、仕立賃だけでも七十五ルーブリはふんだくったにちがいないと言うのである。アカーキイ・アカーキエヴィチは、この問題についてペトローヴィチとかれこれ議論をしたくなかった。左様、彼は、ペトローヴィチが好んでふっかけてくる途方もない値段を恐れていたのである。彼は払いをすませ、礼を言うと、さっそく新調の外套を着こんで役所へと出かけて行った。ペトローヴィチも続いて表通りへ出て来たが、彼はそのまま通りに突っ立って、しばらくのあいだ遠くから外套を眺め続けていた。それから彼は、わざわざ脇道に姿を現わした。曲がった路地をまわって、ふたたび通りへ走り出て、もう一度自分の仕立てた外套を別な方角、つまり正面から眺めるためであった。一方、アカーキイ・アカーキエヴィチは、身も心もうきうきと、もうまったくお祭り気分で歩いて行った。彼は自分の肩には新調の外套が載っかっているのを一分一秒ごとに感じていた。そして、内心の満足感から幾度もにやりと顔をほころばせさえした。実際、よいことが二つあった。一つは温かいこと、もう一つは着心地のよいことだった。彼はほとんど途中のことなど気づかなかった。そして、気がついてみると、いつの間にかもう役所へ来ていたのである。彼は受付の部屋で外套を脱ぐと、それをひとわたり眺めまわし、とくに注意してくれるようにと言って、受付の者にあずけた。アカーキイ・アカーキエヴィチが外套を新調した、そしてもはやあのカポートは見られなくなったということが、いったいどんなふうにしてたちまち役所じゅうに知れわたったのか、それはよくわからない。とにかく誰も彼もが、ただちに受付の部屋へ駆けつけて行って、アカーキイ・アカーキエヴィチの新調した外套を眺めたのだった。それから、お祝いの言葉を述べたり、挨拶をしたりしはじめた。最初のうち彼はただにこにこ笑っていた。しかし、そのうち気まりが悪くさえなって来た。そして、みんながそばへ寄って来て、外套の新調を祝って祝杯をあげる必要がある、いや、少なくとも彼は、彼ら一同に一夕、夜会を催してくれなくてはなるまい、などと言いだした時には、アカーキイ・アカーキエヴィチは、もうまったく途方に暮れてしまって、どうしたらいいのか、なんと返事をしたらいいのか、またどう言って言いのがれをすればいいのかわからなくなった。ようやく、何分間かたってから、彼は、顔を真赤にして、まことに素朴な調子で、これは決して新調の外套などといえるものではありません、古外套同然なんです、と説得にかかろうとした。そうこうしているうちに、結局、官吏の中の一人で、課長補佐をしている人物が、たぶん彼は、自分は決して傲慢な人間ではなく、目下の者たちとでもつきあうというところを見せたかったのだろうと思うが、「まあ、そういうわけなら、ぼくがアカーキイ・アカーキエヴィチ君にかわって夜会をもよおすことにしよう。今晩みなさんでぼくの家へお茶を飲みにやって来てくれたまえ。それに折よく、きょうはぼくの名の日の祝い(訳註：『鼻』の二七七ページ参照)でもあるんだから」と、言い出したのである。官吏たちは、当然のことながら、そこで課長補佐にお祝いの言葉を述べ、喜んで彼の申し出を受けることにした。アカーキイ・アカーキエヴィチは辞退しようとした。しかし、みんなは、それは非礼なことだ、そんなことをするのはまったく恥ずかしいことだ、恥さらしだなどと言いはじめた。それで、もうどうしても断わりきれなくなってしまった。もっとも、彼にしたところで、この際、新しい外套を着こんで夜の外出などする機会を持てるのだと思うと、だんだん愉快な気持になった。その日一日じゅうが、アカーキイ・アカーキエヴィチには、まるで大祝祭日のようなものだった。彼はもうまったくうきうきした幸福な気分になって家へ帰ると、外套をぬぎ、用心しいしい壁に掛けた。そして、もう一度羅紗と裏地をつくづく眺めてから、今度は、まったくぼろぼろになった以前のカポートを、わざわざ引っぱり出して来た。較べてみるためである。彼はちらりとそれを眺めただけで、もうわれながら吹き出してしまった、何ともひどい違いであった！　そのあともずっと彼は、カポートがこんなありさまになっていたのかと、ふっと頭に浮かべては、食事の間じゅうニヤニヤし通しだった。彼は愉快な気分で食事をすませ、食事後も決してペンを取ろうとはしなかった。書類を取り上げてみようともしなかった。彼は、ただ、暗くなるまでの間しばらく、ベッドの上でごろごろして過ごした。遅れないように着替えをすませ、外套を着用して、通りへ出て行った。例の官吏の住居《すまい》が、いったいどこにあったかということは、遺憾ながら、はっきり申し上げることが出来ない。物覚えがひどく悪くなって来たのと、ペテルブルグにあるものは何もかも、つまり、すべての通りや家並が、頭の中でごちゃごちゃになってしまっているので、そこからすっきりした形で何かを取りだすことがたいへんむずかしいのである。しかし、それはとにかく、少なくとも、その官吏が市中でもりっぱな場所に住んでいたことは確かだった。つまりそれは、アカーキイ・アカーキエヴィチなどの住んでいたところからは、たいへん離れたところだったのである。最初のうちアカーキイ・アカーキエヴィチは、かすかな明かりのともっている、なんだかこう、ものさびしい街筋をいくつか通りすぎて行かねばならなかった。しかし官吏の家へ近づくにつれて、通りはだんだんと活気づいて来た。人家も多くなり、照明も明るくなって来た。歩いている人々の姿もしだいに多く目にちらつくようになり、美しく着飾った婦人たちや、海狸《ビーバー》の襟をつけた男たちにも出会うようになった。また、鍍金《めっき》の小釘を打ちつけた、組格子の木橇《ぞり》なんぞを引っぱっているような辻待ちの橇屋たちに出会うことはだんだん少なくなり、反対に、赤いビロードの帽子をかぶった、粋な連中ばかりに出会った。彼らは、熊の皮の膝掛けのついた。エナメル塗りの橇を引いているのである。また、御者台を飾りたてた箱馬車《カレータ》なども、車輪で雪をきしらせながら、通りを飛ぶように走り過ぎて行った。アカーキイ・アカーキエヴィチは、まるで珍しい見世物でも見るような気持で、これらすべてのものを眺めた。彼は、もう何年も、夜になって街の通りへ出かけたことなぞなかったのである。彼はふと好奇心にかられて、照明されたショーウインドーの前に立ち止まった。一枚の絵を見るためだった。その絵には一人の美しい女性が描かれていて、彼女は片方の足の編上げ靴《バシマーク》を脱ぎ、たいへんきれいなその素足をすっかり見せていた。そして、彼女の背後には、別の部屋のドアのかげから、頬ひげを生やし、下唇の下にみごとなスペイン風の三角ひげをつけた男が首をのぞかせているのだった。アカーキイ・アカーキエヴィチは、首をふって、にやりと笑い、それからまた歩きはじめた。いったい彼は、何故に、にやりと笑ったのだろうか？　彼にはまったくなじみの薄い世界ではあったが、しかし、とにかく人間なら誰でも持ち合わせているある種の感覚、そいつに出会ったためだろうか。あるいはまた、多くの同僚たちと同じように、次のようなことを、ふと考えたためだろうか。「いや、このフランス人という奴らときたら！　いったん何かやろうと思いついたら、たしかに、そのう、まちがいなく……」いや、おそらく、そんなことなど考えなかったのだろう。なにしろ、人間の心の中へ入りこんで、その人間が考えていることの一切合財を見ぬくなんてことは、とても出来ない相談だからである。やがて彼は、課長補佐の住居《すまい》にたどりついた。課長補佐はたいへん贅沢な暮らしをしていた。階段は明かりに照らし出されていた。彼の住居《すまい》は二階だった。アカーキイ・アカーキエヴィチが控えの部屋へ入って行くと、床の上はオーバーシューズの列でいっぱいだった。そのオーバーシューズの列のなかほど、つまり部屋の中央にはサモワールが置いてあり、しゅっしゅっと音をたてて、湯気を吹き上げていた。壁にはあらゆる種類の外套やマントがかかっていた。ビーバーの襟のついたのや、ビロードの折返しのついたのも交っていた。壁の向こう側からは、ざわめきや話し声が聞こえていたが、とつぜん、それがはっきりと、声高に聞こえて来た。ドアがあいて、一人の召使いが、からになったコップだの、クリーム入れだの、ラスクを入れた籠などを載せた盆を持って現われたのである。官吏たちは、もうだいぶ前から集まっていて、ちょうど最初のお茶を一杯飲み終わったところだったらしい。アカーキイ・アカーキエヴィチは、自分で外套を掛けると、部屋の中へ入って行った。すると彼の目の前で、蠟燭《ろうそく》の光だとか、官吏たちだとか、パイプだとか、カルタのテーブルだとかが一時にぱっと閃いた。また、四方八方から湧き起こってくる、流れるような話し声や、椅子をがたがた動かす音が雑然と彼の耳を打った。彼は部屋のなかほどにひどくぎごちなく立ちどまったまま、さてどうしたものかと考えあぐんでいる様子であった。しかし、みんなはすでに彼に気がついて、歓声をあげながら迎えてくれた。そして、さっそくどやどやっと控え室へ入り込むと、またもや彼の外套の品定めをし合ったのである。アカーキイ・アカーキエヴィチは、幾らかどぎまぎしたが、もともと純真素朴な人間であった。みんなが外套をほめてくれるのを見て、嬉しく思わずにはいられなかったのである。もちろん、やがてみんなは、彼も外套もそこへ置き去りにしたまま、例によってヴィスト遊びのテーブルのまわりに戻って行った。すべてのものが、つまり、ざわめき、話し声、それから、人の群れ――これらのすべてがアカーキイ・アカーキエヴィチにとっては、何かしら不思議なものであった。彼には、いったい自分がどうしていればよいのか、手足の置き場、いや自分の身の置き所さえ、まったくわからなかった。彼は結局、カルタをやっている連中のそばに腰をかけた。そして、カルタを眺めたり、あっちやらこっちやらの顔を見たりしていたが、しばらくすると、欠伸《あくび》が出はじめ、退屈になって来た。事実、時間はすでにだいぶ遅く、いつもなら彼はもうとうにベッドへ入っている時刻になっていたのである。彼は主人に暇乞《いとまご》いをしたいと思った。しかし、みんなは彼をひき止めた。外套の新調祝いにどうしてもシャンパンの杯をあげなければならない、というのだった。一時間ほどすると、夜食が出た。ご馳走は野菜サラダ、冷やした犢《こうし》の肉、パイ、菓子店から取り寄せたピロシキ、それにシャンパンであった。アカーキイ・アカーキエヴィチはむりに二杯飲まされた。飲んだあとは、部屋の中がいっそう陽気になったように感じられた。しかし彼はどうしても忘れることが出来なかった。しかしもう十二時で、とっくに家へ帰らねばならぬ時刻であることを、彼はどうしても忘れることが出来なかった。主人になんだかんだ言い出されて引き止められないように、彼はそっと部屋からぬけだし、控え室へ行って外套を捜した。外套は、床にずり落ちていた。それは何とも痛ましかった。彼は外套をふるって、小さな埃まですっかりはらい落とした。そして肩にかけ、階段をおりて表通りへ出て行った。通りはまだ明るかった。奉公人たちや、そういった類の連中のいつもの集会所になっている二、三の小さな売店はまだあいていたし、また、店の戸はしめていても、ドアの隙間からは長い光の筋がもれていて、そこでもまだ集まりが終わっていないことがわかった。おそらく、お屋敷の召使いの女たちや下男たちが、主人たちにいったいどこへ行ったのだろうと気をもませながら、やっとあれこれの噂話を終わろうとするところだったのである。アカーキイ・アカーキエヴィチは上機嫌になって歩いていた。とつぜん彼は、まったく理由はわからないが、一人の婦人のあとを追って駆け出そうとしたほどだった。その婦人は、彼の脇をまるで稲妻のようにさっと通り過ぎて行ったが、その身のこなしのひとつひとつが何かただならぬ動きを見せていたのである。しかし彼は、すぐに立ち止まった。そして、またもとのように、たいへん静かな足どりで歩きだした。いったいどうして、いきなり駆けだそうとしたりしたのか、自分でも驚いていたのだった。まもなく彼の前には、ものさびしい通りが現われた。昼間でさえも決して楽しいとはいえない道で、ましてや夜はなおさらだった。いまやその通りは、いよいよ人気なく、いよいよものさびしくなり、街燈のまたたきも、だんだんに薄れて来た——油が、もう切れかかっているらしかった。木造の家並や、垣根などが続いて過ぎて行った。どこにも人影ひとつ見えなかった。通りには、ただ雪の光がきらきらして、鎧戸をぴったりしめて寝しずまった、軒の低いあばら家がもの悲しそうに黒い影を落としているだけだった。やがて彼は、どこまでも果てしなく続いているような広場にさしかかった。通りはそこで切れて、向こう側に何軒かの家がぼうっと見えるだけの、何となく恐ろしい荒野のような広場であった。

どこだか見当もつかぬ遠くの方に、何やら交番らしいものの灯がちらちらしていたが、それはこの世の果てにあるもののような気がした。アカーキイ・アカーキエヴィチのうきうきした気分は、どうやらこのあたりで、ひどく薄れて来た。彼は広場へ足を踏み入れると同時に、思わず知らずなんともいえない恐怖をいだかずにはいられなかった。彼の心臓が何か不吉なものを予感したかのようであった。彼はうしろを振り返った。そして、あたりを見まわした。まるで海の真只中にいるようだった。「いや、振り返ってみたりなぞしないほうがいいのだ」彼はそう考えて、目をつむったまま歩き続けた。それから彼は、広場の端まで、あとどのくらいあるだろうかと、目を開いてみた。すると、そのとき、とつぜん彼の目の前に、ほとんど鼻先に、何だかこう、髭を生やした人間らしいものの影が二つ、突っ立っているのが見えたのである。しかし、彼はその正体をはっきり突きとめてみることさえ出来なかった。目はくらんでしまい、胸はどきどき打ちはじめた。「おい、その外套はこっちのもんだぞ！」と、一人が雷のような声で言って、さっと彼の襟髪をつかんだ。アカーキイ・アカーキエヴィチは、「助けてくれ！」と、叫ぼうとした。すると、そのときもう一人のほうが、「さあ、声をたてるならたててみろ！」そう言って彼の口元に、官吏の頭ほどもある拳を押しつけたのである。アカーキイ・アカーキエヴィチは、彼の外套が剝ぎとられ、膝を足蹴《あしげ》にされ、そうして雪のなかへばったりあおむけざまに倒れたことまでは覚えていた。しかし、それから先のことは、もう何ひとつ覚えがなかった。しばらくして彼は、ようやくわれに返って、立ちあがった。しかし、もはや誰も見えなかった。彼は広場が寒いということ、また外套がなくなっていることに感づいて、悲鳴をあげはじめた。しかし、その声はとても広場の端まで届きそうになかった。絶望の底に突き落とされた彼は、なおも叫びつづけることを止めずに、広場を横切って、まっすぐに交番めがけて駆けて行った。交番の脇には巡査が一人立っていた。巡査は自分の戟《ほこ》にもたれかかっていた。そして、いったい何者が遠くのほうから声をたてながら自分のほうへ走り寄ってくるのか、それを知りたいというふうに好奇の目を光らせて見ているところだった。アカーキイ・アカーキエヴィチは、巡査のそばへ駆けよると、息もきれぎれな声で、お前さんが眠っていて、ちっとも見張りなどしていなかったものだから、人が追剝《おいはぎ》にやられていても気がつかないのだと、わめきはじめた。巡査は、こう答えた。自分は別に何ひとつ見なかった。ただ誰か男が二人ばかり広場のなかほどで君を呼び止めたのを見たが、それはおおかた君の仲間だろうと思っていた。それから、また、こうも言った。つまらぬことを言って人を罵《ののし》ったりするよりは、明日、分署長のところへ行ったほうがいい。そうすれば外套を奪った犯人を捜してくれるだろう。アカーキイ・アカーキエヴィチは、まったくとり乱して、家へ駆け帰った。両方の顳顬《こめかみ》のところと後頭部にまだ少々残っていた髪の毛も、すっかり乱れていた。横腹と胸、それにズボンはどこもかしこも、雪まみれになっていた。彼の下宿の主婦《おかみ》の老婆は、はげしくドアをたたく音を聞きつけて、あわててベッドからとび起きた。そして、片方の足だけに靴を突っかけ、きまりわるそうに肌着の襟をかき合わせながらドアをあけに出て来たが、ドアをあけて、アカーキイ・アカーキエヴィチのひどい姿を見ると、たじたじとあとずさりした。彼は事の次第を話して聞かせた。すると彼女はぽんと手を打って、それでは、じかに区の警察署長のところへおいでになる必要がある、分署の署長などはいいかげんなことを言って、約束はしても、なかなか埒《らち》はあかないものだ、と言った。一番いいのはじかに区の署長さんのところへ行くことで、それにあの方なら、以前自分のところで料理女をしていたフィンランド女のアンナが、いまではあの方のところで乳母に雇われているのだから、自分のこともよく知っていてくださるはずだし、それに家のそばをお通りになるのを自分もたびたびお見かけしているし、またあの方は日曜日ごとに教会に出かけて祈禱なさったり、みんなを楽しそうに眺めていなさったりする、つまり、いろんな点から見て、きっと心のやさしい方に違いあるまい、と言うのである。この意見を聞き終わったあと、悲嘆にくれたアカーキイ・アカーキエヴィチは、自分の部屋へひきあげて行った。彼がその夜一夜をどんなふうにして過ごしたかは、自分を少しでも他人の境遇において考えることの出来る人なら、お察しがつくはずだと思う。あくる日の朝早く、彼は区の警察署長のところへ出かけて行った。しかし、寝ているということであった。それで彼は十時にまた出向いて行ったが、同じ答えだった。寝ている、である。彼は十一時に行ってみた——すると今度は、署長殿はご不在、だった。昼食時に行ってみた——ところが、受付にいた書記たちは、どうしても彼を通そうとしなかった。そして、どんな用件で、どんな必要があって来たのか、またどんな事件が起こったのか、しつこく聞き出そうとした。そこでアカーキイ・アカーキエヴィチも、とうとう臍《へそ》の緒を切って以来はじめて、はっきりした自分の意志表示をしなければならないという気になった。彼は、きっぱりと、こう言った。自分は署長その人に親しく会う必要があるのであって、自分を通してくれないわけにはいかない。自分は役所の公用でやってきたのであるから、自分が君たちのことをどんなふうに言いつけるか、いまに君たちも思い知るときが来るに違いない。この言い分に対して書記たちは、もう何も抗弁することが出来なくなって、一人が署長を呼びに行った。署長は、外套を剝ぎとられた話を、何かこうきわめて妙な具合に受け取った。彼は事件の肝心な点には注意を払わず、むしろ、いったいどうしてそんなに遅く家へ帰ったりしたのか？　とか、どこかあやしげな家へ立ち寄り、そこにあがっていたのじゃないか？　とか、アカーキイ・アカーキエヴィチに問いただしはじめた。それでアカーキイ・アカーキエヴィチは、すっかり当惑してしまって、結局、外套の事件に対して適切な処置がとられるのかどうか、自分にもはっきりしないまま、彼のもとを辞したのである。その日彼は、とうとう役所へ出勤しなかった（死ぬまでにたった一度だけである）。その翌日、彼はすっかり青い顔をして、いっそうみすぼらしくなった例の古カポートを着て、出勤した。外套を剝ぎとられた話は、こんなときにもアカーキイ・アカーキエヴィチを嘲笑せずにはいられない官吏もいるにはいたが、しかし大方の心を動かした。さっそく彼のために醵金《きょきん》することに相談がまとまった。しかし集まった金は取るに足らぬ額であった。なにしろ、官吏たちは、それでなくても長官の肖像を買う申込みをしていたり、課長の勧誘でその友人の作家の本を買う申込みをしていたりして、すでに多くの金を使っていたのである——そんなわけで集まった金額は、まことに些少なものであった。すっかり同情したある一人は、せめてアカーキイ・アカーキエヴィチによき助言を与えてやろうと思った。つまり、署長のところへなどは行かないほうがよろしい。なぜかというと、上司に認められようとして、その署長が何とかして外套を捜しだしてくれるようなことがあっても、外套が自分のものだというちゃんとした法的な証拠を提出しない限り、外套はそのまま警察へ止めておかれることになる。だからいちばんいい方法は、ある一人の有力な人物に頼みこむことである。そうすればその有力な人物が手紙を書き、しかるべき人と交渉して、事件をうまく運ぶようにとり計ってくれるだろう、と言うのであった。他にどうしようという当てもなかったので、アカーキイ・アカーキエヴィチは有力な人物のところへ行ってみることにした。その有力な人物の役職が果たしてどんなものであったか、これはいまに至るまで、はっきりしない。ただ、知っておく必要があるのは、この有力な人物というのが、有力になったのはつい最近のことで、それまでは彼は有力でも何でもなかったということである。そればかりでなく、彼の地位はいまでも、さらに有力なほかの連中と比較すれば、有力とさえも考えられなかった。しかし、他人の目には有力でも何でもないと映るものを、自分では有力だと思いこんでしまうような連中は、いつの世にも存在するものである。役所へ出勤するときは、下役の者たちに階段のところまで出迎えるように命じた。また、いかなる人物も、彼のところへ直接やって来るようなことのないよう、厳重な順序を踏ませた。つまり、十四等官は十二等官に、十二等官は九等官または他のしかるべき者に報告する、という具合にして、事件が彼のもとへとどくようにしていた。実際、こんなふうにして、わが聖なるロシアでは、あらゆるものが模倣の病《やまい》にかかり、どんな人間も自分の上役をおだてあげ、そして自分でも上役を気取るのである。こんな話さえある。ある九等官が、小さな事務所の所長になった。するとさっそく彼は、わざわざ自分の部屋を仕切って、それを「執務の間」と呼び、赤い襟に、モールつきの服を着た案内係か何かをドアのそばに立たせておいて、人が入って来るたびに、把手《とって》をとってドアを開かせることにした。しかもその「執務の間」たるや、ふつうの書き物机がやっとひとつ置けるくらいだったというのである。ところで、有力な人物の態度や習慣は、堅実で、なかなか堂々たるものであったが、しかしそう手のこんだものではなかった。「厳格、厳格、そうしてさらに——厳格」、これが彼の口癖だった。そして、この最後の言葉を口にするとき、ひどく意味ありげに相手の顔をじろりと眺めた。とはいえ、これは別にこれという理由があって、そうしているわけでもなかった。なにしろ、その事務局の全事務機構を構成する十人ばかりの官吏たちは、それでなくても相当びくびくしていて、彼を遠くから見かけると、自分の仕事をやめ、局長が部屋を通り過ぎるまで直立不動の姿勢で立っているという有様だったのである。彼が部下の者たちと交わす日常の会話は厳格そのものであって、ほとんど次の三つの言葉から成りたっていた。「どうして、君たちはそんな真似ができるのかね？　君たちはいったい誰と話しているのかわかっているのかね？　君たちの前に立っているのは誰だか、承知しているのかね?」もっとも、彼は根は善良な人間だった。仲間ともよかったし、また世話好きでもあったが、勅任官という地位が、すっかり彼の頭をへんてこにしてしまった。勅任官になると、彼は何だかまごついて、すっかり迷ってしまい、自分でもどうしていいのかわからなくなってしまった。彼は自分と同等の地位の連中といる場合には、それでもまだあたりまえの人間だった。非常にきちんとしていて、多くの点で愚かとはいえない人物ですらあった。ところが一旦、たとえ一級でも位の低い連中と同席しようものなら、たちまち木偶《でく》の坊になってしまった。ただむっつりしていて、何かもっと時間を有効に使えないものかと、自分でもそう感じているようなので、彼の立場がむしろ気の毒になるくらいだったのである。ときどき彼の目には、何か面白い話や集まりに仲間入りしたいという強い欲求の兆候が、うかがわれた。しかし、余りでしゃばりすぎはしないか、余りなれなれしくすることにはならないか、そんなことをして自分の威厳をそこねはしないか? といった考えが彼を押しとどめてしまった。そうして、そういう判断による当然の結果として、彼はいつも変わらずにただむっつり黙りこんでいた。珍しく何か言い出すにしても、ほんの二、三言くらいだったので、退屈きわまる人間という称号を頂戴していた。そういう有力な人物のところへ、わがアカーキイ・アカーキエヴィチが出頭したわけなのである。しかも彼は、有力な人物にとってはともかく、彼自身にとっては、きわめてまずいときに出頭したのであった。有力な人物はそのとき私室で、数年間会わずにいて、つい最近この地へやって来た古い幼友達の一人と、たいへん愉快そうに話しこんでいるところだった。ちょうどそのときに、バシマチキンとかいう男が面会にきたと聞かされたのである。「いったい何者だね?」と、彼はそっけなくたずねた。「何でも官吏だとかということでございます」という返事だった。「ああ! 待たしとけばよろしい、いまは忙しいんだから」と、有力な人物は言った。ここでは、有力な人物がまったく嘘を言ったのだということを、言っておかねばならない。彼は暇だった。彼らはすでに、何もかも話しつくし、もはやだいぶ前から、話の合間には長い沈黙が入り込んでいて、僅かに、相手の腿のあたりを軽くたたいて、「そうなんだよ、イワン・アブラモヴィチ！」――「そうかい、ステパン・ワルラモヴィチ！」と言い合っているだけだったのである。しかし、それにもかかわらず、彼は官吏を待たせておくように言いつけた。それは、だいぶ前に勤めをやめて、いまは田舎へ引っこんでいるこの友人に、官吏たちが彼の控え室でどのくらい待たなければならぬものか、それを見せるためであった。そして結局、折返し式の背がたいへん気持のいい肘掛椅子で存分にしゃべり疲れ、さらにじゅうぶん黙りこみ、そうしてシガーをじゅうぶん吹かしたあとで、ようやく彼は、あたかもとつぜん気がついたように、報告のために書類を持ってドアのそばに立っていた書記に向かって、こう言ったのである。「そうそう、誰か官吏が来ていたのか。入ってもよろしいと言いたまえ」アカーキイ・アカーキエヴィチのおとなしそうな様子と、彼の古ぼけた制服を見ると、彼は急にそちらを振り返った。そして、そっけない、ものものしい声で、「何の用かね？」と、言った。彼は現在の自分の地位にありつき、勅任官に任ぜられることになる一週間も前から、自分の部屋に閉じこもり、鏡を前にして、わざわざこういう声を出せるように練習して来たのである。アカーキイ・アカーキエヴィチは、すでに先刻から怖気《おじけ》づいているところだった。彼は、すっかりどぎまぎしてしまった。そして、自分の舌が許すかぎり、いつもより「そのう……」という助辞をよけいに挟みながら、外套がまったく新調のものであったこと、それがいまや最も非人間的なやり方で奪い取られたこと、自分が彼のところへやって来たのは、彼の何らかの取り計らいによって、警視総監かあるいはまた他のしかるべき人物に外套を捜し出すよう文書で書き送ってもらいたいためであること、を説明した。勅任官には、何故だかわからないが、こういうやり方が余りにもなれなれしいように思われた。

「ねえ君、いったい君は」と、彼はつっけんどんな調子で、言った。「物には順序というものがあることを知らないのかね？　君はいったいどこへやって来たんだ？　事がどんな具合にして運ばれるものかということが君にはわからないのかね？　こういう事件なら、君はまず事務局に嘆願書を提出すべきなんだ。するとそれは課長から部長へ渡り、それから秘書官に渡され、秘書官がわたしのところへ持って来る……」「ではありますが、閣下」と、アカーキイ・アカーキエヴィチは、自分の中に僅かに残っていた小さなひと握りほどの勇気を集中しようと努めながら、また同時に、自分がおそろしく汗をかいたことを感じながら、言った。「わたしがそのう、閣下、あえて閣下をお煩わせしようと致しましたのは、そのう、秘書官というのが、そのう……当てにならない人物でして……」

「何、何、何？」と有力な人物は言った。「君はどこからそんな精神をもって来たのかね？ いったい、どこからそんな考え方をとり入れたのかね？ 長官や目上の者に対する何という不遜な考えが、若い者たちの間にひろがっていることだろう！」

有力な人物は、アカーキイ・アカーキエヴィチがすでに五十歳を過ぎているということに、気がつかなかったらしい。つまり、もし彼が若いと呼ばれ得るとしても、それは相対的にそうなのであって、すなわち七十歳を過ぎた者に対してそういえるに過ぎないのである。

「君はいったい誰を相手にそれを話しているのかね？ 君にはわかっているのかね、君の前にいるのは誰であるかということが？ 君はそれがわかっているのかね？ わかっているのかね、それが？ それを、まず聞きたい」

彼はここで足をとんと踏み鳴らしたのであるが、その声はアカーキイ・アカーキエヴィチならずとも恐ろしくなったであろうような荒々しい調子だった。アカーキイ・アカーキエヴィチは、ぼうっと気が遠くなった。彼はよろよろとよろめき、全身が震えて、どうにも立っていることが出来なかった。もしも守衛が駆けよって支えてくれなかったら、床の上にそのままぶっ倒れたに違いなかった。彼はほとんど身動きしないまま運び出された。一方、有力な人物は、効果が予想以上であったことに満足していた。また、自分の一言が人間一人を気絶させてしまうことさえ出来るのだという思いつきに、うっとりしながら、友人の方へちらりと横目を使った。友人がこれをどんなふうに見ていたかを、知りたかったのである。そして、友人が呆気《あっけ》に取られているばかりでなく、いささか恐怖を感じはじめているらしいのを見て、まんざらでもない気持になったのである。

どうやって階段を降りたのか、また、どうやって表通りへ出て来たのか、アカーキイ・アカーキエヴィチには、まるでおぼえがなかった。手の感覚も、足の感覚もなかった。生まれてからこの方、勅任官からはもちろん、他の者からも、これほどこっぴどく叱りとばされたことはなかったのである。彼は、通りから通りへ、ひゅうひゅう吹きまくる吹雪の中を、口をぽかんとあけて、何度も歩道を踏みはずしながら歩いて行った。風は、ペテルブルグの習慣通りに、四方八方から、路地という路地から、彼に吹きつけて来た。彼は、あっという間に扁桃腺をやられてしまった。そして、ようやく家へたどり着いた時には、すでにものを言う力さえなかった。彼は咽喉を腫《は》らして、ベッドに横たわった。適切な叱責ですら、どうかすると、こんなにも強く応えることがあるのである！　翌日になると、ひどく熱があることがわかった。ペテルブルグの気候の絶大なる援助によって、病気は予想以上に、迅速に悪化した。そして、医者がやって来た時には、脈を測ってみただけで、もう手のほどこしようもなかった。それでも医者は、湿布の処方だけは書いて与えた。せめて患者が、医術の恩恵をまったく受けずじまいになるようなことのないようにという、それだけの理由で、そうしたのである。ただし、その際、一昼夜半もすれば間違いなく駄目になるということを、医者は彼に言い渡した。それから医者は主婦《おかみ》の方を向いて、「なあ、おっかさん、あんた、ぐずぐずしていないで、この人のために、いますぐ松材の棺桶を誂《あつら》えてあげるんだね。樫のだと、この人には高過ぎるだろうからね」と言った。果たしてアカーキイ・アカーキエヴィチが、自分にとって運命的なこれらの言葉を、聞いたかどうか。もし聞いたとして、それらの言葉が、彼におそろしい作用を与えたかどうか。彼が自分の不運な生涯を悲しんだかどうか――そういったことは、何ひとつ見当がつかない。なにしろ彼は、ずっと熱にうかされ通しで、夢うつつの境をさ迷っていたのである。彼の眼前には、不思議な場面が次から次へと出現していた。彼はペトローヴィチに会って、何か泥棒どもをひっかける罠のようなもののついた外套を注文するのであるが、どうやらその泥棒どもはベッドの下に隠れているらしい。それで、彼は、一分毎に主婦《おかみ》を呼んで、その泥棒どもを蒲団の下から引っぱり出してくれと頼むのだった。かと思うと今度は、自分には新しい外套があるのに、何だって古いカポートが目の前にかけてあるのか、とたずねた。あるいはまた、勅任官の前に立って当然の叱責を受けているような気でもしたのか、「悪うございました、閣下！」と言ったり、そうかと思うと挙句《あげく》の果ては、まったく空おそろしい言葉を吐いて、口汚く罵ったりした。そのため主婦《おかみ》は、思わず十字を切ったくらいだった。彼女は、そんな言葉を、いままで一度も彼の口から聞いたことがなかったし、なにしろ、そういった空おそろしい言葉が、「閣下」という言葉のすぐあとに出て来たのである。その他にも彼は、まったくわけのわからない、いろんな譫言《うわごと》を口にした。ただ、これだけははっきりしていた。それらの支離滅裂な言葉や思考は、ただ一つ、あの外套をめぐって、その周囲をぐるぐるまわっていたのである。

こうして、あわれなアカーキイ・アカーキエヴィチは息を引き取った。彼の部屋も、品物も、べつに封印はされなかった。第一、跡目を相続する者がなかった。第二には、遺産らしい遺産など何ひとつなかった。実際、鵞ペンが一束、まだ使っていない役所の用紙が一帖、靴下三足、ズボンから取れたボタンが二、三個、それに読者もすでにおなじみのカポート、そんなところだったのである。これらの品物がいったい、誰の手に帰したか、それは神のみぞ知る、である。それに正直なところ、この物語の作者も、さすがにそこまでは興味を持てなかったのである。アカーキイ・アカーキエヴィチは、運び出されて、埋葬された。そして、ペテルブルグは、ちっとも変わらなかった。まるで、彼なんぞはじめからいなかったかのように、である。一人の人間が、消滅し、姿を消しただけだった。彼は、誰からも大事にされず、誰にとっても大切でなく、また誰からも関心を持たれず、つまり、きわめてありふれた蝿をピンで止めて顕微鏡でのぞいてみなくては気の済まないような、そういう生物学者の注意をすらひくことがなかった。そして、役所での嘲笑をおとなしくじっと堪え忍び、これという目立った仕事の一つも成しとげることなく、墓場へと去って行った。なるほど、その生涯の最後の際ではあったが、とにかく当人にとっては輝かしい客人が、外套という形になってちらりと姿を見せた。そして、そのあわれな生涯を、一瞬、活気づけたのは確かである。しかし、やがて、皇帝陛下や世界の権力者さえも圧し潰してしまう、あのどうしようもない不幸が、彼を圧し潰してしまったのである。彼が死んでから何日か経って、彼の下宿へ役所から一人の守衛が派遣された。長官がそう言っておられるから即刻出頭するように、という命令を携えて来たのである。しかし守衛は、そのまま引き返さざるを得なかった。そして、もはや彼は出勤することが出来ません、と報告した。「どうしてだね？」ときかれると、守衛はこう答えた。「はい、それは、あの人はもう死んだからであります。一昨々日《さきおととい》葬られたのであります」こうして、アカーキイ・アカーキエヴィチの死は、役所じゅうに知れわたった。そしてその翌日には、もう新しい官吏が彼の席に坐っていたのである。彼よりもずっと背の高い官吏で、その筆跡は彼のように真直ぐではなく、ずっと曲がりくねって傾いていた。

しかし、アカーキイ・アカーキエヴィチの物語が、これで全部終わってしまったのではなくて、彼の死後なお暫くの間、まるで誰からも認められることのなかったその生涯に対する褒賞か何かのように、もの騒がしく生き続けることになろうなどとは、おそらく誰にも想像出来なかったのではないかと思う。ところが、偶然にも、われわれのこのあわれな物語は、思いがけなく幻想的な結末を告げることになった。ペテルブルグじゅうに、とつぜん次のような噂がひろがったのである。カリンキン橋の近くや、そこから余り遠くないあたりに、夜な夜な官吏らしい風体をした幽霊が現われて、盗まれた外套か何かを探すのだという。そしてその幽霊は、外套と見れば、これは盗まれた外套だと言って、官位や役職の見境もなく、あらゆる人々の肩から、猫やビーバーの皮の外套、いや綿入れ外套であろうが、あるいはまた洗い熊、狐、熊の毛皮外套であろうが、――つまり、人々が自分の体を覆うために考えだしたものなら、それが毛皮であろうと、ただの皮であろうと、種類かまわず、ひっぺがしてしまうというのである。ある局の官吏は、幽霊の姿を自分の目で見て、即座にそれがアカーキイ・アカーキエヴィチだとわかった。しかしそのため彼は非常な恐怖に襲われて、一目散に逃げ出してしまったので、よく見届けることが出来ず、ただ、幽霊が遠くから指を立てて自分をおどかすのを見ただけであった。九等官だけならまだしも七等官までが、しばしば外套をひっぱがされる結果、背中や肩がすっかり冷えこんでしまうという苦情が、あちらからもこちらからも、ひっきりなしに持ち込まれた。警察では、そいつが生きている奴であろうと、死人であろうと何でもかまわぬ、とにかくそいつをひっとらえて、他の者への見せしめのためにも、厳罰に処するという手はずが整えられた。そしてそれは、もう少しのところで、うまくゆくところであった。すなわち、ある区の受持ち巡査の一人が、キリューシキン小路で、かつてはフリュート吹きでいまでは引退した音楽家からフリーズ織（訳註：粗いケバのある毛布のような厚手外套地）の外套を剝ぎとろうとしている犯行の現場で、幽霊の襟髪《えりがみ》をすでに一度はつかまえたのである。幽霊の襟髪をつかまえた彼は、大きな声を出して二人の同僚を呼び寄せ、ちょっと犯人をつかまえていてくれ、と頼んだ。そして自分は、ちょっとのあいだ長靴の底をさぐって、樺の木の皮で作った煙草のケースを取り出した。これまで六回も凍傷にかかった自分の鼻を、しばらくなりとも爽快にしてやろうと思ったのである。しかし、その煙草たるや、おそらく幽霊でさえ我慢が出来かねるような種類のものだったらしい。巡査は指で自分の右の鼻の穴をふさぎ、半つまみほどの煙草を左の鼻にさし入れようとしたのであるが、そのとたん、幽霊がくしゃんと一つ激しいくしゃみをしたので、巡査は三人とも、煙草の粉で目をふさがれてしまった。幽霊は、彼らが拳固で目をこすっている間に、影も形も見えなくなった。だから、彼らははたして幽霊を確かに自分たちの手でとらえたのかどうか、それすらもはっきりわからなくなってしまった。それからというもの、巡査たちは幽霊に対して恐怖心を示すようになり、生きている者をつかまえることさえこわがって、ただ遠くのほうから「おうい、貴様、さっさと歩くんだ！」と、声をかけるだけであった。そして官吏の幽霊は、すべて臆病な人々に少なからぬ恐怖を与えながら、いまや、カリンキン橋の向こう側にまでも出没しはじめていたのである。しかし、それにしてもわれわれは、かの一人の有力な人物をすっかり置き去りにして来た。彼こそは、いささか幻想的な傾向を帯びているとはいえ、まったく一片の嘘いつわりもないこの物語の、真の原因をなすと思われる人物だった。何はさておき、公正を期するためにぜひ一言しておかなければならないのは、次のことである。あわれにもアカーキイ・アカーキエヴィチがあのときさんざんに叱責されて、そこを辞去してからやがて間もなく、かの有力な人物は、何かこう彼に一種憐れみの情といったようなものを感じた。この人物にしろ、憐れみの心というものがまったく欠けていたわけではなかった。彼の心もまた、多くのやさしい動きをなし得たのであって、ただ彼の官等がそれをはっきり表にあらわすことを、しばしば妨げていたに過ぎないのである。訪ねてきていた友人が彼の部屋を辞去すると、さっそく彼は、あわれなアカーキイ・アカーキエヴィチの身の上に深く思いを寄せさえした。そしてそれ以来、ほとんど毎日のように、青ざめた顔をしたアカーキイ・アカーキエヴィチが思い出された。当然の叱責にすらも、彼は耐えられなかったのである。彼のことを考えると、ひどく不安な気持になった。それで、一週間ほどたつと、あの男はいったい何者であるのか、また実際、何とかしてあの男を助けてやる方法はないものか、一人の官吏を彼の家へ様子を見に行かせることにした。そしてアカーキイ・アカーキエヴィチが、熱病をわずらって急死したという報告をきくと、更にショックを受けてしまい、良心の呵責に苦しんで、一日じゅう、ふさぎこんでしまった。彼は、せめて幾らかでも憂さ晴らしをして、この不愉快な気分を忘れたいと思い、ある友人のところで開かれる夜会へ出かけてみることにした。そこには、たしなみのよい人々が集まっていたが、何よりもよかったのは、そのほとんどが彼とおなじ官等の人たちばかりであったことで、彼はまったく何ごとにも拘泥した気持にならずにすんだ。このことは彼の気分に驚くべき作用をもたらした。彼は、すっかりうち解けた気持になって、世間話に興じ、愛想もよかった、——つまり、たいへん愉快に一夜を過ごしたのである。夜食のあとで、彼はシャンパンを二杯飲みほしたが、それは周知のとおり、陽気な気分を味わうためには、なかなか効果のある方法である。シャンパンは彼を、いつもとは違った特別の気分へと誘っていった。すなわち、彼は家へそのまま帰らずに、一人の知合いの婦人のもとへ寄ってみようかと、ふと思いついた。彼は、どうやらドイツ生まれらしいカロリーナ・イワーノヴナという婦人に、かくべつねんごろな感情を抱いていたのである。ここで断わっておかねばならないのは、有力な人物がもう若くはないということ、および彼が、ちゃんとした夫であり、一家の尊敬すべき父親だったということである。二人の息子のうち一人は、もう役所へ勤めていた。それから、十六になる可愛らしい娘があった。この娘の鼻は、少々とがってはいたが、しかしなかなか立派な可愛らしい鼻であって、こういった彼の子供たちは、どんな日にも、彼の手を接吻しにやって来て、「bonjour《ボンジュール》, papa《パパ》」と言うのである。彼の夫人はまだ色香があせておらず、かつ相当な美人であったが、彼女はまず自分の手を夫に接吻させておいて、その手を脇のほうへ引っこめ、彼の手に接吻した。ところで、この有力な人物は、家庭生活の楽しさにすっかり満足しきっていたにもかかわらず、この市《まち》のどこか他の場所に親しく交際している女友達を持っていることは、自分の身分にふさわしいことだと思っていた。この女友達は、彼の細君より少しも美しくなかったし、また若くもなかった。しかし、こういうことは世間にはありがちのことであって、いまさらそれを取りあげて、かれこれ言うことはないと思う。さて、有力な人物は階段からおりると橇《そり》へ乗り込み、御者に向かって、「カロリーナ・イワーノヴナのところへやってくれ！」と、言った。しかも、自分は非常に贅沢な暖かい外套にくるまっているのであるから、とにかく快適な状態だった。それは、ロシア人にとってはそれ以上のことはとても思いつけないものであって、つまり、自分では別に考えようとしなくても、さまざまな想念がひとりでに頭に浮かんで来て、しかもひとつは他の想念よりいっそう楽しいというわけで、したがって、別にそれを追っかけたり、捜したりする苦労も要らない、といったような状態なのである。すっかり満足しきった彼は、今夜の楽しい場面のひとつひとつを、また小さなグループを笑いこけさせた言葉のひとつひとつを、とりとめもなく思い浮かべた。そして、そのほとんどの言葉を、彼は口に出して繰り返してさえみた。すると、それは先刻と同じように、やはり滑稽であった。だから、彼があとになって、こうして一人で心底《しんそこ》笑いこけているのも、別に不思議ではなかったのである。とはいえ、とつぜん吹きつける突風が、ときどき彼に邪魔をしかけて来た。この突風は、いったいどこから吹いて来るのか、また、どういう理由で吹いて来るのか、さっぱり見当がつかなかったが、小さな雪の塊を彼の顔へ吹きつけて、痛い思いをさせたり、また外套の襟を、まるで帆のようにふくらませるかと思うと、いきなり超自然的な力でそれを彼の頭へたたきつけたりするので、彼はそれを免れるために、絶えず気を配っていなければならなかった。とつぜん、有力な人物は、何者かにがっしりと襟髪を摑まれたような気がした。振り返ってみると、それは古ぼけて、ぼろぼろになった官吏の事務服を着た一人の背の低い男であったが、それがアカーキイ・アカーキエヴィチであることがわかると、彼は思わずぞっとした。その官吏の顔は、まるで雪のように真青《まっさお》で、幽霊そっくりだったのである。しかし、有力な人物の恐怖がその限界を超えたのは、墓場のにおいをぷうんとさせて、次のような言葉を吐きかけて来た幽霊の口許が、僅かに歪むのを、見たときだった。「あっ、とうとう貴様、やって来おったな！　とうとうおれは貴様の、そのう、襟髪をとっつかまえてやったぞ！　さあ、貴様の外套をこっちへよこせ！　おれのことを面倒もみてくれなかったばかりか、叱りとばしやがって――さあ、貴様の外套をこっちへよこしやがれ！」あわれにも有力な人物は、いまは生きた心地もなかった。役所の中では、それも特に、概して部下の者たちの前では、彼がいかに意志堅固であり、はたまた、彼の男性的な外見や風采だけを見て、誰もが、「ほう、何という堂々たる人物だろう！」と、言っていたとしても、しかしいま、この場においては、見かけだけは勇者らしい多くの連中とまったく同じであって、すっかりおびえ切ってしまい、まったく根拠のないことでもないのであるが、これは何かしら病気の発作にでも襲われたのではなかろうかと心配しはじめたほどであった。彼は自分から大急ぎで外套を脱ぎ捨てると、自分の声とも思われないような声で、「さあ、全速力で、家へやるんだ！」と御者に向かって叫んだ。御者は、いつもたいてい、決定的な瞬間に発せられ、しかもきわめて行動的な結果を伴うその声を耳にすると、万一にそなえて両方の肩のなかに首をすくめながら、ぴしりとひと鞭ふるって、矢のように橇を走らせはじめた。六分とすこしばかりで、有力な人物は、もう自宅の玄関に到着していた。カロリーナ・イワーノヴナのところへ立ち寄らなかったばかりか、顔は青ざめ、気は動転し、その上、外套までなくして、彼は自分の家へ帰って来たのである。彼はやっとのことで自分の部屋へたどり着いた。そして、まったく落ち着きのない一夜を明かした。実際、翌朝お茶の席に着くとすぐに、令嬢が彼に向かって、「今日は、なんだかひどくお顔の色がお悪いのね、パパ」と、言ったくらいだったのである。しかし、パパは黙ったままだった。そして、自分の身に起こったことについては、誰にもひと言ももらさなかった。自分がどこへ行ったか、また、どこへ行こうとしていたのかも言わなかった。この出来事は、彼に大変な影響を及ぼした。彼はもはや、部下の者たちに向かって、「どうして君はそんなことができるのかね？　君の前に立っているのが誰だか、いったいわかっているのかね？」などというような口のきき方をすることは非常にまれになった。もし、万一、言ったとしても、それはまず事情をよくきいてからであった。しかし、それ以上にもっと注目に価するのは、それ以来、あの役人の幽霊がぜんぜん出没しなくなったことである。どうやら勅任官の外套が幽霊の体にぴったり合ったらしい。とにかく、少なくとも、誰かが外套を剝がれたなどという噂は、どこにもきかれなくなった。もっとも、多くの勤勉な、心配性の人々は、どうしても気を休めようとせず、街のどこか遠くの方では、いまでもまだ、官吏の幽霊が出るそうだ、と噂していた。また事実、コロームナ（訳註：ペテルブルグの場末の町）の一警官は、一軒の家の蔭から幽霊が出て来たのを、間違いなく自分の目で、目撃したのである。しかしその警官は、生まれつきいささか非力だった。あるときなど、どこかの民家からとび出して来た、ふつうの大きさの仔豚に突きとばされて、あたりに居合わせた辻馬車の御者たちに大笑いされてしまい、彼はその嘲笑に対して、二カペイカずつ煙草銭を要求した——そのくらい非力であったから、彼は敢えて幽霊を呼び止めなかったのである。ただ彼は、暗闇の中を幽霊のうしろからつけて行った。するとやがて、幽霊がとつぜん振り返って、立ち止まり、「何か用かね?」と、たずねた。そして、生きた人間にはとても見ることの出来ない、大きな拳を突き出した。警官は、「いや、別に」と言うが早いか、そのままあとへ引き返した。しかし、それはともかく、幽霊は以前よりずっと背が高くなっており、それに口髭も物凄く伸びていたそうであるが、オブーホフ橋の方へ足を向けたと思うと、そのまま夜の闇の中にすっかり姿を消したということである。

原題　ШИНЕЛЬ

❖初出

わが苦き言葉もて人々は笑うなり（「ゴーゴリと私」を改題）
『世界文学全集――ゴーゴリ　第三五巻』学習研究社　一九七八（昭和五三）年五月刊

笑いの方法
『第三文明』一九七三（昭和四八）年一月～一二月号

ペテルブルグの迷路（「ゴーゴリとの二十年」を改題）
『ゴーゴリ全集』月報　河出書房新社　一九七六（昭和五一）年九月～一九七七（昭和五二）年一二月刊

ヨソ者の目（「私自身のためのゴーゴリ」を改題）
『学燈』一九七三（昭和四八）年一一月号

幾つかの問題
『文藝』一九七七（昭和五二）年二月号

翻訳余話（「『鼻』と『外套』」を改題）
『文學界』一九七八（昭和五三）年五月号

何故だかわからない喜劇
『コメディアン』一九七四（昭和四九）年七月号

返って来た卒論
『中央公論』一九七九（昭和五四）年八月号

ゴーゴリとドストエフスキー
ドストエフスキー没後百周年記念実行委員会編『ドストエフスキー』一九八一（昭和五六）年刊

小説の構造
『海』一九七八（昭和五三）年一〇月号

噂の構造
『図書』一九七九（昭和五四）年八月号

「鼻」ニコライ・ゴーゴリ　後藤明生：訳
「外套」ニコライ・ゴーゴリ　横田瑞穂・後藤明生：共訳
『世界文学全集――ゴーゴリ　第三五巻』学習研究社　一九七八（昭和五三）年五月一日刊

❖単行本
『笑いの方法　あるいはニコライ・ゴーゴリ』中央公論社　一九八一（昭和五六）年一〇月二五日発行

❖文庫版
『笑いの方法』福武書店　一九九〇（平成二）年一一月一六日発行

❖底本

本書は単行本版『笑いの方法　あるいはニコライ・ゴーゴリ』（中央公論社／一九八一年一〇月二五日発行）を底本としつつ、適宜、文庫版『笑いの方法』（福武書店／一九九〇年一一月一六日発行）および電子書籍版『笑いの方法　あるいはニコライ・ゴーゴリ』（アーリーバード・ブックス／二〇一五年一月二九日刊）を参照し、表記等について一部を改めた。また、ニコライ・ゴーゴリの『鼻』と『外套』については、『世界文学全集――ゴーゴリ　第三五巻』（学習研究社／一九七八年五月一日刊）を底本とした。

❖著者

後藤明生｜ごとう・めいせい（一九三二年四月四日～一九九九年八月二日）

一九三二年四月四日、朝鮮咸鏡南道永興郡永興邑（現在の北朝鮮）に生まれる。旧制中学一年（十三歳）で敗戦を迎え、「三十八度線」を超えて福岡県朝倉郡甘木町（現在の朝倉市）に引揚げるが、その間に父と祖母を亡くす。引揚げ後は旧制福岡県立朝倉中学校（四八年に学制改革で朝倉高等学校に）に転入。当初は硬式野球に熱中するが、その後、「文学」に目覚め、海外文学から戦後日本文学までを濫読。高校卒業後、東京外国語大学ロシア語科を受験するも不合格。浪人時代は『外套』『鼻』などを耽読し、本人いわく「ゴーゴリ病」に罹ったという。五三年、早稲田大学第二文学部ロシア文学科に入学。在学中の五五年、「赤と黒の記憶」が第四回・全国学生小説コンクールに入選し、「文藝」に掲載。卒業後、一年間の就職浪人（福岡の兄の家に居候しながら『ドストエフスキー全集』などを読み漁る）を経て、学生時代の先輩の紹介で博報堂に入社。翌年、平凡出版（現在のマガジンハウス）に転職。六二年、小説「関係」が第一回・文藝賞・中短篇部門佳作として「文藝」復刊号に掲載。六七年、小説「人間の病気」が芥川賞候補となり、その後も「S温泉からの報告」「私的生活」「笑い地獄」が同賞の候補となるが、いずれも受賞を逃す。六八年三月、平凡出版を退社し執筆活動に専念。七三年に書き下ろした長編小説『挾み撃ち』が柄谷行人や蓮實重彥らに高く評価され注目を集める。また、古井由吉、坂上弘、黒井千次、阿部昭らとともに「内向の世代」の作家と称されるようになる。七七年に『夢かたり』で平林たい子文学賞、八一年に『吉野大夫』で谷崎潤一郎賞、九〇年に『首塚の上のアドバルーン』で芸術選奨文部大臣賞を受賞。そのほかに『笑い地獄』『関係』『円と楕円の世界』『四十歳のオブローモフ』『小説――いかに読み、いかに書くか』『蜂アカデミーへの報告』『カフカの迷宮――悪夢の方法』『しんとく問答』『小説の快楽』『この人を見よ』など著書多数。八九年、近畿大学文芸学部の設立にあたり教授に就任。九三年より同学部長を務め後進の育成に尽力。小説の実作者でありながら理論家でもあり、「なぜ小説を書くのか？　それは小説を読んだからだ」という理念に基づく、「読むこと」と「書くこと」は千円札の裏表のように表裏一体であるという「千円札文学論」などを提唱。九九年八月二日、逝去。享年六十七。二〇一三年より後藤の長女で著作権継承者が主宰する電子書籍レーベル「アーリーバード・ブックス」が設立され、これまでに三〇作品を超える長篇小説・短篇小説・評論の電子版がリリースされている。

後藤明生「アーリーバード・ブックス」公式ホームページ：http://www.gotoumeisei.jp

検印廃止

笑いの方法——あるいはニコライ・ゴーゴリ【増補新装版】

2019年2月1日　初版印刷
2019年2月15日　第1版第1刷発行

著者❖後藤明生

発行者❖塚田眞周博
発行所❖つかだま書房
〒176-0012 東京都練馬区豊玉北1-9-2-605（東京編集室）
TEL 090-9134-2145／FAX 03-3992-3892
E-MAIL tsukadama.shobo@gmail.com
HP http://www.tsukadama.net

印刷製本❖中央精版印刷株式会社

ISBN978-4-908624-06-3 C0098

『壁の中』

後藤明生

作者解読❖多和田葉子／作品解読❖坪内祐三

日本戦後文学史の中に埋没してしまった「ポストモダン小説」の怪作が
読みやすくなった新たな組版による新装幀、
かつ【普及版】と【愛蔵版】の2バージョンで甦る！

【新装普及版】

造本／A5判・並製・PUR製本・本文680頁
ISBN978-4-908624-02-5 C0093
定価：本体3700円＋税

【新装愛蔵版】

造本／A5判・上製・角背・PUR製本・本文680頁・貼函入り
ISBN978-4-908624-03-2 C0093
定価：本体12000円＋税
愛蔵版特典① 奥付に著者が生前に愛用した落款による検印入り
愛蔵版特典② 代表作の生原稿のレプリカなどによる写真集を同梱

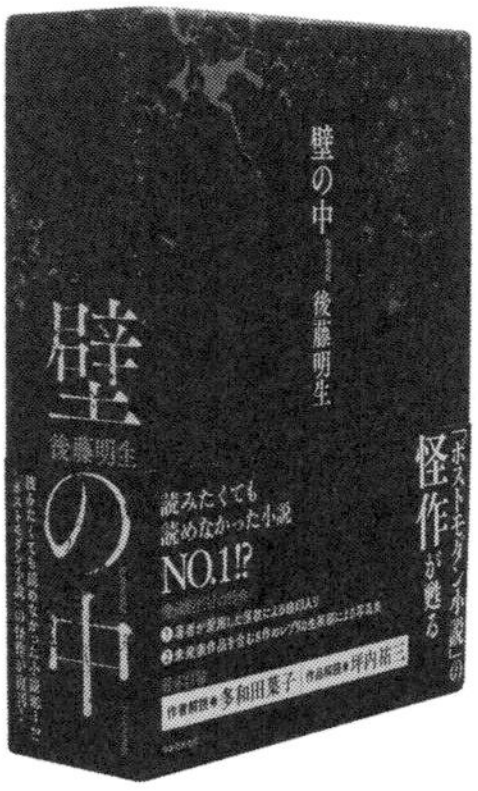

新装愛蔵版

「お母さん、いまわたしはどこにいるのでしょう?
わたしが帰る場所はあるのでしょうか?」

こんな時代だから知ってほしい——。
植民地の朝鮮半島で軍国少年として育ち、敗戦のため生まれ故郷を追われ、
その途上で祖母と父を喪い、命がけで「38度線」を超えて内地に引揚げ、
戦後も絶えず心の奥底に「日本」に対する違和感を抱え、
自分は「日本人」でありながら「異邦人(エトランゼ)」のように感じていた、
そんな引揚者たちの、美しき想い出、栄華からの転落、国家に対する幻想と崩壊、
そして、不条理に奪われたアイデンティティを取り戻すための葛藤を……。
作者自身の引揚体験を描いた
『夢かたり』『行き帰り』『嘘のような日常』の
三部作を完全版で所収。

造本/A5判・上製・函入・本文544頁
ISBN978-4-908624-04-9 C0093
定価:本体5555円+税

『引揚小説三部作——「夢かたり」「行き帰り」「嘘のような日常」』

後藤明生

巻末解説❖山本貴光(文筆家・ゲーム作家)